活出个样来给自己看

单丹 著

辽宁人民出版社

© 单丹　2023

图书在版编目（CIP）数据

活出个样来给自己看 / 单丹著. —沈阳：辽宁人民出版社，2023.9
　ISBN 978-7-205-10810-6

　Ⅰ.①活… Ⅱ.①单… Ⅲ.①纪实文学—中国—当代 Ⅳ.①I25

中国国家版本馆CIP数据核字（2023）第141673号

出版发行：辽宁人民出版社
　　　　　地址：沈阳市和平区十一纬路25号　邮编：110003
印　　刷：朝阳铁路印务有限公司
幅面尺寸：145mm×210mm
印　　张：13.5
插　　页：8
字　　数：340千字
出版时间：2023年9月第1版
印刷时间：2023年9月第1次印刷
责任编辑：娄　瓴
助理编辑：辉俱含
封面设计：琥珀视觉
版式设计：姿　兰
责任校对：吴艳杰
书　　号：ISBN 978-7-205-10810-6
定　　价：59.80元

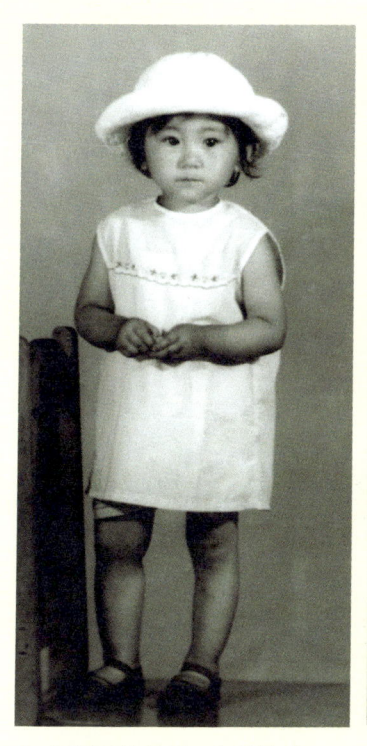 ▲ 两岁时的单丹,也是她唯一一张站立的照片

 ▲ 在北京动物园,父亲单锐敏抱着即将做手术的单丹

▲ 16 岁的单丹第一次登上首都舞台,参加"第二届全国残疾人歌手大赛"

▲ 1995 年 7 月,单丹在伊斯兰歌舞餐厅唱歌

▲ 1995年9月24日，单丹第一次在伊斯兰歌舞餐厅见到赵本山，赵本山为其书写"自强不息"，并签名留念

▲ 1995年，单丹与沈阳音乐学院马素娥教授学习美声演唱

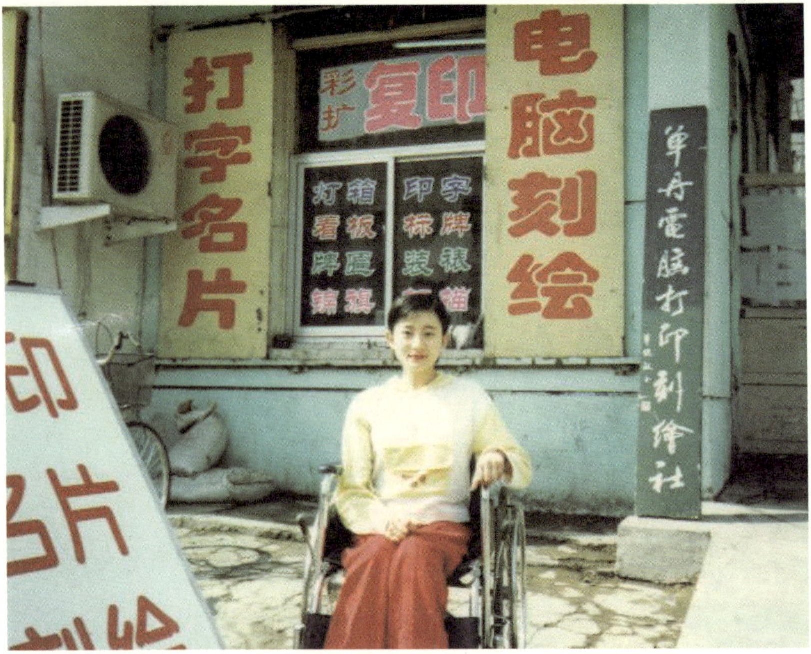

▲ 1997年9月6日，"单丹电脑打印刻绘社"开业

▲ 单丹在7平方米的打印社工作

▲ 单丹父亲单锐敏将她抱进打印社

▲ 2002年,单丹全家福

▲ 2002年8月7日,单丹与赵本山阔别5年后重逢

▲ 2002年8月17日，单丹在"赵本山扶贫助学义演"晚会上演唱歌曲《从前有一座山》

▲ 2006年11月26日，在解放军某部退伍老兵欢送会上，单丹演唱原创军歌《绿军装》

▲ 单丹父亲单锐敏为退伍老兵书写书法作品"我的世界名牌是军装""一生难忘我的绿军装"

▲ 2009年1月,单丹在"风采颂"大型公益慈善晚会上演唱歌曲《活出个样来给自己看》

▲ 2009年6月,单丹与海政歌舞团著名词曲作家付林为二人共同的家乡富锦创作歌曲《我的家》

▲ 2009年8月28日，单丹在家乡富锦建县百年晚会上演唱歌曲《我的家》

▲ 2009年8月，单丹与父亲和侄儿回到黑龙江老家，并在老房子前合影

▲ 2009年11月26日,在沈阳市残疾人艺术团"爱的阳光"感恩节晚会上,单丹与杨光、孟勇一起演唱歌曲《感恩的心》

▲ 2010年3月21日,单丹与爱人吴振豪在婚礼上演唱共同创作的婚礼主题歌《幸福了我和你》

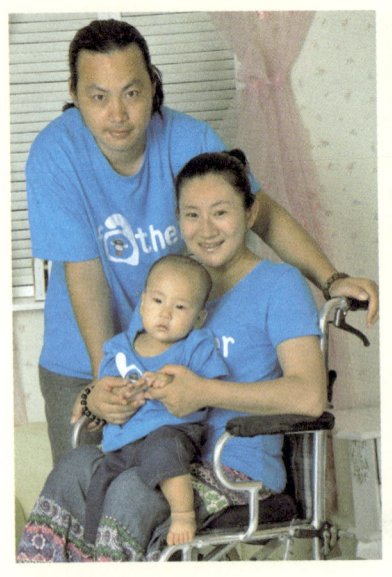
▲ 幸福的三口之家

▲ 单丹的儿子吴昊恩推着妈妈

▲ 2010 年，单丹夫妇与王小利夫妇一起参加辽宁卫视综艺节目《明星转起来》

▲ 2012年3月13日，单丹夫妇第一天到本山传媒工作，与刘双平的合影

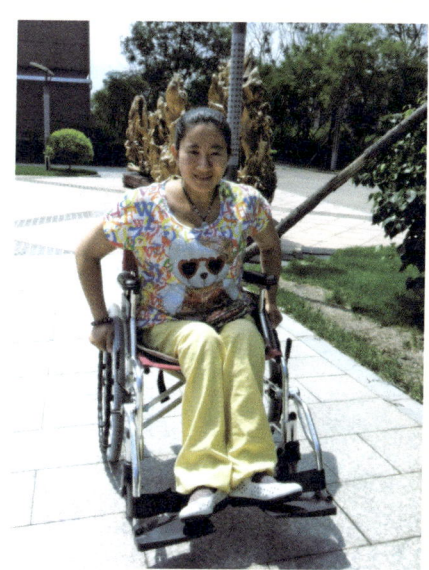

▲ 单丹独行在去往办公室的坡道上

▲ 2014年，单丹与赵本山在本山传媒办公楼外的合影

▲ 2017年1月7日，单丹在公司年度总结表彰大会上获得"特殊贡献奖"

▲ 单丹与刘璟老师学习中国画

心有阳光，世界才美好

从2003年结识单丹，一晃已过20年。

20年来，我看她坐在轮椅上为电视剧《马大帅》写片尾曲，听她用清纯悦耳的嗓音试唱《活出个样来给自己看》；

多次听她讲本山老师一直关心她和家人的故事，也多次听本山老师感慨万千地说："她坐在轮椅上都那么快乐，我们还有什么理由不快乐呢？"

还有缘陪同她到部队慰问演出，目睹她左手转着轮椅，右手拿着话筒，像只欢快的百灵鸟为战士们倾情歌唱；

也曾担心她与一位长发小伙的网恋，对这位笃信"生活即修行"，名叫吴振豪的男生充满好奇；

还有幸为她和吴振豪证婚，在婚礼上祝福百年好合之时，感动得泪湿眼眶；

从吴振豪口中得知她成为一个坐在轮椅上的孕妇时，惊叹之余仍有几分担心！她的儿子吴昊恩顺利出生并成长为一个小帅哥，给了我们大大的惊喜；

更没想到与她两口子戏剧性地成为本山传媒的同事，她还成为我的新媒体助理，我们在本山传媒这个大家庭愉快地工作；

也曾期待她在互联网时代进一步自我提升而严格要求，以至于有一次她压力过大，心脏病突然发作，让我后怕很久；

见证过她在本山传媒年终表彰大会上荣获"特殊贡献奖",听她愉快地分享从本山老师手中接过证书和奖金时的喜悦;

无数次看见吴振豪熟练地把她由轮椅上扶进车,或者迅速架好轮椅后把她由车里扶上轮椅,坚信"生活即修行"是他的肺腑之言;

聆听过本山老师不止一次在大会小会上表扬吴振豪是个"伟大的男人",对吴振豪由好奇、欣赏到心生佩服;

最近几年特别是"疫情三年"听说她一直在写书,她多次向我征求对书稿的意见。我俩的共识是,"真实记录人生经历和心路历程"是该书的灵魂所在!

……

"你宛如一棵残缺的小草,但依然把阳光拥抱,活出自己的坚强,点燃春天的美好!"

单丹是我同事中特别的存在。她总是"把微笑放在脸上,把阳光放在心里"!尽管她的身体坐在轮椅上,但她的灵魂是站立的、是飞翔的!

她身残志坚,乐观上进,让人坚信"老天爷关上一扇门,一定会打开一扇窗""我命由我不由天"!

她颠覆了我对残障人士的认知,极大地影响了我的人生态度。她也理所当然地成为我们身边一众人的榜样,带动着我们以更加积极的人生态度拥抱每天的生活,拥抱新鲜多彩的大千世界!

人生最重要的是心态。无论生活给了多少磨难,无论经历多少风雨,我们追求的终极目标仍是内心的愉悦和快乐。是的,坐在轮椅上她都那么快乐,我们还有什么理由不快乐呢?

我常琢磨,单丹是怎样炼成的?最近看完她的书稿《活出个样来给自己看》,更加坚信是源于她内心的阳光,"心有阳光,生活才快乐,世界才美好"!

  强韧的春芽源自阳光的照耀,也感恩雨露的滋润。单丹是幸运的。人生道路上她得到过包括本山老师夫妇、本山传媒演职人员和各界朋友的关心帮助,可以说,"单丹的故事"就是我们这个时代共同演绎的一曲"人间有大爱"的华彩乐章!

  祝贺单丹新书出版!感恩所有帮助过单丹的同事和朋友们!

  是为序。

刘双平

(本山传媒艺术总监)

目 录

一、寻梦路　　　　　　　　1

千里寻梦　　　　　　　　2
"赵本山来了"　　　　　　15
因为有爱　　　　　　　　21
失去舞台　　　　　　　　30
另辟蹊径　　　　　　　　38
又见本山叔　　　　　　　45
不期而遇的重压　　　　　52
第一次做主持人　　　　　61

二、笔耕情　　　　　　　　69

拿起笔写歌　　　　　　　70

喜上眉头，忧在心头	78
登上"刘老根大舞台"	85
进《马大帅》剧组	90
"就写你自己"	96
《马大帅》播出后	105
我们有家了	115
我的"腿"没了	121
单骑闯北京	130
一张未唱的专辑	140
绿军装	147
本山叔——我艺术生命中的父亲	154
退行到"孩童"	161
相聚沈阳	171
新角色——副团长	181
给小沈阳写歌	186
身入宝山	192
富锦——"我的家"	199

三、爱如山	**213**
众里寻他千百度	214
他递给我的是一颗心	221
他一切为我而来	228
那天，我穿上了婚纱	234
我居然能做母亲	243

"幸福的我们俩"	253
痛苦的抉择	258
本山叔把我们留下来	266

四、写自己 273

柳暗花明	274
我的"地盘"	283
一日五餐	290
简单的是最难的	297
重返舞台	308
"快乐行"	315
和本山叔一起慢慢走	329
见　证	337
为抗战老兵义演	342
"大爱无声"	350
新任务	357
意外中的意外	362
我不跑不行	368
书写自己	373
"在我眼中"	381
突如其来	398
意想不到	405
活出个样来给自己看	413

一、寻梦路

千里寻梦

一束暖暖的灯光洒落在半个月亮的舞台上，乐声响起，那个穿黄衣服，梳小短发，鼻子高，下巴尖，坐在轮椅上唱《小背篓》的女孩，就是我！

1995年正是餐饮娱乐巅峰期，17岁的我，做梦也没想到，有一天会来到沈阳这座大城市的歌厅去唱歌。

这还要从一年前说起。

1994年7月，在黑龙江省富锦市向阳川镇，初中刚毕业的我就跟着镇医院的中医大夫学中医，整天在家抄汤头背，以后想在镇上开个中医诊所。可能是自己身体的原因，上小学时就想长大后一定要学医，才能为更多人解除病痛。

那天中午闷热，正背着汤头的我有些困意，突然收到一封信，是参加"佳木斯市残疾人歌手大赛"时认识的隋向锋寄来的，打开信，一张《中国青年报》掉了出来。我一眼就看到"第二届全国残疾人歌手大赛"报名通知那一栏。她在信上鼓励我一起报名，我也真想试试，却被父亲一句话给拦住："全国比赛，通俗组就选10人，多大雨点能落到你头上？"

我不理解，更不明白，我的童年是伴着父亲的二胡和笛子声唱着度过的，为什么父亲还会如此反对。

谁也没想到，只因父亲这一句话，我病倒了……

一、寻梦路

后来,父亲把一盘旧磁带给抹了,为我录了两首杨钰莹的歌,又像做工艺品一样钉了个小木盒子,裹得严严实实地寄走了。小木盒子寄走了20多天,家里像从来没有过这件事一样平静,谁也没提起半个字。我心中所有的期盼和向往,在那个夏天,彻底凉了,每天只集中精力背中医汤头。

我也似乎明白,父亲一开始为什么那样反对我报名。

8月下旬的一天,上午10点多,我坐在屋里正背汤头,父亲急匆匆从单位赶回家。进门就直奔我来:"你猜这是哪来的信?"满头大汗的父亲举起手中的信,激动得有些喘。

我停顿了几秒:"是北京?"

"对了,真是北京!"父亲的声音和打开信的手都在颤抖。

"单丹同志您好!您已入选'第二届全国残疾人歌手大赛',请于9月6日前赴京参加决赛。"

看着看着,眼前的字变得模糊起来,我猛地抬起头,泪珠从眼里一滴滴滚落下来,才见父亲也泪湿眼眶。

"闺女,这回,这回你真选上了!"父亲笑着哽咽地说。

"爸,这个雨点终于落到我头上了。"我流着泪得意地说。

父亲捋了捋我的头发,我一下子抱住父亲,好半天也说不出话。

几天后,接到隋向锋的信,得知她也入选了,是美声组。我们相约一起从佳木斯出发去北京。

在去北京比赛前,富锦市文化馆牟玲贤馆长特意从富锦赶来看我。她是第一个把我推到舞台上唱歌的人,又推荐我参加"富锦市残疾人文艺汇演",后来我又代表富锦去参加"佳木斯市残疾人文艺汇演",还上了《富锦新闻》。

那天,她拍着我肩膀,对父亲说:"单锐敏老师,别说向阳川,就是连富锦这么多年也没有一个能登上首都舞台的人，我们把希望都寄托在小单丹身上了。"

听到这句话，我心想，我不光是去比赛，还肩负着为家乡争光的使命。

我人还没到北京，"小甜妹"这个名字已在组委会传开。比赛前，我最后一个抽签，竟然抽到了第一号，父亲紧张得有些焦躁，而我却一点也没紧张，父亲说我真是"初生牛犊不怕虎"。他让我唱《小背篓》，可我还是坚持要唱杨钰莹的《风含情水含笑》，最后获得了通俗组优秀奖。

9月12日，在北京保利剧院赵忠祥老师主持的颁奖晚会上，我演唱了《小背篓》。有人说，要是比赛时唱这首歌，能得二等奖。因不够17岁参赛年龄，父亲在报名简历上多写1岁，那我也是所有选手中最小的，还是唯一一个没经过专业学习的选手，可说出来谁都不信。

评委金铁霖老师对父亲说："这孩子乐感很好，演唱声音也很有特点，应该好好培养，不然就真可惜了。"没想到这句话像一把锤子，敲在父亲的胸口，也改变了我和全家的人生轨迹。

从北京比赛回去后，我心里空荡荡的，一种从未有过的孤寂和落寞把我围绕。人回到家，可心却还在那个舞台上。我不敢再听歌，更不敢开口唱。打开写满中医汤头的笔记本，我的手开始颤抖……

我知道有一种强大的力量占据和牵引着我，我在试图触摸这种力量。是希望？还是梦想？

坐在那里，望着镜子里的自己，16岁的我第一次开始思考，我的梦想究竟是什么。

听父亲讲过，我出生后几个月就有了喜欢音乐的迹象。那时我整夜整夜地哭闹，母亲只能坐着抱我睡觉。后来父亲只要抱起我一唱《摇篮曲》，我就乖乖睡觉。再后来，父亲哼唱的《摇篮曲》便是唯一能让我入睡的"神曲"。而父亲也成了我唱歌的第一位启蒙老师。

一周里，有我演唱《小背篓》的那个颁奖晚会，在央视三套综艺频道连续播放好几次。父亲的朋友还特意拿录像机给录了下来。第一次在电视里看自己，不敢看，不敢想，更不敢相信。

大雪下了一场又一场，日子一天又一天从我心中滑过。尽管我极力地在克制掩饰自己，但也瞒不过父母的眼睛。他们好像什么都知道，又好像什么都不知道。

有天晚上，父亲下班拿回一份刊登我演唱《小背篓》照片的《中国电视报》，又宣布一个重大决定："我们要搬家去沈阳，给你找个老师学唱歌。圆你唱歌的梦。"

父亲说出这个决定的声响如惊雷震到了我，却不知这个决定竟会改变我一生。当时我心中有一万个为什么，却不知要问什么。

这时，母亲从厨房拎着饭勺走进来。

"你爸为了你，要把家搬到沈阳去，开始我没同意，你爸在政府机关这么多年工作多稳定，咋舍得离开？后来你爸和我商量了好几天，我一想，为了你有个好的发展，那就去吧！"母亲的话语中流露出无奈后的坚决。

从沈阳来我家住的姥爷也一再劝阻母亲："你们在这生活多好，啥也不用愁，到沈阳那大城市可不好活啊！"母亲一直也不吱声，干着手里的活儿。

父亲要去沈阳的消息在单位一传开，每晚家里都来好几拨人，不是送他，是劝他。

他们都说着类似的话:"在这几十年稳定的工作和家庭,去陌生的城市太冒险了。"又说:"如果去了不行的话,一定得回来。"

父亲笑着摇头说:"回来恐怕很难,就算再不好,也不能回来。"

看到这一幕幕,对于"沈阳"和"梦想"既有期盼,又有畏惧,不知是喜还是忧。

那个春节,是全家在黑龙江老家过的最后一个年。我们四口人的话都突然变少。没放鞭炮,只吃了顿饺子。

过了大年初一,家里便不再开伙。每天都有人约请我们全家去家里吃饭,直到出了正月,还有人排号在请,在那段要离别的日子里,几十年的情感,只能浓缩在一顿顿的饭里。

临走前,我还用空白磁带录了自己演唱的歌,送给了亲人和朋友。把我的歌声留在了那块土地上。

1995年3月25日,父母带着我和弟弟从黑龙江的小镇闯入"大沈阳"。先在郊区农村的大姑家落脚,后来去于洪区租了个200元的单间,在那个狭小的空间里,除了我们一家四口沉闷的呼吸,连空气都弥漫着焦灼的味道。

有天后半夜,我被一阵抽泣声惊醒。

"这日子可咋过啊?城里天天到处都花钱,太吓人了,你啥时能上班?儿子也得上学啊?"还没说完母亲就哭了。

只听到父亲一声接一声地叹气。

"再等等看吧!实在不行,咱们还是回黑龙江吧!"

母亲的话像飞出弓的箭击中了父亲,让沉默的父亲一下开了口:"不行!孩子从小到大就唱歌这点儿念想。"

"那你说,咱这一家四口可咋活?"

父亲突然激动起来:"她不是还有爹吗?我就是蹬倒骑驴也要培

养闺女唱歌。"

父亲的声音颤抖着。

我的心也颤抖着。

睡在我上铺的弟弟翻了个身,小铁床发出吱吱咯咯的响声,他们就再也没说话。

躲在被窝里的我,心揪成一团,蜷缩的身体和被子一起颤抖。

我并不知道闯沈阳是"过山车"一样的冒险,更不知道等待我们的是"走钢丝"般的日子。

我突然感受到一家人正深陷泥潭,无力挣脱的痛苦。这一切都是因为我!如果父母不是为圆我唱歌的梦,怎会辞去政府工作,放弃一切闯沈阳?我的梦与异乡风雨中飘摇的家相比,算得了什么?我该怎样去扭转这一切?

5月下旬,一个周二的下午,父母带我去铁西区残联办残疾人证。

父亲先进去询问,我和母亲在大门口等。

这时,院里一位年轻小伙推着一个坐轮椅的男人,从一条架在二楼到一楼的长坡道上走下来,父亲上前询问后便往另一栋楼里走。

他们正朝大门口走来,轮椅上的男人圆脸,体态宽胖,神情淡定,穿着藏蓝色西装,看上去像残联领导。

他一直盯着我看,越来越近,看我的目光里有一种"似曾相识",走过去还回头自言自语:"这小孩?"

不一会儿,父亲从楼里走出来,抱起我就说:"今天不是办证日,但办证的人听说了你的情况,决定破例给办。"父亲边说,边气喘吁吁把我抱到二楼办证处,母亲跟在后面搬轮椅。

接待我们的是一位与我父母年龄相仿的阿姨,见面就送来温暖的笑。她一边为我办证，一边听父亲讲我的经历。当听到父亲为圆我唱歌的梦，放弃在黑龙江的工作，全家搬到沈阳时，她站在那怔住了，手中正盖着钢印的残疾证差点掉地上。她又让我唱了首歌，唱歌时，她一直看着我。走时，她让父亲留下传呼号，又送我们走到门口，我才发现原来她也是残疾人。父亲礼貌地问了她的姓名，她说叫高秀清。

第二天一早，父亲的传呼机响了，是残联高秀清阿姨，让父亲去一趟。

这一去，却带回个意想不到的好消息。

"那位高阿姨昨天见到你后，回去一宿没睡，就在想怎么能帮到你。她爱人告诉她，如果真想帮，就只能去找一个人。"

没等我问，父亲又说："你猜这个人是谁？就是昨天在残联大门口遇见坐轮椅的那个人，他是沈阳知名残疾人企业家吴总。"

"真是太巧了！"我大声说。

父亲讲："他的公司与残联在一个院，平时你高阿姨和吴总没啥联系，可今天一大早上班，她就鼓足勇气去找他。没想到当高阿姨提起你时，他说昨天在大门口见到了。他还提了件更巧的事，就在前几天全国助残日期间，他在央视三套看到全国残疾人歌手大赛颁奖晚会，对你唱的《小背篓》印象很深。"

我像听故事一样，觉得太不可思议！

"你高阿姨可真够意思啊！"父亲激动地站起来说，"吴总当时就答应要帮你圆上学唱歌的梦，说要见见你。"

我还没缓过神儿，父亲催我说："吴总已经派司机在楼下接你。"

仅一天，高阿姨再见到我像许久未见的亲人，紧握我的手说："昨晚我躺在床上怎么也睡不着，睁开眼，闭上眼，你那双会说话的眼睛总是在我脑子里一闪一闪的,一看见你那双眼睛,我就想帮你,你眼睛闪一次,我心里想帮你的感觉就会又强烈一分。这一晚上,满脑子都在想,到底怎样才能帮到你。我也想过如果不帮或帮不上,感觉自己就是个罪人。"

听高阿姨讲完,我睁大眼睛看着她,感动得说不出话。

父亲推着我,高阿姨一手扶栏杆,一手拉着我,我们一起走上那条长长的坡道去见吴总。

一进门,吴总深沉的脸上露出一丝微笑,高阿姨让我管他叫"吴叔"。

他见到我就说要帮我找声乐老师教我唱歌,我满心欢喜。紧接着说出的另一句话,我却无言以对。

"我想给你介绍两个歌厅去唱歌,怎么样?"

我低下头,心瞬间沉下来。

吴叔看了看我又说:"不知你对未来有什么打算?我想如果真帮你,不是给你拿多少钱,而是给你选一条路,一是找老师教你唱歌,二是去歌厅唱歌,一边学习一边实践,这样你能放宽视野,是一个挺好的锻炼机会。父母为你也付出很多,很不容易,这样也能解决家里的经济问题,你再想一想。"

当听到最后一句话时,我突然把头抬起来,紧咬嘴唇,使劲点头。心里想:只要能扭转全家的窘境,我决不会退缩。

要走出门时,吴叔又把我叫住说:"上天就看你能承受得住这份苦难,才把它给了你。为你关上一道门,一定会为你打开一扇窗,所以你一定要勇敢、坚强。"

我眨了眨眼,点了点头,心里酸酸的,却充满着力量。

几天后,吴叔让司机带我去了两家歌厅。

一家说："这样的身体状况上台有些不合适，会影响客人心情。"

另一家上下打量我一番，只让我留下了电话。

后来，吴叔又为我联系个近处的，就在残联斜对面，他好朋友马驰开的伊斯兰歌舞餐厅，在当时算得上是沈阳最大的回民餐厅。

这餐厅与别处不一样，从外面看是圆形城堡，在里面看，上下两层是一个圆，环抱着半圆形舞台，一楼最里侧是敞开式包房，最外侧是大厅散台，在楼上或楼下观看舞台表演，一目了然，360度无死角。

舞台不太高也不太大，像半个月亮映在银灰色大理石地面上。乐队就在月亮半径处演奏，演员站在正中央，身后紫红色幕布上贴着金光闪闪的几个字："伊斯兰之夜"。

去试场那天下午，一位高个子、高鼻梁，穿着一身西装，很儒雅的男士接待了我们，后来才知道他就是伊斯兰歌舞餐厅总经理马驰，那年他34岁，是"沈阳市十佳青年企业家"。

在那半个月亮的舞台上，我试唱了两首歌，在餐厅工作的人都凑过去听，从他们的脸上就能看出，我和我的歌声一定是出乎他们的意料。

马总听了我的歌，用敬重的目光看看父亲说："孩子的经历我都听说了，没想到这小孩唱得这么好听啊！明天就过来正式演出。"说完还轻轻拍了拍我后脑勺。

不知是欣喜还是恐慌，在舞台上唱歌我从不紧张，可在这个舞台上唱，我心里还真没准备好，不敢想当这里坐满了吃饭的客人，他们的目光都聚焦到我身上时，我还能不能发出声音。

那里就餐的客人很多，演出火爆，歌手们除了歌唱得好，还要有眼观六路、耳听八方、八面玲珑的本领。

一、寻梦路

　　回去的路上，我在想，其实那里并不缺我这个歌手。
　　7月4日晚，我正式到伊斯兰歌舞餐厅唱歌。演出前，马总把乐队和演员都召集到大包房里开会，他向大家介绍我，并郑重地告诉大家："虽然我们之前的规矩是所有演员所得鲜花、小费，都要与餐厅和乐队分成，但新来的这个坐轮椅的小女孩单丹例外，只有她的花和小费不用分。这也是我们对她的一份关爱。请大家多多理解！"
　　当时我心里就在想，马总为我立了个规矩，也破了规矩。
　　第一天演出，心情和每次演出都不一样。我一上场，整个餐厅都静下来，所有人都放下手中的筷子，楼上楼下几百双眼睛盯着我，我无处可逃，心里除了忐忑还是忐忑，我都不知道是怎么唱出来的。好在还没唱几句，就听到了掌声，又收到一束束鲜花，心才平稳下来。
　　吴叔也来为我捧场，坐在离舞台最近的那桌，我接到的第一束花就是他让人送的。我唱着《小背篓》："头一回睡在背篓里，尿湿了妈妈的背，头一回下到河滩里，我光着脚丫走。"我看到吴叔在抹眼泪。那是他第二次听我唱这首歌，第一次是在电视里。后来，每次一听到我唱《小背篓》，他都会流泪。
　　那晚我唱了三首歌，得到的鲜花最多，后来都抱不住了，散在轮椅周围，像一片花海。
　　"第一天演出挺成功，但不能光唱，还要学会说，台下客人们给你献花，你除了说谢谢，还要说一些祝福的话。"演出后马总对我说。
　　吴叔也嘱咐我："多练练嘴皮子，慢慢来。"
　　但我心里想，其实说要比唱还难。
　　有一天，演出结束后太晚，已没有公交，马总开车送我们回家。

车从有路灯的明夜，走到偏僻的暗郊，进入于洪北里已一片漆黑，只有楼上的几个窗口亮着灯。

父母每天要推着我来回走40多分钟的路赶公交，马总听了皱了皱眉头，又听说住7楼，他叹了口气。

我知道父亲当时租7楼，是为了房租能便宜些。

到楼下，父亲把我扛在肩头，母亲提着折叠好的轮椅往楼上走，马总跟在身后。

走到三楼，马总有些气喘说："我一个人上楼这都喘呢，大哥大嫂你们这天天往上扛可太辛苦了，这伟大的父母为孩子付出可太多了，到冬天都穿上棉衣了更扛不动了啊！"

父亲的脚步稍缓了一下，马总快步上前，把母亲手中的轮椅"抢"了过来，跟在父亲后面，一口气走上7楼。

第二天晚上，刚到伊斯兰歌舞餐厅，马总就把一串钥匙放到父亲手里，我们三口人全怔住了。

"大哥，这是你们新家的钥匙，你收好！"马总看着我们说。

还没等父亲开口，马总又说："昨晚我看你扛单丹，大嫂搬着轮椅，你们天天上大7楼太辛苦了，就在餐厅附近给你们租了个2楼，这样就省劲儿了，天天也不用走那么远的路赶公交车了，下楼就来餐厅唱歌。"

父亲看着马总，脸上最高的那两块肌肉在颤动，抖了抖嘴唇说："兄弟，这份情……"没等父亲说完，马总的双手就把父亲的手给握住了。

从那天起，父亲让我管马总叫"马叔"。

搬家那天，吴叔也来了，还给我买了台彩电，又送我一台进口轮椅。

搬到铁西,就去看望了高秀清阿姨,她家离我不远。

去了才知道,原来她爱人也坐轮椅,我叫他关叔。他很有思想,说话出口成章。

从那以后,过年过节我都去看他们。每一次关叔都在家穿上正装,隆重地等着我们。从一进门,高阿姨的眼睛就没离开过我的脸,每回我要走时,她都送出来,站在大门口望好久。

很快,吴叔就帮我找到声乐老师——沈阳音乐学院马素娥教授,见马老师那天也是我第一次见到钢琴。

当马老师看到轮椅上的我,一下愣住了,了解到我的身体状况后,从她表情就能看出她心里的顾虑,最后她还是笑着对我说:"你站不起来,下半身没有知觉,那你唱歌能用上气息吗?"

我没做任何回答,只是给马老师唱了首《小背篓》,她随着我的歌声弹钢琴给我伴奏。

最后一个音落下,马老师很惊讶地说:"孩子,你让我太意外了,我没想到今天要来的这个新学生是一个坐在轮椅上的女孩,我更没想到你坐在轮椅上唱得这么好,乐感太好了,味道也甜美。"

我一直微笑着看着她,她说出了我这辈子都忘不了的一句话:"今天你这个学生我就收定了。"

也就是从那一刻起,我学唱歌的梦终于圆上了。

再回头看看父母,他们的眼睛里都笑出了泪花。

马老师又叮嘱我说:"教课这么多年,还没听到过这么有特点的声音。我教你正确运用气息演唱的方法,你学美声也只是打个基础,再唱通俗就省力了。但千万别把你自己的通俗小味儿给破坏了,要保持自己独特的演唱风格。"

从那以后,每周六父母都带我倒两次公交车,去马老师家上课。

就算下雨下雪也从不耽误。

每次上课回来，我都做课后笔记，反复琢磨。

除了周末去上课，平时每天下午练歌，成了雷打不动的大事。

用一小时练声，再用一小时练歌，练完一组音阶的发声"mi-ma-mi"，再练"狗喘气"，我超负荷练习，常常练到虚脱，两眼冒金星，汗出了不少，从不敢喝一口水。

我不想让身体的障碍阻碍演唱水平的提高，也不想因身体的不便而降低自己的演唱水准，不允许自己有半点妥协，更不能辜负父母和帮助我的人对我的期望。

后来每晚再去伊斯兰歌舞餐厅演出，明显感觉到气息能用上了。马叔也说我唱歌声音变大了，也有劲了。

没多久，父亲去水泥厂工会工作，弟弟也上学了，全家的生活一步一步在发生意想不到的转机，突然感觉生活一下子温暖和美好起来。

一、寻梦路

"赵本山来了"

在伊斯兰歌舞餐厅唱歌一晃有两个多月了。9月22日晚,父亲推着我刚走进伊斯兰歌舞餐厅,"赵本山来了,赵本山来了。"一个女服务员从我身旁经过,凑到我耳边悄悄地告诉我。

赵本山?我脑子"嗡"的一声,不知听没听错,父亲探过身来,看看我,我也看着他,我俩谁都没说话。

这时,马叔从餐厅里走出来,一见到我,咧开嘴,拍着腿,遗憾地说:"哎呀!就差一步,本山开车刚走,我和他介绍了你,他很想见一见你。但刚接了个电话,有事着急先走了。"

马叔话音刚落,我张大嘴巴,瞪圆眼睛问:"是电视里演小品的赵本山来咱们餐厅吃饭了吗?"

这一问,给马叔问乐了,他摸了摸我的头说:"是,本山是我的好大哥。他爱人马丽娟老师是回民,他俩常来我这吃饭,我们是多年的好朋友。"

父亲也呵呵地笑着说:"这孩子!还说小孩儿话呢!"

听马叔一说,我才反应过来,是真的,但不敢相信,也是真的。一个在电视里才能看到的大明星,怎么可能会在生活中见到?

马叔看着怔怔发愣的我说:"没事儿,他过几天还能来。"

我觉得又激动,又可惜,真恨自己没早几分钟到。

回到家,我躺在床上翻来覆去睡不着。

脑海里不知不觉浮现出一个个场景，每年过春节，一家人都守在电视机旁看春晚，一直等到赵本山老师上场演小品，才能把刚出锅热乎乎的饺子送到嘴里，小品的趣味儿，饺子的香味儿，那才是东北人真正的年味儿。

记得第一次是在1990年的央视春晚上，看到赵本山老师的小品《相亲》，他演的"徐老蔫儿"像刻在我心里一样。我记得很清楚，那年是马年，也是我的本命年，我穿着对襟红棉袄，坐在炕上看他的小品。

想着想着我就睡着了，但我万万没想到，那满是遗憾的期盼，仅在两天后的晚上真的到来。

那一晚，7点前父母就推着我赶到伊斯兰歌舞餐厅，刚进门就听保安说："赵本山来了。"

才仅仅两天，就又听到了这句话，我的心"咯噔"一下，像是有鼓点在敲，眼睛不知该往哪儿看。

父母刚坐在大堂沙发上，我一转头，见马叔正从餐厅往大堂走，他面色红润，满脸喜气，没等走到我跟前，就开口说："单丹啊，今晚本山特意又过来听你唱歌，一定得好好唱。"

这句话，除了带给我惊喜，还有震惊！

我脸上虽然挂着笑，心里的鼓点却敲得更加紧密。

马叔拍拍我的肩膀说："没事儿，别紧张，中央电视台你都去唱了。"

说完，他到后台与主持人讲，把我的上场时间往前调。

时间一分一秒追着我的心跳，感觉我的心都快要跳出来了。父亲和每天一样，推着我在餐厅入口候场，舞台正对着我，可我离舞台有将近20米远。当主持人开始介绍我，父亲的脚步就往前迈，介绍接近尾声时，父亲刚好把我推到舞台边上，这时，两个男服务员一路小跑赶过来，把我和轮椅一起抬上舞台。

上了台，才感觉楼上楼下都是人，又爆满了。

一抬眼，马叔正坐在对面6号包房，他旁边那个人好熟悉，对！就是赵本山老师，一定是！和电视里长得一模一样。这时，赵本山老师也抬头看到了我，好像在冲我微笑，我嘴角也向上动了动，我们的目光就这样远远地对视着，与他隔个位置坐着的像是范伟老师，其他人不认识，有几个人都是背对舞台坐着。

身后乐队前奏一响起，只有我自己能感觉到，紧握麦克风的那只手在发抖。

"小背篓，晃悠悠……"当我开口唱起《小背篓》，包房里的赵本山老师一直盯着舞台，马叔在他耳边说着什么，他望着舞台上的我，坚定地点了点头。

不知唱到第几句，赵本山老师开始鼓掌，全场掌声瞬间响起。

服务员从吧台抱了好多束花，去了6号包房。

最先拿到花就站起来的是一个女人，她走出包房，直奔舞台。身高一米七多的她，面容白皙，梳乌黑马尾辫，穿藏蓝色修身小西装，很快就走到我身边，微笑着把花放到我怀中，还给我一个拥抱，就在她拥抱我时，往我手心里塞了个东西，我意识到，是钱。我想，她应该就是马叔提起的，赵本山老师的夫人马丽娟老师。

没等她走回包房，一个穿黑白格T恤的男士低着头，捧着花，从包房往出走，就在他抬起头的瞬间，我认出，是范伟老师，他的笑比电视里腼腆，当他把鲜花送给我时，还睁大眼睛，紧绷着嘴唇，向我伸出大拇指，使劲顿了两下。

他刚转身离开，一个个子不太高，戴白框眼镜的人已经来到我身边。

这人好眼熟，突然想起，还是在黑龙江时，从一盘录像带的演唱会上看到他的压轴演出，那沙哑而带有磁性的声音，一首接一首，动情演唱，现场感染力爆棚，给我留下很深的印象。如果没记错的话，他应该叫李诚。他把花放到我臂弯，冲我笑一笑，就跑回6号包房，原来他和赵本山老师是一起的。

在他之后走出来给我献花的那个人，瘦高个儿，白净脸，连走路的姿势都很儒雅，后来听说他叫赵柏山，与赵本山老师名字只差一个字，他们长得也有点像。

接到他们送来的鲜花，我一边唱，一边点头致谢。

后来，从6号包房又走出两个人给我献花，走在最前面的有一米八多大个儿，英俊帅气。后面那个人脚穿哈雷靴，身穿扎满铆钉的黑皮衣，全身都散发出摇滚的气息。

听说一个是马丽娟老师的弟弟马瑞东，另一个是赵本山老师的徒弟路遥。

最后从包房里走出来的不是别人，正是赵本山老师，他一出现，全场可炸了锅，那掌声像是欢迎他上台演出，一下就把现场的音乐声给淹没了。

他穿着蓝色牛仔裤，蓝休闲衬衫，脚上穿咖色休闲皮鞋，迈出的却是十分眼熟的"徐老蔫儿"步伐，伴着全场的欢呼声，他双手捧着鲜花，一路走，一路笑。

越来越近，我除了嘴在唱歌，整个身体好像都僵硬了。

在一路欢腾中，赵本山老师终于走到我面前，把鲜花送到我手里，看着我说："孩子，唱得好！"

我抱住鲜花，用尽全力去唱结尾那个高音，唱得比平时还要响亮!

下了舞台,父亲刚把我推到大堂,一个人突然走到我面前,是赵本山老师,他比刚才多穿了件黑色马甲,还戴了顶蓝色带白色云朵的鸭舌帽。从舞台下来还没回过神儿的我,又愣住了,我使劲眨眨眼,他正笑呵呵地看着我。

跟在他身后的马叔说:"本山大哥特意要来看看你们全家。"

马叔向他介绍了我的父母。赵本山老师伸出双手与我父母边握手边说:"你们这做父母的太伟大了,付出这么多,就为了培养孩子。"

"这都是我们做父母应该做的。今天能在这见到您,也是我们一家的荣幸!前两天没见到,孩子就觉得挺遗憾,这今天终于见到了。"说完,父亲脸上的笑容彻底绽开了。

我脑子正发蒙,甚至不知所措。只听马叔在赵老师面前一个劲儿地夸我:"这小孩可好了,歌唱得好,还懂事,有素质,可善良了。"

赵老师俯下身来,拉住轮椅扶手,看着我说:"孩子,你歌唱得很好,一定要快乐地去生活,快乐地去歌唱。你是阳光的,幸福的。"

我睁大眼睛盯着赵老师,认真听他对我说的每一句话,生怕把哪一个字给忘了。

我连连点头说:"谢谢赵老师!"

马叔突然打断我:"不叫赵老师了,就叫本山叔,你管我不也叫叔吗?"

我马上又叫了一声:"谢谢本山叔。"

马叔接过来说:"对,还是叫叔亲切。"

这时，本山叔笑了，大家都笑了。

我忽然想起件事，回头从母亲拎的布兜子里，掏出我抄歌的笔记本，翻到最后一页，双手捧着本子说："本山叔，您能给我签个名吗？"

本山叔接过笔记本，坐到沙发上，把本子平放在腿上，拿起笔就写，他头上鸭舌帽的帽檐一晃一晃，都快把本子挡住了。

最后一个字收笔，大堂里掌声齐鸣。

不知啥时，大堂里站了那么多人，把我们都给围住了。

从本山叔手里接过笔记本，我端详老半天，从右往左念，"自强不息"四个大字，左边是竖写的小字落款：赵本山 一九九五年九月二十四日"。

我小心翼翼地合上本子，放在胸口，心里那个美劲儿都写在脸上。

这时，本山叔又对我说："孩子，记住！自己一定要快乐，这样别人看到你才会更快乐。"

我知道这不仅仅是一句话，而是深深烙在我心底。

走之前，本山叔说要与我们全家合影。

本山叔站在我身后，双手紧握着轮椅把手，父母站在左右两边。一位拿着相机的客人给我们拍下了合影。

到家，我还像在做梦，对！连做梦都不敢去想，能真的亲眼见到赵本山老师，更重要的是他竟然成了我的"本山叔"！

叫了"本山叔"，我才觉得他已从电视走进了我的生活里。

因为有爱

"月亮船啊月亮船,载着妈妈的歌谣,飘进了我的摇篮……"我笑眼弯弯地在舞台上演唱《月亮船》,有个身影摇晃着闯入我的视线。

所有目光都聚焦在这个人身上,她有30多岁,微笑的脸涨得通红,手里捧着鲜花,正用不平衡的脚步一步一步往舞台方向走。

她终于在一首歌结束前走到舞台边,小心翼翼把花送给我,只说了一句:"今天就是来看你的,你真的很棒!"便转身离去。

望着她蹒跚的背影,难想象她有一张漂亮的脸,我不知道她从哪里来,也不知道她的姓名,只知道她用了很大的勇气走到我身旁。

那段时间,总有一些陌生人来听我唱歌。

这一切缘于一次采访。

一天,刚唱完歌,一位吃饭的客人说要采访我,后来才知道她是《沈阳晚报》的记者刘禾。

《沈阳晚报》——"生命的绿色"专访一登出,其他媒体也都来了。我感觉有一种无形的压力在向我扑来,也就是从那时起,我开始有了失眠的毛病。

从那以后,来吃饭看我演出的人多了不少,有的人还跨好几个区赶来。

马驰叔绽开笑脸,每天进进出出,接待来餐厅吃饭的客人。

有一晚演出后，一位20多岁很斯文的男士走到我身边，手里捧着一个箱子，说是送给我的礼物。

我没有任何精神准备，只觉得这个人几天前来过，还给我献过花。

他说自己是银行职员，在电视和报纸上看到我，特意过来听我唱歌。更想为我做点什么，就选了台小霸王电脑学习机，希望对我能有用。

当他说起自己的一段经历，我知道他是一个很善良的人。

他女朋友的腿骨折后，一直是他在照顾，开始也是坐轮椅，后来能挂拐，现在已快康复。

他又说："我女朋友知道丹丹的故事，很支持我的做法，我只想尽自己所能，一定要为丹丹做点什么，心里才踏实。"

他和他的经历都让我们感动，父亲还特意问了他的名字，叫罗洪起。在那个年代，买这台电脑学习机，得花他一个月的工资。

要走时，他俯下身来，眼泪汪汪地看着我说："现在大家看到的是在舞台上唱歌的丹丹，而我想的更多是你在舞台背后生活的每一天，甚至多年以后无论你做什么，都应该这样快乐。"

多年以后，再想起罗哥对我说的这些话，心中不仅仅是感动。

有一天，在伊斯兰歌舞餐厅，我遇到了一个人，还带给我一个儿时记忆里就渴望和期待的声音，原来那些遥不可及的幻想也会在某一天的现实里传来了一点声响。

那晚刚演完，一位身穿旗袍的女士把我推到她的餐桌边。

"你和我姐姐一样，一看到你，听到你甜美的歌声就特别喜欢你。"

我看了看这位陌生又亲切的阿姨，只是笑，没说话。

一、寻梦路

桌上有人说："她姐姐你一定知道。"

我用疑惑和期待的目光看着这位阿姨。

这时，桌上不知谁说出了一个名字："张海迪"。

听到这三个字，我瞪圆了眼睛，激动得说不出话。

"我叫张小雪，是海迪的妹妹。她一出门，国内国外，都是我推着她，陪着她。"

说完，小雪阿姨又用疼爱的语气问我："姐姐是脊髓血管瘤，你应该和姐姐的病症差不多吧？"

"我是脊髓血管畸形，下肢瘫痪，没有知觉，做了7回穿刺。"

小雪阿姨和桌上的人都用惋惜和心疼的目光看着我。

听父母说，生下来只有两斤的我差点没活成，但8个月就会说话，11个月满地跑。父亲在镇中学教书，我们住的中学家属房和教室只隔一条马路，我在家里就能听到父亲讲课的声音，只要父亲一讲课，我便锁定目标，循着父亲的声音冲进教室，抱住父亲大腿，让他回家。

在差十几天就2岁的时候，一场高烧，我再也站不起来了。父亲到处凑钱，一刻也没耽搁，抱着我坐上火车就去治病。从佳木斯到哈尔滨，又从哈尔滨到沈阳，从沈阳又转到了北京。

北京宣武医院神经外科对我病情的诊断："先天性脊髓血管畸形，双下肢截瘫。"这两行字，给千里求医的父亲当头一棒。医生还告诉父亲，治好的希望很渺茫。果真在北京住了半年医院，也不见好转，最后专家建议做脊髓探查手术，但手术成功率只有2%。父亲想了两天，最后还是狠心签了字。

父亲把我裹在一个毯子里，抱着我去北京动物园、颐和园、人民大会堂，每去一处都拍照留念。

照片里，那个身材微胖、相貌俊朗却满脸沧桑的男人就是父亲，那年他28岁，抱着不到3岁的我，目光里透出了无望。

后来，我的血象不达标，手术没做成，我活了下来。

生病前几天别人无意间给我拍的照片，竟成了我生命中唯一一张站立的照片。

听说我从学会走路开始，就只会跑。现在想来，也许是命运的安排，让我在2岁前，把今生应该跑的路，全都跑完！

小雪阿姨又问我："你的位置是在胸几？"

我回答："我是在胸十一。"

这时又听到桌上有人在交谈说："这孩子真可惜了，还做那么多回穿刺，小时候得遭多少罪啊？"

即便我的病在北京没治好，父母依然东奔西跑，没放弃对我的治疗，一听说哪有好大夫或好偏方，不管多远都带我去，每一次都是怎么去的，还怎么回来。

小时候就算不头疼脑热，我也总去医院，因为我经常坐的部位总起大包，医学名词叫"疖肿"，如果严重就会变成"褥疮"。母亲每周都要背我去医院打点滴，一进医院，我就害怕，确切地说是害怕穿白大褂的人。

记得当初生病在北京住院，几个穿白大褂的人按着我，把我的身体蜷成一个圆，再用大粗针头往我脊柱里扎，然后听到的便是我撕心裂肺的哭声。长大了我才知道那叫"穿刺"，我竟然做了7次。所以只要一看见白大褂，就知道我的疼痛要开始了。但打点滴我更喜欢扎脚，因为没知觉，不疼。

我对小雪阿姨说："我从小就是听着海迪阿姨的故事长大的，海迪阿姨一直是我的榜样，上小学时，我说出的梦想，就是要像海迪阿姨一样去学医，为更多人解除病痛。"

"你现在还小，好好唱歌，好好学习，将来你的人生也会很棒！"小雪阿姨鼓励我说。

"那我可以给海迪阿姨写信吗？"

"可以啊！我这几天不走，你写完带到这里，我来拿，回去就给你海迪阿姨看。"小雪阿姨温柔又有耐心地对我说。

记得小时候，父亲经常给我讲海迪阿姨的故事。她的精神不仅影响了那个时代，还有那个时代的人。

一直想买海迪阿姨写的那本书《轮椅上的梦》，去北京比赛时，父亲推我在一个小街道的书店里买到了。还没打开，就被封面上的那首诗吸引住："我常常梦见自己张开双臂，向着地平线上辉煌的太阳飞奔。我总是不顾一切地奔跑，任凭风儿拂起我的头发，飘起我的衣裙。在灿烂的霞光里，我感到全身充满无穷的力量。我奔跑，我大笑，在美好的梦境里，我是多么幸福啊！"

海迪阿姨的这个梦境，正是我向往的那个梦。我小时候也曾奔跑过，但我没有记忆。我知道这一生都不可能再去奔跑，哪怕在梦中，也从来都没梦到过自己有双健康的腿在奔跑，连一次都没有过。

打开书的扉页，那个一头飘逸的长发，眼镜中那道清澈和坚毅的目光，还有少女般灿烂笑容的人正是海迪阿姨。

当我看到书中的文字，走进主人公"方丹"的生活，也就走进了海迪阿姨的内心世界。那个世界里有痛苦、有辛酸、有向往，也有力量。

回去后，我就给海迪阿姨写信，写了整整两天，把17年的自己都装进那封信里。

又过了两天，小雪阿姨果然又来到餐厅。我把那封沉甸甸的信交给她，她却用手机拨通了一个电话。

"我在沈阳看到一个坐着轮椅唱歌的小姑娘单丹，她才17岁，和你的病一样，从小就崇拜你，听你的故事长大。这次还给你写了信让我帮带回去，现在她就在我身边，让她和你说几句话吧！"

小雪阿姨说完就把手机递给了我。只听电话那头传来一个小女孩的声音：

"喂！单丹你好！我是海迪阿姨。"

听到电话里的声音，我真的不敢相信那就是海迪阿姨。

"阿姨好！我太激动了，没想到有一天还能和您在电话里说话。我太开心了！"我用颤抖的声音，有些不知所措地说。

"是吗？我也很开心认识你。"

"阿姨您现在在哪儿？"

"我在山东的家里。"

海迪阿姨每说一句话都在笑，听到她的笑声，仿佛觉得她正与我面对面聊天。

"听小雪说你歌唱得特别好，人也特别可爱。有梦想就要一直努力。"

"谢谢阿姨，我一定会努力。"

"你平时在家都做些什么呢？"

"我白天在家练歌，晚上去餐厅唱歌。"

"那你上学了吗？读了几年书？"

"我上了九年，去年初中毕业后就去北京参加歌唱比赛，今年3月刚搬到沈阳。"

"你平时除了唱歌，还应该多看些书，充实自己，武装自己的思想和头脑，也可以练习写作。"

一、寻梦路

我告诉海迪阿姨:"阿姨,我特别喜欢《轮椅上的梦》那本书,那首诗,那个梦境一直是我喜欢和向往的梦境。"

海迪阿姨耐心地又给我讲:"你平时自己能做到的事,尽量自己去做。做不到的也要尝试锻炼着去做。比如做些家务,洗衣服,换床单被罩。我在家就完全可以自己去做,你也要尝试去做一些……"

那是一次远隔千里,却印在心底的对话。

多年过去,一想起海迪阿姨的笑声,依然会觉得温暖而有力量。

在伊斯兰歌舞餐厅唱歌,我的鲜花和小费总比别人多,乐队和演员们私下还传出谣言。

"她妈妈给她缝了一个大布兜子,天天就挂在脖子上,每天客人给小费时,就直接往那布兜子里扔,天天都能接到满满一兜子钱,有时钱都掉地上了。"

在那些是是非非中,一位唱民歌的男歌手,总呵护我。

他叫张希永,艺名阿希,那年36岁,管我父亲叫大哥,我叫他阿希叔。

他说第一次见我,是先听到我的歌,当他撩起幕布一角,看到的竟是一个坐在轮椅上的小女孩。

一天,父亲刚把我推到舞台边,一个新来的女主持人突然把话筒递给父亲,让他和大家说话。没有任何思想准备的父亲接过话筒,与在场的客人们真诚地说了几句道谢的话,又深深地鞠了一躬。

掌声一响,如万箭穿心,我心疼父亲,更敬佩父亲。

当父亲从我身边走开,我强忍着泪,唱完三首歌。

第二天,阿希叔跟我们提一件事,把我和父亲的心给暖透了。

他说每天演出他要推我上台,这样比父亲自己推要好得多。

从那天起,父亲就把轮椅上的我交给了阿希叔。

他长得像维吾尔族人，一头羊毛卷，眼窝深、鼻子尖，嘴唇薄。穿蓝色民族风西装，雪白微喇长筒裤，推起我步伐娴熟，身板挺拔。

听说阿希叔曾在单位文工团跳民族舞，后来和爱人都成了全国第一批下岗工人，他白天在南二批发市场卖塑料袋，晚上收摊后骑小摩托车来餐厅唱歌。

每晚他一演完，就从后台绕过大堂，再到候场口接我，推我上台。

我们之间的情感，在他每晚推我上台后，又加深了。他与父亲总有说不完的话，我们也总聊不够。

一次，父亲抱我下楼，一着急，脚崴了。那几晚演出后，都是阿希叔抱我上楼，送我回家。把我们全家都感动了。

在学习美声基础课结束后，一次演出中，我认识了一位唱通俗的男歌手——原沈阳歌舞团的张实，他是80年代最早那批唱流行歌的，看样子比我父亲小几岁。他对父亲说："我看过单丹的报道，老大哥为女儿付出的一切，我很受感动。"

接下来他说出的话，我们都没想到。

"我有个想法，想教孩子唱歌。"说完又补了句，"当然是义务的。"

父亲说："那一定得交学费。"

他说："我欣赏她的音乐天赋，像棵小树，怕她长歪，我觉得我有这个义务和责任去帮帮她。"

从那以后，我便与张实老师学习通俗演唱。

自从在伊斯兰歌舞餐厅见到本山叔后，他又来过好几次，一来就给我送花、塞钱。几乎每次都是我一演完，他就走。走时还特意嘱咐我:"一定要阳光,一定要快乐。"

每次一听到这句话,都感觉心底正生长出一种力量。

那段时间,除了唱歌有长进,我也能对献花的客人们说上不重样的祝福。

舞台上的我越来越自信,生活中的我也越来越爱笑了。

失去舞台

"我曾经问个不休，你何时跟我走……"

这一嗓子吼出来，粗犷中带着沙哑，如果不是亲眼看到，一定不会想到是本山叔唱的。

有一次在伊斯兰歌舞餐厅，本山叔也上了舞台，唱的就是这首歌，我也有幸在现场听到了他的歌声。

就在他仰起头，闭着眼，忘我地演唱时，我转动轮椅，来到舞台边，给他献花。他睁开眼，看我来了，向前走两步，迈下舞台，先接过花，又把我的轮椅拉到他身旁，继续唱，我一直侧身，仰头看。

那是我最后一次在伊斯兰歌舞餐厅见本山叔。

1997年6月初，伊斯兰歌舞餐厅突然贴出通知："重新装修，取消演艺。"

那一年，沈阳餐饮娱乐整体滑坡，装修后的伊斯兰歌舞餐厅彻底取消了演艺形式。我在伊斯兰歌舞餐厅唱了两年，在圈内已是个"奇迹"。

眼睁睁看着梦想的舞台就这样坍塌，我的心也被砸了个窟窿。丢了舞台的我，像一下跌落到万丈深渊。

我刚失去舞台，父亲就下岗了。

一家人又像干旱的庄稼打了蔫儿，都用最大力气去舒展眉头。

感觉又回到两年前刚来沈阳时的情形，那时是没有一点希望的绝望,现在是拥有希望又失去的无望。

整整两年,时光好像倒流了。

唱歌两年,供弟弟上艺校,现在父亲也失业了,家里没一个人挣钱。

父亲出去转了好几天,回来就做出个谁也没想到,谁都拦不住的决定:"我要去卖饮料。"

第二天,父亲真的就推着倒骑驴,在马路边摆起了摊儿。

我也跟父亲去了,把头上的凉帽压得很低,躲在摆起的饮料箱后面,不敢看父亲,更不敢看街上的行人。哪怕有人无意间看我一眼,我的心就像做了亏心事一样"怦怦怦"地乱跳。

第一天出摊儿,好半天没人上前买,父亲突然用他唱民歌的嗓音冲街上喊:"卖饮料了,卖饮料了。"

这一喊,别人没惊,却惊到我。

我突然不认识眼前的父亲了!这是平时连上街买菜都不会的父亲吗?这是那个在政府机关人人都叫他单老师的父亲吗?

可能在喊出来的那一瞬间,连他自己都不敢相信!

父亲在我没出生时,就在黑龙江省富锦市向阳川镇中学当老师,教音乐和俄语。从小受上私塾的爷爷熏陶,写一手好书法。

听父亲讲过,小时候没钱买纸和毛笔,就用一根小木棍在土地上写。后来有一天家里的盆无意中被打碎了,这可是父亲的意外收获,他把水倒在盆的碎片上,拿东西磨一磨,便有了写书法的"墨"。从那以后便能天天用"墨"练书法。

不知从何时起,父亲还喜欢上了民乐,在村子里,有拉二胡,吹笛子的,他放学后就去偷艺,直到有一天他自己也能拉二胡,吹笛子,还和大伙唱起了样板戏。

就因为有这些特长，后来父亲才从镇中学被调到镇政府文化站工作。

说起父亲当年经历的坎坷，就算是当一名教师，都是他连想都不敢想，更不能去想的事儿。

1960年那个挨饿的年月，父亲随爷爷一家7口，从辽宁兴城老家逃荒到黑龙江。开始以讨饭为生，在富锦向阳川镇的丰太村落脚。3年后，奶奶过世，父亲才9岁。

从那以后，爷爷带着5个孩子过着劳苦清贫的生活。比父亲大十多岁的大爷一直留在沈阳，大姑后来投奔大爷去沈阳嫁了人，其余几个都在黑龙江务农成家。

父亲是兄弟姐妹中，最听话、最好学、最多才多艺的那一个，所以也只有他一人读了高中。

"文化大革命"期间，因爷爷当过伪满警察的"历史问题"，全家的命运也蒙上了阴影。父亲高中毕业后选择学业和事业受限，不允许再报考大学或参加工作。不能再追求自由的父亲，只好凭着一身力气到砖厂推砖，但他的精神与理想没有被砖石压住。

而爷爷却引以为戒，觉得干体力活儿的现实比起读书工作的前途更"安全"。

听说，当年信用社和粮库两个单位同时选用父亲，可村里大队书记不放。信用社主任很欣赏父亲的才华，曲线救国，出于公心，和大队副书记铤而走险，把父亲的户口从丰太迁到了邻村福安，父亲在那里的小学当了三个月的音乐代课老师，很快就被选调到向阳川镇中学。

父亲终于堂堂正正地走上理想之路，做了一名中学老师。

父亲与母亲的相识并不是偶然，却算是巧合。

一、寻梦路

母亲同父亲一样，也是高中毕业，在她19岁时，姥姥就去世了，后来她从辽宁沈阳投奔黑龙江的哥哥——就是我大舅。而大舅的小舅子又与父亲上学时坐同桌，也就是父母的介绍人。当母亲第一次来到父亲家里，就被爷爷"一锤定音"，把父亲的婚姻即刻钉在了板上！

父亲重精神，母亲认现实，他们在精神和现实交错的世界里生活着，直到有了我和弟弟。

还真别说，父亲这一亮出民歌嗓，便陆陆续续有人来买，一会儿工夫，两箱饮料就快卖完了。父亲对每一位顾客都笑呵呵的，"下次再来"是他说得最多的话。

天气愈渐炎热，饮料也卖得越来越快。没人时，满头大汗的父亲就扇几下扇子，有人时，一忙起来他更是汗流浃背。

一天，有个人要买一箱饮料，父亲脸上难掩笑意，当听说还要给送到家里去，父亲二话没说，扛起饮料就跟人家走了。走时还嘱咐我好好看摊卖饮料。

我话都没来得及说，只见他肩膀扛着饮料，那宽厚的背影很快就走远了。

父亲走那一会儿，还真卖了几瓶饮料，都是他们自己选，我只管收钱。

回来时父亲脚步沉重，腿像灌了铅，累得上气不接下气，头发湿漉漉的，那件白色老头衫让汗浸得牢牢地粘在了皮肤上，像光着膀子贴了块透明的布。

我赶快拧开一瓶水给父亲，他一口气"咕咚咕咚"全喝完了。喘了口气，说出的第一句话是："有人买饮料没？"

我给他擦着额头上淌下的汗，没说话，直接把钱递给了他。

当我从父亲口中得知他是把饮料给人家送到了8楼,像有把刀插进了我的胸口,疼得我喘不上气儿来。这远比父亲把我扛上7楼让我难受得多。

尽管他一直很胖,但我知道他的体力远不如从前。

我脑子里突然浮现出一个场景。记得两岁过后,父亲带我去北京治病回来,原本就清贫的家里又欠了债。父亲每月工资才20多块钱,为了多挣点补贴,他夜里给中学看大菜园子。菜园子里蚊虫凶猛,父亲常被咬得浑身是包。那段日子,父亲长了满脸大胡子,一早总是拖着疲惫不堪的脚步回来,吃口饭就抓挠着身子又匆匆去学校上班了。

这么多年过去了,再看看眼前的父亲,我把往出涌的泪憋了回去。

自从父亲卖上饮料,母亲也在阿希叔的指引和帮助下,走上了经商的路,起早贪黑去市场卖塑料袋。

每天天刚蒙蒙亮,母亲就推着自行车出了门。她这辆自行车可不是普通的自行车,前车把、后座、前后辂辘左右两侧的支架上,都挂着一个个用化肥袋子缝制的大兜子,兜子里装着用橡皮筋套着的一捆一捆、大大小小、五颜六色的塑料袋,完全像个小货车。就是一个小伙子推着走都费劲,可母亲硬是把这辆装备成小货车的自行车骑得满市场跑,还经常被人看成是捡破烂的。晚上一回来,进屋就得洗脸,好像全沈阳的灰都落在她脸上。

阿希叔早早就给母亲打过预防针,做好一个月不挣钱的准备。可母亲却在半个月内,颠覆了阿希叔多年的经验预测,几乎垄断了半个市场。

不知母亲用了什么秘诀,在家走时大兜子里装得满满的塑料袋,回来时都空了,还没够卖。她那辆自行车从最初的轻装备,慢慢变成了重货运,她瘦弱的脊背渐渐也有些弯了。

母亲姓王,后来,阿希叔就叫她"王铁人"。

听说母亲在嫁给父亲后,就一直脚蹬草绳机纺草绳,没生我时,在纺,快生了,还在纺。

在我儿时的记忆里,厨房那架又高又长,沾满黑黑油渍丑得像妖怪的机器,整日发出"嗡嗡"的声响。母亲一脚一脚地蹬着,两手不停地往机器的两个齿轮碗里续着干草,她的手也干枯得像草般。母亲和那台机器365天纺着草绳,也纺着我的童年。

记得有一次,母亲抱着我纺草绳,累得快睡着了。我侧身低头看草绳机时,头发不小心就和正往机器里转的那把草一起混在了机器的齿轮里。我哭着大叫,母亲惊醒了,见我的头发和那把草正一点点转进了机器里,吓得不知所措,眼看就要到头发根了,这时父亲突然出现,握着剪刀像剪草一样,把我那一绺头发给剪了下来,这才保住了我这颗小脑袋。

当年父亲带我在北京治病那半年多,家里全靠母亲一个人。她经常下地干活,还要照顾几个月大的弟弟,又养了几头猪,为了年底能卖点钱,再寄到北京给我治病。

在医院时,我嘴里整天叨咕着"想妈妈,回家找妈妈"。可真回到家,看到母亲流着泪站在面前要抱我时,我却像见到陌生人一样闪躲。但嘴里依然念叨着"想妈妈,找妈妈"。

我上了9年学,母亲也背了我9年,上学那条路,风雨无阻。算起来,她每天往返学校6次,除了早中晚接送我上学放学,课间还要抱我去厕所。确切地说,这9年的坚持,是母亲的坚持。

都说我和母亲长得像,但我性格却像父亲。母亲从不讲究吃穿,更不知苦和累。她心直口快，风风火火。有时也唠唠叨叨，却是刀子嘴豆腐心，说过就埋头干活。在她心里，从来都没有自己，总是把最好的给别人，谁有困难她都去帮，但也会因好心的一句话把人给得罪了，她自己还蒙在鼓里。

那时，母亲一大早就出门卖塑料袋，还捎点儿回来给我们做三顿饭。每晚也睡不了几个小时，一吃晚饭，她嘴里嚼着饭就睡着了。

看她累成这样，我的心像握紧的拳头，愧成一团，疼成一片。

我一直陪父亲出摊儿卖饮料，一天，我最担心的事还是发生了。

一整天，有好几拨买饮料的人认出我："这不是上过电视在回民饭店唱歌那小孩吗？你怎么在这卖上饮料了？你不唱歌了啊？"

我没作任何回答，只觉得脸上着了火，滚烫滚烫的。

从那以后，我再也没去过父亲的饮料摊儿。

在我家新租的一个破旧二楼的小屋里，我把自己囚禁起来。那小屋只能放下一张小单人床，床上面那扇小窗就是我唯一的窗口。

为了能看到我，父亲把饮料摊儿挪到正对我窗口的马路边。在两棵树中间，他坐在一块砖头上。卖货时他站起来热情服务，闲时就与旁边修车老头聊上几句，还时不时回头看看楼上窗口里的我。

我每天趴在窗口，跪在小床上的双腿像两块僵硬的木板，而我像一个没有灵魂的空壳，一双没有光芒的眼睛死死地盯着窗外，不知在想什么，整日麻木地活着，只为了活着而活着，却不知道活着的意义是什么。

楼下发廊天天都在播放一首歌《心太软》："你总是心太软，心太软，独自一个人流泪到天亮……"

开始我还一直坚持写日记，后来竟写不出半个字，每天想说的话越来越少，最后连一句话也说不出，一丝笑容也见不到。

两年里，在鲜花与掌声整日萦绕的舞台上歌唱，从未想过如果有一天失去了会怎样。这是命运与我开的一个玩笑，还是又一次对我的考验？

命运让我的双脚不能触碰大地，可又折断了我的翅膀，让我无法再飞向梦想的天空。只有在深夜的梦中，我才能在梦想的舞台上继续歌唱，我宁愿那个梦永远不要醒来。

现实让我慢慢明白，原来我不仅仅是失去了舞台。

趴在窗口的我无数次问自己："我的路在哪儿？我能做什么？我应该做什么？我要怎么做？"

另辟蹊径

1997年7月1日晚，电视正直播香港回归，我却得了4个加号的急性肾盂肾炎，住进了医院。

在医院里，我想了很多，但想得最多的是："我该怎样养家？这道坎儿我到底该怎样才能迈过去？"

又想起在伊斯兰歌舞餐厅最后一次见本山叔时，他对我说的话："人生还有很多不如意，都要快乐地去面对。这样你才能越来越快乐，越来越阳光。"

尤其在困境中想起这句话，身心瞬间充满力量。

一场病，让人身心蜕变，头脑也越发清醒起来。

出院回家后，无意中看到在伊斯兰歌舞餐厅唱歌时，银行的罗洪起哥哥送我的小霸王电脑学习机，像在黑夜里看到了一丝光亮，似乎心底冒出的一缕希望也在那一刻被点燃。

想了整整一宿，第二天就把心里的想法和父亲说了。

"爸，我想用这两年在歌厅唱歌挣的钱开个电脑打印社。"

"打印社？咱们谁都不了解，不懂这行，能行吗？"父亲很惊讶。

"我想这是唯一的路，也只有打字才适合我，你在老家做宣传板用手工刻字，不也都属于这个范畴吗？"

"那倒是，如果干，得好好考察考察。"父亲的语气变得坚定些了。

一、寻梦路

那时的我,像个小马达一样停不下来,每天除了吃饭、睡觉,背过五笔字根,手就粘在学习机键盘上"噼里啪啦"打字。当我用不同字根把每个字拆解重组时,也拼成一个新的自己。

我心里只有一个念头:一定把打印社开起来,我要挣钱养家。

世事难料,却也奇妙,在人生的艰难和迷茫的时刻,那台小霸王电脑学习机真给我带来了意想不到的转机。

父亲考察后,开打印社的计划就拍板定下了。可房子是个大问题,一般的门面房都太大,又贵,根本租不起。

正在遭遇燃眉之急,真有人帮我们找到了房子,就在铁西广场,一个不到7平方米的小屋。

找房子的人叫马宪政,原来他就在小屋的隔壁做书画装裱,后来不做了。那时我们还没搬到铁西,父亲去他那装裱书法作品,两人不仅一见如故,更是他乡遇故知。他比父亲小一岁,父亲叫他小马,我称他为小马叔。除了和父亲有同样的艺术爱好,戴眼镜的小马叔还喜爱文学。

从见到我的那天起,他就告诉我要多读书,还借给我几本世界名著,有《钢铁是怎样炼成的》《羊脂球》《复活》,还有唐诗宋词,走时再三嘱咐我,看完一定要还给他。

听小马叔讲过他20岁时当知青下乡,除了劳动就是看书,不是捧着名著就是诗集,坚持写诗写日记。每晚大伙早睡熟了,他还捧着蜡烛在被窝里夜读。有几次火都把被子烧了个大窟窿,他还是先把书保护起来,再去浇水灭火。

他说书能改变一个人的人生境界,哪怕生活平淡也会让人感受到精神的充盈和富足。

上学时我喜欢学语文,爱写作文,也有写日记的习惯。但我对文学的认知，像茫茫的大海，而我只能在海边看海浪翻涌。每次听小马叔给我讲文学，我都一动不动，专注地听，可心里冒出的念头却是想立马就跳进文学的海洋里。

有一天，小马叔给我买了本《当代新诗选集》送来，他随手翻开一页，是艾青的《我爱这土地》，便给我读了起来："假如我是一只鸟，我也应该用嘶哑的喉咙歌唱……为什么我的眼里常含泪水？因为我对这土地爱得深沉。"

听完最后一句，心底有种说不出的力量在涌动，这是除了音乐，诗歌带给我的震撼。

那一刻我才知道，我已经爱上了诗歌。

小马叔说："这就是诗歌的魅力，有时要比子弹还要有穿透力。"

他让我多看诗歌，再尝试自己写。

还有一件巧事，我和小马叔的生日竟是同一天——中秋节。来沈阳的第一个生日和节日，我们两家在一起过的。小马叔还送了我一个特别的礼物，为我写了幅书法作品——"情愫丹歌"。

都说我的生日特别，不用刻意记就记住了。生我时，母亲折腾了三天三夜，可我偏等中秋节凌晨才出生，生下来才只有两斤，脑袋像鸭蛋那么大，嘴小得找不到，哭声还没猫崽儿的叫声有力，父亲的42号鞋足能装下我。但我却用一只拇指大的小脚踹开了人间的大门。连医生都说我活不了，只有父亲用一只手托着我，给我取了小名叫"中秋"。我今生的轮回，便从那个月圆的中秋开始了。真不敢想象我是怎么长到这么大，活到今天。

有了小名后，父亲又给我取了大名叫"单婵"，生病后，母亲非让父亲给我改名字，说"单婵"这名不吉利，因为这个"婵"字，我才被病给"缠"住，才致"残"了。后来，父亲重新给我起了新名字叫"单丹"。

在我失去舞台时，小马叔还来家看我，我给他看刚写好的一首小诗。

无题

谁能借我一副羽翼
让我飞过地平线
去追赶天际那簇火光

小马叔看后说："失去舞台也许并不一定是坏事，从这首诗中看到了你心底想要追寻的希望和力量。你的身体已经坐在轮椅上，就要让心去奔跑。要学会用笔去走路，才能走出不一样的人生。"

尽管租下来的小屋不到7平方米，可那是我人生的新起点，更是我们全家生存的"饭碗"。

交完房租，父亲紧锣密鼓地收拾那小屋，粉刷墙壁，订制牌匾，选电脑，买复印机和刻绘机。

几天的工夫，破旧的小屋真变成了打印社，屋里除了摆满的新设备，墙上还挂了几幅父亲的书法作品"天道酬勤""海纳百川"，父亲站在门口端详很久，笑了起来，连眼角的鱼尾纹都跟着颤动。看到眼前的父亲，我的心终于踏实了。

1997年9月6日，一块刻着父亲手写的"单丹电脑打印刻绘社"的木牌匾，立在店门口，母亲还让父亲放了一挂鞭。我的小店就算是开业了。

小店太小，靠墙摆一排电脑设备，我坐在电脑前，回头几乎就是门。除了我和父亲，勉强也就还能再装下两三个人。

从最初一分钟只能打10个、20个字，到后来一分钟也能打80—100个字。真是隔行如隔山，从打字到各种的排版设计软件，一切我都要从头学起。有些设备需要站起来去完成，都是父亲帮我操作。

第一个月，只把房租挣了回来，第二个月才真正盈利，全家人喜上眉梢。

没多久，我们又搬家了，就在离店很近的地方，从打印社出发，过一条大马路就到。这是我们来沈阳后，第五次搬家。

我每天手摇着从老家带来的三轮轮椅去店里，父亲骑自行车，我们一起过马路上班。到了店门口，父亲再把我抱到电脑前的椅子上，一天的工作便开始了。

每天两点一线，早上8点到店，晚上不知忙到几点，日子平淡忙碌却也充实。

母亲仍骑着她超载的货运自行车，穿行于各市场间卖塑料袋。中午回家做好饭给我和父亲送来，再抱我去隔壁的公共卫生间。

店门前就是铁西广场公交车站，每天来复印、打字和进屋询问的人还真不少。有人进屋一眼就认出了我，还说以后会常来。后来，他们真把活儿都拿到我这儿，时间久了，都成了常来常往的老客户。

一个冬日的下午，一个穿墨绿色棉袄，头戴休闲帽，脸上捂着围巾的人进了店。父亲刚想问他做什么，他用手指了指正在电脑前打字的我。父亲拍拍我肩膀，我转过头，眼前这个人只露出一双褐色的眼睛。当他把围巾摘下，冲我微笑时，我瞪大了眼睛，终于认出了他。

我只知道他叫"本先生"，50多岁，是法国人，近几年常在中国，与沈阳雪花啤酒厂有合作。以前，他总去伊斯兰歌舞餐厅吃饭，一去只要听到我唱歌就给我献花，每次从法国回来，都给我带巧克力和香水。

这一次，我们快一年没见了。

在我认出他时，他走上前，很绅士地给了我一个拥抱，站在他身后的是伊斯兰歌舞餐厅的大堂经理。

她说："从法国回来后，本先生来咱们餐厅吃饭时没找到你，想要见见你。马总就安排我带本先生来了。"

本先生笑了笑，又从兜里掏出巧克力和香水，送给我，又用不太流利的中文对我说："喜欢听你唱歌，你还要唱歌。"

这份意外的祝福和期望，像一阵遥远的风吹来，让我沉寂许久的心海泛起了一丝丝涟漪。

每天对着电脑打字，我觉得自己都快变成打印机了，也像那台复印机，每天重复地复制着自己。冬天小屋冷，我打字的双手冻了，晚上睡觉时才会发现，两条腿肿得像两根木头棒子。

忙碌的每一天，让我忘了时间，更记不起有多久没唱歌了。

有一天下雨回家早，翻到上声乐课时的学习笔记，还有在黑龙江老家临行前，为家乡人录的那盘磁带。趴在床上的我，身体像被现实的绳索紧紧地捆住，但麻木的心似乎有了知觉。原来我的心和梦想是长在一起的，没有梦想的日子，心也像是丢了。

我不禁在想：7平方米的打印社装下了我，却装不下我的梦想。

那天下午活儿不多，父亲看出我闷闷不乐，就问："你咋的了？不舒服？还是累了？"

这一问，我眼泪刷刷往下掉。父亲吓了一跳，赶紧摸摸我脑门，又拍了拍我肩膀。

"这孩子，你哪难受，说话呀？"父亲提高嗓门问。

我抖着肩膀，抽泣老半天才说："我是不是永远都不能再唱歌了？"

父亲一听，眼睛红了，把我额头上散乱的头发捋到耳后，看着我哽咽地说："你啥时想唱就唱，也没人不让你唱啊！"

我没吱声，眼里含着泪看着父亲。

父亲马上说："等周末活儿不多时，就带你去上课。"

听到这句话，我的嘴角向上一扬，眼里的那滴泪终于掉了下来。

打印社没人时，我唱几句。回家后，还写写诗，记得当时写出的一首诗叫《百灵》。

"因为翅膀断了，才向着天空鸣叫。因为对生活充满希望，才向着大地歌唱。"

我想，只要我还能开口唱，就能牢牢抓住我的梦想。

2000年5月18日，我又去北京参加"第三届全国残疾人歌手大赛"，但我已不是6年前父亲眼中那个"初生牛犊不怕虎"的我了。

6年后，我想用尽全力，去验证自己6年的学习和成长。我出乎意料唱了首很有张力的抒情歌《沙滩女孩》，获得二等奖。

比赛过后，笑容满面的父亲并没有推我离开，而是拿起相机，衬着舞台的背景为我拍照。

我还意外地看到了6年前曾在一起参赛的几位选手，他们说我长大了，连大赛主办方《中国社会报》的苑涛叔叔都说我的歌声成熟了。

想起参加"第二届全国残疾人歌手大赛"时，我还在黑龙江，这次是代表辽宁，巧的是一等奖也是辽宁选手，叫孟勇。颁奖过后，辽宁省残联吕世明理事长坐着轮椅去后台看望了拿着奖杯的我们。

那天在北京政协礼堂的颁奖晚会上，我突然感觉到，似乎只有唱歌才能让我找到生命的意义。

一、寻梦路

又见本山叔

7月末的一天，热得没有一点风，给客户打完几篇文章，我抓起一沓报纸就扇起来，无意中往报纸上瞟了一眼，一个熟悉的名字隐约从眼前滑过，又像块磁铁牢牢吸住我。

拿起报纸，果真是"赵本山"三个字，我迫不及待往下看。本山叔将在2002年8月17日，带领《刘老根》剧组在辽宁体育馆举行大型扶贫助学义演。"义演"这两个字，让我的心一颤。再看看报纸日期，是当天的《时代商报》。

没来得及想太多，手指已拨通马驰叔的电话……

"本山大哥现在没在家，过几天回来我就带你去见他，别着急。"

离开伊斯兰歌舞餐厅5年，再也没见过本山叔。

那5年，本山叔在央视春晚演的小品《拜年》《昨天 今天 明天》《钟点工》《卖拐》《卖车》，我一年也没落下看。

2002年春节，我盯着电视看本山叔导演和主演的《刘老根》，他又成功地塑造了"刘老根"这个草根角色，央视一播，瞬间火了。

8月7日晚，马驰叔开车带我和父亲去本山叔家。

在河畔花园的一栋独楼里，我看到了5年没见的本山叔。

马叔走在前面，父亲把轮椅放到门厅，抱起我，跟着往屋里走。

本山叔一个人坐在客厅沙发上，见我们来了，连忙起身迎出来，他好像一直在等我们。

客厅的灯光有些发黄，本山叔的两鬓已成霜，他穿着一套休闲夏装，看上去比原来胖些。

从他见到我们的笑容里，我看到了久违的亲切，好像上一次见面就在不久前。

他指着沙发，让父亲赶紧把我放下。

本山叔坐在我对面，上下打量着我，慢悠悠地说："长大了，这孩子真长大了。"

坐在一旁的马叔说："是长大了，人家现在都能自己开打印社，自食其力了。"

"是啊！那可了不得，都当小老板了啊！"本山叔身体向前倾，惊讶地看着我。

我激动地说："叔，我都不敢相信有5年没见到您了啊！"

父亲也点点头说："是啊！整整5年了，时间太快了。"

本山叔看着父亲，又看看我，感叹："这伟大的父亲啊！天天就这么抱着，抱这么多年了，还抱着呢！"

他看着我耷拉在地上的X形腿说："你这腿一点力量也没有？站不起来？"

我笑着点头。

父亲说："她腿一点知觉也没有，就是拉个大口子，都感觉不到疼。"

本山叔深深叹了口气，又想起什么似的说："你歌还唱不了？"

我笑着说："到啥时我都得唱。"

"17号在大馆举行的这个义演的舞台很适合你，你就唱一首你自己的歌，更能突出义演的主题，效果会非常好。"聊到这，本山叔有了激情，说话的声音也变大了。

一、寻梦路

"谢谢叔给我这个舞台，我也想为义演尽点儿力，回去就准备歌。"

"行！好好准备吧！等着你的好歌。"本山叔冲我笑着说。我使劲点了点头应答着。

离义演还有整整10天，本山叔说的那首"好歌"，到底在哪儿？

回来路上，我突然想起一个人，两年前在"第三届全国残疾人歌手大赛"上认识的黑龙江老乡——盲人歌手杨光。

他从没看见过这个世界，可这个世界就像在他心里。无论在生活中，还是艺术上，他都跨越了我们能想到和想不到的各种障碍。他从小学钢琴、学声乐，既能唱美声，又能唱通俗，还创作了不少原创歌曲，每写完一首歌，他都会在电话里弹琴唱给我听。

这一次，杨光通宵创作，写出一首《从前有一座山》，是按照我的声线写的，深情又温暖，就是我想要的感觉。

第二天，我带着新歌，去见本山叔。

"有一种感觉真的很温暖，它是每个人需要的关怀，有一种笑容真的很灿烂，那是爱无声的语言……"

本山叔开始是静静听，后来笑得眯起了眼睛，连声说："好！好！好啊！这首歌真挺好，歌词很温暖，曲子也很抒情。你在义演上演唱这首歌，一定会为这场义演掀起一个高潮。"

本山叔对这首歌的认可，让我悬着的心总算放下了。

临走时，本山叔嘱咐我："演出那天，穿件漂亮点的裙子。"

我满心欢喜地答应着。

歌过关了，为把伴奏音乐做好，杨光一个人乘大巴，从哈尔滨赶到大连，在朋友的音乐工作室监制。

就在义演前两天，杨光带着做好的伴奏赶到沈阳。他的到来，真是让这首歌锦上添花。

16日,在辽宁体育馆彩排现场,一个长方形大舞台矗立在体育馆中央。

坐在舞台对面,戴鸭舌帽的正是本山叔,当我带着杨光出现在本山叔面前,本山叔愣住了,听到我的介绍,他伸出双手与杨光握手,又用特别欣赏的目光看着杨光,笑着对他说:"你的歌写得真好,太让人感动。"

杨光说:"赵老师,我虽然看不见,但我是听着您的小品长大的,您给我们带来太多快乐。"

我在一旁,拿出相机为他们拍照。

那天彩排时我才知道,原来本山叔就是整台晚会的导演。每个节目、每个环节,他都亲自把关,盯得很紧,看样子并不比导电视剧轻松。

几十人的民乐队,乐器一件件搬到台上,演奏时,不光人齐,哪怕一个音,都得齐。光走台就走了好几遍,属这个节目彩排的时间最长。

我见过二人转演员转手绢,可没见过转那么大的手绢,简直就像个大花被面,转起来,能把整个人都给盖住,转了一圈又一圈,最后又抛到天上转,那可是真功夫,我们在一旁看都看晕了,为了更精准,不出错,本山叔要求演员还要再转上几圈。

舞台侧面的台阶很陡,轮到我彩排,父亲正要倒拉着我的轮椅上舞台,一个胸前佩戴着"工作证"的男孩飞快跑过来,又叫来几个小伙,把我一阶一阶抬到舞台上,他走在最前面,也属他动作最麻利和娴熟,他一手握住轮椅扶手,一手拿着晚会统筹表,用"京腔"提醒大家"轻抬轻放",我一抬头,才看到他那张棱角分明的脸。

在舞台上的我正准备开口唱,就听本山叔在台下用话筒对我说:"在上台演唱前,一定要说几句话,先介绍自己,再说一下为什么来到这个义演的舞台来演唱,把意义说出来,这样就很温暖,很感人。"

刚拿起麦克唱几句,本山叔又说话了,他让一个跳舞的小女孩上台,推着我环绕舞台,与四面观众互动。

10天的精心准备,只为8月17日这一天。

离演出还有好几个小时,我早早就把演出服换上,化好妆,提前在台下候场。

安排我化妆的就是彩排时抬我的那个男孩,那天才知,他是沈阳话剧团的演员黑晓欧,比我大一岁,我叫他黑哥。

他把我推到化妆间,说给我找一个最好的化妆师,还千叮咛万嘱咐:"一定得给我妹妹好好化,让她今晚在舞台上是最漂亮的。"

"人家本来就长得挺好看的。"站在我身边的化妆师对他说。

等待的那几个小时,心里像潮水在不停翻涌。当听到第一遍演出铃响起,有个人来到我身边,我还全然不知,那声音穿过一片嘈杂传到我耳边:"孩子,好好唱,在这个舞台上,你是最阳光,最快乐的。"

原来是本山叔,我信心满满地朝他笑着点头。

晚会主持人除了沈阳广播电台的几位年轻主持人,还有位特邀主持人——台湾演员凌峰,他在1990年央视春晚演唱《小丑》,被大家熟悉。另一位主持人是电视剧《刘老根》中"韩冰"董事长的扮演者王娟老师。

在演出中,张小飞、玉小宝、唐鉴军、王小利、闫光明、蔡维利、博比·肯（洋徒弟）……本山叔的10个徒弟都拿出了自己的绝活儿，现场观众的热情比8月的天气还火热。

我在晚会的中间段上场，穿V领白色礼服，梳两条麻花辫，一脸笑容，坐在轮椅上深情地说："大学是我这一生永远都无法实现的梦，一路走来，我得到最多的就是爱，今天我来到这个舞台上演唱这首歌，希望能为贫困大学生尽一份心，送一份爱。"

刚轻轻唱出第一句，光影里就漾起掌声，伴着一团团白雾，我身后的小姑娘迈着轻巧的步子推着我绕着舞台走。

"从前有一座山，山里面住着一位老神仙，他把古老的歌谣唱了一遍又一遍……从前有一座山……"

正演唱时，一个五六岁的小女孩跑上舞台，送给我一大束鲜花，我一下就认出，那不是本山叔的女儿妞妞吗？穿着白色连衣裙的她还跷着脚，在我脸上轻轻亲了一下，瞬间就跑下舞台。我举起鲜花，向四面的观众挥舞。

那一刻，只有我自己知道，这个舞台带给我的是怎样的力量。

晚会最激动人心的一幕，是本山叔在上万人的欢呼中，压轴登场。

主持人刚说出本山叔的名字，掌声就像潮水般涌来，他穿着蓝色中山装，戴着帽檐被折弯的蓝帽子，走到舞台中间，握住话筒，几次抖动嘴唇，要开口说话，硬是被一浪高过一浪的掌声给压了回去。

后来，本山叔把老搭档范伟和高秀敏请上台，表演现场版的小品，他们即兴又默契，一开口就掉出个包袱，一会儿就抖搂一地。

我第一次看本山叔现场演小品，也是第一次见到现场观众这么热情和疯狂，确实比看电视过瘾。

本山叔唱起《刘老根》主题歌《求索》，还与民乐队一起合奏，拉二胡、京胡、打扬琴……

一阵折腾，本山叔额头上不知甩出多少汗珠，中山装后背都漉湿了，热得他把领口第一个扣子都解开了，舞台上方那一排排大灯，烤得他直打晃。最小的徒弟王金龙几次上台，给他递手绢。

就算演这么多节目，观众的掌声和欢呼声还是一直持续不停。最后本山叔唱起《刘老根》片尾曲《圆梦》，全场都跟着他一起唱，体育馆里响起万人"圆梦"的歌声。

所有受捐助的大学生站在舞台上，接受本山叔和赵家班所有演员的助学捐赠。还有不少观众自发上台去捐助，我看到在舞台的灯光下，学生们眼里都泛着泪光。

晚会结束，音乐响起，我又一次和演员们登上舞台，以为是谢幕，没想到是领奖，本山叔把"慈善爱心大使"的水晶奖杯放到我手心，我贴在胸口，双手用力地捧着。

散场后，我们等了一会儿，错开人潮才走。

走着走着，只听有脚步声从身后追来，回头一看，是本山叔，他气喘吁吁地对我说："孩子，你今天演得非常成功，真为晚会掀起了一个高潮。感谢你！"

说完又和我握了握手。

不期而遇的重压

义演后不久，就到了中秋节，马驰叔要去看本山叔，我和父亲也跟着去了，那时本山叔正在铁岭拍《刘老根2》。

到剧组时已近中午，本山叔穿着戏里的亮咖色西装正给演员们说戏，看得出他有些疲惫，但我们突然的到来，却给了他一个惊喜。

赶上吃午饭，我挨着本山叔，他和我们一样，吃着盒饭，一会儿照看剧组的人，说说戏里的事，一会儿又回头看看我，让我多吃点。那顿饭我吃得特别香，那个中秋节也特别开心，那个生日更快乐。

本山叔放下盒饭，问我最近好不好，打印社效益怎么样。我说都挺好的。

他又叮嘱我："有机会还是要多上舞台演唱，坚持梦想，一定要开心，快乐，这才是最重要的。"

马驰叔拉去好几箱南果梨，分给剧组的人吃。

又见到了高秀敏老师和范伟老师，高秀敏老师穿着戏里"丁香"的衣服，却和生活中的感觉一样。范伟老师还是"药匣子"的装扮，但与生活里的他反差很大。第一次见到扮演"山杏"的闫学晶。本山叔向他们介绍了我。在他们中间，我都分不清是戏里还是戏外了。

就在那天，我终于亲眼看到电视剧是怎么拍的，本山叔又是怎么导戏的。

一、寻梦路

吃过饭，本山叔就带着演员们开工了。几台摄像机跟着演员在现场不同角度拍摄，本山叔就坐在对面的监视器前，监视器上蒙着一大块黑布，他把头埋进黑布里，眼睛紧盯着监视器屏幕，手捂着布，我还纳闷，为啥要挡块布呢？后来才知道那块黑布是挡光用的。

本山叔导戏时和生活中不太一样。

如果演员们的表演状态不到位，要重拍，甚至反复拍，直到最完美那遍才算过。有时，哪怕是一个细节、一个动作、一句话，欠火候，或者过火了，本山叔都会站到他们中间，挑起嗓门，一遍遍给他们做示范。看到镜头里演员们搞笑的画面，他也会憋不住笑出声。

我和父亲在一旁看着本山叔，感受着戏里和戏外的"刘老根"。

听说《刘老根》的剧本是现写现拍，编剧何庆魁老师一直在宾馆写剧本，以两天一集的速度往拍摄地输送。

拍摄间歇，我还与本山叔拍了几张照片，仔细看本山叔的头发又白了不少。

下午，本山叔让马驰叔带我们去山庄新搭建的外景转一转。

往山庄走，老远就看到"龙泉山庄"那几个红色大字，和电视剧里一模一样，周围都是山，空气里的清香迎面扑来，木桥上挂着一排排红灯笼，我想起在《刘老根》电视剧里，总能看到这个场景，到了夜晚，就更好看了。

山庄那条路很美，也很远，父亲推着我走了一段，马驰叔又推着我走。

回去后，刚入冬的那个下午，在打印社里，一个熟悉的人打来了个意外的电话。

打电话的人就是我第一次见本山叔时，与他同来的那个男歌手李诚,也是沈阳军区前进面包车艺术团副团长,大家都喊他"李团长"。

"丹啊!有个事儿和你说一下,辽宁电视台要成立个艺术团,想搞个歌唱选拔比赛,如果能选上就会成为艺术团一员,成为电视台的签约歌手,去全国巡回演出。一听到这事儿,我就想起你了,你看你愿意来参加不?"说这段话时,李团长的声音有些拘谨,与平时不太一样。

自从开上打印社,我就像是被遗弃在梦想大门外的孩子。脑子里突然闪出中秋节去铁岭《刘老根》剧组探班时,本山叔对我说:"有机会多上舞台演唱,要坚持梦想。"所以一听到李团长传来的喜讯,我立马就答应了。

随后,李团长把电话交给辽宁电视台的孟繁琳老师。

电话里的孟老师,听上去应该比父亲年龄大,声音沉稳又明亮,他用很专业的语气向我介绍比赛规则。

我拿着电话,一直点头,微笑应答。父亲紧贴我身边坐下来,歪着头听电话里的声音。

那时,屋里很静很静,静得只有我和父亲的心跳声,还有电话里传递梦想的声音。

几天后,父亲带着我去辽宁电视台参加选拔比赛。在指定区域,工作人员指着对面那两扇紧闭的大门,告诉我比赛正在进行中,让我稍等。

周围坐着的人,比较零散,旁边还有人拿着手持录像机录像。

不一会儿,那扇大门打开了,从里面走出来一个人,看似比完了。

就在工作人员过来要推我时,父亲习惯地把手落在我轮椅把手

一、寻梦路

上,推着我就要往里进,却被工作人员婉拒了。

我回头看了一眼父亲,他像个孩子似的被撇在外面,眼神里充满失落与担忧。我的心突然"嘣嘣"震了几下,像要上战场那样惶恐和不安。

两扇门像大幕一样拉开,一排评委坐在眼前,他们个个表情严肃,目光犀利,尤其是中间那个戴墨镜的人,身穿一套白衣,双眉紧锁,不怒自威。

他们不像是评委,倒像是要审判谁,我回头看了一眼那两扇紧闭着的大门,感觉自己好像来错了地方。

这场地,又大又华丽,墙壁是由无数块落地大镜子组成,我从镜子里看到了不同角度的自己,穿黑羽绒服,扎个长马尾,在一双双陌生的目光里胆怯地呼吸,感觉自己像只囚鸟,飞不走,又逃不掉。

这时,中间戴墨镜的人开始问话,面无表情。

"你今天要演唱什么歌曲?"

"我演唱的是《楼兰姑娘》。"

其中有一人又问:"你为什么要选择这首歌?"

我听出这声音就是与我通话的孟繁琳老师。他确实是50多岁,浓眉大眼,面容慈爱,我像是找到了亲人,心里顿时热乎乎的。但当我向他投送微笑的目光时,他的眼神并未与我回应,这些评委中,数他眼睛最明亮,也最犀利。

"我觉得这首歌民族风情很浓,又很欢快,我更喜欢它独特的地域味道。"我像只小绵羊小心翼翼地回答。

另一个问题又紧追了上来。

"你觉得你今天能唱好吗?"

"我会用心去唱。"

从走进这扇门，我脑子就一片空白，回答每个问题，都像是在悬崖边过独木桥。

这时，那个戴墨镜的人一挥手，工作人员就开始播放我的伴奏带。

我意识到，这个人应该是评委中的"老大"。

音乐一响，我完全进入歌曲的意境，所有惶恐不翼而飞。

演唱结束，评委们又露出"审判官"的面孔，工作人员把我从两扇门推出，我像是逃过了世界末日。

父亲一直站在门口等我出来，见面就问："咋样？"我冲他笑了笑。

刚坐到那里，两台录像机漫不经心地向我扫来，我下意识地想躲掉，但录像机像是睁大眼睛的蜜蜂，偏从我身边经过，看我好几眼。

等了好久，那两扇门又开了，孟繁琳老师拿着歌谱走出来，送到我手里，一句寒暄的话也没有。

"一周内必须要把这首新歌学会，然后再来进棚录制考核。"

紧接着他用硬生生的语气补了一句："今天这一关你算是通过了，就看一周后你这首新歌的演唱了，成败在此一举。"

我接过一看歌名《童年的路在妈妈的背上走过》，词作者"孟繁琳"，才知是孟老师写的歌。

第一次去辽台的心情，可不如想象中愉悦，总有一种怪怪的感觉，但已经选择了，就像子弹上了膛，只能往战场上冲。

谁想到回家就感冒了，鼻子不通，嗓子发炎，浑身无力。

只好看着歌谱，用蚊子大的声音哼唱。父亲虽不说，但心里为我着急，拍着腿，打节拍，大声唱，把我嗓子唱不出的音他都唱了出来。

我一遍遍在心里唱："童年的路在妈妈的背上走过，少年的歌在爸爸的肩上唱过，梦中的翅膀从来不曾失落，因为还有你陪着我，人生的路从来不曾迷失，因为还有他扶过我……"

哼着哼着，声音没出来，眼泪倒是淌出来了，怎么感觉这歌就是为我写的？难道别的选手也唱这首歌？还是每个人都有不同的歌？

到了第七天，我基本能用正常的声音演唱了。

在辽宁电视台大录音棚里，前后左右都吊挂着大音箱，我坐在录音棚中心位置，对面的录音室里除了录音师，还有孟繁琳老师，旁边是曲作者朱一文老师，也是评委之一。父亲就站在他们身后，与我只隔着一块透明大玻璃。

虽不是第一次进棚录音，但这次却格外紧张。

我戴上耳麦，就听到孟老师在对面话筒里说话。

"单丹，真正考验你功力的时候到了，这次就看你自己的表现了。"

父亲隔着玻璃，看我的眼神中满是期待。

我深吸一口气，做好一切战斗准备。

录第一遍时，声音有些紧，放不开。后来又录几遍，当我感觉渐入佳境时，音乐突然停了下来，传到耳朵里的是孟老师严厉的训斥。

"单丹，你怎么越唱感觉越不对呢？这都录几遍了啊！看着你应该很有灵气，怎么唱得这么笨拙？情感再细腻些，再投入些，重新录。"

我的喉咙像是被什么卡住，使劲儿咽下要往出涌的泪，继续唱。

又录了两遍，我嗓子有些哑了。

孟老师又摆摆手，让音乐停下来，没想到他开始大发雷霆，用手"啪啪"猛拍桌子，那响声震得我把耳麦都丢到地上，吓得浑身直哆嗦。

"你还想录吗？你自己听听你唱的是什么效果？你是不用心还是不爱唱？我觉得你应该好好把握这次机会，对你来说很重要！你爸爸每次推你来，抬上抬下的，你不心疼他吗？这首歌里的每一句词，你都不动情吗？"

孟老师一说到父亲，我心如刀绞，泪水如洪水倾泻而出，眼前一片模糊。

耳麦里传出的是父亲与孟老师说话的声音："前几天孩子感冒了，才好些。"

父亲想进来看我，但被拒绝了，只是工作人员给我送了杯水。

录音棚空荡荡，我脑子里闪现出父母在生活和梦想的路上陪我走过的每一步……

我马上用袖口擦干眼泪，对着话筒主动请战，有信心再录一版。

孟老师抬高嗓门，带着戏曲腔调说："好！就等你这句话呢！"

我满怀深情，使出洪荒之力又录了一版。

渐弱的尾音刚唱完，孟老师又挥手叫停，我心头一紧，以为又全军覆没。

就在我低头叹气时，录音棚的大门突然开了，一抬头，是孟老师，他满脸笑容，像是变了一个人。我愣住了！

孟老师用神秘的语气对我说："单丹，你看谁来了？"

我侧着身，往孟老师身后一瞅，是曾教我美声的马素娥老师，她捧着一束鲜花，笑容里闪着泪光，走进来就拥抱我。

"单丹,你是老师的骄傲,我真为你自豪!"

我伏在马老师的肩膀上哭了,哭得一点声音都没有。

这时,又听到孟老师用颤抖的声音说:"单丹,你成功了!你很棒,你是好样的!"

他把藏在身后的证书,拿到我面前打开,我泪眼蒙眬,只看到"特约歌手"四个字。

孟老师的声音又拔高了几度说:"你再抬头看看,还有谁来了?"

我转过头来,见弟弟单聪跑过来,哭着抱住我。

又一看,母亲也穿了件新衣服来了,我抱着母亲哭得停不下来。

父亲跟在最后,眼睛都哭肿了。

我再一抬头,见孟老师泪流满面,那双明亮的眼睛被泪水浸得通红。

马老师和亲人们的突然现身,孟老师的忽然"变脸",把我彻底搞蒙了。

孟老师马上揭开了这个蓄谋已久的"谜底"。

"其实从开始就没有什么艺术团,也没有什么比赛和签约歌手,我们这个栏目叫《周末合家欢》,其中有一个环节叫'藏镜头'。从最初通过李诚给你打电话,都是按照我们一步步的策划在执行,虽然有些残忍,但想要看到更真实更感人的那个你。"

我一脸愕然地看着孟老师,脑子一时还转不过来弯。

孟老师抹去脸上淌下的一行泪又接着说:"包括第一天面试选拔,我们硬是假装板着脸考验你,还有今天我一次次刁难你,都是想把你最真实的情感激发出来。刚才你录音时,我们就已把你的老师、弟弟、母亲都请来了,连你父亲都不知道这一切。策划了这么久,环环相扣,就等待这感人的一幕,在今天画上了圆满的句号。"

孟老师一口气说完，刚停下来，马上又笑了笑补充一句："祝贺你成为我们《周末合家欢》栏目组的特约歌手。"说着把证书放到我手里。

"看这摄像头，你刚才录音全程都被真实地拍了下来。"孟老师用手指了指墙上两个闪着红灯的摄像头说。

我顺着他手指的方向看了一眼，其实我早就看到那两个小红点，还有来面试那天，好几台摄像机从我面前扫过，我都没去多想。

过了一会儿，那天面试的"评委"们也都赶来，与孟老师会师。他们又在我面前站了一排，但每张脸都变了，尤其是戴墨镜面无表情的那个人，他就是栏目组的制片人赵飞，没想到摘掉墨镜那样爱笑。

听孟老师爆料说："其实制片人那天是故意戴上墨镜，装得凶一些，就为了吓唬你。"

大家一阵大笑。

孟老师最后又说："《周末合家欢》这期的主题是'面对重压'，所以才给你设置了一道道关卡。"

听完，我才彻底松口气，感觉自己像主演了一部惊心动魄的大片。

在一周后《周末合家欢》的录制现场，播放了我被"偷拍"的全程，第一个就是父亲扒着门缝偷听我面试那个镜头。

现场看到"藏镜头"的观众们都在擦眼泪，连台上的两位主持人孙恒毅和圆方都情不自禁地流泪，哽咽着声音主持。

那一期的特邀嘉宾是电影《黑眼睛》的主演陶虹，我在台上演唱《童年的路在妈妈的背上走过》，她眼含泪水上台给我献花，紧紧地抱住我说："你太棒了，我们都支持你，希望你的歌声越来越动听。"

孟老师后来告诉我，那期《周末合家欢》，又重播了好几遍。

一、寻梦路

第一次做主持人

那年冬天，去参加一场公益演出，我穿着演出服，手拿麦克风在侧幕候场，突然身体向前一倾，披着的外套掉在地上，这时，一双手把衣服捡起，轻轻搭在我肩上。我转头一看，是一位面容端庄的女士，她身材高挑，穿的礼服与她的气质很相衬，温柔的眼神中透出几分刚毅，后来才发现，她的双手一直拄在她银灰色的拐杖上。

这目光和身影好像在哪里见过？我的思绪飞速转到1995年秋天，定格在"沈阳希贵残疾人杂技艺术团"那场激荡人心的演出，而她应该就是那位拄着双拐的女主持人。

记得去伊斯兰歌舞餐厅唱歌后，搬到铁西不久，有一天父亲带着我去新华书店，路过和平影剧院，见门口广告牌上贴着"沈阳希贵残疾人杂技艺术团"演出的宣传海报，父亲凑上前，看了一下演出时间，又看看手表，刚好能赶上看下一场。

一见"残疾人"字眼，我条件反射似的想马上逃走。

不知从何时起，我竟如此害怕"残疾人"这三个字，像一次次被揭开伤疤后的血肉模糊，当然这个过程时常会在毫无征兆和准备中发生，而那块多年的伤疤又无数次会变成新的伤口。

我也曾试着问自己："在眼前这个世界里，我到底在恐惧什么？不敢接受的是什么？不敢面对的又是什么？"

自从我整日坐在那里，只能看着别人走路。自从上学第一天，就被同学们围起来像看动物园里的大熊猫。自从我的轮椅在路上不小心碰到别人，听到的却是"你腿瘸了，眼睛还瞎吗"。自从来到沈阳这个大城市，我又产生被街上更多的目光盯住的恐慌。

从那一刻起，我知道其实我和别人是不一样的。除了恐惧，只有逃避。但最后又发现，我无路可逃。仍然是自己把自己困在了原地，独自徘徊，独自叹息！

那天，父亲一下看穿我的心思，连忙说："看看残疾人怎么演杂技的，还从没听说残疾人还能演杂技。"父亲在找各种理由哄我去看，我别无选择，只好答应。

走进剧场，父亲把我抱到座椅上，舞台上漆黑一片，只有一个穿黑色长裙，拄双拐的女主持人站在追光灯下，像站在了月亮里。

还记得她说："这是一个特殊的群体，是世界上唯一一支残疾人杂技艺术团……"

在一阵欢腾的乐曲中，舞台上突然出现了几个男孩，我简直不敢相信他们每人只有一条腿，而且他们还要用仅有一条腿的身体，刹那间像"鲤鱼跳龙门"一样跃过钢圈，还没开始，我的心就揪起来，手紧紧地攥着，直到他们一次次精准、威武地成功穿越，我才松了口气。后来他们竟然同时穿越不同高度的钢圈，我都吓出汗了，当他们一跃而过，我激动得差点喊出声，和父亲一起为他们鼓掌。

那个瞬间，我完全忘了他们是只有一条腿的残疾人，他们更像是一只只雄鹰，在空中展翅飞翔。

听主持人介绍，他们还去过美国、马来西亚等很多国家演出。

看到他们表演，我心里在想，他们的身体是残缺的，但呈现的艺术是完美的。他们超越了自身的障碍和极限，把不可能变成了可能。

一、寻梦路

我相信，无论谁看了这场演出，都会对人生和生命有新的理解和思考。

我终于知道父亲为什么带我来看这场演出："相同的人生，不同的活法。"

他们和我，身体都被上了锁，同样被贴上了"残疾"的标签，却在以不同的姿态绽放，心中那盏不灭的灯一直在闪烁，那就是梦想发出的光芒。就算身体已失去了自由，只要有梦想，都可以活出精彩。

他们演出时，我竟出现了幻觉，仿佛看到了自己也在那个舞台上演唱……

回去一路都在与父亲聊看残疾人杂技团演出的感受，心潮激荡。

没想到的是，多年后我们会在这场演出中偶然相遇，她现在已是沈阳市残疾人艺术团团长。更没想到的是，后来我竟然真成为这个艺术团的一员，与他们一起登台演出。

团长叫王枫溎，我叫她"王团"，更多时候叫"王姐"。

听说她老家在吉林白山，5岁患小儿麻痹症。为了挣脱双拐，她10年里做了11次手术，最后一次手术失败，双拐才一直伴着她。17岁那年，她不顾家人反对，一心赴沈，在刚成立只有几名演员的"沈阳希贵残疾人杂技艺术团"练功学艺，除了吃饭睡觉，整天把自己关在大铁笼子里，练就了独门绝活——转球。用身体同时转12个球，打破了吉尼斯世界纪录。

认识她那年，她正在做一件比破世界纪录更艰难和冒险的事。

当"沈阳希贵残疾人杂技艺术团"面临解散时，她接过了这个团，把自己和团里的20多人绑在了一起，用双拐撑起了那个"家"。

在面对一次次困境时，身边的朋友都劝她放弃，她说："这个团就是我的命,眼睁睁看着从无到有,不能再眼睁睁看着从有到无。"

几年前她去北京广播学院进修,拄着拐排队打水,不小心摔倒,水盆和她都扣到地上,一个从辽宁来的电视台男主持人把她扶起,这一扶,他们就再也没分开。他为她来到沈阳,她扛着她的"命"和他一起往前走。

她的双拐在行走时,会发出独特的频率和声响,熟悉她的人,不管在远处还是近处,只要一听到那个声音,就知道是她来了。

后来杂技团改名为"沈阳市残疾人艺术团",节目也创新升级。

虽然好几年过去了,但再看他们演出,还是觉得很震撼!

《轮椅上的梦》是个新节目,却获了很多奖。在杂技基础上又添加了舞蹈元素。聋人女孩竟然在轮椅男孩头顶跳芭蕾。轮椅两侧是十几岁的男孩和女孩,两个人只有两条腿,当轮椅旋转起来,他们就像小天使在飞。那是一个多美丽的梦境,更是一个惊人的艺术创意。舞台下,那只足尖在头顶不知反复站了多少回,底座演员的头顶都露出了头皮。当残缺的身体与完美的艺术碰撞相融合的那一刻,生命最美。

有人说,残疾人演杂技太残酷,不忍去看。但当我走进残疾人艺术团,融入到他们中间,发现他们不管多累、多苦、多痛,也没有一个人叫苦喊累,还是默默地一遍又一遍地练习。只要能在舞台上演出,都感觉自己像花一样在春天里绽放。

在那次公益演出中,除了王团,我还结识了一个人。

"所有商品一律两元,走过路过,千万不要错过……"

这可不是小商小贩的叫喊,是一个专业主持人浑厚而又有磁性的声音,从早到晚在一个两元店的喇叭里循环播放。

熟悉这声音的人都能听出,这是沈阳电台文艺广播FM92.1《老歌回顾》栏目的主持人杜桥老师。

连杜老师的同事路过听到后都问他："你的声音怎么会出现在太原街两元店的大喇叭里？"

那个两元店是我弟弟单聪开的。

我参加的那场公益晚会，就是杜桥老师主持的。之后他又邀请我去电台做节目，还送给我一本他写的书《抚摸往事》。

他推荐并带我去河北卫视《真情旋律》栏目做了一期节目——"带我飞翔的翅膀"。他说："你的故事很有正能量，应该去传递。"

杜老师总鼓励我写散文和随笔，还把我写的文章在他主持的《文学咖啡屋》里朗读。

"在残疾人心中深藏了一种极强的渴望、向往、追求和力量，它在无止境地延伸着、延伸着……"

那是我写的第一篇散文，当那些从我心底流淌出的文字又从电波里传出，对我来说，是一种太大的激励。

后来，我们便成了忘年交。

弟弟两元店的录音，他毫不犹豫帮忙录。弟弟结婚，他主动来给主持。

沈阳市残疾人艺术团的舞台，是我梦想的窗口。打印社仍然是我的自留地，平时在打印社忙活，有演出时才出去，最远那次去了上海。

父亲陪我坐了两天一夜的火车才到上海。当所有演职人员都觉得终于到站时，突然听到一位演员说："我第一次坐火车出远门，天天这样坐火车该多好啊！"

下了火车就坐大船去崇明岛，那是我第一次坐船，也是第一次坐船看长江，船尾卷起的层层浪花像是从我心底翻涌而来的。我想，生命就如同浪花，是这长江中微不足道的存在，而每个人都可能是其中唯一的一朵，转瞬即逝，我更要努力去做最好的那一朵。

在崇明岛体育馆驻场，一演就是一个月，每天两场，观众是中小学生。每一场演出都是一堂真人版的励志课。每次看到杂技《钻圈》，同学们都会发出尖叫声，整个体育馆都在沸腾。当王团主持说到演员们背后的故事，体育馆瞬间静得像空无一人。

就在开演第三天，离演出开始还有半小时，王团突然对我说了件事。

"丹丹，我想把一个重要任务交给你，你一定能完成。"说话时她一直看着我的眼睛。

我神色迷茫地看着她，心里一阵慌乱，没等我开口问，她就迫不及待地说了出来。

"我想让你来主持。"听到这句话，我一下愣在那，顿时就傻了。

紧接着她又说："我每天要对接和处理的事情太多了，集中不了精力去主持，站在台上脑子就一片空白，这太可怕了。"说完，她露出了很无奈的神情。

"我从来没主持过，也没有时间和机会去排练，不行！"

她拦住了我："你没问题的，我相信你，你会主持得很好。"

后来无论她说什么，我都不再说话，只低头看表，来不及思考，在最短的时间，我熟悉了节目流程，整理了主持思路，当最后一遍开场铃声响起，我接过王团手中的麦克风就上了场，怎么上去的我都不知道，只知道我真的上台去主持了。

"敬爱的老师、亲爱的同学们，大家好！"我的话音刚落，哗哗的掌声响起，我心里才有了点底。

当我唱《快乐老家》时，演员推着我绕体育馆走一大圈，前排的孩子们都从座位上蹦起来，露出笑脸，睁大眼睛，紧贴着栏杆，伸出小手和我握手，还大声喊："单姐姐，单姐姐。"有的同学还特意跑到场上来，把脖子上的红领巾摘下，给我系上。唱到高潮，同学们竟然都和我一起唱，那快乐的歌声在体育馆里一圈一圈回荡。

从那天起，我就是"沈阳市残疾人艺术团"的主持人兼歌手。

我自己也挺纳闷，我怎么就做了主持人？又一想，原来在伊斯兰歌舞餐厅唱歌时，对客人说的那一套套感谢和祝福的话，练出的嘴皮子，还真派上了用场。

从上海回来不久，残疾人艺术团就动迁了，从沈阳浑河堡搬到于洪薄板厂附近一个暂借的厂房里。

那个冬天很冷，演员们一天也没停止练功。最冷时，生起一个炉子，但厂房空间太大，室内温度一直上不来，排练间歇，演员们都伸出手去烤火，有些小演员的手脚都冻坏了。王团天天去团里陪大家，她的脚也冻了。

我也去过几次，钻心地冷，但演员们却练得热火朝天。

有一天，王团拄着双拐站在厂房中央，手捧着单腿小演员二胖冻裂的小手说："孩子，咱们先不练了，看你们的手冻坏了，我心疼。"

二胖一直看着王团说："团长妈妈，我不怕冷，不怕疼，我一定得练，要是有一天不练，那先前练成的功夫就都白练了。"

"好孩子，团长妈妈有一口吃的，也不能让你们饿着。"王团含着眼泪说。

几个孩子都扑了过去，王团紧紧把孩子们搂在怀里。那时，她自己也做了母亲。

在主持残疾人艺术团的节目中，有一首配乐诗像刻在我心里，又从我心里流淌出来。当我第一次看到那首诗,每一个字都会触碰到我全身的每一根神经。每次在舞台上朗诵,我都忍不住流泪,即便朗诵无数次,我的泪还是会流出来,像给大家讲述我自己的故事:"知道吗?我和您一样,也曾有过欢乐而幸福的童年。记得小时候,我常常穿上那双漂亮的红舞鞋,在阳光下,在草地上尽情地跳跃、旋转,可是一场可怕的灾难降临在我身上……我再也不能穿上那双漂亮的红舞鞋了……"

台下很静很静,观众们在我深情的诉说里,好像走进了一个美好而又疼痛的诗意世界。

跟残疾人艺术团演出去过最多的地方是学校,可有一次却去了少管所。

在高墙里,他们一样是花季少年,眼神里流露出同样的纯真和渴望。让我又觉得那里是一个校园。当然,如果真的是校园,那该多好!

在海城少管所里,当时有1500多个少年犯,年龄在14—17岁之间。

和我一起主持节目的男孩刚16岁,满脸稚气。他说,来两年了,还有一年多就可以出去。

演出前,他一个人蹲在角落里,低着头,一遍一遍练主持词,我让他站起来,我陪他一起练。

舞台就搭在室外,抬头就能看见蓝天。

在我们演出的中间,一个少年乐队唱起:"我想要怒放的生命,就像飞翔在辽阔天空,就像穿行在无边的旷野,拥有挣脱一切的力量……"

二、笔耕情

拿起笔写歌

2003年春节,我去给本山叔拜年,还带了几首我写的诗。

尽管天冷得呼气成霜,但一走进本山叔的家,热气扑脸,笑声一片。

本山叔正和来拜年的朋友们聊天。

见我来,本山叔满脸的笑,掏出个大红包,就往我手里塞,我连忙躲开,本山叔着急地说:"这孩子,第一次来拜年,压岁钱必须得要,拿着买新衣服穿。"

在本山叔眼里,他一直都把我当成个孩子。从那以后的每年春节,本山叔都给我压岁钱,这让我自己都觉得我真的还是个孩子。

我从兜里掏出自己写的诗,给本山叔看,他边看边点头说:"这诗写得质朴,有意境,有味道。"说着就递给身边的客人们看。

转了一圈,那几张纸又回到本山叔手里,他的目光落在最后几行字上,突然他眼前一亮,好像发现了什么。

"你文笔这么好,应该拿起笔写歌,自己写,自己唱,做一个创作型的歌手,这样你的路会越走越宽。"

我惊喜又茫然地盯着本山叔看。

"叔,歌词我也没写过,不会写啊!"

"都能写诗,写歌词一定没问题,就像说话一样自然。"

这时,本山叔的一对儿女与马阿姨一起从楼上走下来。

二、笔耕情

  他们才6岁,是龙凤胎,牛牛是哥哥,妞妞是妹妹,长得都挺像本山叔。

  牛牛跑过来,看到我在轮椅上坐着,眼睛一动不动地盯着我的腿,惊讶地问:"姐姐,你怎么坐在轮椅上?你为什么不走路啊?"

  他话音刚落,马阿姨就看了看牛牛,又摇摇头,示意他不要问。

  牛牛看了看马阿姨,又看看我,那小眼神有些不知所措。

  我马上对他说:"姐姐的腿在比你还小的时候就坏了,走不了路,只好坐在轮椅上,用轮椅的轮子代替脚走路。"

  妞妞也来到我身旁,明亮的大眼睛里写满了"为什么",她一开口便深化了牛牛提出的问题。

  "姐姐,那你的腿是怎么坏的啊?是永远都走不了路吗?"

  "是生病坏的,姐姐现在都习惯用轮椅走路了。"我用双手转动轮椅给妞妞看。

  两个孩子一左一右,围在我身旁,我握着他们肉嘟嘟、软绵绵的小手,我在想,如果小时候我没生那场病,是不是也和现在的他们一样快乐地奔跑呢?

  这时,牛牛突然上前一步,小心翼翼地用小手摸了摸我的腿,皱紧小眉头问:"姐姐,你疼不疼?"

  妞妞的小手也伸过来,放在我另一条腿上:"你有感觉吗?姐姐?"

  "姐姐看到了你们,一点都不疼了。"

  牛牛又问:"姐姐你能站起来吗?"

  我笑着摇了摇头。

  牛牛像个小大人似的,紧咬嘴唇,用坚定的眼神对我说:"姐姐,我觉得你能站起来。"

说着他用胳膊挽起我的手臂，用力往上拉。

"姐姐你试着站一下，我相信你一定能站起来。"

妞妞见哥哥拉住我的左胳膊，她便拉着我的右胳膊，使劲儿拽，小脸顿时通红通红，看出她用了最大的劲儿。

马阿姨急忙喊他俩，我冲马阿姨笑了笑。

那时，我已用两只手在轮椅扶手上撑起，身体慢慢向上升。

牛牛和妞妞见我在他们搀扶下，一点点站起来。他们的眼睛瞪得越来越大，兴奋得大叫起来："看姐姐站起来了，姐姐终于站了起来。"

本山叔和马阿姨，还有在场的人都连连点头，又拍手……

两个孩子都这么希望我站起来，我也更坚定相信自己一定能"站起来"。

回到家，想着本山叔说过的话，望着一柜子的书，浑身的劲儿不知要往哪儿使。

从诗到词，到底有多远，我怎样才能触摸到？

紧要关头，父亲提醒我找海政歌舞团词曲作家付林老师，他也是从黑龙江富锦走出来的，我们是老乡，我一直叫他"王大爷"。记得刚搬到沈阳不久，父亲去北京还给我带回一本"王大爷"的歌曲集，上面还有"王大爷"给我写的字："自自然然唱歌，潇潇洒洒上路。"小时候唱过的《太阳最红，毛主席最亲》《妈妈的吻》《小螺号》都是他的早期作品，后来我演出经常唱《楼兰姑娘》《沙滩女孩》，也是他写的歌。有一次在北京见面，我唱给他听，他很欣慰地对我说："你把我的歌唱得这么好，以后走到哪，就说是付林的学生。"

我给"王大爷"打电话请教，他让我买一本他写的新书——

《流行歌词写作新概念》。

放下电话，父亲就去书店把书买了回来。

自从有了这本书，像是偷来的武功秘笈，一刻也不离身。

那些天，我像苦练绝世神功，把自己"关"起来，陀螺一样旋转，不知疲倦。

吃饭时，眼珠都快掉进书里，细细咀嚼其中的"招数"，每一种创作技巧都用熟悉的歌来诠释，讲得明明白白，真真切切，让我茅塞顿开。

唱了这么多年歌，终于看清歌词里藏的道道"玄机"，心底波涛汹涌，总有种想与笔过招的冲动。

有一天，我一口气写出两首歌，一首是为父亲写的《我的山》，另一首是为母亲写的《妈妈的肩》。

我把两首歌词都传真给"王大爷"。他在电话里对我说："要学会用意象，善于用意象，让意象成为你的翅膀，让歌词更生动，更有画面感。"

那段时间，我像猎人搜寻目标，看到什么就想写什么，哪怕一句话，都会点燃我心中的创作火花。几天下来，书桌上的草稿堆了一大摞。

一天，我正看书，只听"啪"的一声，原来是花瓶里的百合花，一片片凋落的声音，我捧起花瓣，香味还在，便写了一首《开在心里的百合》。

"开在心里的百合，只有这一朵，你不会寂寞，因为你一直爱着。开在心里的百合，我一生的执着，微笑是你的颜色，什么才是最美的歌。"

我的路上没有脚印，它在我心里。当我的笔在纸上行走，走出的也是我心中的脚步。我写出了《我的路》。

"有一条路，听不到脚步。这条路，就在我心的最深处……"

放下笔就拨通一个电话，是辽宁电视台《周末合家欢》栏目策划和撰稿孟繁琳老师。在电话里，我把歌词读给孟老师听，他秒赞了"听不到脚步"中那个"听"字，他说，一般写路都是用"看"，而你却用"听"，用得巧，用得妙。

孟老师鼓励我："歌词不是写出来的，是改出来的。"

后来，在每首歌词的反复修改中，细琢磨，真是那么回事。

一次参加活动，偶遇词作家邬大为老师，见到他，就想起他写的那首《在那桃花盛开的地方》。听说我也在学写歌词，他很耐心地给我讲，说到《我的祖国》那首歌词，他激动得边唱边讲："你看那词写的'一条大河波浪宽，风吹稻花香两岸'，美得像一幅画，听起来又像个故事。歌词有技巧又无技巧，那才是一种境界。"

我听得入迷。临走时，他告诉我："一定要常看，常写。如果有两三个月不写，笔就不灵，脑子也不活了。"

回家没几天，就收到邬大为老师寄来他写的书《歌词技法》。

最初写歌的那段日子，汲取着词坛各派精华，笔一直没停下。也正是从写歌开始，我才有了晚睡的习惯。

20多天后，我终于鼓足勇气，挑几首歌词，去见本山叔。

这一次，是在河畔花园的公司里，本山叔坐在沙发上，捧着我的歌词手稿，一行一行往下看，目光移动得很慢。

在一旁的我，一动不动，屏住呼吸，双手紧紧地握着。

好半天，本山叔放下歌词，抬头对我说："终于入门了，进来了，写出来了。"

听完，我憋着的那口气，才呼出来，手心里全是汗。

二、笔耕情

他又拿起词看着说:"有些地方还有点像诗,如果能再实一点会更好。"

从本山叔那儿回来后不久,"非典"就来了,离我们看似很远,却关乎生命。

长这么大,第一次经历,大街小巷的行人都戴上口罩,有很多人还不敢出门,像是一场灾难要来了。

只有"白衣天使"在一线保护着那些生命,但随时都可能失去自己的生命。

因为从小就生病住院,对"白衣天使"有种特殊的情感。那天一早睁开眼,就写了首歌词《天使的微笑》:"你的微笑像一盏灯,照亮了每个人的心灵,你的微笑像一团火,谁都不会感觉冷。你用满腔满腔热情,告诉我们爱无声,你用洁白洁白身影,已经挡住寒风。因为你的微笑才让每一个生命再生……"被沈阳作曲家关黎老师看中,拿去谱曲。

当晚,看电视里一个"白衣天使"去抗疫一线,给家人发出的最后一条短信,竟成了永别。我心里一阵翻涌,写出一首《你的心你的爱》。

不知哪来的力量,我的手指在琴上竟弹起旋律,我试着一句一句大胆地唱出来:"看不清你的脸,你的笑容就在我心间,那天你匆忙地离开家,就已经站在生命的另一端,不知你何时能回来,只知道你把一切危难都留给从前……"

我自己唱着唱着就感动了,泪水像条丝线从脸上滑落。

流着泪把那首歌唱完,真不敢想还有这样一天,我也能自己写歌,自己唱。

拿着新写的两首歌去见本山叔,看了第一首《天使的微笑》,他直点头说:"你写出了真情实感。"

他又看看我手写带歌谱的《你的心你的爱》,哼了哼旋律,笑着对我说:"你还挺能耐呢,自己也能谱曲了,词也挺让人感动的啊!"

我一脸喜悦,抿着嘴笑。

回去后,李团长听我在电话里清唱《你的心你的爱》,他说这首歌写得很有张力,唱得也有很大飞跃。放下电话他就赶过来,把歌篇拿走,连夜找人编曲配器,后来又带我进棚录音。

自从满怀激情开始写歌,却在不经意间察觉到自己演唱也发生了变化。不久前,我又迷上了一个人的专辑,是李团长送我的黄绮珊签名的CD光盘,她那柔韧的声音里竟藏有一颗子弹的力量,能穿透到灵魂深处。我白天听,晚上听。进棚录音时,李团长笑着对我说:"看来黄绮珊的歌没少听,长进不小啊!"

没几天,关黎老师通知我去录《天使的微笑》。进了门,一个人在电脑操作台前先探出了头,那一头黑发,像是假的,不高的鼻梁上架了副眼镜。一张陌生的脸,却用熟悉的目光盯着我。

听关黎老师介绍说,他是音乐人陈一鸣。

就在我录完音要离开时,他突然站起来说:"其实我们见过面。"

我一脸茫然地望着他。

他说起1996年9月的一天。

"在沈阳和马来西亚举办的那场公益晚会上,一个花季女孩穿着白纱裙坐在轮椅上,与马来西亚歌手一起演唱《爱的奉献》,很夺目,很感动。"

"没错,是我。"

他说,晚会的音响师就是他。

提起在演出现场,一堆电线挡住我,有人跑过来帮我抬轮椅。

原来那个人，也是他。

七年后，我们竟然还会在音乐中"重逢"。

《天使的微笑》被收录到"辽宁首张抗'非典'专辑"中。

《你的心你的爱》刊登在《中国音乐生活报》上。

还记得曾有很多人问我："你的愿望是什么？"

我说："想有一天出自己的新歌，拍MV。"

真没想到，多年后那个愿望里的"新歌"竟然会是我自己写的。"非典"结束，所有晚会在第一时间吹响了集结号。

李团长参加辽宁电视台抗"非典"晚会，还特别推荐了我，让我演唱《你的心你的爱》。

那个傍晚，在室外的舞台，夕阳刚好落在我的红色连衣裙上，两条粗黑的辫子散在胸前，我一手捧着鲜花，一手拿着麦克风在唱："你的心你的爱，已经开始了生命的接力赛，只要有你出现在这里，无论什么都不能把我们伤害。你的心你的爱，捧起人间多少生命的期待，你用希望的烛光把黑夜点燃，明天晨曦会留住你今天的光彩。"

第一次在舞台上唱自己写的歌，心底涌动出和从前完全不一样的情感和力量。

在我刚上台演唱时，就看到台下一位女士从观众席站起，拿着小摄像机边走边录，向舞台走来。到了舞台边，她挪动了一下摄像机，我才看到她的脸，原来是本山叔的爱人马丽娟阿姨，她冲我微笑，还做了个超赞的手势，把我的演出全程都拍了下来。

那是一次特别的演出，因为"非典"的特殊主题，更因为我成了一名创作型歌手，一种从未有过的使命感和成就感从心底升起。当然，我还隐约感觉到，在我人生的章节里，又多了一种生命的意义。

我终于明白，本山叔为什么让我拿起笔写歌。

喜上眉头，忧在心头

"锣鼓喧天，鞭炮齐鸣……"

2003年4月1日，沈阳中街"刘老根大舞台"开业了。

门前红色牌匾上，刻着金色的字"刘老根大舞台"，是本山叔亲手写的。那是本山叔打造的第一家"绿色二人转"剧场，最早在铁西和平影剧院，那天正式迁到中街，紧挨着沈阳故宫。

这剧场有100多年历史，原来叫"沈阳大舞台"，听说70多年前，张学良将军常去那儿看戏。

人们不管从哪来，只要到沈阳，必来看一场二人转，"刘老根大舞台"也成了沈阳的一张文化名片。

开业第二天，本山叔打电话让我去看戏。他说，开业当天人太多，顾不上我。

下车很远就看到大舞台两侧立式排楼，上面刻着大大小小红色镂空字的百家姓："赵钱孙李周吴郑王……"

那个时间，正是6点半的室外演出，大门里外都是人。

音乐一响，一群穿着民俗服装的人，戴着大头人面具，甩起红绸子，扭起大秧歌，那个美，那个浪，热闹得不得了。后来我才知道，除了舞蹈演员，还有演职人员，连打扫卫生的老头老太太都跟着一起扭。

但我万万没想到，藏在这强大的阵容里，在中间跳得最喜庆，扭得最传神的竟然是本山叔，他戴着大头人面具，谁也没认出。

正是认不出谁是谁，那些买完票等着看演出的，有的也钻进队伍里，情不自禁地跟着扭。

他们每天就这样扭起来，浪起来，用东北人特有的热情迎接八方来客。

地面欢腾，空中更精彩。

仰头看，剧场外的三楼上有二人转演员唱传统戏。还有位特殊的"嘉宾"，每天都在那里上演"重头戏"。

它并不是什么名角，而是一头有着艺术细胞的小毛驴。身边有一个圆圆的磨盘，每晚随东北风欢快的乐曲，快乐地转圈拉磨。

这欢天喜地的氛围，真像是过大年。

听说从上午到晚上开演前，广场上会出现一条蜿蜒曲折的"长龙"，那条"龙"是由一个又一个的人组成的，源头就是小小的售票口。

父亲推着我走进那扇红色大门，才是进了剧场大厅。

方形墙柱上，挂着本山叔还有二人转演员的演出照和艺术简历。

那面墙上还刻着本山叔的题字："水是有源的，树是有根的，生活是需要开心的，传统是需要继承的，发展更是要创新的，300年的二人转就是这样走到如今的，人们喜欢它肯定是有原因的。"

真是这么回事，喜欢就一定是有喜欢的道理。在老百姓心里，二人转就像是家常便饭，好吃又可口，不吃就想，怎么吃都吃不够。

再往前走走，玻璃展窗里还放着斗笠、蓑衣、窗花、烟袋锅等早年间东北民俗老物件。有些我都没见过，更不太认识，父亲给我讲解着。观赏区还有个民间小儿悠车，悠车里放着一个真婴儿大小的假娃娃。那边农村大笸箩里装着山货、瓜子等，供观众选购。连服务的工作人员都穿着民俗服装,我和观众们一样,一进来看看这儿,又看看那儿,眼睛都不够用了,那场景真像是在赶大集。

剧场的门一开,我往里看一眼,舞台上方刻着三组字:"过大年,赶大集,看大戏。"两侧是:"宁舍一顿饭,不舍二人转。"

看到那几个字,才回过神来。原来从看外场演出开始,到进大厅看民俗物件,再到进剧场里看戏,真正体会到了"过大年,赶大集,看大戏"。而且只要走进"刘老根大舞台",每天都是"过大年,赶大集,看大戏"。

但那一晚,我并没有坐在观众席上看二人转。

7点正式开演,本山叔紧贴二道幕坐,我坐在他旁边,前面放个小方桌,桌上摆着水果拼盘。我们面对着舞台,只能看到演员的侧面,看不到观众,观众也看不到我们。

大舞台每天五码戏,都是本山叔的徒弟们轮流表演。

唱头码的小金龙一上场,几个空翻就得了头彩,那年他才17岁,是徒弟中最小的一个,后脑勺那条过腰的小细辫儿也跟着翻来甩去。别看他人小,唢呐却玩得好,一口气吹出个长音,脸都憋得通红,唢呐声还没停。

本山叔看着小金龙的表演,脸上藏不住笑,侧身对我说:"这可真是童子功啊!"

舞台上梳金色小辫儿的是本山叔的洋弟子博比·肯,在电视剧《刘老根》里看过他,参加扶贫助学义演时我们就认识了。他能把东北二人转唱得那么有韵味儿,实属难得。

那位穿古装长裙出场,举袖拂眉,宛若天仙的是王永会。他在《刘老根》里扮演与"山杏"搭档唱戏的"赵三",唱腔纯正,开口声声如珠落玉盘。戏里戏外的他,天生就有一副好嗓子,唱反串更是他的拿手好戏。上了妆,扮上相,比他的搭档,也是他的爱人筱素清还多几分妩媚。

听着他的唱腔,本山叔转头对我说:"王永会是这些徒弟里嗓子最棒,唱传统戏最好的演员。"

第四码戏上来的那个人的身影咋那么熟悉?穿着特别眼熟的那套蓝中山装,戴那顶帽檐弯折的蓝帽子,慢悠悠地走上舞台,没等他开口说话,掌声就响了起来。

没错,是王小宝。但那一刻,观众看到的并不是《刘老根》里扮演"大奎"的王小宝,从侧面瞅,像!真像!怎么看都像本山叔!不光装扮像,步伐像,连神态都像。

本山叔在一旁看,也憋不住笑,都乐出了声。

后来上场的是王小宝的搭档孙丽荣,一件蓝色带白花的偏襟布衫让她穿出了怀旧感,头发往后梳得锃亮,挽起的疙瘩鬏儿旁还插朵大红花,蜷着腿,走出老太太的小碎步,声音像烟呛似的沙哑,就那一嗓子抖出的包袱,能把人乐个跟头。

演员们每抖响一个包袱,本山叔都乐得合不拢嘴,连身体都笑得直颤悠。出现一个笑点,他都回头看看我,我正笑得捂着肚子,他看我乐,我看他乐,我们把眼泪都乐出来了。

那一阵儿音乐声挺大,本山叔抹了抹眼角乐出的眼泪,抬高音量给我讲:"在这个舞台上,每一个徒弟都有自己表演的'绝活儿'。有的能文,有的能舞,有的善于搞笑,有的唱正戏拿手。他们折腾半天,就是想逗观众乐。"

听到台下不光是掌声和笑声,还有呐喊声和欢呼声,不用看就能感受到他们心里得到太多快乐,就像终于能吃上一顿可口的饭菜那样满足。

那一天，演员们全身心投入，使出所有力气去演。或许是本山叔在旁边看的缘故，他们还是有些拘谨和紧张，我和本山叔都看出来了。

一阵笑声过后，本山叔从果盘里挑块西瓜，递给我。

节目演过一大半，本山叔看看舞台上的演员，又转过头看看我，身体往椅子上靠了靠，手指在鬓角处划拉几下，又捋了下头发，好像在想啥事儿。

趁音乐声不太大，本山叔斜着身子，在我耳边说："明儿你也来这个舞台唱歌吧！"

不知是我没听清，还是不敢相信，我眼睛看着本山叔，像傻了一样怔住了。

本山叔又紧追一句："你白天在打印社打字，晚上到这儿来和他们一起演出，你需要一个舞台，让你更快乐，还能多一份经济收入。"

这次，我听清了，却不知如何是好。

老半天我才支支吾吾地说："叔，我，我，这舞台太大，我唱歌，他们演，不一样，影响他们。"我自己都觉得我说的话语无伦次。

"你不用考虑那么多，这是一个快乐的大家庭，你就来这儿唱，你的快乐和阳光会感染每个人。"本山叔的语气很坚定。

我只感觉自己嘴唇动了几下，但还是没说出来啥。

本山叔又说："你放下一切顾虑和担忧，听我的安排，只要你来唱歌是快乐的，就行。"

我只好点了点头，但胸口上像突然压了块大石头，憋得慌。

"你明天就来正式唱，每天唱两首歌就行，上台唱歌前，先说一

二、笔耕情

段话,真实地介绍下自己,先说出你唱歌的梦想,再说现在在铁西广场开个打印社,让大家都认识你,了解你……"

听着本山叔的每一句叮嘱,感觉这事儿是千真万确,板上钉钉儿了,我心里有种说不出来的紧张。

光顾和本山叔说话,连唐鉴军哥啥时上的场,我都没注意。

等我看到鉴军哥时,他手里拿个像筛子似的小圆鼓,鼓点敲得比冰雹砸窗户还有劲,正演《神调》里那段贯口"报山名",报得那叫一个快,每个山名都在他嘴里翻着跟头出来,但每个字都听得清清楚楚,甚至听不到他换一口气。

这也是全场演出最后一码戏,鉴军哥一收场,本山叔突然从侧幕旁站起,快步走上舞台,这时本来要离场的观众突然像中大奖一样尖叫起来。是啊!连我都很惊讶,还没反应过来,本山叔已经上了舞台,台下的掌声和欢呼声混成一片。

本山叔上台刚和观众唠几句,就逗得大伙哈哈大笑。

唱歌,拉二胡,本山叔一个人演了一副架的时间,观众太激动,太热情。后来徒弟们上台谢幕,才把本山叔"解救"下来。

本山叔从舞台下来就直奔化妆间,父亲也从观众席赶到后台,他告诉父亲推我一起去化妆间,说要开会。

一听到开会,我大概明白了,但心里却在发慌。

在化妆间里,本山叔坐中间,父亲推着我在他旁边,演员们陆续都到齐,围一圈。

本山叔看看我,对大家说:"你们都知道,这个坐轮椅的小女孩单丹,她小时候在歌厅唱歌,我就认识她。她一直很阳光,很坚强,很上进,文笔好,现在又开始写歌,很多地方我们都得向她学习。"

本山叔话音一落,所有目光都看向我,我不好意思地低下头。

"从明天开始,单丹每天都来大舞台唱歌,我不能天天来,我来和不来你们都一样,一定要多照顾这个小妹妹,给她更多关怀和爱护,让她感觉到我们这个快乐大家庭的温暖,这是你们每个人的责任。"

本山叔说完,大家一起鼓掌。

要走时,本山叔又嘱咐了我几句。

走出门,父亲就对我说:"既然你本山叔给你这么大的舞台,你就要好好唱,不能给你叔丢脸。"

回去的路上,我一句话没说,喜上眉头,却忧在心头。心里好像悬着一百个、一千个,一万个担忧……

二、笔耕情

登上"刘老根大舞台"

本山叔让我去"刘老根大舞台"唱歌，我一夜都没睡好。

第二天晚上，打印社早早就关了门，父母带我坐公交车，不到6点就到了中街"刘老根大舞台"。

在化妆间，我换上红色针织连衣裙，白色圆领打底衫，用大卡子卡住后脑勺又粗又长的马尾辫，对着镜子照来照去。

孙丽荣姐正在我旁边的镜子前化妆，她扭头看了我一眼说："再化上妆更美了。"

我无奈地摇摇头，笑了笑说："我不会化妆呀！"

她转过身，用手指着身后正化妆的王永会哥说："咱这里头妆化得最好的就是他。"

我连忙回头看了看，正对着镜子描眉的永会哥对我说："等着，别着急，我马上就给你化。"

这些年只顾在台上唱歌，唯独化妆我一点都没学会。

不一会儿，永会哥把我推到他那面镜子前，我看他脸上的妆才化了一半。

长发齐肩的他站在我对面，一米八的个头只能猫着腰，小心翼翼地捧起我的脸，那双大眼睛像扫描仪先在我脸上扫一遍，然后才开始给我化妆。从打粉底、描眉、画眼线、涂眼影和睫毛膏、打腮红，到擦口红，一样不落，细致又从容。

最后,他像审视一件艺术品一样端详着我的脸,眼里露出一丝喜悦。

丽荣姐从镜子里看到化好妆的我,笑着用沙哑的声音说:"哎呀妈呀!这是仙女啊!这大双眼皮双得和你永会哥一样一样的,真是谁化像谁啊!"

屋子里的人听到这话,都哈哈乐,永会哥瞟一眼丽荣姐,也乐了。

我在镜子里看了老半天,有些认不出自己,眼睛是变大了,好看,真挺像永会哥。

化完妆,我早早就去候场,主持人姐姐告诉我,永会哥演完,我就上场。

上场前那一个多小时,真难熬,我希望快点到我演,又不希望那么快就轮到我。说不出是啥感觉,不全是紧张,也不全是担心,总之心情很复杂,是从来都没有过的一种感觉。

按本山叔说的,我准备两首歌,一首抒情,一首欢快。还准备了一段开演前要说的话,想真实地把自己抖搂出来。

我就在侧幕旁,眼睛看着舞台,心里不知在想啥呢!

后来,父亲推我一下,我才反应过来,该轮到我了。

主持人姐姐把我推到舞台上,又隆重介绍了我。

我一开口,本来欢乐幽默的空间,一下子就变得安静下来,甚至还有些沉重。

当我唱完第一首歌《亲爱的小孩》,除了听到大家给我的掌声,还发现有的观众在悄悄抹眼泪。

这是我最不愿意,也是最怕看到的一幕。

第二首是《楼兰姑娘》,我带着欢快的心情在演唱,可观众的眼里却流露出忧伤。

虽然我笑容里满是阳光,但台下气氛的凝重却让我感到惊慌。

两首歌唱完,主持人姐姐推着我原路返回,父亲和博比哥正站在侧幕等我,博比哥马上给我一个拥抱,展开笑脸对我说:"妹妹,你真棒!"

但从父亲的脸上,我并没看到太多的喜悦。

紧接着上场的演员,并没听到太多的掌声,赶紧抖了个包袱,点着火,却没响,又点了几次火,大家的反应还是不太强烈。

我心里真着急,这是不是我惹的祸?还是今天的观众就不爱乐?

回去我就憋不住了,向父亲接连发问:"我的担忧是不是对的?我和他们在一起演出是不是不相融?是不是会破坏他们的搞笑气氛?"

父亲沉默了一会儿说:"明天你把两首歌都换成欢快的,再看看。"

这个问题缠绕了我整个晚上,连在梦里都没逃掉。

又过一天,因路上堵车,到大舞台比第一天稍晚些,进化妆间时见永会哥正忙着戴古装头饰,很烦琐,他让我等一会儿。在一旁的丽荣姐怕我着急,主动要给我化妆。

丽荣姐的动作和她性格一样麻利,左擦擦,右抹抹,没多久就化好了。她有意在我身旁坐下来,扶着我的肩,一起对着镜子看,看了又看,我正想开口,她就说:"看!像不像我?"

我说:"姐,真像你说的,谁化像谁。"

我俩对着镜子"咯咯"直乐。

那晚,我把《亲爱的小孩》换成了《快乐老家》,这下两首都是欢快的歌曲。

尽管我演唱时脸上都笑开了花，但从观众的眼里却只看到了怜惜，甚至有些人一直眼泪汪汪的。

在我后面上场的演员，费好大劲也没能让观众乐起来。

我一边看一边琢磨，演员们上台演出像团火，使尽浑身的招数把舞台焐热，可我一上去，像盆凉水就给浇灭了，想再热起来，很难。

之前我所有的顾虑和担忧，在那一刻似乎找到了答案。

接下来在大舞台演出的每一天，我的心都像在冰上走，在火上烤。

到第五天，我强挺着唱完，和每天一样，在侧幕看他们演出，看着看着就发呆走神。

"刘老根大舞台"对我来说，是个太大的舞台，怎么也没想到有一天会登上这个大舞台唱歌，更不敢想是本山叔特意给我的这个舞台。我知道登上这个舞台有多难得，我更知道本山叔对我的用心良苦。但我却很后悔！后悔不该答应本山叔。在这个带给观众快乐的舞台上，我真不该出现，尽管我是快乐的，只因我身体的特殊，不但不能给观众带去快乐，还会破坏演员们的演出效果，观众不快乐，演员就尴尬，我也很愧疚。

一回头，突然看到墙上贴着"刘老根大舞台，伴您笑开怀"，我心里抖了一下。对自己说："这是一个有快乐使命的舞台，我不能留下来。"

当时就决定给本山叔打电话。父亲让我回家再打，我还是把电话拨了出去。

"叔，我不能在大舞台唱歌了。"

本山叔很惊讶："啊？咋的了？咋不唱了？发生啥事儿了？"

"啥事儿也没有，我就是觉得我在这个舞台上唱，影响大家，破坏演出气氛，他们刚把观众逗乐，我一上台观众就要哭。"

"你别这样想，学会适应这个舞台，你还是要阳光去面对，也让观众用阳光的心态去接受你，这需要一个时间和过程。"

"我也以为我在舞台上的阳光和快乐会感染他们，但我越是阳光，他们心里好像越难受。"

"你自己别老合计那么多，别给自己框住，啥都不是绝对的。"

"叔，这是一个给大家带来快乐的舞台，我一出现，观众的情绪马上就变，像电视突然调台，这反差有点太大，演员和观众都受不了。"

"你先别太早就下结论，坚持唱几天，再看看效果。不行再说。"

"叔，我知道你为我好，就想给我一个舞台，快乐地唱歌，但我真的不能留下来，必须得走。"

本山叔沉默几秒，有些无奈地说："这孩子太犟了，好吧！"

认识本山叔这么多年，只有这一次我没听他的话，其实我心里也很不是滋味，出现这样的局面，或许连本山叔自己也没想到，他最初的决定和现在的挽留，只希望我能有一个快乐的舞台歌唱，这让我心里更难受了！

与本山叔通话后，鉴军哥就来后台找我，两只手里都攥着钱。

他伸出左手说："这是师父让我给你的5天演出费，1000块钱。"又伸出右手说："这是师父另外又给你拿的1000块钱，赶紧收好。"

说着就往我手里塞，我吓得转动轮椅往后退。

鉴军哥说："师父就这么安排的，你必须得拿着，别让我为难。"

我笑了笑，连人带车调头就走，鉴军哥从我身后撵过来，把钱分别塞到我的两个衣兜里，赶紧往台上跑，去演出了。

我低头看着兜里的钱，眼泪掉了下来。

进《马大帅》剧组

"看着远处的汽车在跑,想想自己每天都走的街道,是不是心里有些烦躁,还是连你自己也不知道。为了心中美丽的目标,多少人都在不停地思考,是不是觉得起点太高,还是你的微笑越来越少。今天过了就是明天,不要让困难把自己压倒,今天过了就是明天,把一切不快都统统甩掉。今天过了就是明天,要知道每个人都在天天变老。今天过了就是明天,别忘了太阳还会高高照……"我用蓝调布鲁斯风格清唱着。

本山叔一直盯着手里的歌篇,在心里哼唱,头上的鸭舌帽也跟着摇晃,看得出这首歌一定给了他不小的惊喜。

2003年7月的一个下午,在河畔花园公司,我给本山叔带来一首新歌《今天过了就是明天》。

我唱完最后一个音,本山叔连忙说:"这回你写词风格放下来了,这词写得就挺实,接地气,还励志,挺正能量。"

听到本山叔这顿表扬,我乐得嘴都合不上。

他摘下帽子,捋了两下头发,眼睛又落到歌谱上,惊讶地说:"这曲儿也挺好听,你挺会写呀,写歌不到半年,进步挺快,是一个飞跃啊!"

这首歌的灵感来自生活,一天走在大街上,看着身边的车水马龙和人来人往,突然迸发出来。曲子也是我作的,真没想到本山叔

二、笔耕情

会这么喜欢，从他那高兴的劲儿就能看出，这是我写歌以来，他最满意的一首。

本山叔突然抬起头对我说："再过两个多月我要拍个电视剧《马大帅》，主题歌你来写吧！"

我一听，吓得说不出话，更不敢相信自己的耳朵。还没回过神，本山叔就给我讲起《马大帅》的剧情。

临走时，他还嘱咐我："你回家按大概剧情，好好构思构思，找下感觉，试着先写一写。"

还没写，心里就有千斤重，重得有些不知所措，我该怎样去完成本山叔交给我的任务？甚至能不能完成？在那期待的力量中，我用心思考本山叔讲过的剧情，拿起笔，开始了我人生中的第一次尝试。

2003年11月19日，父亲陪我去开原《马大帅》剧组，正赶上下雪，飘了一路的雪花。

可能是天气原因，那天下午剧组收工早，我刚到开原宾馆，本山叔和剧组的人就都回来了。

父亲推着我，我捧着鲜花，去见本山叔。

顺着服务员手指的方向，我一眼就看到本山叔那个屋开着门，门口站着好几个人。

往前走几步才看清，侧身站在门口的那个人个儿不高，有点羊毛卷，他一回头，看到了我，那双眼睛好像在说话，再走近些，他的眼睛好像湿润了，可我心里却在想，这人咋这么眼熟？

记得十几年前，在央视春晚上有两个说相声的小个子，不光相声说得好，歌也唱得好，模仿很多歌唱家，一夜间火了！我看眼前这人就挺像其中一个，虽不太确定，但有一点可以肯定，从气质上看，他一定是个演员。

越走越近，他身边的另一个人也转过头来，那人比他高，一身合体的休闲装，梳三七分头，文质彬彬，眼睛特别大，长得神似周总理。

走到门口，小个子向我笑了笑，点点头，伸手指了指他对面，又往后退了几步。

进了门，朝他指的方向看，见本山叔正低着头，坐在沙发上，无精打采。几个徒弟围在他身边，像卸盔甲一样帮他换下厚棉袄和棉裤，折腾得他直发喘。

我捧着鲜花，一脸茫然。

这时，有人在本山叔面前指了指我，他才慢慢抬起头，脸色灰暗，双眼布满血丝。

本山叔见到我和父亲，难掩的倦容里泛出一丝笑意，嘴唇轻轻抖出两个字："来了！"

从他沙哑无力的声音里，我听出了一股重感冒的味道。

顿时，只觉喉咙里有股热乎乎的东西往上涌，我不敢再抬头去看他，只把手里的花递过去，他刚要伸手去接，徒弟们赶紧帮着接过来。

他扬了扬头，望着对面的椅子，让父亲坐下。

这时，屋里的人一个接一个往外走。

他们一走，我的泪像断了线的珠帘，噼里啪啦往下落。

"哭啥啊？"本山叔强打精神，脸上堆起了笑。

我低着头，说不出一句话。

"孩子看你都累病了，心里不好受。"父亲坐在对面，说出我没说出来的话。

二、笔耕情

"我没事，不用惦记我，过两天就好了。"他说这句话时，声音明显比刚才有力气了。

本山叔向前探了下头，看着我的腿说："你腿冷不冷啊？这天可得多穿点，都下雪了，别冻坏了！"

"我穿厚棉裤了。"我哽咽地挤出几个字。

认识本山叔这么多年，这是我第一次在他面前流泪。

我拿出在家写好的两首歌词，本山叔看完说："有点儿那感觉了，也挺朴实，但你还得多了解剧情，再看看剧本，等吃完饭再说吧！"

晚上去餐厅，本山叔让我们去隔壁包房，和他父亲在一起吃，那屋餐桌很大，只有爷爷和奶奶两个人。

听说《马大帅》一开机，本山叔就把他们接到剧组。

我和父亲这一去，爷爷和奶奶可老开心了。一听说我是为《马大帅》写歌来的，爷爷一个劲儿地说："好，写歌好！能动笔杆子的都有能耐啊！"

父亲说："是本山兄弟给孩子学习和锻炼的机会。"

爷爷说："那这孩子也得是那个料，你这当父亲的可真不容易，了不起啊！"说完还叹口气。

那晚摆了一桌子硬菜，爷爷和奶奶紧让我和父亲吃菜。

吃半道，本山叔进来了，坐在爷爷身边，向爷爷介绍我和父亲，又让我们多吃点儿。

他扫了一眼桌上的菜，看着爷爷的脸问："吃的咋样？比家里伙食好吧？"

爷爷一边往碗里舀牛肉萝卜汤，一边说："凑合吃吧！哪儿也没有家好啊！"

听到这话，本山叔一下乐了，用手抹了把脸说："哎呀妈呀！这是没吃好啊！这待遇还咋的啊？你这屋的菜可比我那屋硬多了。"

爷爷端起碗，光喝汤，不吱声，奶奶在一旁撇嘴乐。

看得出爷爷平时话不多，但关键时说出一句，足够分量，抖的都是冷包袱，从爷爷身上，就找到了本山叔幽默的根源。

我端详着爷爷和本山叔，他们的头发都变白了，只是爷爷的更白一些。他们俩坐在一起，就是陌生人一看，也能猜到准是爷儿俩，他们说话时的神态，还有那双手，连摆放的姿势都一样。要是听他们的对话，爷爷总有意与本山叔错开一个频道，或者故意走个岔道岔过去。

吃过晚饭，本山叔把我叫过去，编剧何庆魁老师也在。

何老师见父亲推我进来，只说一句话："这真是个伟大的父亲啊！"

原来光看何老师的作品，还第一次见到他本人。他低眉少言，笑而不语。真想象不出，那些经典作品是出自他的笔下。

茶几上有一大碗冒着热气的姜汤，听说本山叔重感冒发烧三天了。

"我和剧组的人都说完了，把写《马大帅》片尾主题歌的机会给你，就要圆上你这个梦，你就在这儿写吧！"本山叔带着很重的鼻音对我说。

他又转过去对何老师说："这个机会给她和给别人是不一样的，这机会对她来说，特别重要。"

听到本山叔说这些，我心里感动得不知说啥好。我知道这个机会还有很多人都等着，盼着，惦记着，我写歌还不到一年，偏偏把机会给了我，我又一次体会到，原来本山叔帮助我的方式就是一次次在给我机会。

临走时,本山叔把《马大帅》前15集的剧本递给了我,还嘱咐我:"回去好好看看,多琢磨里面的每个人物。"

我接过那一大摞剧本,像捧着一座山。

"就写你自己"

进《马大帅》剧组,就住在了开原宾馆,我和父亲的房间在一楼,离门口很近。房间里左右两张床,中间过道正对着窗户,我选了进门右边那张床。

我托着本山叔交给我的剧本,看了老半天,又小心翼翼地放在床头。先捧起第1集,坐在轮椅上看,后来父亲给我准备了纸和笔,我又趴在床上看。

从打开剧本那一刻,剧中人物便在我面前一一登场。

我用笔写着:"马大帅、范德彪、玉芬、小翠、吴总……"每个人物对我来说,都是一个谜。

我看剧本,父亲在对面看着我,也不敢与我说话,不知什么时候他睡着了。

等父亲一觉醒来,见灯还亮着,我还是那个姿势趴在床上看剧本。他眯着眼,看了看手表对我说:"都1点多了,快睡吧!"

我只"嗯"了一声。

其实,我一夜都没合眼,直到第二天夜里才把剧本全看完。

一天两夜,没有一点困意,我知道自己入戏了,揣摩每个人物,想走进他们的内心。

本山叔很看重人物,我一点点梳理人物关系,捋清人物情感脉络。

二、笔耕情

戏里是真实的生活，生活也是真实的戏。笑中藏泪，泪里带笑。

每个人物的交织都围绕一个"情"字，也是为了一段段"情"，演绎出小人物的苦难人生。

看完剧本，我连夜就写出一首歌《情》。终于盼到天亮，第二天一早，就拿给本山叔看。

父亲推我快进门时，我才发现拿歌词的手突然有些发抖。

推开门，屋里好几个人，没顾上看，就把歌词递给本山叔，他很意外，可能是没想到我写这么快。

从他接过歌词，我的眼睛就没离开他的脸。

他的目光在纸上一点点往下移，直到看完最后一个字，深吸了一口气说："挺好啊！笔法挺成熟，有感悟。"

我点点头，眼睛一直盯着本山叔看。

他又补一句："有些地方写得再实点，再生活一些，再接地气一些就更好了。"

我一边思考，一边领悟着他说的话。

这时，他放下歌词，就往对面看，给我介绍屋里的人。

我转过头，才认出，就是我来的当天，在门口见到的那两个人。

本山叔指着那位小个子，用神秘的语气说："你能不能猜出他是谁？"

我看了看那个人，又看了看本山叔，只是笑，没敢说。

本山叔说："他就是《马大帅》里的'吴总'，相声演员邓小林，我多少年的好朋友，在戏里是憋屈点，但在生活中挺幽默。不过在戏里和戏外都挺单纯啊！"

"啊？'吴总'就是他？他就是那个老实得有点窝囊的'吴总'？"我很惊讶，差点没说出来。

眼前这个人，目光清澈，儒雅的气质是挺像剧本里那个"维多利亚酒店"老板"吴总"。不过，有件事我猜对了，他真是十多年前在央视春晚表演相声《学唱》的那个演员，那天我一眼就认出来了。

在"吴总"旁边的那位，本山叔说是远道来的客人，"吴总"的好朋友，中国歌舞团东莞分团团长刘双平，特意从南方来东北探班，看望本山叔。

本山叔跟他俩介绍我，又说起他常说的那句话："这孩子有一个'伟大的父亲'，成天背着扛着的。"

"吴总"和刘团长都站起来，和父亲握手。

他俩看着我说："那天见你捧着鲜花进来，还以为你是赵老师资助上学的孩子呢！"

"吴总"笑起来很腼腆，看来戏里和戏外都一样低调和内敛，与曾在央视春晚表演相声《学唱》有太大反差。

和"吴总"比，刘团长更开朗，说一口标准的"鄂普"，却有着东北人一样的热情。走时还对我说："希望将来有机会合作。"

回到房间，我又重新整理思路，感受剧中人物的情感起伏，像在一条隧道里找出口。

父亲怕打扰我，从不开宾馆电视，白天除了出去散步，就是找来一堆报纸看。

我每晚只睡三四个小时，父亲常陪我到半夜，实在挺不住，才睡。

那时，就算不睡，也不困。手中的笔起落之间，好像有使不完的劲儿。灵感一来，更是热血沸腾，激情涌动。但有时想要再突破和超越，却很难。心里总会冒出不同的声音："如果真的超越不了自己？""如果真的写不出来？""如果真的辜负了本山叔的期望？"一大

二、笔耕情

堆"如果",像层层迷雾向我扑来。

每天只有和爷爷奶奶吃饭时,脑子才能松下来点儿。有时,连吃饭都走神儿,爷爷看到就告诉我:"不能总紧绷着,该放松要放松,灵感来了,自然就能写出来了。你不用管,管它干啥啊!"

爷爷70多岁了,说出很平常的一句话,别人听来都是个乐子。他自己却从来不笑,越这样,大家越乐。

每顿饭只要有爷爷在,就有欢笑,再冷的天都暖和。

吃完饭,爷爷往外走时,我发现他走路的姿态特别像一个人,对!我终于知道,是本山叔像爷爷,我像发现新大陆似的告诉父亲,父亲也说像,尤其是本山叔小品里的经典"步伐",简直太像了!

每晚,本山叔不管多忙,都来爷爷吃饭这屋唠几句。问问菜可不可口,爱不爱吃。每次本山叔喊"爹"时,爷爷都一副不太在意、爱理不理的样子。可本山叔一走,爷爷总是把本山叔的小名"三儿"挂在嘴边。

爷爷总让奶奶给我夹菜,说吃饱了才有劲儿写歌,每顿饭我碗里总是塞得满满的。

每天太集中于创作,一日三餐眨眼就到,刚吃完一顿,马上又要吃下一顿。

有好几次,灵感刚好和饭点儿撞到一起,只能抓起笔马上写,让父亲一个人去吃饭。可每次父亲都被爷爷"撵"回来,不是让父亲把我接去,就是让父亲给我带点好吃的回来。

一天中午,我掐着点儿,看本山叔差不多快从片场赶回来吃饭,就拿着新写的歌词去餐厅等他。

父亲刚推我从宾馆门口出来,就碰到刚刚下车的"吴总",他穿着剧中的咖色西装,一手握着保温杯,胳膊上还搭了件棉袄,另一只手拿着剧本和《道德经》，看样子是刚从片场回来。见我手里捧着歌词，他笑着点头，给我鼓劲加油。还推荐我多看看《道德经》。他说大家都很关注我，这几天和范伟老师还聊到我写歌的事儿。当问起刘双平团长时，他说已返回东莞。

还没走到餐厅，就见一辆黑色吉普车停在门口，我看了看，不是本山叔的车，车门还开着，一双穿牛仔裤的腿耷拉在车外，运动鞋上沾满了泥，这人是谁？

走近了，才看到脸，原来是范伟老师，他见到我和父亲，嘴角立马弯上去说："好好写，期待你的大作啊！"说完还把胳膊举起来，向我们挥手。

就在他挥手时，身子一晃，眼看他从车上出溜下来，只听他"哎呀"一声，速度不算太快，像滑滑梯，他脸上还一直挂着笑，最后安全落地。身边好几个人连忙把他扶起，父亲推着我也赶紧上前去。

这次范伟老师在剧中扮演的是直男"范德彪"，刚一听说时，我大吃一惊，这与他本人反差太大，真想象不出范伟老师演"范德彪"，能是什么样呢？

每天吃过饭就回房间写歌，那屋子就是我的创作空间。

一天，我终于捕捉到新灵感，刚开始写，杨柏森老师和一位女士就过来了，本山叔拍过的电视剧，几乎都是杨柏森老师作曲。

一进门，杨老师就问我："丫头，写得怎么样了？"

我说："正在写，我每天都会写一版拿给本山叔看，每一首的主题和角度都不同，按本山叔说的往更接地气的风格上走呢！"

说完，杨老师指着跟着他来的女士给我介绍："她就是《刘老根》片尾曲《圆梦》的演唱者衡越。"

真是只闻其声，才见其人，她气质里都透出一种豪爽，难怪能唱出东北人的豪放。

"是你这个姐姐着急了，从北京来了就问我，歌出来没？这不，我就带她来看看。"杨老师笑着说。

他们走后，一团团火苗在我心里乱窜，那滋味儿只有我自己知道。

本山叔那天回来很晚，我拿着写好的第12版歌词去见他。

"其实每一版你写得都挺好，尤其是后来这几版写得更好，已经很接地气。但是，不知道好像就缺一点什么东西。"本山叔一边看歌词，一边对我说，又像是在自言自语。

我们都沉默了。

不一会儿，他突然抬起头，露出恍然大悟的神情。

"你这样，你就先别考虑写剧中人物了，你就写你自己，这么多年走过的坎坷，还有你对生活和人生特有的感悟，一定要放开，就写自己！"

"就写我自己？"我下意识地反问。

"对，就写你自己，你写吧！一定能成功，我相信你一定行！"本山叔的语气中，除了坚定，还有与每一次都不同的力量。

本山叔又拿起我写歌词的那张纸，反复念叨其中的一句歌词："谁都想活出个样来。"想了想，他又像在反问自己："活出个样来？活出个样来是给谁看？给别人看还是给自己看？我觉得给自己看的人生状态才是对的。孩子，你就写吧！"

这句话似乎点醒了我，终于从命题创作里解脱，我双手使劲攥着轮椅的钢圈，如同握住了本山叔给我的新方向，欢喜的浪花在心底翻腾。

回到宾馆，我兴奋得根本睡不着，以为前方是光明大路，可眼前依然是漆黑一片，找了一宿，也没看到半点光亮。

我突然又想，本山叔让我写自己，那又和电视剧《马大帅》有什么关系呢？

第二天一早吃过饭，父亲把我送到房间，怕打扰我，就一个人出去了。

我一个人在房间里，陷入极度迷茫，虽有了新方向，可方向又在哪儿？

我右手撑在床上，左手握住轮椅扶手，用上半身全部力量终于把身体甩到床上。

那一刻，我感觉自己是用一条命，半个身体在活着。

窗外又开始飘雪，望着洁白的雪花，脑子也一片空白，我坐在床上发呆，想着什么，又好像什么都没想。

不知多久，一只小鸟落在窗前那棵光秃秃的树上，老半天才飞走。

就在鸟儿飞走的一瞬间，它的翅膀像是拨动了我的心弦。

一幅动感画面在我眼前跳出来：阳光灿烂的清晨，开车、骑车、走路的人们，在生活里奔走赶路的匆忙景象。

那感觉很奇妙，像有股力量瞬间把我向后推，推到一个很高很远的地方，俯视全景。

那时的我，是我，又不是我，是跳出了我，看所有人真实的生活。

想到自己一路走来的沟沟坎坎，想到每个人为生活的奔忙付出，最终都是为一个目标在努力，那就得活出个样来，不是给别人看，是给自己看。

二、笔耕情

刹那间，灵感来了，像找到了泉眼，一股清泉喷涌而出。

"每一天哟每一年急匆匆地往前赶，哭了倦了累了你可千万别畏难，是路它就免不了有沟沟坎坎，就看你怎么去闯怎么去闯每一关。"

写出这四句，我眼睛一股潮热，确信这就是我要找的那个出口。

这时，父亲推门进来，我赶快拿给父亲看，他只看了一眼，就面露喜色说："这回应该是找对感觉了，按这感觉快写吧！"

我的笔直奔副歌写下去："活出个样来给自己看，千难万险脚下踩啥也难不倒咱，只要你的心中有情有爱，风里走雨里钻，高山峻岭也敢攀也敢攀……"

我放下笔，父亲看看表，掐着点儿说："只用了20多分钟，就完成了。"

最后，我在稿纸上方写了歌名《活出个样来给自己看》。

晚饭前，我一直在餐厅等本山叔回来。

就在我把歌词交给本山叔的一刹那，很确定我比每一次都紧张，紧张中还藏着比每一次更强烈的期待。

本山叔一看完，就拍着桌子说："太好了，就它了！"

那声音很大，吓得我一哆嗦。

本山叔很激动地说："活出个样来给自己看，很真实，也很独特，你是在写自己，也是在写'马大帅'，还有生活中的每一个人，你成功了。"

听到本山叔这样说，我本该欢喜的心却变得沉静，我是在被一个活着的真相所震惊！其实每个人脸上的快乐和心里的痛苦，只有他自己才能体会到，所以要活出个样来给自己看。

就在本山叔反复肯定这首歌时，写着歌词的那张纸已在屋里传了一圈，杨柏森老师、范伟老师，还有"吴总"都点头说好。

写完歌，又在那多待一天，只为等杨柏森老师谱曲。

第二天一早，杨老师突然来了，进门就说："曲子出来了，连夜写的。"

还没等我们说话，杨老师就唱："活出个样来给自己看……"

他一开口就像拳头打到我心里，又把心给揪起来，我全身的血液都在沸腾。词曲的碰撞，那感觉真超出想象。杨老师唱歌时脸都震得通红，连脖子上的青筋都鼓起来，看得一清二楚。

父亲一动不动盯着杨老师看，整个房间好像都在他的歌声中震颤。

中午吃饭时，我告诉爷爷，我们要走了。爷爷一愣，马上把筷子放下。当听到是我写的歌过关了，才露出笑容，拿起筷子激动地说："这么多天的辛苦没白费，成功，成功！我说你能行，这孩子真行啊！"

我说："还要谢谢爷爷奶奶每次都让我吃那么饱，才有劲儿写歌。"

爷爷又说："在一起时间长了，你们这一走还把我们俩闪一下，空落落的，回沈阳来我家玩吧！"

吃过饭，我去隔壁包房和本山叔告别，他见到我就说："这回开心了吧？你就等着过年看电视，听你自己写的歌吧！"

我乐得合不上嘴。

二、笔耕情

《马大帅》播出后

2004年春节,是全家最期待的时刻。

大年初三晚上,一家人早早就守在电视机前,等着看辽宁卫视首播的《马大帅》。

剧中的人物,从看过的剧本里一个个跳上荧屏,太鲜活、太熟悉,又太出乎意料。他们从生活走进戏里,又从戏里走进生活。

当片尾主题歌响起,我的心都快提到了嗓子眼儿。

衡越姐那高昂的嗓音一唱出:"活出个样来给自己看,苦辣酸咸全咽下啥也难不倒咱,只要你的心中有情有爱,天也蓝地也宽,再苦再累心也甜心也甜。"

从她的歌声里,我仿佛看到了自己,听到了自己,还看到了更多的人。我完完全全感受到,原来生命还可以有这样强烈的表达,那种力量直击心底,撼动灵魂。

当看到滚动字幕上"作词:单丹",我捂住眼睛,泪如泉涌。

坐在沙发上的父母下意识往前挺了挺身子,眼睛紧盯着闪过去的每一句歌词,一个字都不放过。

父亲一专注时,头就不自觉地颤抖,那一晚,他的头随歌曲的起伏不知颤了多少下。

父母眼里的泪也早藏不住了,我知道这份惊喜和期待,让他们等得太久。

从父母带我闯沈阳那天起,我就背上了愧疚的包袱,总怕辜负他们,哪怕有一点没做好,都会有负罪感。我不止一次地告诉自己:一定要努力,千万不能停下来!

记得就是在写《马大帅》片尾歌之前,那段时间总觉得自己无论怎样努力,都在原地踏步,无法突破自己,更没有任何成绩的答卷可交。我经常在一个人时,偷偷流泪,哭得停不下来,心里甚至会闪出想死的念头。当我抬头看到墙上那张全家福照片,这个世界像是突然静止了,可我哭得却更厉害了,只是没有一点声音。我在想,如果我真的死了,父母该怎么活?我无法想象,更无法面对没有了我的他们该怎么样度过余生。想到这儿,我便懦弱了,也妥协了。生命是他们给的,只有好好活着,才是对他们最好的报答。说来也很奇怪,这么多年一路走来,无论多难我都没想去死,就算曾经无法面对自己身体残疾这个事实,都没有想过死这个字。

直到后来,本山叔让我为《马大帅》写片尾歌。那晚当我在电视上看到又听到自己写的歌,一瞬间,那种负罪感便烟消云散了。

大年初四,父亲带我去给本山叔拜年。范伟老师也在,他们正聊着电视剧播出的反响。

本山叔见到我就笑着说:"昨晚播你的歌了,这回你可要火啊!"

我像个孩子似的开心地说:"第一次在电视上听自己写的歌,还看到我的名字,真有点儿不敢相信是真的。"

父亲紧接着说:"这机会对她来说,比什么都重要。孩子昨晚看了《马大帅》,听完她自己写的歌,告诉我睡不着觉了。"

范伟老师笑呵呵地说:"终于欣赏到了你的大作,很成功啊!"

本山叔接过来说:"这歌写到大家心里去了,所以一定会火,到时候还得有不少人唱呢!"

二、笔耕情

春节期间，每晚看《马大帅》，是我家雷打不动的大事。

后来，很多电视台都轮流播《马大帅》，有时这个台还没放完，那个台又开始播。

那阶段，看到《马大帅》的亲戚朋友，还有黑龙江老家的人，都打来电话。

弟弟为我买了台新电脑搬到家里，又买了新手机送给我。

"吴总"电话祝贺，还寄来一大箱带电影光盘的世界名著和一本《道德经》，这些都是我喜欢并向往已久的，光看到那些书名，就像获得宝贝一样欢喜。

在电话里，我也祝贺"吴总"角色塑造独特，本色出演成功。"吴总"说，是《道德经》和中国哲学让他沉静，给了他智慧和难得的艺术灵感。

"吴总"的朋友——中国歌舞团东莞分团团长刘双平也打电话来。他说就要从东莞回到北京工作。还告诉我，到时要给我介绍个作曲搭档，是歌舞团的一个音乐才子，叫秦浩。

一听说作曲搭档，我确实很期待。

《马大帅》播出后，辽宁卫视《挑战生活》给我做了一期节目。

在打印社拍摄时，一个扛摄像机架子的人进门就管我叫"丹丹"，我一下愣住了，当他说出"黑晓欧"的名字，我才反应过来，一定是黑哥的父亲——黑继文。自从在"扶贫助学义演"与黑哥相识，他常来打印社看我，还接我去看过几次他演的话剧，听说都是他父亲写的。黑大爷说，听黑哥总提起我，刚好这期节目是他撰稿，栏目组要来拍摄，他也客串一把，来看看我。

辽宁卫视《挑战生活》一播出，像块磁铁，引来各地媒体的关注。

在打印社，几乎每天都有媒体来采访。也经常有陌生人看过报道，来打印社看我，我还接到很多来信。

五一前一天，父亲在打印社接到了一个陌生人的电话，说他马上就到。

一会儿工夫，一个身穿军装的男人出现在父亲面前。

"大哥，你很伟大，单丹的报道我看了，太感人了，我在心里已经把她当成我的小战友了。"

开始父亲一脸疑惑，只点了点头，没敢说话。

"大哥，我也是黑龙江人，18岁来沈阳当兵，我们是老乡。"

让父亲心头一颤的是"黑龙江"这三个字，再仔细听是家乡口音，父亲这才笑了。

他做了自我介绍，叫孙学军，是沈阳某部队政治处主任。他只在电视一晃而过的镜头里，记下打印社牌匾上的电话，找到这里。

他说想邀请我参加部队五一演出，为大家演唱《活出个样来给自己看》，父亲当时就答应了。

那天我正与沈阳市残疾人艺术团在大连演出，定好五一前一晚到家，结果大巴坏在了高速上。

五一上午，大巴刚进沈阳，部队的车就带着父亲去接我，赶往棋盘山。

老远就看到演出现场的绿色方阵，触动了我心中的部队情结，记忆中的绿军装又出现在眼前。

那是我11岁时去长春看病，在老家相伟哥当兵的部队住了一个月。病虽没治好，却对部队产生了特殊的感情。

到现场，见到孙学军主任，父亲就让我叫孙叔。

穿军装的孙叔见面就给我敬了个军礼，和我握手时还说："这下可见到我的小战友了。"

他的脸长得很有喜感，笑起来眼睛眯成一条缝，眼角挤出了一堆皱纹，那纯正的乡音一下拉近了我们初次见面的距离。

孙叔悄悄在我耳边说："你是秘密武器，战士们要是知道，还不得疯，我都没敢提前告诉他们！"

他不但笑声爽朗，笑的样子更像喜剧演员。

那天才知道，原来本山叔一直是他心中的偶像。

孙叔那年42岁，他自己说自己长得有点着急，像62岁。

台上的节目一结束，孙叔大步跑上去，夺过话筒就唱《活出个样来给自己看》，虽然有个别音不在调上，但他唱得特别投入和动情。

唱完他就大声说："大家最近都听过这首歌吧？"

台下齐刷刷地答："听过。"

"那你们一定不知道是谁写的，我告诉你们吧！《马大帅》这首片尾主题歌的作者是一个小女孩，她叫单丹，两岁就坐在了轮椅上，但她的歌却能带给我们力量。今天她来到了我们演出现场，热烈欢迎单丹来给我们演唱。"

那是我第一次唱《活出个样来给自己看》，也是第一次为战士们演唱，心中有种说不出的激动和自豪。

唱到副歌，台下的战士们竟都跟我一起唱，他们的歌声像发射出的炮弹那样有震慑力，使我唱得更激情澎湃，热血沸腾。

演出后会餐，孙叔端起满满一杯白酒开口说："欢迎、感谢单丹融入我们部队这个大家庭，这回我们绿色军营里飞来个'军中百灵'，你就是战士们的好姐姐，希望你把部队当成家，没事儿就常回家看看。我们都应该向你学习阳光、向上、乐观的精神！"说话时他的语调像军人迈出的脚步铿锵有力,说完,他一口就把酒干了。

真像孙叔所说,他18岁来沈阳当兵,我17岁来沈阳圆梦,我们不仅有老乡情结,还有人生的"战友"情怀。

后来,我成了部队的"思想教育辅导员",还给我颁发了证书。接过证书时,我像承接一个使命那样坚定而有力。

每次新兵入连,老兵退伍,我都会去部队唱歌。部队不仅是一个舞台,更像是一个家。

5月中旬,漫天柳絮,从门缝中都能飘进几朵,一股春天的味道钻进呼吸里,那是让人身心舒展的一种气息。

《马大帅》已播出几个月,仍有媒体来采访,我也依然回答着同样的话题,隐约有种被过于关注的压力。

有天下午,一个背公文包的男子走进打印社,我以为他是来打字的,后来他叫出我名字,又掏出记者证,原来是《沈阳今报》的记者,但举止神态却像个大学生,目光里透出质朴和善良。

他真和其他记者不一样,两个多小时,除了问几句话,一直特别专注地倾听我的故事,还低头在小本子上记录着。

回去后,他一天就写出1万多字的报道,抢在5月第3个星期日——全国助残日发稿,在《沈阳今报》上连载三天,引起不小的轰动。

我把三天连载的《沈阳今报》拿给本山叔,他看完激动地说:"这是我看到写得最真实、最感人的一篇报道。"

后来,我和这位《沈阳今报》的记者吴强成了好友,那时,他刚从沈阳工业大学毕业不久,只靠一支笔写进了报社。听他说,正是写我这篇特稿,刚去《沈阳今报》工作的他才站稳了脚跟。

早在几年前,打印社就从7平方米小屋搬到隔壁20多平方米的大屋,母亲在小屋开起了食杂店。《马大帅》播出后,来买东西的人都向母亲打听我,一听到有人提起我名字,她心里美得像开了花,嘴里还絮叨着:"对,单丹就是我闺女。"

当有人在父亲面前提起我写《马大帅》片尾歌的事,他笑得脸上的汗毛孔都跟着颤抖。

弟弟的同学和朋友都给他打电话问:"写《马大帅》片尾歌的是你妹妹吧?"弟弟很自豪地答:"那是我姐,我亲姐。"

或许是我的轮椅过于显眼,走在路上,总会被人认出。"这不是给《马大帅》写歌的那个女孩吗?"

每次我都笑着点头,在他(她)们递来要签名的本上写:"活出个样来给自己看——单丹。"

有一次去饭店,刚进门,就被一位40多岁的大姐推到一旁,她握住我的手,泪汪汪的大眼睛一直盯着我说:"单丹,我要感谢你!"

说出这句话时,她特别激动,甚至声音都在发颤。我却怔住了,不知所措。

她连忙说:"在我人生最灰暗、最艰难时,是你写的《活出个样来给自己看》给了我力量,救了我,让我重生。"

我感受到了她的情感,没等我说话,她又接着说:"我每天不管做啥都唱这首歌,越唱越有力量,越唱心里越敞亮,看来人就得活出个样来给自己看。"

听到她这番话,我很震惊!更欣慰!这是我写这首歌时从没想到过的。这首歌在给他们力量的同时,我感受到的是更大的力量。

有很多人曾对我说:"没想到《活出个样来给自己看》是出自一个年轻女孩的笔下,都以为是个生活阅历很深的成熟男人写的。"

这个问题我思考了很久,感恩老天给我这样一个身体,让我经历和感悟不一样的人生，才会有独特的视角，写出这首歌。

自从有了新手机，我就能给本山叔发短信，汇报我学习和创作情况。有时，做梦梦到本山叔，都会发短信告诉他一声。

本山叔从不发短信，但每次见面时，他都会告诉我，短信收到了。有时，我短信刚发过去，他电话马上就打过来。每次一接到本山叔的电话，我都会高兴好几天。

父亲节，我给本山叔发短信，要去看他，刚发出去，电话就打进来。

"孩子，你来吧！我正和牛群老师在一起呢！一会儿他就要走，让爸爸赶紧带你赶到我家附近的饭店，见一见牛群老师。"

本山叔这边和我在电话里说，那边又和牛群老师说："有个坐轮椅的小女孩，特别阳光，特别好，你见一见她，把机票改签，晚两个小时再走。"

本山叔又急忙嘱咐我："快点儿来，我们就在这等着你！"

去之前，父亲推着我在楼下花店订了两束鲜花。

到饭店，本山叔早安排人在门口接我们。

见我们来了，本山叔站了起来，旁边的牛群老师也跟着起身，我把两束鲜花送到他们手里，一起祝他们"父亲节快乐"。

记得小时候看春晚，除了能看到本山叔的小品，还有牛群老师的相声。很庆幸多年后还能在本山叔这里认识牛群老师。

从一进门，就听到"咔咔咔"的响声，抬头一看，是个梳细马尾辫的女人，正用专业照相机在给我们拍照，听本山叔介绍说，是牛群老师的爱人。

父亲把我从轮椅上抱下来，坐到饭桌边的椅子上。

本山叔向牛群老师介绍父亲和我，最后才告诉他："《马大帅》

片尾主题歌《活出个样来给自己看》就是单丹写的。"

牛群老师一听,眼睛都变圆了,连声感叹:"没想到这孩子能写出这么好的歌,还有这么伟大的一个父亲,我们都要向伟大的父亲学习。"

父亲笑着说:"这是每一个做父亲的都能去做的,还要感谢本山兄弟,这么多年鼓励孩子阳光向上,一直在给孩子机会,让她在艺术的路上努力往前走。"

牛群老师回头看了本山叔很久,才与他碰杯,他们又一起举杯祝福我:"就这样快乐地面对人生,写出更多的好歌。"

说着,牛群老师也举杯即兴作了几句词:"笑一笑十年少,笑一笑没烦恼,笑一笑真的很重要……"

本山叔接过来就说:"不笑不知道,一笑忘不了……"

他们的聊天方式很独特,你一句,我一句,包袱从不落地,像武林高手在过招。

只要有这两位喜剧大咖在,屋子里比一群人开联欢会还热闹。在饭桌上就算没吃饱,笑也笑饱了。

我们一直在笑,时间也飞快在跑。有人提醒牛群老师该去机场了,他看看表,急忙站起打招呼,背着包准备往外走,突然转身去取桌上那束鲜花,还神秘地笑着对我说:"我要把你送我的花带回北京。"

要出门时,本山叔让牛群老师的爱人给我们拍几张照。

我和本山叔一起把他们送到大门口,牛群老师坐到车上笑着向我挥手,他爱人上车就把车窗按下,举起相机对着我"咔咔咔"连拍。

车子走出很远,牛群老师还在和我们招手。

送走他们，父亲推着我，和本山叔往河畔花园的公司走。

6月的阳光里，本山叔穿一身白色中国风的衣服，我穿一身红色中国风的衣服，本山叔边走边向路人笑着挥手，像是在和老朋友打招呼。

过马路时，本山叔牵着我的手，告诉父亲推着我慢点走。

那一刻我想到，其实在艺术和人生的路上，本山叔也是这样牵着我的手，让我一步一步坚定地往前走。

一路边走边聊，与本山叔汇报《马大帅》热播以来，我遇见的人和经历的事。

本山叔说："看到没，这就是一首歌带给人的力量。"

我知道，这首歌带给我的更是一个人生的新起点。

刚到公司一会儿，东方卫视就来采访，他们也要播《马大帅》，在开播前，请本山叔为观众说一段话。

本山叔刚讲完，镜头就对准了我，我没有任何心理准备。

他们走后，我问："叔，我说的行不？我一点儿也没有准备，有没有说错的地方？"

这一问，本山叔笑了："还没有准备，你挺会说，口才多好啊！"

听本山叔这么说，我倒有些不好意思，一直觉得自己嘴笨，更喜欢用笔去表达。

那天下午，本山叔陪着我和父亲待了很久。

临走时，他特意嘱咐我："你有事儿就给我打电话，我一天太忙了，有时想不起来。"

当我问起还拍不拍《马大帅》第二部，本山叔抬高声调说："我还得接着拍啊，关键还得用你写的那首片尾主题歌呢！"

说完，我们仨都笑了。

我们有家了

在《马大帅》播出后,还有件喜事儿:我们终于有家了。

来沈阳快10年,一直租房住,都快记不清搬了多少次家,能有个自己的家,是我们全家人多年的心愿和目标。

就在去"刘老根大舞台"唱歌后不久,《刘老根》剧组在沈阳铁西区团购房子,本山叔想到了我。

房子离打印社步行10分钟,比开盘价便宜一半,楼是高层,有电梯,这回父亲再也不用抱着我上楼了。

听说这房子是期房,先交首付,每个月还款,一年后才能交钥匙。

去选房那天,本山叔见到我和父亲就说:"钱不够的话,我先帮你们交首付。"

我和父亲都说:"不用,不用,这份情对我们来说,已经很重。"

那天,父亲交了首付款,选了126平方米的三阳大房子,他说房子大,我的轮椅能转得开,还说我出门不方便,特意选个三面朝阳,让我在哪个屋都能晒到太阳。

这么多年,能买个房子,对我们全家来说,确实是一件大事。如果不是和《刘老根》剧组一起团购房,我们还真不知什么时候才能买上房。

《刘老根》剧组的演员们家都在外地,这次买房,算是在沈阳真正落脚安家。对他们来说，也是件大事。

关于团购房的事，本山叔给徒弟们开会一再强调："一定要珍惜这次买房的机会，一个人只能买一套，不许转卖。"

蔡维利哥在我家隔壁，海燕姐和闫光明哥在我们楼上，还有王永会哥、张小飞哥（二柱子）和本山叔很多徒弟与我们都在同一栋楼。

在售楼中心选完房，永会哥就跑来逗我："这回可好了，咱们都在一个楼里，我天天上你家敲门，敲完我就跑。"

我说："你跑，你跑我也知道是你啊！"

说完，我们一起哈哈笑。

《马大帅》播出不久，就拿到了与《刘老根》剧组团购房的钥匙，父亲装修了大半年，每天在打印社和新房两头跑。就算再累，从他的笑容里也看不出疲倦。

在那一年里，我们家还有件喜事，真是喜上加喜。

弟弟生了个儿子，父母抱孙子了，我也当了姑姑，不知咋高兴好。

到了冬天，房子也装修好了，我第一次走进属于我们的家。

126平方米的房子里装满了阳光，客厅好大，我和我的轮椅到处旋转，像是在春天里跳舞，连轮子在地板上滚动的声音都是那样欢畅。

俯在阳台的大窗口，阳光把我浸透，轮椅的钢圈在阳光下闪闪发亮，像是我心里散发出的光芒。

我伸着头，第一次在高楼上往外望，这个世界真美好！

父母的笑容，像冬日里的暖阳，即便窗外寒风瑟瑟，但一家人住在新房子里，感觉比春天还暖。

二、笔耕情

父亲把最里面挨着洗手间的大卧室留给我，还把墙面涂上了我喜欢的黄色，卧室外的小厅堂里除了衣柜，还特意为我打了个大书柜，"吴总"送我的一大箱子世界名著，都一本一本放上去了，满满一柜子的书，隔着书柜的玻璃一行一行地看，一遍一遍地看，心里有种如获珍宝的满足，我要用一生的时间去读。

本以为全家在新房子里能过个团圆年，但却没能如愿。

在2004年最后几天，印尼发生海啸，王团带领沈阳市残疾人艺术团一行35人，作为文化部派出的第一支慈善赈灾艺术团体，去印度尼西亚海啸最前沿赈灾义演，得到中国驻印度尼西亚大使馆的支持，印尼总统苏西洛接见了我们。

长这么大，第一次出国。

那个春节，我们一家人相隔两国。家里零下20多摄氏度，那里零上30多摄氏度。国外的三十晚上，像国内平常一样，更没有能跟过年沾上边的东西。虽与父亲在一起，但还是想家，想吃母亲包的酸菜馅饺子。

幸亏能看到央视春晚，这是在国外唯一能感受到的中国的年味儿。

我和父亲一直守着电视，等本山叔出场。看着本山叔和范伟老师演的小品《功夫》，我笑得肚子疼，父亲笑得直抹眼泪，那一刻，我们真忘了身在异国他乡。

离开雅加达，我们又去了苏门答腊、泗水、巴淡等八个灾区进行巡演，为印尼海啸而致残的儿童募集很多善款。

一个月的跨国义演，在我的人生中有着特殊的意义！踏出国门才深深感受到，家永远是这个世界上最幸福的地方。

从印尼一回来，就去看本山叔。

他的公司已搬出河畔花园，原来的辽宁民间艺术团已改为本山传媒有限公司，搬进在苏家屯佟沟建成的新公司。

那天下午，跟本山叔通过电话，就和父亲打车去了他的新公司，按本山叔说的方向，那条大路越走越宽，车也越来越少，都快到机场了，以为走错路，刚拨通本山叔的电话要问，只见右侧"辽宁大学本山艺术学院实习基地"，原来本山传媒就在眼前。

往里一看，院子正中央立着一只特大号铜壶，壶身向前倾斜，呈正在倒水的姿态。

从大门走进去，一抬头，见本山叔正站在院里等我们，他带我们直走左转，要进办公楼，我回头一看，那只大铜壶正对着办公楼，壶嘴还真往外淌水呢！

一进办公楼，见一块大石头上刻着四个绿色大字"本山本色"。

坐电梯到三楼，一个大房间，全是木结构，连办公桌椅、书法案台都是用木头做的，原木，原色，原生态。

一看就是本山叔的办公室，他让父亲在办公桌前的木凳子坐下，我转着轮椅这走走，那看看，发现书法案台上立着一块石头，那石头好像是天然形成的，上面还戴顶帽子，正是本山叔演小品戴的，远看近看，简直跟本山叔太像了。

我惊讶地跟本山叔说："叔，怎么会有和你长得那么像的一块石头呢？"

本山叔笑了笑。

在屋里转了一圈，回到办公桌前，向本山叔汇报了和沈阳市残疾人艺术团去印尼演出的事，又从包里拿出在印尼给他买的衣服。

本山叔像个孩子似的看着说："哎呀！还给我买衣服了呀！"

"这是她用自己出国演出挣的钱给你买的。"父亲告诉本山叔。

我说:"以前都是你给我压岁钱让我买新衣服,这是我第一次出国演出,也给你买件新衣服穿。"

本山叔从我手中接过衣服,解开扣子就穿在衣服外面试,那是件黑底金花的绸锦衣,他低头左右看看,大小正合身,能看出他很喜欢,眼睛老半天都不离开衣服,一个劲儿地说:"这衣服夏天穿上老凉快了。"

我和父亲告诉他,我们在春节前就搬进了新房子,这回可算是真正有个家了。

他听了高兴地说:"这可挺巧啊!你搬新家,我搬新公司。"

本山叔又告诉我:"以后公司有啥你打印社能做的,都拿你那儿去做。"

从那以后,本山传媒有活儿就都拿到我那儿去,做得最多的是名片。

每次一聊起我的腿,他的神情里都流露出惋惜。父亲与他讲起小时候给我看病的经历,他才知由于我的病情和身体的特殊原因,每天必须定时去卫生间。

从办公室出来,本山叔又带我和父亲进了对面的宾馆,这栋楼很独特,有四层,上面两层是古风古韵的楼阁,下面两层才是现代风格。

走进去,经过大堂,摆成门字形的红木座椅,古色古香。墙上还挂着一幅幅本山叔写的书法诗词,拼起来就是完整的《水调歌头》。

跟本山叔去三楼,落地大窗,那是他休息和会客的地方。

从三楼下来,本山叔又陪我们去院子里溜达,像导游一样为我们细心讲解。从宾馆走出来,他手指向左侧说,那边是排练场、小剧场，还有演员宿舍。右边是影棚，有些还正在建设中，影棚旁边的那个小山坡上，还要栽一些树，春天马上来了，绿化也要开始了。

转了一大圈，又转回办公楼门前。

谈话间，本山叔忽然看了看手表，好像想起了一件大事，他抬起头就对我说："单丹，你是不是该上卫生间了？"

听了这句话，我既惊讶又感动，心想，本山叔脑子里每天都装满那么多的大事，却还能帮我想起只有我父母才能记得住并及时提醒我的事儿……

我在卫生间里，泪水，怎么也止不住了……

二、笔耕情

我的"腿"没了

2005年的五一,艳阳高照。一年前的这一天就在棋盘山,我与战士们以歌相会。今年,我又来了。

熟悉的《中国人民解放军进行曲》再次响起,我对演奏这支曲子的管乐队更熟悉,别人并不知道他们是业余的,而且还是用业余时间排练的。

每逢节日,部队都搞一台文艺晚会。孙学军主任特别重视战士们的精神文化生活,不但给他们舞台,还挖掘培养精英文艺骨干。他们以部队为题材,自编自导自演相声和小品,舞台上的他们多才多艺。真看不出,钢铁的战士也有如水的情怀。

还是老规矩,演出结束后会餐,可一件令人意外的事发生了。

吃饭前,父亲先抱我去了卫生间,两个战士在门口"望风"。

卫生间里面有三层台阶,门很窄,我们两个人硬是挤了进去。

出来时,我低头看了看台阶,有点高,提醒父亲小心点。

父亲嘴里说没事,走到第二层台阶时,脚下一出溜,一声钝响,眼见父亲的身体向地面倾斜,我也往那边倒去,一个侧身父亲先倒在地,我压在他身上,他的胳膊始终搂着我。

倒在地上的父亲神色慌张地先问我:"摔着没?"

我抖着嘴唇说:"没有,你的脚有事儿没?"

父亲没说话,他的手向脚的方向摸去,只听"咔"的一声,他锁住眉头,紧咬嘴唇,表情很痛苦。

我哭了,他却笑着说:"没事儿,脚崴了一下。"

我要喊人,父亲不让,他一手扶墙,一手抱着我,一点点站了起来,又蹭到门口。

门一开,他让两个战士先把我接了过去,又过来两个战士搀着父亲,我回头看,他右脚有些不敢着地。

一进餐厅,菜都上了满桌子。

孙叔见我回来了,是战士们推着,父亲随后也进来了,是战士们扶着。他一脸的笑顿时就收了回去,听说父亲摔了,他马上要送父亲去医院。可父亲像什么事都没发生,一直笑着摆手说没事,那感觉是去医院根本就是小题大做。

父亲看孙叔挺担心,就对他说:"兄弟,没事儿,就是崴了一下脚,我自己知道,不用去医院,大伙赶紧先吃饭。"

大家只好围桌落座,可我的心却像在大海中漂浮的小纸船,瞬间就没了底儿。

父亲脸上越是笑呵呵,我心里就越颤悠悠。

饭桌上,父亲若无其事,还与大家开怀大笑。

我挨着父亲,吃几口便无心再吃,总低头看他的脚,父亲还故意看我好几眼。

或许是父亲崴了脚,吃饭的氛围没有往常那样开怀,孙叔笑声的分贝也明显减弱。

一个小时快过去,父亲脸色发白,表情也有些僵硬。我的手在桌子下碰了碰父亲的腿,他转头看着我,微微晃了晃头,还眨了几下眼睛。

我心里像着了火,身边的一切声音似乎都"听"不到了。

过了一会儿，父亲额头上冒出许多小汗珠，我拿起餐巾纸给他擦汗。

孙叔看到了问："大哥没事儿吧？"

父亲笑了笑说："我吃饭热的。"

说着就把外套脱下来，搭在身后的椅子上。

我手握着杯子来回转，父亲察觉到，用胳膊肘碰了碰我。

没过多久，父亲的脸色更加苍白，一颗颗豆粒大的汗珠顺着鬓角往下淌。

坐在对面的孙叔马上跑过来，当他把父亲的右腿搬上来，一撸裤子，吓得"哎呀妈呀"一声，父亲脚踝肿得比小腿还粗。

我的心都快蹦出来，父亲果然把一大桌子人给"蒙"了。

孙叔一声令下，战士们火速把父亲架到车上去医院。我也要跟着去，孙叔和父亲都没让，又派辆车，把我送回家。

路上，一排排枝条泛绿的树在我眼前游走，我却不想往家走，恨不得能长双翅膀飞到父亲去的医院。

回到家，我飞一样转动轮椅，像只受惊吓的小猫，蹿到自己房间，"啪"的一声把门关上。

屋子里静得可怕，我低下了头，盯着自己的腿，用手使劲捶打，尽管它没有一点知觉，但我还是用力去打，打到我没力气了，泪水流进嘴角，比盐还咸。

我抓起电话，打给父亲。

好半天，父亲才接电话，他有气无力地说："是脚踝骨折，要马上做手术。"

放下电话，我闭上双眼，咬住了手指，它竟然像我的腿一样，感觉不到半点疼痛。

那天的父亲已不是父亲，是钢铁战士，骨头断了，还能笑着撑了两个多小时。

其实父亲早就知道骨折了，他滑下台阶时，右脚刚好卡在台阶的边沿，脚踝瞬间360度折了过去。父亲和我倒地后，他用手硬把脚掰了过来，这才抱我重新站起。

医生说，他折断的脚踝与小腿之间，仅靠一层皮连着。

我就是罪魁祸首，但无论我怎样谴责自己，都抵不过父亲伤筋断骨的痛。

父亲在医院准备手术，我却只能在家里哭。

我双手触碰到轮椅，它是那样冰冷，我感觉到一种从未有过的恐惧。

好不容易爬到床上，我用力把轮椅推开，那一刻，它变得那样丑陋和可怕。

我哭着对轮椅高呼："就是因为你，一切都是因为你。你走开，我不需要你，永远都不想再看到你！"

这时，电话响了，我以为是父亲，原来是作曲搭档秦浩哥，他是要和我聊歌曲创作，我跟他讲父亲抱我腿骨折了，他在电话里对我说："别太自责，这时候你更要振作。"

放下电话，望着眼前的轮椅，它还是每天替我双腿走路的四个轮子，它有它独特的线条和姿态，更有它存在的意义和使命，我那样吼它，它还是静静为我守候。

我又坐回轮椅上，来到阳台，望着窗外，泪眼蒙眬处，好像出现一条路，那条路是我从生病开始，父亲一直背我、扛我、抱我走过的路，从小到大，他的脚步一刻都没有停过。

生病那年我2岁，当医生说我的病治好的希望很渺茫，父亲的喉头不停颤抖，泪如雨下。我在他怀中用小手给他擦眼泪，边擦边说："爸爸别哭，我的病能治好，哭坏了身体，谁抱我啊？"

连在一旁的医生和护士见了都忍不住落泪。

住院时正是深秋，父亲怕我晚上冻着，就把热水袋放进我的被窝里。

第二天一早醒来，我的双腿上布满大大小小的水泡，父亲流泪叹气直拍大腿。他忘了我的腿已完全失去知觉，别说是烫了，就算是断了，我也感觉不到。

记得6岁那年搬新家，我从父亲忘锁的炕柜里翻到个巴掌大小、用塑料袋裹得严严实实的东西。

打开最外面的塑料袋，里面还有好几层，我一层一层解开，最里面是牛皮纸，我小心翼翼地拆开牛皮纸，露出一双粉色小布鞋，鞋面上绣着黑色的小猫脑袋，鞋底是粗针线纳的一行行针脚，上面还有干硬的泥巴。

我正琢磨，父亲进来了，沉着脸，从我手中拿过鞋子，一低头，泪水滴在鞋子上。

"这是你11个月会走路时穿的第一双鞋，隔壁你吴姨给你做的。"父亲又翻过来看了看鞋底，"看这鞋底儿的泥，都没弄掉，是特意留作纪念的。"

这么多年，我一直在父亲的脚步里行走。我知道，对父亲来说，他最大的痛不是他身体所承受的痛，而是我失去了他脚步的守护。

这次，父亲摔倒了，我也倒下去，但我并不想倒下去。

第二天，没告诉任何人，我一个人出了门。

我小心翼翼地穿过单元门外的小坡道，又转向门口的大坡道，大坡道很陡，速度也难控制，我一咬牙，豁出来了，两只手死死地握住轮椅两侧的钢圈，像是攥了两个风火轮在飞，吓得我出了一身冷汗，最后用力控制，才停下来。

坡道这关是过了，还有最难过的一关是打车。出租车司机拉不拉我，全在他的一脚刹车里。

每次父亲带我出去打车，我都先躲到路旁，父亲一个人去叫车，等打到车，再把我推过去。这是屡次打车失败后，找到的好办法。但有时这办法也不灵，出租车司机一见到父亲把我推来，一脚油门就溜了。

有的司机是在父亲把我抱上车后，随口说出个理由，再把我们赶下车。父亲气得直跺脚，推着我又换个路口打车。

但每次就快失去希望时，总会有一个出租车司机，为我停下来，还不怕麻烦地下车开后备箱，把我的轮椅放进去。遇到这样的人，我和父亲感动得不知说多少遍谢谢。

那天，我一个人到路边，大胆地把手伸向车流中，使劲摆动，开始过来几辆车都走了，又来一辆，竟在我身边停下。

这让我很意外，没想到自己第一次打车就这样幸运。

司机40多岁，站在一旁，怕我上不去，想伸手帮我一把，我坚持要自己从轮椅上挪到副驾驶。当我用尽所有力气坐到车上，司机才帮我把轮椅折叠，放进后备箱。

到了医院门口，我从坡道转上去，虽然有些吃力，但挺有成就感。

下了电梯，在走廊里找了一大圈，突然从一扇半开着的门里，看到父亲的脸和打着石膏吊起来的腿。我悄悄转了进去。

一进门，父亲扭头看到我，像被吓到，第一句话就问："你怎么来了，跟谁来的？"

二、笔耕情

"我自己来的啊!"

他的声音有些沙哑,好像不相信,又问了一遍:"你咋来的?"

"我打车来的。"

"还长能耐了,你来干啥啊?"父亲皱紧眉头,语气里满是埋怨和无奈。

病床上的父亲,满脸胡茬儿,在见到他第一眼时,我的眼泪就要往外冒,强忍住了。

孙叔安排一个战士留下来照顾父亲。

"昨天手术完,单叔疼得一宿没睡。"战士对我说。

我一直盯着父亲吊起来的那只石膏腿,不再说话。

从医院回到家,我写了首歌《你的脚步是我的路》:"小时候总是追着你的脚步,你身后的脚印就是我的地图。长大了只能听着你的脚步,你变换着节奏为我制造音符……"但一直也没给父亲看过。

半个月后,父亲出院了,他的脚腕里多了一块钢板,他的生活里也多了一副拐杖。

2005年9月24日,和本山叔相识整十年,我写了首歌,那天下午,我捧着鲜花,打车去了本山传媒基地。

下车刚走到大门口,就遇到了张总,见我怀里抱着花,还转动轮椅,他就推着我去找本山叔。

一进门,本山叔见推我的人是张总,又往我身后瞅了几眼,笑容瞬间消失了,睁大眼睛,仰起头问:"你爸呢?"

"我爸腿骨折了。"

"哎呀!那你的腿没了啊!"说完就叹了口气。

没等我说话,他又皱着眉说:"那你可咋办啊?"

我咬了下嘴唇,笑了笑。

本山叔坐在沙发上，我把轮椅转到沙发边，调了调角度，用双手支撑，把身体从轮椅上一点点挪到沙发上坐。

本山叔很吃惊地大声说："还真行啊！自己都能行了。"

我说："这几个月慢慢练的。"

"这都是逼出来的啊！"本山叔自言自语地说。

我把歌词《爱在十年》拿给本山叔看，他笑了笑，又长叹一声说："多快啊！十年了啊！"

真不敢想，认识本山叔都十年了，每一次见到他，我都会感受到一种力量，像上了弦的钟表，走起来更有劲儿。

当我从沙发又坐到轮椅上时，本山叔对我说："你爸腿摔坏这件事，是件坏事，也许又是件好事。对你来说，是一次太大的考验和磨炼，他总不能抱你一辈子，他要是抱不动那天，咋办？你该怎么去生活？"

我点了点头，没说话。

"你就应该学会自立，也让你爸能歇一歇，原来不能做的，不敢做的，现在都要努力去做，相信自己就一定能做到。"

本山叔的这番话，震慑到我心底，这是从来没有人对我说的话。

从前，不光是行动依靠父亲，连思想都依赖于他。现在才恍然大悟，我早该学会自己"走路"。

本山叔说的对！我的"腿"是没了，但心里的腿开始生长。

坐在沙发上的本山叔总打哈欠，眼睛通红，听说他一夜没睡，本想早点离开，可本山叔非留我吃完晚饭再走。

本山叔推着我刚到食堂，就碰到田书记也在打饭，原来去河畔花园公司时见过，他看见本山叔，端着餐盘也来和我们一起吃。

最先上来的是一大碗冒着热气的鸡蛋糕，鲜黄鲜黄的，本山叔让我趁热吃，我第一次尝到那么好看又好吃的鸡蛋糕，一连吃了几大口。

本山叔说："这是我教食堂做的，我的手艺比他们做的还要好，有机会你尝尝。"

他从端起饭碗就与田书记讲，从认识我到现在，亲眼见父亲是怎样寸步不离把我从小抱到大。

那一幕一幕，从他嘴里描述出来，真像电影，但却没有了往常的幽默，倒添了几分沉重。

吃完饭，刚放下碗筷，本山叔忽然一惊，好像想起了什么。

他连忙翻起袖口，看了看表，抬头问我："这都几点了，几个小时了，你来老半天，是不该上卫生间了？"

我露出孩子一样的神情，点了点头。

他马上叫服务员，推我去。

本山叔的细心，又一次让我感动。说到这儿，我还想起件事。

那是我离开"刘老根大舞台"演出后，听说"亚太残疾人十年慈善晚会"要到沈阳演出，本山叔想让我参加，打听好几个人，才找到北京电视台一个导演的电话。

接电话的是位女导演，当她听到电话里报出"赵本山"的名字，二话没说，以为是冒充的，险些挂断电话。本山叔反复强调自己真是赵本山，导演细听了听，果然是！

后来在沈阳，我见到了这位导演，见面她就给我讲：是没想到真的赵本山会给她打电话，才闹出笑话。

那晚，本山叔送我到门口，又让张总开车把我送回家。

单骑闯北京

哪怕再多看一眼,我的眼泪就要掉下来。

2006年初春的一个早上,乍暖还寒,穿黑棉袄,拄着拐,站在小区门口的是父亲,他正望着刚上出租车的我。

车走出很远,我回头看,父亲还站在大门口。

以前出门都是父亲带着我,这是我第一次一个人为梦想远行。

我知道父亲的担忧,可我不想让他把着轮椅推我一辈子!

车开往机场,身后是父亲牵挂的目光,前方是火红的朝阳。

前行的路上,充满未知的希望,我想大胆去闯一闯。

一路与出租车司机聊天,他说我根本不像是一个残疾人。

从生病后,父母就带我东奔西走,始终没放弃治我的腿,我也一直觉得有一天我一定能站起来,直到16岁进京比赛那年,北京天坛医院最具权威的专家给我做了全面检查和诊断后,看着大夫满脸遗憾地对着我一直摇头,我才明白,我站起来的梦彻底破碎了。还有在阳光下,穿着连衣裙跳舞的那个梦也破碎了。我号啕大哭,父亲抱着我,哭得没有声音,但我却能感觉到他的身体在颤抖。我知道,他不仅心疼我,更担心我很难跳出残疾人自卑的阴影。

记得刚来沈阳的那个春天,全家在迷茫的日子里煎熬,有一天吃过晚饭后,父亲特意带我去于洪广场转转,说散散心。一路上,父亲轻快地推着我,不停感叹着沈阳的变化,可我一句也没有搭腔,我只感觉到周围无数陌生的目光紧盯着我看，嘴里还嘟囔着，还没到广场，我就死死抓住轮椅的钢圈不让走了，气得父亲只好推着我原路返回，到家后，父亲使劲推开门，然后把我扔在床上，自己捂着脸，瘫坐在沙发上，好半天也没理会我。我感觉到父亲的伤心和失望，我想哭，却哭不出来。

我在想，我到底在抵抗什么？又是什么在捆绑着我？我该怎样才能跳出残疾人自卑的阴影？

好多次，我尝试用双手把住轮椅两侧的扶手，再用双臂支撑着身体慢慢升起，我马上就有了一个新的高度和视角看窗外的一切，哪怕再升高一点点，都会有不同的视野，都会让我觉得新奇。坐着和站着都可以看到不同角度的风景，但我明白，坐在轮椅上是我永远不可逃避的现实，我要去面对它，接受这个坐着的自己。

当我有了歌唱的梦想和舞台，我似乎慢慢接受了"残疾"这个终身不变的事实，有时会忘了自己是个残疾人。只有行动出现障碍时，才会意识到是身体带来的不便。

到了机场，我自己转动着轮椅，跟其他人一起排队换登机牌，唯一不同的是我办理了"特服"。

一位大高个的特服人员推来一辆轮椅，准备帮我换座，还没等他扶我，我自己就用两只手臂分别把住两个轮椅的扶手，像过山车似的把身体悠到了那辆轮椅上，他眼里满是惊奇，忍不住赞叹："你真厉害！是运动员吧？"

我微笑不语，我要努力做好自己能做的事，少给别人添麻烦。

"大高个"要把我的轮椅推去托运，告诉我一会儿在原地会合。等他一走，我抓住两个轮子就开跑，像鱼儿回归大海，自在撒欢，寻找"目的地"。

转了两个弯，一仰头，看到了残疾人卫生间的指示图标，心里才算踏实。

回来的路上，一个女孩从身后加快脚步赶上来，"小姑娘你好！需要我帮你吗？"

我回头冲她笑着说声"谢谢"，便一溜烟地走了。

回到原地，"大高个"准时赶来，推我过安检，最后一个登机。

让我意外的是，还有另一辆特别精巧的轮椅在舱门口等着我，它的宽度刚好能推进机舱过道，我坐上去，在众人的目光中，从小轮椅挪到头等舱后第一排靠过道的座位上。

刚坐下，眼前闪过一张如花的笑靥，一个漂亮的空姐走到我身边，轻柔地说："女士你好！飞机降落后，你先别着急，最后一个下，我们已联系落地轮椅来接。你如果有什么需要，可以随时告诉我。"

我笑着说："谢谢。"

"看你像是练舞蹈的，是受伤了吗？"空姐关切地问。

我抿嘴一笑，没吱声。

空姐走后，我闭眼正想眯一会儿，这时一阵微风扫过，一条蓝色的毯子盖在我的腿上，再一抬头，空姐把一个小枕头正垫在我后腰的弯曲处。瞬间，我感觉身心都特别暖，这段旅途，真好！

飞机起飞了，从舷窗看机翼越过地平线，冲向云层，我突然有种强烈的感觉，仿佛这副机翼就是我的翅膀，是我飞向梦想天空的翅膀……

这次进京，是"吴总"和他好友刘双平团长一起策划，启动"单秦音乐创作工作室"。

刘团长在家排行老二，他让我叫他"二哥"。

二、笔耕情

"吴总"和二哥关系很铁,是老朋友,在北京的住所还是邻居。他俩有很多共同的兴趣爱好,想法也很有默契,在《马大帅》剧组时我就看出来了。

他俩同为庆祝西藏和平解放50周年中央艺术团的成员,在2001年7月赴西藏慰问演出时,二哥担任中央艺术团昌都分团领队,"吴总"和他的搭档白桦恰巧也分在昌都分团表演相声节目。在演出现场,由于女主持人因缺氧而晕倒,"吴总"就积极主动向二哥请战担任主持人救场,"吴总"对工作的认真和高度的责任心打动了二哥,他俩因工作建立了深厚的战斗友谊。

后来,二哥经常邀请"吴总"和白桦加盟中国歌舞团东莞分团在南方的演出,他俩精彩的演出每次都特别受欢迎。

二哥担任团长的东莞分团的主业是"歌、舞、乐",他又很喜欢曲艺,对幽默也颇有研究,和"吴总"经常探讨、切磋相声,还根据演出的需要在一起创作相声段子。二哥总说,"吴总"是教他抖包袱的老师。

下了飞机,二哥派司机把我接到"钱柜",开始我还以为是饭店,到了才知是唱歌的KTV。让写歌的人在唱歌的地方以歌相会,这是二哥和"吴总"的创意。

我一进门,"吴总"和二哥就笑着感叹:"哎呀!大词作家'东北小蝴蝶'一个人从东北飞来了。"

那是拍《马大帅2》时,我去剧组探班,刚好"吴总"和本山叔在一起,我带去的几首新歌里,本山叔很看好那一首《东北小蝴蝶》,在场的演员宁静也说喜欢。从那以后,"东北小蝴蝶"就像我的"代号",被"吴总"他们叫开了。

那天在钱柜,还见到了"吴总"的搭档白桦,自从1991年他俩上了央视春晚后，就一起从重庆调入中国广播说唱团，成为相声表演艺术家姜昆的弟子。

大家都管白桦叫"白大爷"，他走到哪都嘻嘻哈哈，穿着不讲究，说话很大声，性格随和又热心，谁的忙他都会帮，把自家当作朋友们的宾馆、把卧室让给朋友住，自己睡沙发；为了帮同事买一个称心如意的水杯，开着车在北京城转了一整天；在剧组帮同事对台词，到了自己拍摄时，才忘了自己的台词还没有背⋯⋯

"吴总"说"白大爷"很"神"，像个纯净的大儿童。本山叔也说过"吴总"很"纯"，是个内心很干净的人。他俩是相声圈里一对神奇的组合。

"你好！单丹！"是秦浩哥见到我说的第一句话。

虽说在电话里相识一年多，但第一次见面，他还是很腼腆。比我大6岁的他，身材细高，脸瘦长，单眼皮，厚嘴唇，一看就是厚道人。一开口，他浓浓的"川普"和二哥的"鄂普"便相映成趣。

我这次来京是和秦浩哥一起为一家公司写企业歌曲。

五个人，只有我是东北人，他们四个，除了二哥是湖北人，他们仨都算是重庆人。不过，听"吴总"说，他虽在重庆长大，但出生却在东北，祖籍是辽宁西丰，算起来与本山叔还是同乡。

见面后，"白大爷"先唱了首《青藏高原》热场，"吴总"也拿起麦克，他俩你一句，我一句，像飙车一样飙高音，谁也不服谁，结尾那一嗓子高音，还是"吴总"抢先飙上去了。他们投入又充满激情的演唱，丝毫不减当年上春晚的风采。

我唱了首《囚鸟》："我是被你囚禁的鸟，已经忘了天有多高⋯⋯"

"你唱出了一个成熟女孩心底的声音，太打动人了！"我唱完，秦浩哥感慨地说道。

这么多年，我的演唱一直贴着"甜歌"的标签，第一次听我唱深情的歌，从他们的眼神中感觉到有些意外。

秦浩哥眯着眼，投入地唱《故乡的云》："归来吧归来哟，浪迹天涯的游子……那故乡的风和故乡的云，为我抚平创伤。"

这歌从他嘴里唱出，怎么听都像在唱他自己。

他说过，12岁就离开家，在外求学漂泊。曾组过乐队，在酒吧弹过琴，后来考到中央音乐学院进修，毕业后又去东莞歌舞团做乐队队长。

那天，二哥没唱歌，一直笑着在为我们鼓掌。

"吴总"请二哥给大家点评一下，没想到二哥语出惊人，说出了他对唱歌的评判标准："不会唱歌的唱跑调，唱不好歌的只唱调，会唱歌的唱情唱味也唱调。"

我觉得二哥说得太好了，我第一次听到这么通俗易懂又富有哲理的点评。

二哥是武汉大学哲学系毕业，还留校当过十年的校长秘书，后来竟跨界进了文艺圈。

第二天，我准备开始企业歌曲的创作。

就在我动笔时，接到了一个电话，才知在我离开家的那天，家里却发生了一件大事：四个年轻小伙在打印社闹事，把拄双拐的父亲打倒，骑在身上打！还放出狠话，说家里有背景，回去拿枪，让父亲等着，之后就嚣张而去。父亲报警后，派出所的人是来了，但却不了了之。

弟弟把父亲送到医院，哭着给我打电话，说父亲怕我担心，不许他告诉我。

听到这消息，我的心里像着了场大火，眨眼间就烧焦了，父亲哪受过这委屈？我恨不得马上飞回家。想起我走的那天早上，他一直看着我的眼神，我心里疼得不能呼吸，眼泪"啪啪"地掉在稿纸上。

在我最伤心和无助时，突然想起一个人——《沈阳今报》的记者吴强。两年前《马大帅》刚播出时，他采访过我，给我写了三天的连载报道，后来我们一直有联系。

吴强行动力很强，在去看过父亲后，做了一件完全在情理中，又在我意料外的事，让我很感动。

事发第二天，《沈阳今报》刊登出了"四小伙儿打一拄拐老头——写电视剧《马大帅》主题歌的轮椅女孩单丹的父亲被殴打"的新闻。

这回，沈阳人差不多都知道了。

当天，派出所就出面积极解决问题。听说打人的四个小伙中有两个是高中生，学校领导和家长都现身，去看望父亲并道歉。

我不由得感慨，原来媒体的力量真超乎想象，也感谢吴强。从认识他就看出，他身上有种少有的"真"，这也是日后我们能成为好友最重要的原因。

后来父亲提起这件事就说，多亏了吴强的那篇报道，要不这口气是真咽不下去。他倔强地说，如果当时他不拄拐，怎么也不能让四个人把他打倒。

我想起两年前，父亲50岁生日那天，刚好我和沈阳市残疾人艺术团要去外地演出，凌晨5点给父亲写了首歌词，留个字条就匆匆出门了。"你的心有多重，只有我能懂，你给了我一个梦，我欠了你一生……"这么多年，还是第一次没在家陪父亲过生日。演出前，给父亲打电话，我还是忍不住流泪了。

父亲的事情解决后，我才安心去创作。

没几天，我和秦浩哥合作的企业歌曲《万事顺和》出炉了。

第一次合作，大家把这首歌定为"单秦音乐工作室"的一号作品，希望以后合作之路像这首歌一样"万事顺和"。

在企业公司的年会上，来了不少在荧屏里才能见到的"大腕"。

那天的我，是作为原创歌手出现在舞台上的。

"推开红门的那一刻，北京温暖融化你和我。"

我唱完第一句，秦浩哥接唱第二句："七彩的云衣从眼前飘过，洒下多少汗水的承诺……"

"吴总"在台下转动着摄像机录像。

《万事顺和》作为企业主题歌成了晚会的亮点，反响很好。

当晚，二哥给我们"单秦组合"庆功，还请来一位我并不认识的贵客，坐在我对面，听二哥介绍才知，他就是中国著名漫画家方成先生。

二哥介绍说，方老是中国漫画界的领军人物，是他的武大校友，还是他的幽默启蒙老师。

二哥拿出一张方老的自画像，戴眼镜的方老穿着一身运动服骑着自行车。上面还写着几行字："生活一向很平常，骑车画画写文章，养生就靠一个字，忙。"

当方老说出自己年龄时，把我吓一跳，眼前的方老都奔九了。

大家都夸方老身体好，返老还童。方老只是淡然一笑说："活着就得找乐，乐了就年轻。"

吃过饭，我为方老演唱了《活出个样来给自己看》，方老拍手连声说好！"小丹这歌写得好唱得好，这活法活得更好。"

方老话音刚落，二哥就把我推到方老身边，让我和方老合影留念。

没想到后来方老给我画了一幅他的水墨漫画代表作《鲁智深》，寄到沈阳。这真是给我一个大大的惊喜！让我一直感念在心。

每年春节给方老打电话，他都记得我，还对我说："一定要多读书，要像保护自己生命一样保护自己的眼睛。"

在我们见面的13年后，那个画漫画、骑自行车的方老，在100岁的那年离开了我们。想念方老，愿他的漫画能给天堂的人带去快乐！

那次离开北京前，秦浩哥开车带我去通州采风，时值阳春，郊外一片生机盎然……

下了高速，眼前突然出现一条路，路两旁的树上开满各种颜色的花，我从没见过这么美的路，更没见过那样美的花。它们就在这个春天里，就在我眼前开放，那一刻，我真想站起来拥抱它们，亲吻它们。我突然感受到，花就是要绽放的，才能让看花的人笑得更灿烂。

秦浩哥鼓励我把这感觉记下来。我拿起手机，一路欣赏，一路摇晃着打字，把一路的感受写成歌词。"那些鲜艳的花，红的粉的黄的白的，生在春天的脚下，开在心里的枝丫。那些鲜活的花，纯真娇美热烈幸福，是它美丽了春天，还是春天美丽了它……"

正开车的秦浩哥只大声地说了一个字"美"！

回去后，我们给那首歌起名叫《花路》，秦浩哥写出的旋律也很有律动，我像是坐在车里一路摇晃唱出来："飞呀飞呀飞呀，车轮带我飞呀，音乐一路飘摇，我在这个春天出发。风啊风啊风啊，吹乱我的长发，吹遍心里的花，让它永远绽放吧。"

唱啊唱，感觉那条"花路"通向我心灵深处，那些花是在我心底绽放，就像我在那个春天里绽放。

离开北京时，秦浩哥送给我一把红棉牌吉他，希望我以后能自弹自唱。

回沈阳的路上，我一直唱着《花路》，把北京的春天带回家。

一张未唱的专辑

有一天,在梦里我真的见到了丛飞哥,他还给我唱歌,笑得那样灿烂。

我从未见过他,终归也没能和他见上一面,而且一生都不会再见。

与丛飞哥相识仅103天,他还是走了!没等到见面的那一天,他就走了!留给我的只有他的歌声、笑声,还有让人想起就会心痛的回忆。

第一次知道"丛飞"这个名字,是听一个朋友讲起。

有这样一个"感动中国"的人,在十多年里倾其所有,资助上百个贫困失学和残疾儿童,义演几百场,也捐了几百万元,自己拼命演出挣钱,却过着一贫如洗的生活。后来得了癌症,还在坚持演出,坚持捐助。大家都说这个人有点傻,至少在当今社会还没见过这样的人。

没多久,我又在电视里看到了关于他的故事。

从前他一路欢歌走进大山,把他的"儿女们"一个个揽入怀中。后来他躺在病床上,只能隔着屏幕看哭红的一双双眼睛喊他"爸爸"。

面对父亲对他的心疼和埋怨,他泪流满面。但面对死亡的来临,他却那么坦然,笑得那般灿烂。当他抱着怀孕四个月的妻子痛哭:

"这辈子老公最对不起的人就是你。"我才发现自己已泣不成声。

纸上那六个字"你怎么这么傻",是我在泪水滴落的瞬间写下的。脸上的泪还没干,一首词已写完。

2006年1月7日,像是老天有意安排,让我在"吴总"打来的电话里认识了丛飞哥哥,他们俩正在一起演出,我真不敢相信,几个月后,我们会以这样的方式相识,电话里根本听不出他是一个胃癌晚期的病人。说说话就给我唱歌,让我感觉这并不是我们第一次交流。

他在台上唱《咱老百姓》,我在电话里听,掌声一响,我在电话这头也为他鼓掌。

9日下午,他从北京回深圳,在机场给我打了个电话:"妹妹,我好高兴能认识你,我俩虽然不一样的病,但同命相连,我们都要坚强,要快乐,要好好活着,你我心相连。"说到这他声音哽咽了,停顿下又说:"等见到你时,我一定要把你从轮椅上抱起来,今后走到哪里都要给妹妹打个电话,如果医生宣布你哥要完蛋的那一天,我最后的一个愿望就是要见见妹妹。"

放下电话,我心里很难平静。

突然想起他在采访中曾说的一句话:"我一天不帮人,心里就难受,觉得欠别人的。"

大家都叫他"好人丛飞",可就是这样一个好人,却正在遭受生命的威胁,正在承受生死之痛。

也就在那一天,他说出了他的愿望,要出一张自己的原创专辑,希望我能帮他尽快完成所有歌词的创作。

后来,我们几乎每天都会通电话、发短信,他把他的所思、所想、所愿都讲给我听,我们的交流经常能碰撞出创作的火花。每次都能听到他说那句话:"妹妹快点写,我想马上出专辑。"我知道他是在难以想象的疼痛中熬过每一天,我也知道我手中的笔是在和他的生命赛跑。

他在电话里唱歌,模仿笑星逗乐子,我听着哈哈大笑,他说我的笑声会让他忘了疼。

当他第一次听到我的歌,便说:"你的歌声很美,有机会我一定要和你同台,同唱一首歌。"

我们都有同一种感受,不像刚认识几天,倒像是已相识好多年。

听嫂子说,他经常疼得一宿一宿睡不着,却还是让大家看到他快乐的样子,只有在嫂子面前,才能见到那个最痛苦的他。

在一周里,我写出四首歌词。

丛飞哥看到开心地说:"妹妹,我一定会坚持,把这个新专辑录制完成,努力!"

1月19日那天,我突然和丛飞哥联系不上,嫂子的一条短信让我更担心。"这几天他身体很不舒服,特难受,吃不下饭,又瘦了好多,真急人!"

看到这条短信,千里之外的我,只有握住笔,继续为丛飞哥写歌。每当灵感停滞时,一想到丛飞哥每分每秒都在疼痛中煎熬,与命运抗争,便不敢停下。

大年三十下午,我们全家人正坐在一起吃饭,接到丛飞哥的电话,他用虚弱的声音对我说:"这是我今天打的第二个电话,我今天第二个问候的人就是你,我马上要去医院打针了,给全家人拜年!"

电话挂断时,屋子里很静,只听到窗外的鞭炮声。

凌晨2点多,丛飞哥和嫂子在网上和我视频聊天,一句话把我逗乐了:"这回我可看见活的真的我妹妹了。"看他像孩子似的兴奋劲儿，嫂子也开心。感谢网络，远隔千里，也能与他们在一起过年，那个除夕夜难眠，更难忘。

2月4日，我收到丛飞哥寄来的贺卡，还有他的CD光盘"丛飞——重飞"，坐在电脑前，戴上耳机，不知听了多少遍，也不知流了多少泪。

几天后，收到丛飞哥的短信："妹妹！我感谢今生能认识你！祝你永远平安快乐！我时日不多了，你哥丛飞！"

看到最后几个字，我的心都在抖，更不愿意去相信。我唯一能做的就是要用最短的时间把专辑的歌词都赶出来，帮他实现愿望。让他的生命多一份期盼，也就多一份支撑。

我的泪从脸上一行行落下，手指在手机上一个个字敲打："哥哥，支撑一天就会有希望，哪怕多活一天也有意义。你在支撑所有爱你的人，爱你的人也在支撑着你。"

记得丛飞哥跟我说过，如果没有嫂子，他活不到今天。

嫂子QQ头像下面写着一句话："一杯白开水，一口干粮，只要有爱人在身旁，哪怕是荒漠也会变成天堂。"

嫂子几乎每天都陪丛飞哥在医院治疗，有几次我给她打电话，她都是在外吃面条，问起她，她才说，原来她在怀孕那个期间，每天都在外吃面条，不让丛飞哥知道。她说："能省点是点，还得给你哥治病，还要给那些孩子交学费。"

我听到后，心里既感动又难受，她爱丛飞哥这个人，宁愿自己吃苦，也要支持他去帮助更多的人。

丛飞哥给刚出生的女儿取名叫"邢小丛飞"，还在电话里让我听孩子的哭声，我心里真是又喜又疼。那是他日夜期盼的小生命，更是他生命的延续。他用每一天的痛苦挣扎，终于迎来了女儿的出生，女儿的到来，又是让他活下去的希望和力量。

我写了首歌《爸爸就在你心里》，里面装满了丛飞哥要对女儿说的话。

在写《远山的儿女》时，我仿佛看见山的那一边，他资助的178个孩子都在望着他笑。听丛飞哥说过，他第一次给人下跪，是为了孩子们的学费。宁愿自己清贫过一生，也要改变那些孩子的一生。他说过，他拯救不了一个世界，但能救一个孩子。

2月14日情人节那天，我替丛飞哥给嫂子写了首词《爱人啊！下辈子让我还做你的丈夫吧》。听他说，他和嫂子看到这首词，都哭了。

整整一个月，为丛飞哥写了12首歌词，我的创作也有了新的跨越，在全部完成的那一刻，我觉得读懂了他，那一首首歌词也是他心灵深处最真实的声音。

就在我把这个喜讯告诉丛飞哥时，他的声音特别弱，没有任何掩饰地痛哭着："人总有要走的那一天，你哥这辈子把该做的事尽力都做了，也没啥遗憾了，今生可能无法唱妹妹写的歌了，我只有上天堂唱了。在梦里和哥哥见面吧！哥哥今生认识你是我的幸福，只要妹妹快乐每一天，哥哥就不会走开。"

放下电话，我怎么也控制不住，放声大哭。

我用一天一夜给丛飞哥和嫂子写了封长信，寄出去几天后，收到丛飞哥的短信："妹妹，信我一口气看完了，哭了。我的好妻子邢丹，一个是铁血丹心。我的好妹妹单丹，一个是赤血丹心。为什么你不是哥哥的亲妹妹啊？哥哥可以天天照顾你。你现在是哥心里唯一的亲妹妹！"

看着丛飞哥短信中的每一个字，我的心都在疼痛。没等我回短

二、笔耕情

信,他又发来一条:"等我走了之后,你帮我好好照顾你嫂子和孩子。等邢小丛飞长大了,让她拿这封信来找姑姑。"

听到这些,感觉生命里又多了份亲情和责任。虽然我并不希望看到那一幕,因为不想让丛飞哥走。

歌词终于写完,心也踏实下来,但又觉得空空的。这一个月争分夺秒为丛飞哥圆梦,那段路也是他用最后的生命在陪我走。无意中发现,那12首歌的歌名排序,刚好是一首诗。

骆驼就是我
我是最傻最傻的人
帮助你我快乐
我用歌声为民服务
妹妹只要你喜欢,哥哥就对你笑一笑
你我一颗心
远山的儿女
爸爸就在你心里
送你一片绿叶
零存整取
你是我的港湾
爱人啊!下辈子让我还做你的丈夫吧

记得最后一次和丛飞哥通话是在2月27日,"妹妹,我们今生见不到,就等来世再见吧!"这是他对我说的最后一句话,也是今生的最后一句。

4月20日,嫂子突然来信告诉我,丛飞哥走了,当我得知他最后的遗愿就是能和我见上一面，我什么都说不出来，失声痛哭！

和丛飞哥相识的那些日子，真像一场梦，不愿醒来。

为什么他就这样走了？才37岁，所有人的爱都没能把他留住，他却留下了太多的牵挂和期待，他几个月的小女儿没有了爸爸，他还有那么长的路没走，还有那么多的歌没唱，为什么不再多给他一点时间？那张未唱的专辑成了永远的遗憾。

我们在这尘世中相识，转眼间他又消失在尘世里。来不及相见，更来不及等待。

一想起丛飞哥，他的歌声总会在我心中响起："无论走大路还是小路，一个人走路前后是孤独，我是你过河的桥，我是你歇脚的屋，只要你快乐，只要你幸福，只要你回头一笑，我就很知足。"

听说丛飞哥病重时，还一直在担心贫困山区的孩子们，最后连救命的钱都交给了他常年资助的孩子，而自己却在等待死亡。

丛飞哥走时，如愿捐献了眼角膜，他的目光又会在世间的某个角落照亮。无论在哪里，都能够看见。

后来，嫂子也沿着丛飞哥的路，继续走了下去。

丛飞哥走后不久，嫂子来沈阳，给我打电话要见见我。可我正在北京写歌。没想到那一次的擦肩而过，竟成了另一个永远。

5年后，嫂子因一次不该有的意外，也走了。

我相信，丛飞哥和嫂子在另一个世界一定会团聚。

二、笔耕情

绿军装

自从去棋盘山参加部队演出，父亲的腿骨折后，战士们用木头椅子精心改制了一个坐便椅。每次我一去部队，那把特制的"椅子"就放在卫生间。

十一我又去了部队。虽然我从没穿过绿军装，却很热爱军营里的生活。

孙学军叔见到我就说："我不在这当主任了。"

我一听就愣住了："咋了？孙叔，你要调哪儿去啊？"

"我哪也不去，就是换岗位了，我不当主任了。"

"那当啥了？"

孙叔笑了笑说："当政委了。"

我这才恍然大悟，是升级了啊！

"工作需要，组织安排，但你这个思想教育辅导员的职务不变，下一步还得开展工作。"

"是，请首长放心，坚决完成任务。"我回答得铿锵有力。

孙叔是典型的黑龙江人性格，无论在生活、工作还是酒桌上，都能看见他心里总有一团火。

他上学不多，却喜欢读书，还常往杂志上投稿。他办公桌上摞着好几本读书笔记和摘剪的报纸。

在十一座谈会上，孙叔对战士们说："单丹是一本书，每一页都精彩,每一页都要细细地、好好地去读。"

那天,我从战士们纯朴的目光里,看到他们心灵的清澈。

一直想为战士们写首歌,在座谈会上,面对要退伍的老兵,有意让他们多谈谈当兵的感受。

一个战士说:"从小就想穿绿军装,真穿上了觉得特别骄傲,但就要脱下绿军装时才觉得也是真的舍不得,留恋战友和部队。"

另一个战士说:"我是为圆父亲的梦才当了兵,刚开始我以为我失去了很多,后来才知我得到了更多。在部队的两年,是在别处一辈子都体会不到的意志、耐力和坚强,当兵是最神圣和自豪的,尤其是站岗时,穿着军装,挺直腰板,我觉得特别光荣。"

还有个战士说:"来部队,我长大了,部队也是一所大学,是在哪都学不到的,让我快乐,让我有了责任心,改变了我的人生观,不管多苦多累,但价值体现了。"

最后一个战士说:"原来在家时,父母让我当兵,我不愿意。但我真当了兵,穿上绿军装,才知道'当兵后悔两年,不当兵后悔一辈子'。"

听到老兵们掏心窝子的话,我眼睛湿润了。

回到家,想起老兵们对当兵和绿军装的情怀,就想以"绿军装"为主题和切入点来写。

赶忙给孙叔打电话,想和他聊聊我的构思。

电话一接通,我就问孙叔忙不忙,想和他聊创作的事儿,他说:"我在大门站岗呢!"

我以为他开玩笑,"你还用站岗?"

"我替战士们站岗,大十一的让他们也歇一歇。"孙叔很平静地说。

听到这话,我却不平静,嗓子眼儿像被开水烫了,说不出话,只淌眼泪。

孙叔平时在部队的时间最多,逢年过节,家里更看不到他的影子,他的人和心都长在了部队,和战士们在一起。工作之外,他和战士们相处得像朋友一样,谁的喜怒哀乐都愿意和他分享。

放下电话,我在纸上写下三个字"绿军装"。

眼前出现的是孙叔站岗的身影和战士们的一张张笑脸。

还记得那年冬天,我穿着绿棉袄和身穿绿军装的战士们一起列队站排,喊着"一二三"的口号,唱着歌,去食堂吃饭。

孙叔还让战士们带我去参观他们的宿舍,因为我一直很好奇,他们是怎么把被子叠成豆腐块的。

保家卫国是他们的使命,那一刻,为他们写歌,是我的使命。

我人生中创作的第一首军歌就在那天诞生:"从小我就想当兵,就爱绿军装,肩上扛着小木枪,守在妈妈的身旁。我的绿军装,肩章闪闪亮,是我儿时的梦想,我的绿军装。长大参军去远方,穿上绿军装,挺起腰杆扛着枪,守望太阳和月亮,我的绿军装,肩章闪闪亮,是我青春的翅膀,我的绿军装……"

歌词分三段,写出想当兵、当兵、退伍三个人生阶段的不同感悟。

我把写好的歌词用短信发给孙叔,他马上打来电话,听到他的笑声,就能想到他眼睛乐得一定像睡着了似的。

"咱连队战士天天都在饭堂前唱那几首歌,耳朵都听出老茧了,这回好了,我们终于有自己的新歌了。"孙叔说话时语调拔得很高。

听孙叔这么一说,我特别欣慰,更能体会到他当时的心情。

他又激动地说:"这首歌词,连我这个老兵看了都觉得很感动,真就写出了我们当兵的人穿绿军装的梦想和一生都放不下的情怀。要是谱上曲，战士们一唱出来，那效果得老好了。"

我把《绿军装》歌词分别传给"吴总"、二哥刘双平，还有秦浩哥，他们都觉得好。秦浩哥还说，唤醒了他心中的当兵梦，当年只差一步，就穿上了绿军装。

秦浩哥很快就把《绿军装》曲子谱好，我录出歌曲小样，交给了孙叔。

那天下午，孙叔突然给我打电话，说正带着战士们听我唱的《绿军装》，还激动得让我在电话里听他们学唱的声音。

"听到没？这声音多响亮，效果杠杠地，大家都老爱唱了。这回你立大功了。"孙叔扯着嗓子在电话里对我说。

为了让这首歌更完美，"吴总"、二哥刘双平，还有秦浩哥一起策划，又制作个MV。

秦浩哥忙里偷闲，用小摄像机去北京天坛、天安门等地取景。从选景、拍摄，到后期剪辑和制作，都是秦浩哥一人完成。

二哥说："秦浩就是这么一个踏实、靠谱、追求完美的人，他总给人带去意想不到的惊喜。"

秦浩哥在幕后默默地做了这么多，真是给了我一个惊喜，让我太感动，也终于圆了我多年一直想拍MV的梦。

在2006年11月26日送老兵联欢会上，我给孙叔和老兵们一个惊喜！谁也没想到我把"吴总"和他搭档白桦，还有二哥刘双平、秦浩哥都请来了。

这天的晚会，不同以往。

老兵们在台上演出，说着说着就激动得没声音了。

四川老兵熊波，还特意为我唱了首歌，他唱着唱着就哭了。

二、笔耕情

我被这离别层层包裹，忍了再忍，泪水还是流了出来。

"吴总"和"白大爷"一上台就妙语连珠，抖响几个包袱，舒缓了离别的凝重。

刚刚扔掉拐杖的父亲也赶到晚会现场，为老兵书写"一生难忘我的绿军装"。

孙叔看大家都来助阵，眯起的笑眼，像印在眉毛下的两条横线。

二哥只见孙叔一面，就用六个字来评价："很善、很纯、很真。"

我在台上演唱《绿军装》，秦浩哥在一旁弹琴，我感觉自己就像是一个军人。

唱到一半，我来到老兵中间，边唱边和他们握手："就要退伍回家乡，更爱绿军装，告别亲爱的战友，一生都难忘……"唱到这句，老兵们攒了满眼的泪水，一下就涌了出来。

我强忍着泪水，继续唱。

不知什么时候，孙叔站在身后推着我，正和老兵们一起唱《绿军装》，那一刻，他们的歌声响彻军营。

晚会结束，所有老兵上台合影时，我又给了他们一个惊喜。

我和秦浩哥把MV版《绿军装》光盘，送给每一个老兵。他们手捧光盘，眼里含泪，说这是他们一生中最珍贵的礼物。

战士们轮流发表离别感言，让我感动无言。

一名重庆老兵王琦说："我在部队学会了吹小号、写书法，我感谢部队，感谢孙政委让我们知道文化和精神的力量。我跟单丹姐学会了唱歌，更学会了做一个幸福的人，感谢单丹姐。"

一个写相声编小品的大个老兵徐健说："我给大家说段单口相声吧。我们连队战士有个姐姐，您听说过吗？没听说过，那你'奥特'了，我们有啥心事就找她，为啥？因为她最懂我们啊！"

开始，很多老兵还笑着说呢，后来说着都哭了。

孙叔站起来说："我说句话，今天谁也不能哭，刚才你们讲的不是感想，是幸福，这种幸福又有很多是从你们的单丹姐姐那里得来的，我们都要感谢她。我希望你们把这种幸福，把部队的精神带回家乡，为家乡作贡献。"

孙叔的话音一落，所有老兵都围过去，抱着他哭。此时，在老兵心里，他不是政委，是亲人。

后来，我也收到了一个惊喜：《绿军装》这首歌被收入到中国广播网"军歌点听"栏目中。我希望更多当兵和曾当过兵的人都能听到这首歌，让他们想起当兵的青春梦想和那段难忘的时光。

那晚，我坚持要去车站送老兵。

在沈阳北站军人候车大厅，挤满各个部队的退伍老兵。眼前的他们都身穿绿军装，胸前戴红花。

平时和战士们在一起总有话说，那晚谁也不想多说一句，甚至不敢多看一眼，目光一旦撞上，便满眼泪花。

孙叔打破离别的沉静："要走了，和单丹姐再唱首《绿军装》吧！"

我起了个头儿，大家开始唱得声音很小，后来声音是变大了，可老兵们早已泪流满面，声音颤抖地从喉咙里吼出来。

我唱着唱着，鼻子一酸，脸上湿了一片，声音摇晃着飘出来。

候车大厅里响起《绿军装》的歌声，所有人的目光都聚焦在流着泪唱《绿军装》的老兵身上。

火车快到了，前后左右4个老兵把我抬过通道，进入站台。

这一次，没有口令，战士们自动站成一排。

火车进站了，他们流着泪，和我握手相拥。

"单丹姐,我们永远都不会忘记《绿军装》,要像你一样'活出个样来给自己看'。"

我眨了眨泪眼说:"希望你们无论什么时候唱起《绿军装》,都会想起部队,想起在部队时的自己。"

孙叔强作欢笑,大声说:"今天虽然离别,说不定哪天,我们还会重逢。"说完,他给老兵们敬了一个军礼。老兵们齐刷刷向他回敬军礼。

远处汽笛一响,像是吹响了离别的最后一声号角。

火车启动,老兵们打开车窗,边挥手边唱:"我的绿军装,肩章闪闪亮,是我永远的骄傲,我的绿军装……"

本山叔——我艺术生命中的父亲

父亲给了我生命，本山叔给了我艺术生命。

2007年6月17日是父亲节，下午，我抱着大花篮，一个人去看本山叔。

在本山传媒基地影棚，本山叔正打电话，还没等我走到他身边，一转身，他就看到了我，我从大花篮后探出了头，刚好有个小坡，轮椅直奔他滑去，他起身一把拽住轮椅，才刹住车。

他还开玩笑地说："你这车有点超速啊！"

我笑了笑，抱起大花篮给他，他接过花篮，看看花，又看看我说："你是雷打不动，每年的父亲节都不落啊！"

我把最近新写的歌给他看，他很有激情地说了感受，我拿笔记下。

聊过新歌，本山叔又提起我写的那两首军歌。

那是6月3日晚，我去中街"刘老根大舞台"看本山叔，给他带去一张CD，里面有两首军歌，一首是《绿军装》，一首是新写的《我的世界名牌是军装》。

趁大舞台演出还没开始，本山叔在后台拿着歌谱看。

秦浩哥也在，他第一次见本山叔，很激动。本山叔开始见秦浩哥有些发愣，一听是我的作曲搭档，笑着和秦浩哥握手，夸他曲子写得好。

那次秦浩哥来沈阳,就是为《我的世界名牌是军装》而来,在部队6月1日的晚会上,他弹琴,我唱给战士们听。

后来大舞台演出开始了,本山叔把CD揣兜里,说回去再听。

都过去十多天,他还没忘了我那两首军歌,又一一做了点评。谈到兴奋处,还戴上耳机,用我的小MD机听。

他听了两遍《我的世界名牌是军装》,"我的世界名牌是军装,穿上它神清气爽,在飘扬的共和国旗帜下,军装是我的时尚。我的世界名牌是军装,穿上它浑身有力量,在多彩的国际舞台上,军装是我的时装。我的军装是最美的名牌时装。"

看出本山叔很喜欢这首歌,还不停感叹:"这歌写得好啊!是首好歌,要是阎维文唱能更好。"

我告诉本山叔,这首歌的歌词还是"军装"给我的灵感,我觉得对于军人来说,他们的世界名牌就是军装。

出了影棚,蓝天下,阳光里,本山叔穿着白色唐装短袖、牛仔裤,我突然感觉他比原来高了许多,他一下乐了,还抖个包袱:"上医院检查啥都高了,就个儿没高啊!"说完他自己也笑了。

我光顾着乐,本山叔推着我走到了宾馆门口,一位老人正往外走。

他满头白发,戴了副墨镜,圆圆的镜片,像涂了墨水。一身紫红花纹绸缎衣,手里握一把金边黑扇子,正迈着从容稳健的步伐走出来。

那一身扮相,乍一看,没看出来,再仔细看,那不是爷爷吗?是本山叔的父亲。

好几年没见,想起在开原写《马大帅》片尾歌时,天天和爷爷在一张桌子上吃饭。

我喊着爷爷，爷爷用他那经典的手势向我挥手。

本山叔见爷爷这一身打扮，无奈地笑出了声，扬起嗓门说："爹，你这是要干啥去？要演出啊？"

我憋不住笑，爷爷脸上也泛起一丝笑意。

我连忙从花篮中抽出一束鲜花送给爷爷，祝他"父亲节快乐"。

本山叔也对爷爷说："让你快乐点儿。"

爷爷接过花，中气十足地说："好！快乐！快乐！"

他又问我："你挺好呗！你爸都好吧？"

我笑着说："我们都挺好，我爸也挺想您的。"

聊了几句，爷爷就遛弯去了，我和本山叔往宾馆大堂里走。

边走我边问："爷爷啥时来的？"

本山叔说："接来住好长一段时间了。"

进了大堂，感觉一下就凉快了，那是本山叔平时最愿意待的地方，他喜欢在那看忙进忙出的一张张笑脸。

本山叔刚坐到红木沙发上，就和我讲起了爷爷。

他说，爷爷岁数大了，越来越像小孩，总管一些他不该管的。

人家是白天上班，爷爷是晚上上班，像打卡似的，每晚9点必须要到对面办公楼里检查一圈，看看哪间办公室的灯没闭，哪间屋的电脑还开着，哪扇窗户没关。他挨个屋去检查，要是真有没关的，他随手都给关了，第二天就开始唠叨。

还有每天去食堂吃饭，见满食堂的人都端起饭碗，那是爷爷最闹心的事儿。

爷爷对本山叔说："平时上班看不到人，这一吃饭咋都出来了呢？这一天好几百人吃饭，天天吃，一天还吃好几顿，你也不要钱，就这么吃，早晚有一天不得给你吃黄了啊？"

本山叔像哄小孩似的对爷爷说："吃能吃多少，怎么就能吃黄了。你天天去食堂看着心里不得劲儿，就让人给你端屋里吃。"

听本山叔讲这些，我理解他，也理解爷爷。

爷爷是从苦日子走过来的，苦怕了。

本山叔从小是吃百家饭长大的，现在他想让更多的人吃饱饭。

在本山叔身边，我始终觉得自己是个孩子，想起什么就说什么，没有任何顾虑。或许是他的状态太朴实、太真实，常让我忘记他是那么大的腕儿。

每次他无精打采时，一见到我，就笑了。

和他聊天，总会感觉到一种离土地很近的力量。

同样一件事，从他嘴里说出来就不一样，他和他说出的话都太接地气，包袱不用抖就直往外掉，就像他在面对面给你演小品。

傍晚，本山叔接待来访的几位客人，还向他们介绍了我。

一位客人看到我就说："我怎么看怎么觉得她长得像《乡村爱情》里的王小蒙呢？"

本山叔看了看我，笑着说："是挺像啊！"

晚饭后，听说小剧场正在排练节目，本山叔带着大家去看。

排练时，本山叔让我也唱首歌，我拿起麦克风就唱起《活出个样来给自己看》。那是第一次在本山叔面前唱这首歌，还有些紧张。

我刚唱完，本山叔就拿起麦克风激动地说："单丹的出现会让健全人知道什么是坚强，她残疾的身体会让健全人的精神站起来，她为什么能写出这么好的歌？因为她有苦难……"

本山叔说完，在场的人都点头鼓掌。

送走了客人，我们陪本山叔在基地散步。

初夏的夜，很凉爽，基地比市区安静，天空也大，抬头就能看到满天的星星，连吸进去的空气都有股青草香。

我马上联想到，本山叔像一个园丁，培育着这里自然、纯朴、快乐的一切。

本山叔说他夜里睡不着时，经常会围着院子走上三大圈。

我想，他是在感受脚下这块土地，这块让他心里踏实的黑土地。

走着走着，听到了乐器声，好像是从影棚那边传出来的，进去一看，是乐队在排练。本山叔也拿起二胡演奏起来，刚拉出几个音我就听出是《二泉映月》，大家都沉醉在他手指揉出的旋律中，他微闭双眼，全身心都投入到乐曲带给他的情境中，那种状态好像只有那把二胡能带给他。

本山叔演奏几曲过后，大家随他一起从影棚又走到宾馆，门前有个圆形花坛，里面是一棵迎客松，本山叔就在花坛边儿坐下来，乐队的人也一起过来，围在他跟前。

听本山叔介绍，他们都是他20多年前铁岭艺术团的老同事，现在都把他们调到基地和剧场工作。

本山叔和大家唠家常，讲起他的人生感悟："人千万不能没有事儿干，人累不死，但能闲死。人的生命就这么长，得有意义地过每一天，快乐地过每一天。"

他说还要拍《乡村爱情2》，就这样一部接一部拍下去。

可接下来发生的一件事，谁都没想到。

就在那年冬天，爷爷的旧病复发了。

每次见到爷爷，他都红光满面，精气神十足，看不出，也想不到他竟然病了。

原来就听本山叔讲过，爷爷得过肺癌，但他每天盯上吃鸡蛋，一小盆一小盆地吃，几个月下来，硬是把癌给吃没了，到医院拍片，癌都已经钙化。

连本山叔都说:"你说这玩意儿神不神奇?"

这些年过去了,爷爷身体里的"癌",在万物沉寂的冬天里,猖獗地"复活"了。

我和父亲到沈阳武警医院看望爷爷,爷爷躺在病床上,正打着氧气,像睡着了,瘦了很多。

见我们来了,身边的人在耳边唤醒他。

爷爷睁开眼,就认出我和父亲,轻轻晃了晃头,那是在和我们打招呼,他看着我们,好像有好多话要说,过了一会儿,又闭上眼睛。

那时本山叔正在拍《乡村爱情2》,听照顾爷爷的人说,本山叔推掉了去台湾领奖,每天拍戏回来,不管多晚,都赶到医院,坐在爷爷身边,紧握爷爷的手,一坐就是一宿,怕爷爷走。

爷爷平时就喜欢听《活出个样来给自己看》,那天在病床前,我心里流着泪,握住爷爷的手为他轻轻唱:"是路它就免不了有沟沟坎坎,就看你怎么去闯怎么去闯每一关。活出个样来给自己看,千难万险脚下踩,啥也难不倒咱……"我清楚地看到,我唱歌时,爷爷的嘴角微微动了,眼角还有泪痕。

要离开时,我在爷爷耳边说:"爷爷,我们先走了,您好好休息,我们再来看您。"

我话音刚落,爷爷努力睁开了眼,依依不舍地看着我和父亲。当我们走到门口,又回头看他时,他的头突然抬起,使劲朝我们点了几下,然后又闭上了眼睛。

我知道,爷爷这是用最大的力气,与我们"告别"。

走出病房那扇门,我和父亲终于憋不住,哭了出来。

没几天，一场大雪到来，爷爷真的走了。

一大早，孙学军叔开车带着我和父亲去开原，送爷爷最后一程。

那天，有好多人都赶去送爷爷。

所有人都静默站立，只有我坐着轮椅，父亲和孙叔就站在我旁边。

本山叔在我左前方站着，悲伤得没有一点儿表情。马丽娟阿姨带着牛牛和妞妞站在他身边。

望着爷爷躺在透明的玻璃棺中一动不动，又看了一眼低着头正看着爷爷的本山叔，我的眼泪怎么也止不住。

本山叔永远失去了父亲。

那一刻，他更是一个坚毅而挺拔的父亲。

退行到"孩童"

"闭上眼,感受一束光暖暖地照着你,让你完全放松下来……"

一种奇妙的能量像一把钥匙,让我打开了久违的一扇门,似乎遇见了另一个自己……

2007年下半年,报社朋友吴强开始痴迷心理学,还去学了催眠,几乎每天都在电话里与我分享学习感悟。我越来越好奇,于是,我带着一颗要去揭开神秘面纱的心走进了心理学。

给我们讲课的是沈阳仁德医院院长汪锦青,他40多岁,微胖,说话语气很平和,笑起来也很含蓄。

好多人都以为催眠就是让人睡觉,包括我自己也曾这样认为。可真正推开"催眠"的大门,完全颠覆了我的认知。

在催眠状态下的我,潜意识中出现的意象是高山。当我爬到山顶,看见下面一半是大海,一半是荒芜的土地。

后来,我终于明白,催眠是意识进入潜意识的过程,解读潜意识是催眠的初衷,就像要去探寻冰山下面看不到的那部分。

我和吴强在心理学学习中,从朋友变成了同学。他的大学校友杨新宇也加入了学心理学的队伍。

杨新宇比吴强的身板壮得多,每次去上课都是他把我背上三楼,吴强在后面拿轮椅。让我想起了前些年父母背我去上声乐课的情景。

每次新宇背我上楼,我都很过意不去,他总会风趣地说:"别怕麻烦我，我就是你的移动轮椅。"

在后面搬轮椅的吴强跟着说："那我就是移动轮椅的。"

一天下午去上课，新宇有事没来。我本想让吴强去楼上叫几个同学把我抬上去。可他却说出一句不像是从他嘴里说出的话："我背你上去吧！"

此言一出，把我吓到。他语气中的从容和坚定，让人有种不敢相信的错觉。

他一米七多的个儿，体格瘦弱单薄，一身书生气，既然他想挑战，我并没拒绝。

他背对着我蹲下来，瞬间我离开轮椅，趴到他背上。这时，我感觉到他几次欲起身，却没站起来。最后一次，他用一只手扶着地面，发出了颤抖而又变了调的声音："我站不起来了，咋办啊？"

我回头看了一眼，笑着说："轮椅离我太远了，我可是回不去了啊！"

我刚说完，他"腾"的一下就站了起来，吓得我一抖。没想到我的一句话给了他那么大心理暗示。

他一步一步稳稳地把我背到三楼，进门那一刻，老师和同学们都瞪圆了眼睛看他，看来不相信的不光是我。

他小心翼翼把我放到椅子上，露出了如释重负的笑。

一秒都没等，他赶紧又跑到一楼把轮椅搬上来。

上楼后他就对我说："我真的要感谢你，是你让我超越了自己，挑战了自己都不敢相信的那个自己。"

我也在想，其实每一个"不可能"的背后或许都藏着那个"可能"，只是不敢去触碰。一念间，一切皆有可能。

我问汪老师："催眠的精髓是什么？"

他坚定地答:"超越。"

我似懂非懂地点了点头。

汪老师说:"我从何处来?我是谁?我要做什么?我往何处去?如果解读了这几个问题就是超越。"

他马上又补充说:"其实很多完美的躯体都没做到你的超越。"

我用惊讶又疑惑的目光看着他。

汪老师说:"你的笑是来自心底,与众不同,笑中还带有一种回声,听到你笑的人都会觉得很舒服。"

老师越是这样说,我越禁不住大笑,好像整个屋子里都是我的笑声。

吴强和杨新宇在一旁问我为什么爱笑,是从小到大得到的爱太多,能量足?这笑声分明是一种内心有强大能量的体现。

汪老师在课上最喜欢说"活在当下",那天又送给我一句话:"笑看人生,感悟人生。"

我想,只要活着,人生中无论任何经历,都是成长的一种养分,哪怕痛苦也都是有意义的。

有一天去上课,看到一个20来岁的女孩子,看样子是来治疗的,她坐在她妈妈身边,目光里透出迷茫甚至绝望,好像已没有什么力量支撑自己,倘若一阵风吹来,她便会倒下去。

这时,汪老师走过来,为我们彼此做了介绍,让我陪她聊一会儿。

我一直在笑着和她聊天,过了一会儿,她终于也露出了一丝笑容。我说:"你笑起来多可爱啊!"

她说:"我能有你一半的快乐就知足了。"

我说:"你一定会更快乐的,相信自己。"

她冲我微微笑了笑，又点了点头。

每次看到不同年龄的人来这里治疗，我的心都会很疼，真希望他们能在老师的帮助下，早日找到自己心灵的那把钥匙，为自己救赎。

我和吴强同岁，他只比我大不到一个月，原来一直叫他吴哥，后来也跟新宇叫他"老吴"。

老吴稿子写得好，父亲是语文老师，从前我们在一起讨论最多的是文学创作和世界名著，现在又多了心理学。每天沟通分享学习体验，已成一种习惯。在他身上，总能看到有一股劲儿，钻进去，就不出来，一定要把问题研究透，才罢休。

杨新宇比我们小三岁，原来在《华商晨报》当记者，后来才经商。他说学催眠，完全是为了调整自己的身心状态。他父亲当过兵，从小教育他要坚强，不能流泪。他说这么多年他一直都没学会流泪。母亲是中学校长，在他读高中时，突发脑溢血过世，生命里让他逆反和依赖的那堵墙倒了。

老吴平时话不多，就算说话时也很腼腆，除非是特擅长和感兴趣的话题，他才有激情和热情滔滔不绝。

杨新宇是理科男，方脸卡着一副圆眼镜，从根根挺立的发丝上就能看出他的个性，对事物的判断也是一针见血，直击要害。

但事实不代表真相，在老吴和新宇身上完全体现出来。看似书生气且胆小的老吴有时却能做出出乎意料的事，而看似粗犷又坚韧的新宇内心却很封闭，更没想到他竟是一个养猫的男生。

我的动作和反应向来都慢别人一拍或几拍，除了真情表达，更喜欢倾听洞察。还有个"毛病"，就是常常会因为别人对我的好，甚至一句话就感动落泪。

二、笔耕情

有一次新宇皱紧眉头对我说："不要总感动，因为你有用。我们对你的爱是对你的需要，你对我们很重要。"

新宇和老吴一直在辩论一个问题。新宇说我是一个大度但决不是细腻的女人，老吴却说我内心很细腻。

后来才知道，其实新宇根本没把我当女人，他说总觉得我身上有种男人的豪爽，每次在一起交流，他都可以很真实地袒露内心。他还说，我是他在这个城市里，唯一一个像哥儿们的异性朋友。

我们三个人有不同的工作和生活，特别羡慕一个人的梦想和现实能聚焦在一个点上。可新宇却说，我和老吴都做到了。我俩相互看了一眼，笑了笑。

学催眠的日子加深了我们的感情，如有一段时间不在一起聚聚，谈谈心，总觉得缺点啥。只要我们仨在一起，话就像那关不上的水龙头，总也唠不完。在同学中，我们成了公认的心理学"铁三角"。

2008年举国欢庆。能看到的，都是奥运的色彩；能听到的，都是奥运的声音；能感受到的，都是奥运的脚步和脉搏。眼前的每一天都是奥运欢腾和到来的前奏。

那个春天，听老吴带来一个消息，若惊若喜。

五一期间，心理学家朱建军老师将在山东章丘开设"意象对话"初级班，老吴有心想去，新宇还在犹豫，我一听，没等他们最后做决定，就把我们三人的机票提前给订了。

五一前一天，我们仨像放飞的小鸟，飞向那片渴望的天空。

上了飞机，老吴脸上没有一点放飞的欢喜，紧张得要命。他第一次坐飞机，还没飞，双手已紧紧地攥起来。

从飞机开始滑行，坐在中间的老吴就死死地握住我和新宇的手。到起飞那一刻，只见他双眼紧闭，脸色苍白，浑身发抖，头上的汗珠直往下滚，吓得差点没喊出声。那一刻他的样子，简直像是我们要带他去送死。

两个小时左右，直到飞机降落，老吴的心才落了地。

走时是春天，到章丘已是夏天的感觉。路两旁到处是鲜绿，心里的温度也升腾起来。

第二天一早，一个高个儿、平头、戴眼镜的中年人出现在"意象对话"的课堂上。我最先注意到的是他下颌左侧那颗豆粒般的黑痣，不用问，他应该就是"意象对话"的创始人朱建军老师。和我想象中的样子基本是一致的。

他的笑和第一眼见到大家是同步的，而且笑得灿烂又通透。没到5分钟，就把大家逗得开怀大笑。他上课时有个原则，不许记笔记，是为让大家用心去体会。

"意象对话"朱老师创立快20年了，用他的话说："'意象'就是你能想到的，包括梦。而'对话'是把意象当成是和自己血液相融的一个生命，和它沟通交流。"

也是从那天开始，才知道意象就是潜意识所表达出的一种情绪，是心的一种最原始的语言。

课堂上，一个学员在意象中看到一个布娃娃很脏，其实象征意义是她的心有些抑郁。朱老师在意象中通过导引让她排除不同阻碍，最后把那个布娃娃洗干净，当布娃娃干净了，她的心也就不再抑郁。

朱老师写过的很多书中，我只看过《我是谁》和《你有几个灵魂》，就已足够让我了解各种意象，走进自己的内心，认识自己的灵魂。

忙碌的生活节奏，还有多少人在乎心的感受？而"意象对话"就是用心去感觉，不是用意识去思考。

每天晚课，朱老师都会带我们看电影《大话西游》，从影片中来分析领悟"意象对话"课程。我觉得学表演和搞创作的人听这堂课，会有意想不到的收获。

其实，我学"意象对话"最大的感受是：用心中的另一双眼睛去感受另一个世界。

在第三天的分享早课上，好多同学都走上舞台介绍自己，分享三天来的学习感受。我感觉身边的老吴很想去，但信心又不足。我用胳膊肘碰了他几次，他仍不敢上去。新宇也转过头来看他，希望他能去。

我小声对他说："你用背我的那个劲儿上去，就够了。"

他看着我，眼神里多了一丝坚定，我又推了他一把，他才仓促地走上讲台，开始紧张得说话有些结巴，后来放开些，还在黑板上写下自己的名字和电话，走回来时很有成就感。我和新宇都悄悄伸出大拇指，老吴又一次突破了自我。

听课三天，我一直坐在第一排。最后一堂课，朱老师不知是用眼镜后面的眼睛，还是心里的那双眼睛在扫描，他突然惊奇地问："我们班里怎么还有个未成年的学生呢？"

我心里知道，他说的一定是我。

照了全班大合影，与朱老师单独合影时，他又深化了课上的那句话问我："你多大了？我总感觉你未成年啊！"

我只笑未答。

记得过了17岁，我便不再能记得住自己的年龄。

三天的"意象对话"课程以"我未成年"画上句号，或许更是一种意象象征。

带着收获的欢喜，更不想错过那里的美景和美食。

中午我们来到一家饭店，除了要尝尝章丘的水果大葱，点菜时，我和老吴还心有灵犀地点了个牛蛙焖锅，锅一上来，新宇被吓跑到旁边那桌，自己点了个清锅。他的举动，让我和老吴惊得不知如何是好。新宇的神态里不光充满对那锅东西的恐惧，还有对我和老吴的极度不满。

吃过饭，在去百脉泉公园的路上，老吴在马路这边推着我，新宇一个人在马路那边默默地走着。

我和老吴怎么也想不明白，新宇的反应会如此之大。

走着走着，我们才慢慢捋清了脉络，找到问题的根源。原来我俩都没在意新宇对那锅东西有多恐惧，更没在乎他内心的真实感受。平时我们就没新宇成熟，这次从新宇的感受中更折射出我和老吴的"任性"。

到百脉泉公园，我和老吴像孩子似的向新宇道歉，能看出新宇心里的火顿时被眼前的泉水熄灭。

第一眼看到的是墨泉，黑黑的泉水从泉眼中喷涌出来。我想用手去触摸，可是够不到，老吴就用矿泉水瓶灌了墨泉水，洒在我手上。那浸入心脾的清凉，让我情不自禁地欢叫起来。

其实来章丘最想去的是李清照的故居——清照园，自从读宋词，就爱上李清照和她的词。

未入园，就见那面墙上刻着《如梦令》。

她的塑像倚立在门口，一只手臂半掩心，满目惆怅守望远方。

我久久望着她，抚摸她的衣裙时，泪水不知为何滚落下来，我心想：或许我眼中的泪正是从她心中涌出？

坐长亭，望一池碧水，那片片残荷像载着千年的愁绪。

我即兴写出一首词：

《如梦令》——送易安

寻望千年一梦，人去鹭飞空静。凄目满离愁，莫问残荷悲痛。梦醒，梦醒，孤泪滴滴深重。

离开清照园，我们三人去划船，新宇把我抱上船。那泉水太清澈，水底小石子和游来游去的鱼清晰可见，我忍不住用手抚动几下泉水。

上了船，我和老吴谁也不敢开，只有新宇冲上去当船长开船，像开车一样自如。

后来老吴也想尝试一下，起初开得挺好，但在过桥洞时，不知他在想啥，位置没对好，突然撞到石洞上，把船的钢管都撞弯了，我们仨都傻了眼。

还有最后一个桥洞，老吴和新宇让我也去挑战一把，我壮着胆，双手紧紧握住方向盘，眼睛死死盯着前方，虽然开得有些慢，但很稳，终于成功穿过了桥洞。大家一起欢呼。

上了岸，赔了撞船的70元钱，我们竟因此还多了一份喜悦。

老吴推着我往回走，新宇也过来推，他们俩一人用一只手推。我的手拉着他们的另一只手，并排往前走。那一刻的欢畅，只能用歌声来表达。一路走，一路唱："跟我走吧！天亮就出发，梦已经醒来，心不再害怕，有一个地方，那是快乐老家。"

走着唱着，经过一座小桥，我双臂一用力，感觉自己变成一只鸟，腾空而起，又旋转而落，人和车都倒下了，包和眼镜也飞出去了。可把他俩吓坏了，担心我摔到哪里，可我的歌声和笑声依旧飞扬。

这是在"撞船"不到10分钟后的又一次惊险，他们说有了这第二次，就不会再有第三次了，大家说着笑着继续往前走。

终于看到了百泉之首的百脉泉，但最吸引我的还是墙壁上刻着的四个大字："清泉洗心"。我想："心"贵在"洗"，唯"清泉"之。穿白衬衫的我还有意在"洗"字下面照了张相。

俯身望泉，像块明镜，各种颜色的鱼在泉中畅游。

听！风声、泉声、我们的笑声和脚步声，像一组快乐的交响乐……

我们都在感叹，这孩童般纯真而无忧无虑的梦既然不能停留，那几时还会再有？

活着，不仅仅是活着。在现实中，似乎我们一直在寻找那个透明而纯净，只要能装得下生命、灵魂和心灵的空间。可到头来，也只能是一场梦。

从山东飞沈阳，老吴已适应了飞的感觉。这次新宇坐中间，我和老吴都把头歪向他肩膀，新宇无奈地问："你们俩都几岁啊？"

我萌萌地说："我两岁。"

老吴嗲声说："我四岁。"

新宇皱眉苦笑说："那我也只能是七岁了。"

我们仨就那一个姿势从山东飞到沈阳。我和老吴是美了，可新宇的两个肩膀被我俩压得快动不了。

山东行，是探寻"意象对话"的心灵旅程，更是我们退行到"孩童"的美梦。

二、笔耕情

相聚沈阳

无论哪个季节，我都喜欢在阳光底下看书。那个春节后，满街的积雪，我正坐在窗边的阳光里读《悲惨世界》。手机突然响了，是二哥刘双平。

"我要来沈阳了。"

"什么时候来？请你吃饭。"我从书中伤感的情绪中抽离出来。

"这次来，我就不走了。"他故弄玄虚地说。

我愣了好几秒，也没说出话来。

他又说："我要变成东北人（儿）了。"那个"人"字，他的舌头没卷起来，发出的音有些生硬。

我一半惊喜，一半糊涂。

后来听他从头说起……

在2003年11月17日，也就是我进《马大帅》剧组写歌的前两天，二哥应"吴总"的邀请，赴开原《马大帅》剧组探班，那是他第一次见到心中的偶像——赵本山。

在开原，二哥白天看本山叔导戏拍戏，晚上随"吴总"去小剧场看二人转。他说，他自己都没想到，东北二人转的独特魅力，深深地吸引了他。

最让他兴奋的是，与本山叔每天闲暇时难得的交谈。从小品到二人转，从《刘老根》到《马大帅》，本山叔独到的艺术见解让他如沐春风,深受启发。

临别时,二哥写下一首《开原打油》(打油诗):"开原有缘会本山,神侃艺术心神欢。大师果然不一般,幽默星空最灿烂。真想变成东北汉,天天笑看二人转。"

通过后来的交往,本山叔看中了二哥的能力和才华,正式邀请他加盟本山传媒,担任本山传媒集团总裁,二哥欣然应约。

这不,2007年刚开年没几天,他就开始"闯关东",终于实现"变成东北汉"的梦想。

几个月后,二哥又告诉我一个消息:"秦浩也要来沈阳工作了。"

这更让我意外!没想到我们又都能在沈阳相聚。

二哥说:"本山传媒正好缺舞台监督,他还可以担任钢伴老师,已请示了董事长,决定把秦浩调过来。"

我想起几天前的中秋节,秦浩哥发来的生日祝福短信:"妹妹,在这个全世界都睡了的时候,还有一个声音在为你祝福,一个身体健全的人活着都是很不容易,但你却发出了这个世界最爽朗的笑声,用心祝福你永远快乐!你这个落入凡间的精灵!"

10月13日,秦浩哥开着"吴总"的车,在暴雨中走了10个小时,才到沈阳。

面容清瘦,一脸倦意,发际线上戴着黑色宽发套,垂肩的长发一团散乱,穿着一件白色连帽T恤,正是那时的他。

我从饭店点了一桌子川菜,给他接风,他看着满桌子的菜,笑了下,没动筷,却点着一根烟,抽了口才说出自己在暴雨中险些送命。我听着都怕,这对一个刚考完驾照的新手来说,是多大的考验!但真正的恐惧,是在他讲出来的那一刻,连他自己都后怕,手在发抖,一口接一口地抽烟。

二、笔耕情

第二天，他修剪了长发，又买了张《沈阳地图》，去本山传媒报到。

三天后，他参加了本山传媒的员工大会。

会议结束，秦浩哥就发来一条短信："今天是我来本山传媒入职的第一天，也是第一次参加公司大会，让我第一次感觉到人生的存在感、自豪感和幸福感。我一定会好好努力！"

为了让秦浩哥在他乡不寂寞，我第一次做了"红娘"，把老朋友陈一鸣介绍给他，希望他们能成为好友。

从"非典"录《天使的微笑》，和一鸣哥又快5年没见，但从他的脸上却看到了好几个5年，我差点认不出，他胖了好几圈，头顶秃了，却留起胡子，多了几分沧桑，但笑声更坦荡。这时的他，才像一个音乐人该有的样子。

一鸣哥和秦浩哥第一次见面，便有一世神交而相见恨晚的感觉。

白天秦浩哥在基地做钢伴，晚上去中街"刘老根大舞台"做舞台监督。

听说有天晚上，秦浩哥下了班，背着一袋子啤酒，爬上一鸣哥家8楼。这对只喝一杯酒就脸红的他来说，确实是不小的勇气。他真是把东北的酒文化吃透了，不管能不能喝，先把酒扛上去再说。

平时他们俩在一起比我们仨聚得要多，有时忙了，谁也顾不上谁。

偶尔一个电话，也没说什么，一次聚会，也都是那些话题。

秦浩哥自从去剧场上班后，有了很大变化，或许是受幽默气场的熏染，喝了点儿酒的他，一会儿翘着兰花指卷弄着头发，一会儿用餐巾遮住半张脸，眼睛还一眨一眨地逗大家笑，真让我有点快认不出是他。

一鸣哥总不忘提他养的那些鱼和花,每天除了做音乐,还抽时间写日志,每晚都坚持出去锻炼。虽然他说可以考虑出《年轻人提前进入老年生活》一书了,可他还是个准爸爸。无论何时他发出的那来自肺腑的笑声,总能让我觉得我终于找到了对手。

他们俩说我最大的缺点是固执,最大的优点是有梦。

我说,我仨都是为音乐梦想而狂热的疯子。

秦浩哥这一来,我们三个人还真有了一次难忘的合作。

那个深秋,树叶都快落光,我一个人在路边打车,几个男孩女孩朝我跑来,问我有什么需要帮助。听他们说是沈阳"大连渔港"酒店的员工,在参加企业培训,最后几天出来做"爱的感召",帮助需要帮助的人。

其中一个四川口音的男孩认出我,几个人围着让我签名。

第二天在打印社,我接到一个陌生男人打来的电话。

"我是'大连渔港'企业培训导师吾同。昨天听学员回来说,在'感召'的路上遇见你,我想请你为'大连渔港'写首企业歌。如果方便的话,请来感受下我们的企业文化,刚好董事长也在,我们见面沟通。"仔细听,他斯文的声音里飘来一股"海蛎子"味儿。

我没有太多思索,接受了邀请。

在"大连渔港"企业培训的最后一晚,每个人手腕上都系着蓝丝带,我手腕上也系满了,最后一个为我系蓝丝带的人就是"大连渔港"董事长谷峰,他的形象和气质让我差点误认为他是一名演员,他与员工们在一起,不像是董事长,更像一个邻家的大哥哥。

在一条条蓝丝带挥舞的瞬间,我唱起了《活出个样来给自己看》,吾同老师一直在身后推着我。

演唱结束,吾同老师才对我说,其实他每次讲课,都会给学员放《活出个样来给自己看》，却没想到是我写的，更没想到有一天我会来这里唱。

走进"大连渔港"，体验到他们温暖如"家"、努力爱"家"的企业文化，回去就为他们写了企业歌《我的大连渔港》。

我的词一出，秦浩哥作曲，一鸣哥编曲。

"我的大连渔港，像家一样，和你一起分享。"无音乐版的童声伴唱开头，特别温暖。

我和一个男歌手演唱："有梦想就展开翅膀，想超越就尽情飞翔，要成功就确定方向，用行动勇敢去闯荡。我的梦在大连渔港，我的爱在大连渔港，为了幸福的人生愿望，挥洒所有能量……"

这是我们仨合作的第一首歌，我突然来灵感，按年龄排序，秦浩哥是"哆"，一鸣哥是"来"，我是"咪"，我们仨就是"哆来咪"组合。

刚开始听音乐还有说有笑，后来因间奏处理形式和手法，他们俩竟然争论起来。

"哆"从作曲的角度谈感受，"来"从编曲视角谈意见。

在艺术里，他们都坚守自我。"来"十足的教授范儿让"哆"有些逆反，而我这个"咪"夹在中间左右为难。

那一晚，他俩背对背抽烟，只有《我的大连渔港》音乐还在循环播放。

凌晨4点多，秦浩哥突然要背我下楼，我来不及反应，已落在他背上。不知他哪来的那股冲劲儿，一口气把我从8楼背下来，打车送我回家，他才回基地。

"哆来咪"是被一根连音线连到一块儿，可我们仨却一直也没再聚到一起。

从山东学心理学回来没几天，汶川就地震了，电视24小时滚动直播，那个刻骨铭心的5·12，心都快被震碎，拿起笔的手在颤抖，20分钟写出一首歌词《孩子别哭》，可我的泪却一直在流。

这首歌里没有凄惨和悲痛，只有我要对孩子们说的话。

那时，秦浩哥正在外地出差，我把写好的歌词传给一鸣哥，他第二天就把曲谱好，在电话里唱给我听，我和他都忍不住流泪。原来让我们心里共鸣的竟是电视里同一个情节。

时任总理温家宝去灾区看望失去父母的孩子们，有一个小女孩一直在哭，总理含泪握住她的手说："孩子，别哭别哭，既然活了下来，就要好好地活下去。"

第三天下午进棚录《孩子别哭》，体重快200斤的一鸣哥把我背到8楼，开始他还笑声不断，可一进录音棚，当把我像米袋子一样卸下来，他气儿都不知咋喘了。

录音时，还出了点状况，却也在我的意料之中。

戴上耳麦，一听到《孩子别哭》的音乐，我就想哭，越想控制越控制不住，喉咙像被堵住，张不开嘴，也发不出音。

这时，"大连渔港"的企业文化导师吾同哥给我发短信，我告诉他在录《孩子别哭》，但自己却哭得停不下来。他说："你要想想，为什么唱这首歌？"

听到这，我情绪马上反转，拉着一鸣哥一起唱，让这份爱更完整。

"孩子别哭，我知道你很无助，孩子别哭，我知道你很孤独。"我用哭到沙哑的声音唱。

"孩子别哭，这是你从未见过的一幕幕，孩子别哭，感谢命运把你留住。"一鸣哥闭着眼睛唱。

都说分身乏术，可我真佩服一鸣哥能成功分身，他一会儿唱歌、一会儿录音、一会儿又照相、一会儿又摄像，多重身份的他忙得脚不沾地，满脸淌汗。后来终于能坐下来，是在电脑前混音、制作，又为MV剪辑、编辑，最后合成。

从下午2点到第二天凌晨4点，14个小时的奋战，《孩子别哭》的歌曲录制和MV全部完成。

天亮了，下起蒙蒙细雨。一鸣哥把我背下楼，送上出租车，我们握了握手，同时说出："战友辛苦了！"

我们都没想到，在新浪赈灾歌曲排行榜上，《孩子别哭》首发当天，排名第二。

新闻里演艺明星们都在捐款，还看到本山叔组织"刘老根大舞台"全体演职人员向汶川地震灾区捐款200多万，其中他自己就捐了200万。

虽然我们去不了灾区的最前线，总算能尽自己所能，为他们做点什么，也是一份爱的力量。

那个阶段，朱建军老师来沈阳讲"意象对话"，当我把《孩子别哭》给朱老师听时，他只说了一句："这不是'意象对话'吗？"

我才意识到，原来我把"意象对话"不知不觉用到歌曲的创作中，这让我又想起，刚写歌那年，付林老师曾告诉我："要学会用意象，善于用意象，让意象成为你的翅膀。"

5月下旬，四川部分受伤的孩子已转入沈阳指定医院治疗。

六一儿童节，辽宁电视台为四川和沈阳的小朋友们举办六一儿童节专场晚会，我和一鸣哥受邀，在晚会上演唱了《孩子别哭》，"孩子不哭，在这世上你并不孤独，孩子不哭，爱你的人都会让你幸福。孩子不哭，走好你未来的路，孩子不哭，让快乐伴随你脚步。

孩子不哭，每颗心都在为你祝福，孩子不哭不哭不哭。"

我也终于如愿，把这首歌面对面唱给四川灾区的孩子们听。

正是那年，秦浩哥在电视剧《乡村名流》中饰演了一个生活在北方的南方人"高长水"，刚崭露头角，就赞声一片。

一天晚上，突然收到二哥刘双平短信："秦浩摔伤了"。

我不敢相信，前一天我们还发短信聊天，约定30年后再去北京通州那条"花路"去看看。

我赶紧给秦浩哥打电话，刚接通就挂断了。我又发短信，只收到两个字："没事。"

我再发短信，他回复："粉碎性骨折。"

看到这几个字，我心一翻腾，又拨通他电话，只听到嘈杂的环境里他淡定的声音："股骨骨折。"

我声音哽咽，挂断电话。

他发来短信："哭啥？我们都成战友了。"

我没顾上回信，就给一鸣哥打电话，他问："哪儿伤到了？"

我说："股骨粉碎性骨折。"

他惊了一声："哎呀！完了！"

还没等我再说话，他就把电话给挂了。

放下电话，一鸣哥抱着笔记本就往医院跑，见秦浩哥神志清醒，才恍然大悟，原来听错了，不是"颅骨骨折"。

这是他俩不欢而散后的第一次相见，望着疼痛难忍的秦浩哥，一鸣哥却忍不住哈哈大笑，他以为秦浩哥脑袋开花，成了植物人，才把笔记本和秦浩哥最爱听的CD都拿去，想用音乐唤醒他。

后来二哥给我讲，那晚大舞台开演前，秦浩哥与演员们一起练空翻，却怎么也没想到，摔在最后一个空翻上。

二、笔耕情

他手术后,我急着去看他,他百般不让去。

听说本山叔也去医院看了秦浩哥,还与他开玩笑说:"好好养,养好了再接着翻。"逗得满屋子人直乐。

先前,秦浩哥总趁我下轮椅时,像孩子似的悄悄坐上我的轮椅,每次一发现我就把他给轰下去。

这回,他真坐上轮椅,倒挺乐观,还在医院弹吉他唱歌。

那天,我是在他打来的电话里听到的,他唱的正是两年前我作词,他作曲,为中国6000万残疾人写的那首《我们六千万》。"我多想看看自己的模样,去哪里能找到一点光亮。我多想站立在地上,哪怕有一秒钟的力量。我多想听听鸟儿的歌唱,不在无声的世界里想象。我多想能喊出一声妈妈,满足她今生的愿望。失去的就让它失去吧,门关了还有打开的窗……"

从前都是我在唱,这次听他唱,不光是他的声音有些颤抖,我心里也有种说不出的滋味。也可能是他身体正在承受病痛时,唱这首歌更会有不一样的感触和共鸣。

那阶段,父亲也做了手术,是取三年前放在脚腕里的那块钢板。他知道我要去看秦浩哥,让我等他几天。

去看秦浩哥的那晚,赶上雨夹雪,即便错过晚高峰,也很难打到车。

父亲推着我走了一段,打不到车,又走一段,出租车还是没停。

再后来,父亲一赌气,头也不回,加快脚步,一直推我走到医院。

不知走了多少路,只记得走了一个多小时。

到医院大门口,父亲偷偷掀起裤脚,他脚腕缠着的纱布渗出不少血,我的心"咯噔"一下,不敢回头看。

从那一天起,我暗暗下定决心:"有一天一定要买辆车。"

父亲一瘸一拐推着我,我怀里捧着大水果篮,我们早被雨雪淋透。

当我和父亲出现在秦浩哥面前,他看着我们,老半天也没说出话。

二、笔耕情

新角色——副团长

人生中有好多角色要去扮演,可并不是每个角色你都擅长。

日子记得很清楚——2008年10月20日,我又多了个新角色。王团正式任命我为沈阳市残疾人艺术团副团长。

这个"副团长"一下把我从一个感性、自由、爱做梦的童话世界里拽出来,背负着使命硬着头皮往前走。

上任第一天,在王团的鼓励和督促下,我鼓足勇气给演员们开会,从大家的眼神中,我感受到了一种力量。看到他们,如同看到了我自己。

吴强和杨新宇听说我当了副团长,晚上下班就跑过来给我祝贺。

我们仨在艺术团对面的小饭馆里,每人温了杯酒,开怀畅饮。而我的开怀似乎并不在祝贺的主题里,当大家稍有几分醉意时,老吴突然抬头很淡定地说:"我一直有一个愿望。"

我和新宇都同时抬起头,看着他。

"我就是想,有一天我们都能在同一个小区里买房子,很休闲的楼阁,我们经常能坐在一起喝喝茶、聊聊天。"

听老吴这样说,我有点想流泪。

紧接着老吴又说:"其实我想,主要是我们相互都能有个照应。"

当他从心底掏出这句话时,我的泪"唰"地滚落下来。

老吴和新宇的眼角也闪着泪,我们都不再说话,一同举起杯,心里滚烫。

我经常与演员们谈心、聊天,了解他们不同时期的心理状态和感受。每晚带他们一起看《新闻联播》,建议他们在训练之余多看看书。

也就是那时,我搬到了团里住。彻底把我凌晨睡,中午起的习惯给扳了过来。

一天,下了一夜大雪,早上还在下。演员们都去扫雪,我也出去了。

那雪花很快就撒了我满身,瞬间落在我的脸和睫毛上,我抬起头,眯着眼,看那些白茫茫徐徐下落的雪花,是在用最短的瞬间,活出最美的绽放。像每个人不同的人生轨迹,又以不同的生命姿态努力绽放着。

若不是角色的变换,我早就在大雪中旋转轮椅,张开双臂,完完全全进入我的诗意世界了,可这次,却没有,更不能。

王团告诉我,想做好副团长,就要改变自己。每次讲,她都会提起一个人。

就是王团爱人的外甥倪魁达,大家都叫他小达,是办公室主任。刚来艺术团时才17岁,在王团的培养下,早褪掉青涩的壳,变成思维敏捷、雷厉风行,能独守一方、独当一面的全职人员。除了与演员一起练杂技,还学会了手语。团里开会,与聋人演员沟通,接待领导和客人来访时,那个穿西装,双手舞动手语的小伙子,就是小达。

我比他大6岁,论辈分,他管我叫姨,我们的血型和星座都一样,连生日也仅差一天,他的喜怒哀乐,瞒不过我,他说我是他心灵中的那个"妈妈"。

小达也时常给我鼓劲儿,相信我能做好这个副团长。

有一次,部队孙学军叔在电话里听说我当了副团长,特意买东西来团里看望大家。当他看到在排练场正排练的演员们,很感动地说:"希望你们有机会能走进军营。"

不久,孙叔就邀请我们去部队慰问演出,那也是演员们第一次走进军营,他们心里的激动和表演激情都在舞台上绽放出来。

秦浩哥把我当了副团长的消息告诉了二哥刘双平和"吴总",又约上二哥和刚到沈阳的"吴总",一起来残疾人艺术团看我和王团。随行的还有二哥的几个北京朋友。他们看了我们的演出后,都说节目很感人,很励志。

"吴总"感叹地说:"想不到这些残疾小孩能够完成这么高难度的杂技动作。"

那段时间,李团长也常来艺术团,他与王团早有相识。这回,没等我叫他李团长,他就管我叫"单团"。原来他总让我给他写歌,一见面就说我还欠他首歌。有一次,他真带来一首自己写的新歌《我很丑,温柔还有用吗?》——不但好听,更有新意,再加上他那具有杀伤力的金属嗓音娓娓倾诉,在网络上引来不少关注。

在一次去外地的公益演出中,李团长参与了我们的演出,还与我合唱了一首歌。认识十多年,我们同台演出过,但同唱一首歌,还真是第一次。

2009年上半年,团里演了几个月学生场,又连续演了几个月每周一场的主题晚会。我不知不觉就进入演员、主持人、副团长三重角色。

"每周一演"当时是团里的大事,排练场里的舞台就是晚会舞台,来观看我们演出的观众来自各机关单位。每个单位都会出两个节目融入我们的演出。每场演出观看单位不同,演出主题也不同,节目和晚会的主持串联词每周都会做新的调整,所以每周的准备工作都要争分夺秒。

在晚会中,我演唱自己的歌曲《活出个样来给自己看》,又与沈阳电视台和电台的主持人一起主持。

在晚会外,我负责与各单位联络和节目对接安排。每天像上了弦的钟表,绷得紧紧的,一天不吃饭也不觉得饿,只为舞台上的那一刻。

记得2009年开年,在沈阳电视台与沈阳市残联共同主办的"风采颂"大型公益慈善晚会中,艺术团有几个重量级节目参演。也就是那次演出后,才开启艺术团"每周一演"的序幕。

那场开年晚会挺隆重的,沈阳电视台全程直播,我也是第一次与沈阳电视台几位主持人同台主持。

身穿红色晚礼服的我在中间,右边是《沈阳新闻》的主持人刘红军老师,他旁边是手语主持人曲宏。在我左侧的是沈阳电视台主持人宫正和仁辉老师。

下午彩排时,我手里拿着主持手卡,但台词全背了下来。

彩排过后,刘红军老师就向我竖起了大拇指:"丹丹,你没学过主持,就主持得这么专业。"

我笑了笑说:"还要和你们多学习。"

刘红军老师又转过头对其他主持人说:"看单丹悟性多好,主持的感觉比我们台里的主持人主持得都好。"

我有些不好意思地低着头,一个劲儿看手里的主持卡。

演出时,我又换了套蓝纱裙演唱《活出个样来给自己看》,沈阳工人文工团一群小伙子为我伴舞,小达迈着轻盈的步子在舞台上推我。

晚会开演前半小时,我突然想起一个人,拨通电话,告诉他看我演出的现场直播。

没过几天,我去中街"刘老根大舞台",那是大舞台重新装修后,我第一次去,洋哥哥博比·肯在大门口接的我。

到后台化妆间,见本山叔端着一大碗面条,已经吃了一半,一看到我,他就提起那天的直播晚会。

"那天你主持的晚会,我从头看到尾。"

我听了很开心,知道本山叔一定会看。

"你们团里那几个杂技节目演得都挺好。"

我像个孩子似的笑着问:"叔,那我呢?"

"你主持得有些过于专业了,再朴实点,就会离人们的心越来越近。"本山叔吃了一口面条说。

刚开始我还没太懂,又问:"是不是主持风格太成熟了?"

"不是。"他摇了摇头,汗珠从额头上淌下来。

我从包里拿出纸巾,递给本山叔。

我捋了下头发,又想了想:"那就是感觉再放下一些?"

他边擦汗边点头说:"对,就是这感觉。"

本山叔吃完面条,把筷子放在碗口上,抬头看看我,说:"那天的妆化得倒是挺好。"

听到这话,我笑了,也觉得在这么多年演出中,那天的妆化得是最好的一次,好多人也都这么说。

本山叔又问:"你工作得咋样?开不开心?"

我支支吾吾地说:"我、我,我当了副团长。"

他用在小品里的那个腔调惊讶地说:"哎呀!行啊!都当上副团长了啊!"

看他的表情,听他的语气,好像比我还开心!

给小沈阳写歌

"姐,给我写首歌呗!写个适合我的。"小沈阳跑过来对我说。

那晚,在中街"刘老根大舞台"与本山叔汇报完我当了副团长之后,本山叔说晚上基地有联欢会,让我也去看看。下戏后,本山叔让博比·肯哥把我抱上车,他又从后门走出来,自己开车,我们三人一起回了基地。

走进基地影棚,眼前一个大横幅"本山传媒2009春节联欢晚会"。

离春节还有一段时间,但本山叔马上就要进央视春晚剧组,公司的晚会只能提前。

那天的演出阵容挺庞大,基地每个部门都出了节目,听说他们编排了好长时间,节目的主题就是快乐,也看得出他们是在齐心协力创造快乐。

秦浩哥还是上次来艺术团看我以后,又有段时间没见,听说他挺忙,还当上了演出部部长。

在那一堆穿绣花裙跳舞的人里,我一眼就认出了秦浩哥,他和另一个男孩都梳着两根垂肩小辫,以假乱真,与女孩们一起表演,那身段、那动作,笨拙又夸张,眼神里还有几分故作的妩媚。这舞蹈女人跳是美,男人跳,看着就想笑。

还有个重量级节目,是总裁班子一起合演,总裁刘双平带头,和7个副总裁反串扮演老太太,表演本山叔当年的经典小品《小草》。

他们头戴黑平绒帽,帽子上还粘了朵花,上身穿灰色斜襟衣,下身是束脚黑裤子,擦上粉、画着眉、涂红脸蛋,还抹了红嘴唇,一个个齐刷刷弓着腰,八字脚,颤悠悠走上舞台。天啊!一下冒出这么多个"本山叔",根本分不清谁是谁。这节目无论从创意还是表演,都堪称经典,更是晚会的亮点,让人从头笑到尾。在台下观看的本山叔乐得都喘不上气儿来。

那天,连保洁阿姨都穿上五颜六色的演出服,上台跳民族舞。这也许是她们人生中第一次登上舞台展示自己。

本山叔的一对儿女也来了,他们都长高长大了,牛牛表演《咏春拳》,妞妞跳起芭蕾舞。

晚会最后一个节目,是在好几层大蛋糕推上舞台那一刻开始。谁过生日?走上舞台的有本山叔的儿女,徒弟,还有员工们。原来是为当月过生日的人过集体生日。本山叔在台上切蛋糕,又为每个人分蛋糕。烛光映着他的白发,和他身边那一张张幸福的脸。

看到这一幕,我的双眼瞬间变得模糊,心里涌出的却是幸福!

晚会结束后,正往外走,小沈阳看到我,老远就奔我来了,见到我就说让我给他写首歌。

虽然我们住一个小区,但很少碰面,平时交流也不多,说实话,他突然让我给他写歌,我确实有些意外。

后来那年的央视春晚,本山叔带着小沈阳和丫蛋表演小品《不差钱》,大获成功,又给大伙带来意想不到的喜悦。

看完小品,我就给本山叔打电话祝贺,拜年。

接电话时,本山叔刚回到后台,在电话里就能感受到他心里的那种欢畅,像卸下了一年的沉重。要挂电话时,本山叔又告诉我,初五来基地看烟花。

可当我初五去基地见本山叔时，他却像变了个人，更像旱了的庄稼打了蔫儿，见我来了，强打精神逗我："哎呀，副团长来了啊！"

我连忙和他分享看小品《不差钱》的快乐感受，逗他开心。

他身边的一位朋友对我说："看他在舞台上有多激情，生活中就会有多低沉。"

我心想：舞台上和生活里都是真实的他。他上春晚快20年了，我们每一年都在看他的小品过年，而他每一年都像是在过"关"。

那天，不但放了烟花，还有收徒仪式。

小剧场里，满堂红。红红的纱幕、红红的灯笼、红红的中国结，红得热烈、红得喜庆、红得耀眼。

本山叔穿着一身黑色唐装，头发更白了。他坐在舞台中间，旁边有张方桌，桌上摆着一只带盖的青花瓷茶碗。

和去年一样，舞台两侧坐着收徒仪式的见证人，他们是总裁班子的成员和两位特邀嘉宾。第一位是辽宁省曲艺家协会主席崔凯老师，第二位是知名二人转专家马力老师。

去年，本山叔收了35个徒弟，今年只收9个。

自从二哥刘双平来到本山传媒，不管是担任总裁还是艺术总监，每次收徒仪式都是他来主持。

每个新徒弟敬过茶，本山叔都会送他们两件宝贝：一个是藏在礼盒里的"金玉良言"，还有一个是本山叔亲自书写，装裱成框，方方正正的"国法家规"。当他们接过这两件宝贝，脸上露出的应该是这辈子最自豪的笑。

本山叔拿起话筒又对他们说："生活中，生命里多了你们，我也多了一份责任，我是你们的师父，也会像你们的父亲一样牵挂你们。

二、笔耕情

希望你们要互助互爱,我在也好,不在也好,我都希望你们能把二人转转得更好。"

看到这一幕,我感觉本山叔不仅是他们的师父,更是他们的父亲。

有的徒弟一边听,一边落泪。

我更抵挡不住此情此景,眼泪像豆粒,一颗颗往下掉。

收徒仪式结束,只听外面一声震响,大家都跑出去看烟花。秦浩哥也把我推去,刚好本山叔来了,就站在我身边。

在东北的冬天里,看一朵朵烟花在夜空中瞬间升起,好像就绽放在我心里。

所有人都在仰望,哪一朵烟花最绚烂?其实,每个人都可以活出精彩,绽放美丽。

当最后一朵烟花在空中绽放,秦浩哥推我往回走,小沈阳从后面跑过来,对我说:"姐,我年前跟你说写歌的事儿你没忘吧?一定得给我写首好歌。"

我才反应过来,他春节前为什么突然找我写歌。

我问:"你想写什么主题的歌?"

"我想写首感谢师父的歌。"

听到这句话,我一下被感动了,能感受到他心里要表达的情感,其实与我是有共鸣的。

我熬了三个晚上,写出三首歌。

那段时间,残疾人艺术团正忙着筹备"每周一演"的事,我白天不能写,只能晚上熬。

看得出小沈阳很着急,那三天给我打了好几个电话。

说好周末见面,把写好的歌给他。

周末从艺术团一赶回来，我前脚刚进家门，他后脚就来了。

他刚坐到沙发上，我就把三首歌词的手稿递给他，他接过来一看，是三首，愣住了，好像不太敢相信，瞪圆了眼睛说："姐，是三首啊？这么快？"

"是啊！知道你着急！正好三天写出三首。"

他眯着眼睛冲我笑了，笑得很欣慰，也很满足，连大厚毛线围脖都忘了摘，就低着头，一动不动地看手里的歌词。每一首他都看得很慢，直到看完最后一首，他才抬起头看看我，腼腆地笑着说："姐，你写得也太好了！太有才了！"

"你喜欢哪首？"

"这三首我都喜欢。"

"你最喜欢哪首？"我又追问一句。

他捣鼓着手里的那几张纸，又挨个看了看，指着拿在最上面的说："我最喜欢这首《你的手》。"

说完他紧紧地攥着那张纸，低头又看了一遍，情不自禁地念出来："你的手，握住我的手，爱的温度，在心头……"

确实能看出，他对《你的手》这首歌词已经爱不释手。

其实在写这首歌时，也融入了更多我对本山叔的情感。

聊完这几首歌，小沈阳又笑着对我说："姐，最近北京的一个朋友也给我写了首歌，歌名叫《我叫小沈阳》，下午刚给我发来小样，就是写我自己，很好玩的一首歌。"

他还给我唱了两句："我叫小沈阳，艺名也叫小沈阳……"一听就觉得这歌是为他量身打造的，诙谐、幽默、上口，很符合他在舞台上表演时的那个范儿。

唱几句过后，他的眼神又落在《你的手》歌词上，像个孩子美滋滋地看着我说:"姐,我这两首歌,正好一首是唱给师父的歌,一首是写我自己的歌。一个抒情,一个欢快。"

临走时,他握着手里的歌词说:"姐,那两首歌词我也都拿着,回基地再给我师父看看,看他选哪个。"

这时,5岁的侄儿天一从里屋拿出相机悄悄来到我跟前,趴在我耳边轻声说:"姑姑,我想跟小沈阳照个相行吗?"

小沈阳笑着把天一拉到身边,搂着他,我接过相机,给他俩拍了张合影。

第二天大半夜,我在团里都睡着了,手机的突然振动,把我吓一跳,眯着眼看,是小沈阳打来的。

我刚接电话,他就说:"姐,我给师父了三首歌词,他也选的是《你的手》。"

还没等我缓过神,电话里的声音就变了。

"'我的手'你写得挺好啊!情感很浓,又很真实,整个歌都是我的手。"说完他自己也笑了。

睡得迷迷糊糊的我,听到是本山叔的声音,一下就精神了。

我笑着说:"叔,正是你的手,推着我们往前走,我还得努力啊!"

本山叔说:"努力好,你们都进步就好。"

听到本山叔这样说,我似乎看到了他期盼的目光,心底顿时生起一股力量,让我在这条路上更坚定地往前走。

身入宝山

从2003年写歌词开始,父亲就给我订了《词刊》,像小时候订《歌曲》一样,每月一本,几年下来,就好几大箱子。在2009年4月那期《词刊》的后面,有一则"通知"吸引了我。

"2009年8月9日—15日,由中国音乐家协会主办的'成才之路'第二届全国音乐创作研习班在北京举行。"

这个"研习班"相当于音乐创作界的"黄埔军校",都是词曲名家讲课。

听说,上一届音乐创作研习班是在20年前举办的,那批学员中有《常回家看看》的词作者车行,《走进新时代》的词作者蒋开儒等等,如今都已是词坛大家。

20年才举办一次的盛会,我真不想错过,铁了心要去。

从报名到录取仅一个多月,接到通知书,我又想起15年前,在黑龙江老家接到那份改变我一生命运的录取通知书。

那年是唱歌,现在是写歌。

我与王团请了一周假,做好一个人去的准备。但她还是派艺术团管理服装的女孩芳芳,陪我一起去。

走之前,我特意去基地看了本山叔。

和本山叔唠了一个多小时,要离开时,他还嘱咐我:"希望你学有收获,在外面注意安全,多加小心。"

二、笔耕情

8月8日下午,到北京就下起大雨。

在八大处报到的人群中,只有我一个人是坐着来的。

听说,这期研习班是从800多人中选出了300人,我很庆幸自己是其中的一个。

那一晚,怎么也睡不着,满脑子的遐想和期待。

8月10日上午,在军区大礼堂开幕式上,名家齐聚,连80多岁的词坛泰斗乔羽先生(乔老爷)也来了,他还和大家说了几句话:"大家都是从基层来,意义很重要,在基层做什么,经历什么,直接决定了创作。希望大家都能在'成长之路'这条宽广的路上成才,成大才。"

听乔老爷讲话时,我想起了他笔下的《我的祖国》,唱大了几代人,又在多少中国人心里生根。我又想起刚写歌时,邬大为老师给我讲的就是《我的祖国》,说这首词美得像一幅画,听起来又像一个故事。

快到中午,名家们与300名学员顶着大太阳在院子里照大合影,跟我一起去的芳芳刚把我推到第一排最边上,身后突然又出现一双手,推起我就走,穿行在各位名家面前,还向他们一一介绍:"这位是给电视剧《马大帅》写歌的词作者单丹。"

最先来到乔老爷面前,他伸出手,拎起我脖子上挂的学员证,另一只手推了推眼镜,仔细看证件上的照片和名字,又抬头看看我,点点头,笑了笑,竖起大拇指说:"好啊!好样的!"

坐在乔老爷旁边的是中国音乐家协会主席傅庚辰,他与我握手时,特意站了起来,这个细节我一直记得。

后面是徐沛东老师,他一直冲我微笑,但一定认不出我。在2000年我参加"第三届全国残疾人歌手大赛"时,他是评委,还在我本子上写过"勇敢向前冲",这几个字一直激励着我。

能来这个平台与音乐界的前辈学习,本身就是件幸事。却没想到会以这样的方式和他们面对面,更感动于推我的组委会王玉民老师。

同学们一听说《马大帅》片尾歌歌词是我写的,下课就聚集在门口,找我聊天、合影、留电话。一个山西的作曲班同学张建波,还用手机播放《活出个样来给自己看》,做背景音乐。

面对同学们初次见面的热情,不再感到来自天南海北的陌生。

从第一天上课开始,每节课都会有很神秘的期待感,期待下一堂课又会是哪位名家来给我们上课呢?

开课第二天,真出乎我意料,给我们上课的人竟然是著名词作家阎肃老师。

从《西游记》到《雾里看花》,从听着阎老写的歌长大,到有一天我自己也开始写歌。能听到阎老的一堂课,是多少人梦寐以求的事。而我也确实是梦想成真了。

眼前的阎老,笑容慈祥,满面红润,听他浑厚有力的声音,真想不到是一位八旬老人所迸发出的激情和能量。

他给我们讲自己走过的路,最让我感动的是听他说:"30岁以前就没敢玩过,每天坚持背写一首唐诗宋词,打下了古典文学的底子。"

这一点从阎老的词风里足以体现和感受到,看来古诗词是歌词创作的根基力量,像一棵大树,那枝叶的繁茂来源于根,而只有根才能给枝叶足够的养分生长。所以想写好词,必须要熟读、背诵古诗词。

阎老还推荐我们看几本能读一辈子的书:《诗话》《人间词话》

二、笔耕情

《唐诗别裁》《唐诗记事》《宋词别裁》《宋词记事》，还有泰戈尔和但丁的诗集。

一边听，一边把书名一字不落地记下，准备回去就买。

当他讲起写《西游记》主题歌的经历，同学们都竖着耳朵听。

从小到大不知看了多少遍《西游记》，至今都没看够。而那首主题歌《敢问路在何方》也百听不厌，熟记于心。那天听到阎老讲创作这首歌的经历，我多年的好奇心在那一刻终于得到了满足。原来阎老接到约稿，很快就写出来了，可写到最后，却把他给难住了："敢问路在何方？路到底在哪儿呢"？阎老在家中来回走，从这头走到那头，走了十多天，最后那天，正在写作业的儿子说话了，有些不耐烦地问他为啥天天走，都走出一条道儿了。这一问，阎老恍然大悟，再看看自己脚底下走过的路，突然想到了：路在哪里，路在脚下啊！于是，那首《敢问路在何方》便这样圆满完成了。

听阎老讲完，我也深有感触，在创作中，有时冥思苦想多久都没用，那灵感只在一念间就捕捉到。但漫长的思考和等待，也只为那一秒灵感的闪现。像辛勤的蜜蜂，所有的忙碌付出也只待花开的那一刻。

怪不得阎老说："智商和情商不燃烧，哪有笔下的大风流？"

"深挖或许能见水，浅尝绝对不惊人。""得到泰然，失之淡然。争其必然，顺其自然。"这是阎老的艺术和人生的大境界，他希望我们也能走进这个境界中去创作。

下课前，阎老还送给大家一段寄语："没有主动投入生活中去，写不出好歌。耕耘吧！先别问收获，一步一个脚印踏实地往前走，坚守自己的那份天地和心田，努力耕耘！"

听到这段话，我更有信心和力量去守住心底那片田地，剩下的只有努力去耕耘了。

课一结束，阎老向大家深深鞠了一躬，走下舞台，穿过休息室往出走，芳芳推着我也跟了过去，还没等我说话，身后就进来一大拨人，都想与他说话、合影，人越来越多，芳芳推着我就去大门口等。

不一会儿，阎老被一双双脚步从休息室追到大堂，他从人堆里抬起头的一瞬间，突然看到在门口的我。顿时，他用力向人群中发出一声吼："都闪开，我要和她照张相。"

听到这句话的我，一下愣住了！

阎老正要往我这边走，芳芳连忙推着我跑到阎老身边，阎老半蹲在我轮椅旁，把右手拎的纸兜子递给了左手，用空下的右手紧紧地握住我的手，拍了张合影。

那是我有生以来第一次见阎老，没想到也是最后一次。

平常只能在电视里见到的名家，突然零距离出现在眼前。那感觉就像是不小心按错了遥控器，瞬间换了频道，穿越时空，来到名家讲坛的现场，即便眼前一切是真实的，也不太敢相信是真的！

后来给我们上课的还有歌曲《母亲》的词作者任卫新、《当兵的人》词作者王晓岭、《今夜无眠》的词作者朱海、《说句心里话》的词作者石顺义等。他们的作品都是我们熟悉又喜爱的经典。

在王晓岭老师的课堂上，我大胆举手提问："歌词的雅和俗，个性与共性的把握和融合该怎样表现？"王老师当时就说这个问题问得好，是他一直想给大家讲，也是所有人都很关注又模糊的一个问题。

"个性中的共性，共性中的个性，俗中有雅，雅中有俗。那个结合点就是最高境界。"

听了王老师的讲解，我恍然大悟，隔着的那层窗户纸一下就捅破了。

王老师又从他创作的军旅歌曲《当兵的人》讲创作感悟:"一首军歌要实现艺术性与通俗性的统一。从歌词内容上讲,它必须真实反映战士的心声,不是从概念出发,而是从士兵真实的情感出发。真实的情感来源于真实的生活,这种真实的生活既有它的特殊性,又有它的共性。"

回想起第一次听到《当兵的人》,也是我第一次去北京比赛那年。朴实到不能再朴实的歌词,一开口就把大家代入进来,唱到人心里。那正是王老师说的真实的情感来源于真实的生活。

我也想起曾去部队演出,与孙学军叔还有战士们在一起的那段时光,是他们真实的情感打动了我,真实的生活感染着我,所以才为他们写出了两首军歌《绿军装》和《我的世界名牌是军装》。

来这里学习,真像是身入一座宝山,每天上课回来都会揣回一块块"珍宝"。

那天中午,刚下课回到房间,就迎来一位贵客。

满头白发,穿黑布鞋的正是王晓岭老师,他上午刚给我们上完课,转眼又出现在我的面前,陪他一起来的是组委会王玉民老师。

王玉民老师说:"王晓岭老师知道了你的经历,特意要过来看看你。"

那天,王晓岭老师又给我讲了很多,让我感触最深的两句话:"创作的路有千万条,深入生活是第一条。""搞创作的人一定要拿起自己的笔为时代服务。"

生活里面藏着太多的宝藏,等着我们走进去寻觅。我想起在开原《马大帅》剧组写片尾歌时,写了十多稿后,本山叔却突然改变方向,让我去写自己,写自己这一路走来对生活特有的感悟。最后才写出了《活出个样来给自己看》,一稿通过。无论是"非典"时期为"白衣天使"写歌,还是汶川地震为失去父母的孩子们写歌,自从拿起笔写歌,做了一名创作型歌手,隐约感觉到我生命里又多出的那种意义,应该就是使命感。

王老师的穿着打扮很朴实,看不出他是位词作家,但他却用词作家最大的精神力量,鼓舞了我这个在创作路上渴求又坚定的词作者。

几天后,组委会组织去参观鸟巢和水立方,上下大客车都是山西张建波同学抱我,听说他大学毕业就当了镇长,大家都叫他"镇长"。

那天我亲眼见到奥运会的鸟巢和水立方,比在电视上看到的还要壮观。

我与作曲班的几个同学组成了小分队。一路上,"镇长"同学顶着烈日迈着大步推着我,左边是兰州儿童艺术剧院的郑云洁,她长了一张娃娃脸,爱说更爱笑。右边是陕西宝鸡的戚宝利,每次上课提问最多的就是他,他执着好学的劲儿真让人佩服。才认识几天,大家却像老朋友,来自四面八方的我们,为梦想相聚在北京,一路跑着、唱着、说着、笑着。

闭幕式那天,我参选的歌词《活出个样来给自己看》被评为一等奖,中国音乐家协会主席傅庚辰为我们颁奖。所有"成才之路"的学员在那一天都成为"中国音乐文学学会"会员,大家心里像装满"宝藏",满载而归。

后来,我的获奖词作《活出个样来给自己看》,还在《词刊》上刊登。

回到沈阳,我捧着获奖证书,去看本山叔。

他接过证书,一翻开,就笑了。

二、笔耕情

富锦——"我的家"

离开家乡富锦15年了,一次都没回去过。在那个仅有45万人的小城里,封存着我生命里最早的记忆。

2009年8月,是家乡富锦建县一百年。接到富锦市委宣传部的邀请,让我为家乡写首歌,在"富锦建县百年"晚会上演唱。

久别故土,回家乡的日子终于开始倒计时。

五一前,富锦市副市长带队去北京,采访从富锦走出的各界名人,说从北京回来就到沈阳采访我,还说,如果有可能,想采访下一直支持我的赵本山老师。

我给本山叔打电话一说,他就同意了。

那时,他刚好在北京,忙北京"刘老根大舞台"开业的事。我和父亲也赶到北京,与他们会合。

在北京"刘老根大舞台"附近的一个酒店,凌晨1点多,我们才见到从剧场回来的本山叔,他脚步很沉,脸上的笑容很亲切,与家乡的一行五人一一握手。

在酒店大堂里,本山叔让大家都坐,我和父亲坐在他旁边。

本山叔坐下来就说:"我八几年去过富锦演出。"

他话音刚落,在场的所有人都愣住了。

这出乎所有人意料的一句话,像黑夜里蹿出的火苗,把每个人的心点亮,话匣子一下就打开了,电视台的摄像机也在瞬间捕捉到了焦点。

"我当时在那演了几天，印象挺深，富锦小城市不大，但让人感觉挺舒服，人特别热情。"他一边回想，一边说。

梳着马尾辫的刘副市长激动地说："真没想到本山老师20多年前就去过我们富锦演出，这么多年又这么支持我们富锦走出来的小单丹，也等于是支持我们富锦，这真不是巧合。"

刘副市长又为本山叔介绍了富锦20多年来的变化和发展。

本山叔和他们聊天，像唠家常，时不时就抖出个包袱，逗得大家哈哈笑。

他们都说，真不敢想象，能和赵老师这么近距离唠嗑，唠得还那样开心和随意。

采访本山叔的是富锦电视台台长，她的声音激动得像拨动的旋钮，一点点在升高。

最后台长很期待地问："时间太快，一晃您去富锦演出有20多年了，请问您什么时候还能再回富锦演出？"

本山叔笑着说："如果富锦需要我，我会回去。"

刘副市长立刻向本山叔发出邀请："特别邀请本山老师参加我们8月富锦建县百年大型文艺晚会。"

"8月我正好开拍《乡村爱情》，如果时间允许，我会参加。"

在镜头里，本山叔向富锦的父老乡亲们问好，为富锦建县百年送上了真诚的祝愿。

他们说，这段采访对于富锦和富锦人，都太珍贵了。

当他们感谢本山叔能接受采访时，本山叔说："客气啥，都是家里人。"

说着，他特意往我这边探了探头说："这不还有她呢吗！"

二、笔耕情

这聊天式的采访进行了20多分钟,我们一直都在镜头里。

后来,本山叔主动提出和他们合影,站在本山叔身旁,他们的嘴角都笑得弯了上去。

见本山叔打了个哈欠,我赶紧让他回去休息。

我们一起陪他走过大堂,他自己朝电梯方向走去,走几步就停下来,回头和我们笑着挥手,这个动作他重复了好几次。

他们惊讶又兴奋地小声嘀咕着:"又看到本山老师小品里那经典的步伐,这回可是真看到了。"

大家站在那,一直等本山叔进了电梯,才走。

尽管已凌晨2点多,但大家都没有困意。他们说,能采访到赵本山老师,是这次采访行动中最难得的收获。

采访圆满成功,我也完成使命,相信会给家乡人一个惊喜!

回去才发现,嗓子哑了。

从北京回到沈阳,构思很久,却只用一天写出了《我的家》。第一次用全新的中国风,把家乡泼洒到纸上,展开了一幅家乡百年的画卷。

为这首歌作曲的正是著名词曲作家付林老师,他从富锦走出来几十年了,我还是喜欢叫他"王大爷",这次能与他合作,说实话,我期盼已久。

"王大爷"接到我的歌词,回了条短信:"这是一首好词,写得好!"只这几个字,就让我兴奋了好几天。

一周后,父亲从打印社带回"王大爷"传真过来的歌谱,还没等我开口唱,父亲的手就在大腿上拍打节奏,盯着歌谱唱:"那一轮红日先路过我家,灿烂了谁的脸颊,那一条江水流淌牵挂,饮一瓢我就长大。东西山染绿那幅画,品一壶百年的香茶,这里的人啊掏心里话,能把冬雪融化融化……"

我抢着唱第二段:"那一块土地黑如发,稻花儿香到天涯,那一片芦苇荡着晚霞,大风车转弯月牙。那条老街青石灰瓦,听百年谁的步伐,绸子扭出春秋冬夏,满城四季丁香花丁香花……"

听旋律,就是为我量身打造,朴实、纯净、甜美,像一条小河,弯弯转转,起起伏伏,一直流淌到家门口。

6月25日,父亲陪我去北京录制《我的家》,刚到录音棚,"王大爷"就匆匆赶来,摊开歌谱,很惊讶地看着我说:"你写的词进步真的挺快啊!有很多词句都很经典。"

父亲说:"多亏你'王大爷'那本《流行歌词写作新概念》,才入门。"

我对"王大爷"说:"一听说是您为我写的歌词作曲,我太激动了,就盼着能有这一天。旋律我很喜欢,特别适合我。"我一边说一边笑。

"王大爷"欣慰地笑了笑。

听"王大爷"说,编曲里的交响乐是爱乐乐团演奏的,怪不得听起来那么厚重。

录音时,"王大爷"亲自监棚,我倒有些紧张,更想努力唱好,一个多小时的录制,王大爷说我的声音像童声,录音师也惊叹我音质太清纯。

"王大爷"一遍遍听我的录音,指间的烟也一根接一根。他不擅言谈,只有听他写的歌,才能感受到他的情怀。别看他头发都白了,但不像60多岁的人。他曾在博客里写道:"因为有音乐,所以还有颗童心。"

临走时,"王大爷"说:"一起合张影,打上词作家单丹,曲作家付林。"难得他开句玩笑,把屋里的人逗乐了。

走出去时,是"王大爷"推着我,走了很长一段路。

我在想,这是一段音乐路,更是一段家乡情,因为我们曾同饮家乡水。

认识"王大爷"14年了,虽然不是第一次唱他写的歌,却是与他合作的第一首歌,又是为我们共同的家乡而作,终于圆了我多年的梦。

还没到8月底,父亲就带着我和5岁的侄儿提前回了富锦。

从沈阳飞到哈尔滨,又从哈尔滨飞到佳木斯,因下雨,又晚点,折腾了一天。

走出机场,看到灯光下的"佳木斯"三个字,我眼泪差点流出来。

来接我们的是富锦市政府的车,到富锦已是半夜。

这熟悉的小城,灯火下有些陌生,空气中除了清凉,还有一种香,故土的香。

15年没回的家乡,期待和太多人重逢。

原来与我们一起在向阳川镇上的人,多数都搬到了富锦市里,我想,如果我们还在这儿,一定也会来富锦。

第二天一大早,延楸姐就来宾馆看我,她大我5岁,我们从小都在中学那趟家属房长大,住隔壁,她父亲我叫李大爷,最早是中学老师,她母亲就是给我做会走路时第一双鞋的吴姨。

见了面,我们一句话都没说,泪含在眼里,手握在一起。记得15年前,我要走的那一晚,我们的手也是这样握着,唠一宿也没把要说的话唠完。从前性格内向的她只和我在一起,才有说有笑。她还是那样美,一张少女脸,听说现在是富锦市文化馆的主持人。

延楸姐刚到一会儿,就有人敲门。

没露脸,先露出捧在怀里的两箱"农夫山泉"。

进来一看,是锦生哥。他胖了,那身板再也看不出是原来的他。

他比我大一岁,小时候爱说爱笑,更爱逗人乐。瘦得像麻秆儿的他,总背我去他家,听他弹琴、唱歌、说相声。有一次风太大,他背着我,鞋都吹丢了,后来又原路返回给找了回来。

长大后,我以为他会搞艺术,没想到他当了警察。

更巧的是,他竟然与我另一位发小小菊结婚了。小菊比我小两岁,管我叫小姑。我们仅一墙之隔,一起爬、一起疯、一起玩着长大。

后来,锦生哥也跟着小菊叫我"小姑"。

我还见到了藤姨,她儿子就是我小时候去长春看病,给我们找医生,又让我们住在他当兵的部队的相伟哥。

一见到藤姨,她就会讲我会走时的那段故事。

还不到两岁的我,天刚蒙蒙亮,就去藤姨家的菜园子里"偷"菇葱,我蹲在那儿,还没有菇葱秧子高。藤姨还以为是小猫小狗。

后来发现是我,我瞪着圆圆的眼睛,两只小手攥着刚摘下来的青菇葱,拔腿就跑,没跑出几步就绊倒了,藤姨手里抓着我摘掉地上的菇葱追过来,当她伸出大手要去扶我时,我早已爬起来,咬着嘴唇,搂着菇葱,"噔噔噔"一路小跑,使劲往家里跑!藤姨又急又心疼地向我大声喊,别跑,别摔了!我像没听见一样,一边笑着,一边跌跌撞撞地向前跑去……

我的小学校长于秀珍也来看我和父亲。

想起7岁时看到小朋友们都去上学了,我也闹着要上学。父亲开始是在家教我,可我很快就把一年级的课程学完,还是嚷着要上学。

后来父亲没办法，只好抱着我去见了于秀珍校长。我还记得当时她对我说："如果你能查到100个数，我就让你来上学。"我的小嘴像吐豆一样，很快就数到100。

第二天，我真的上学了。

可再后来，我才听说，原来他们都以为我上几天学玩玩而已，没想到这一上还真坚持下来了，而我知道这完全是母亲一天六次往返学校，无论风霜雨雪都背我去上学的坚持。

原富锦市文化馆馆长牟玲贤听说我们回来了，也赶过来。

从认识的那天起，她就让我管她叫牟婶，因为她爱人也姓单。父亲当年从向阳川镇中学调到镇政府文化站，她是父亲的直属领导。我第一次上舞台唱歌也是她的争取和鼓励。

有一次向阳川镇文化站搞调演，牟婶下来检查指导，晚上特意来家看我，一进门就听到我在弹琴唱歌，没想到她竟让我也去参加调演，父亲不同意，怕我演砸。牟婶对父亲说："单老师，我在这儿就给你打这个保票，这孩子上去肯定不能掉链子，反而会更添彩！"结果真被牟婶说中，我第一次在舞台上用通俗唱法演唱民歌《小背篓》，得到了大家的喝彩。

那是我人生中第一次上舞台，隐隐约约感受到了舞台带给我从未有过的一种幸福和力量。

去富锦的第二天就见到了任彦俊，他也是为富锦建县百年回来的。虽然是老乡，但我们两年前才在我的博客里相识。他比我小一岁，管我叫"姐"。一米八四的他曾是小学体育老师，却被一场疾病给放倒了。他喜欢写诗词，每天只能躺在床上，用一面镜子反射看电脑，再一个字一个字敲击创作歌词。我不知能为他做点什么，便把新买的一箱世界名著寄给他。他说父亲攒够那一年的钱，就能去北京给他做手术。在等待和期盼中，他写了首奥运歌词《欢聚北京》，他说他的梦想就是把这首词变成歌。

我脑子里当时只想起了一个人——《星光大道》2007年度总冠军盲人歌手杨光。

去参加《星光大道》之前，听他在电话里讲，感觉他心里还有一丝顾虑和担忧，但我坚信他只要走上了《星光大道》的舞台，就一定会成功。

从周赛、月赛，直到他获得了年度总冠军。在2008年央视春晚的舞台上，那首《等待》，唱出了他心中值得努力去拥有的那个"等待"。

看到他高举北京残奥会的火炬向前奔跑，点燃了多少人心中的希望和美好！

为圆彦俊的梦，我把彦俊写的《欢聚北京》歌词发给了杨光，他也愿意一起来帮彦俊圆梦。

作为北京残奥会火炬手，杨光在残奥会开幕式晚会上演唱的正是这首《欢聚北京》。

那一刻，我们的心都跟着他的歌声欢聚在北京，激情在涌动。

后来，彦俊在老家也小有名气。不久，他去北京做手术，终于站了起来，留在了北京，继续为自己的梦想努力。

在富锦那几天，每天来看我们的人接连不断，一顿挨一顿的饭排号请。

后来，我急着赶回向阳川，那个小镇是我生活了17年的地方。

一进向阳川，看似平静的心早已不平静。

那条路还是从前的路，只是路边的风景变了。

中午，向阳川镇政府的老领导们备好家乡饭菜，为父亲接风。

见家乡人，吃家乡菜，听熟悉的乡音，父亲和我满面笑容，满心欢畅。

饭桌上，父亲的一个老领导感慨又惋惜地说："如果单老师不去沈阳，到今天事业发展得会更好。"

父亲很坦然地笑着说："我这岁数越来越大，好不好都无所谓，只要孩子们好就行。"

另一位领导接过来说："现在一想，单老师的选择也是对的，起码单丹现在事业发展得就挺好，这也是我们家乡人的骄傲。"

我低着头笑了笑，心里却觉得挺亏欠父亲的。

又有人说："听说单丹一去沈阳，就认识了赵本山，这得多幸运啊！前些年单丹参加赵老师'扶贫助学义演'的光盘，我们在这都买到了，看着了。"

还有人说："《马大帅》片尾歌，单丹写得多好，我们都爱听，也都会唱。"

好几个人接着说："前几天咱们富锦电视台还播了去采访赵本山的节目，一连播了好几天，也看见你们了，我们都老高兴了。"

父亲说："是啊！谁也没想到单丹能和赵本山老师相识，这么多年，赵老师一直鼓励她，引领她，给她舞台唱歌，又给她机会写歌，是单丹的贵人，也是我们家的恩人。"

父亲说到这，大家不约而同都举起杯说："那也是我们家乡的恩人。"说完大家把满杯的酒一口都干了。

向阳川镇中学就在镇政府旁边，吃过饭，几个同学陪我回到中学。

中学大门口，那面青山绿水的影壁墙还立在那，绕过影壁墙，好像就能找到中学时代的我，刚走到操场，就听到有人喊我名字。

我四处张望，是从楼上的一个窗口传出的。

见了面，我一下就认出了他们。

一位是我初二班主任于万红老师，教我俄语。一位是我初三班主任万承文老师，教我化学。

巧的是，他们都是父亲的学生，见了父亲，如同我见到他们一样。

万老师把我推进楼里，到当年初三的教室门前，他与父亲一起把我和轮椅举起，隔着走廊窗口的大玻璃就看到了教室。

我想起上中学时，老师派两个同学一组，每天轮流接送我上学放学。每次我都很不好意思，不想占用同学们的时间，但他们每次都像完成一项光荣的使命一样把我接到学校，再送回家。

后来，我家对面搬来一对双胞胎女同学，每天大双和二双推着我一起上学。她俩一边站一个，我们每天一路聊着笑着就到了学校。

到学校，长得高大的女生，直接把我抱到教室的轮椅上，那台带小桌板的轮椅还是上小学时，父亲特意找人为我量身订制的，一直陪我到中学毕业，那台轮椅还是完好的。

离开时，我与老师和同学们像毕业那天一样，在写着"向阳川镇中学"的大楼前合了影。

从中学走出来，经过小学，我又情不自禁从那扇小门走了进去。

还是那条甬路，我好像又闻到了丁香花的味道，又想起第一天上学的情景。

那天母亲把我送进教室，就站在甬路上偷偷看着我。等下课了，同学们都出去玩，母亲突然出现，先把椅子放在甬路上，又把我抱到椅子上晒太阳。一会儿工夫，不知从哪冒出那么多同学围住我，黑压压一片，我不敢抬头，只好抱住母亲的腰，把脸埋进她的衣襟里。

"你怎么不走路？""你的腿瘸了吗？""你走过路吗？"同学们一声声紧追着问。

"妈妈，我不想上学了，咱们回家吧！"我悄悄对母亲说。

不一会儿，班主任邢小丽老师从人群中挤进来，告诉他们下次不准再这样看我。

说起邢老师，那年她才19岁，梳着两条不太长的麻花辫，笑起来眼睛弯弯的，腼腆的她写起板书却尽显棱角和笔锋。那字体我很熟悉，像一个人，谁？我父亲。她是父亲教过的学生，又成了我的老师。

每次下课，邢老师都不让我一个人待在教室，她习惯地把我放在她的胳膊上，一手抱我，一手整理同学们的队形。

有一次，在"老鹰捉小鸡"游戏中，邢老师当鸡妈妈，我在她怀里随她的脚步，"跳过来"又"跳过去"，我觉得自己是那只最幸福的"小鸡"。

走出小学，一路往前，最想去看的还是原来的老房子，15年了，总会在梦里梦到。

通往我家的那条路都变成砂石路了，这回下雨，就不会像从前那样坑坑洼洼。

走过去很远，我还一直回头看，谁也不知道我在找什么。

我是在找那条曾经泥泞的路上，母亲背着我放学回来深深浅浅的脚印，还有长大后我自己摇着轮椅留下的弯弯曲曲的印迹。

记得上小学时，有一次放学下起大雨，母亲背着我，踩着大大小小的水坑，深一脚浅一脚往家走。她一手揽着我，一手撑着雨伞，突然，脚下一滑摔倒了，她跪在泥水里，用一只手把我紧紧搂在她的背上，另一只手撑在地上，艰难地站起。

回到家，才发现她的裤子破了，膝盖上泥水和血水混在一起，一条大口子露出来，鲜血直流，我流着泪，抖着手，把云南白药撒到她的伤口上，她疼得直哆嗦。

我声音发颤地对母亲说："我，我不想上学了。"

母亲说啥也没答应。"只要你能好好上学，我吃多少苦都行。"

回忆了很久，也走到了家门口，那两扇铁门生了锈。一扇关着，一扇开着，像是一直在等我们回来。

父亲推着我，我牵着侄儿天一的手，走了进去。

还是那个红砖小院，每一块砖都是父母亲手铺的。

不知多少个月色满院的夜晚，我坐在院子里，父亲吹笛子、拉二胡，我唱着《望星空》。

园子里的菜长得郁郁葱葱，墙边那棵杏树长高长壮了，树上结着密密麻麻的大杏儿。

屋里住的老两口见我们来了，让我们进屋，说屋里还是从前的样子。我只在窗口看一眼，果真一点没变，连家具都还是我们之前用的。

我告诉侄儿天一："这就是爷爷奶奶、爸爸和姑姑从前的家。"说完这句话，我的喉咙堵得再也说不出什么。

侄儿天一眨着眼，一直看着我。

我仿佛看到了小时候的弟弟，那时我总爱生病，每周都要去医院打点滴，从小就有洁癖的我，不用医院的被褥，母亲说我"特性"，背被褥就成弟弟的"差事"了，那时，弟弟也像现在的侄儿这么大。

记得有一次，弟弟背着用绿网兜装的小花被和小枕头在前面走，越走网兜越往下坠,最后都快挨到地上了。他那黑黑的、毛嘟嘟的大眼睛周围冒出一颗颗小汗珠,小脸也涨得通红,母亲夸儿子真能干,我也夸弟弟力气大。瞬间,他本能地把网兜往上颠了颠,又往前拽了拽,步子迈得更大更有力了。

要走时,我和父亲拉着侄儿在老房子前照了相。

家乡早晚温差大,8月还没过去,便有了深秋的感觉。

可谁也没想到,就在8月28日富锦建县百年晚会那天,偏偏刮起大风,下起雨,气温降到零下,直接从秋入了冬。

舞台搭建在富锦市政府的大院里,台下观众穿着棉袄,外面又套上印有"富锦建县百年"的短袖T恤,外加一层透明雨衣。

晚会是富锦电视台全程直播,不但舞台大,演员阵容更强大,听说很多都是付林老师请来的。

我上场时,哈尔滨歌舞团的一个男孩把我推上舞台后,他竟然没走,穿着单薄的衣服,顶着寒风,随我歌声即兴舞蹈,还与我互动。

我穿着夏天的演出服,肩膀和胳膊都露在外面,但在我的笑容里,绝对看不出那是个气温零下的天气。

看着台下万人方阵的父老乡亲,听着和风声雨声混在一起的掌声,我歌唱的心激动得沸腾起来。

"黑土地上我的家,地图上就这么一点大,富饶了美丽,锦上又添花,就算走遍天下,最亲最亲还是我家……"

上台献花的人一个接一个,那一张张久违的笑脸,闪过太多的回忆和感动。

终于在家乡的舞台上唱为家乡写的歌,这一天,我和富锦都等了15年。

下了舞台才感觉身体开始发抖,牙齿也在打架,根本说不出话。父亲赶紧给我披上大棉袄,推着我就往楼里跑。

在庆功宴上,付林老师对我说:"你今天在台上的演唱和表现是最完美的。"

三、爱如山

众里寻他千百度

时间不会说话,我也从来不刻意提醒自己多大了。

但母亲记得。

到了谈婚论嫁的年龄,母亲对我的终身大事就开始犯愁。

后来,这事儿慢慢成了她的心病,时常像闹铃在我耳边响起。

"你看比你小的人家都有对象,结婚了。你这可咋整啊?我和你爸一天天在变老,你要是没个对象,我和你爸死了都闭不上眼睛啊!"

母亲的"闹铃"又响了,我还像"睡着"似的,从不搭茬儿。

可有一天,"闹铃"声突然发生了变化,我不敢再"装睡"。

"我和你爸说了,让农村亲戚给你介绍个体格好的,能照顾你的,陪你好好过日子,这样我们就放心了!"母亲用要去执行的语气给我下了最后通牒。

"是给我找对象还是找个男保姆啊?"我吊起嗓子说。

"找个身体好的,能好好照顾你,这比啥都强。"

"行!你去找,我就去死!"我面无表情地看着母亲说。

"这孩子,都为你好,你还急眼,学会威胁人了啊?"母亲说完气哼哼地走了出去。

不知母亲这突如其来的想法憋了多久,真让我后怕。如果我再不说话,不敢想,有那么一天我定会生不如死。

三、爱如山

对于爱情，我曾有过渴望，但不敢幻想，更不敢期待。

未来的路，宁愿一个人，孤独终老。

然而我并没想到，就在我对爱情不再抱有任何希望时，命运还会如此善待我。

2009年3月的一天，我手中的鼠标在电脑上一次无意的点击，却敲开了深藏在心底从未敢去触碰的那扇门。

网上的他叫"阿豪"，在北京开文化公司，做演艺经纪。

他说他前不久来过沈阳，是带演员陈好来参加活动。

我的网名叫"美人鱼"。曾有人问过我："为什么老天给了你天使般的容貌，却不给你行动的自由？"我答："我是一条美人鱼，为了爱上了岸，有一天还是要回归大海。"

我们是在艺术网站上相识，在MSN里聊天。

印象中网络上的交谈似乎都要"戴面具"，我并没有这样的体会，但戒备之心还是会有。我们在网上不常遇见，就算偶尔碰到，也只有简短的交流，有时还互相发一发原创作品。

十一前的一天，聊起长假的去处，他说要去四川中江白塔寺闭关。我说一直想去普陀山，但行动不便，始终没能如愿。

没想到这句话无意"暴露"了自己。

那晚，我们聊了很多，从人生聊到艺术，从艺术聊到梦想，又从梦想聊到信仰。

也正是聊到信仰时，我们才从虚拟世界回到现实。

他发来"吴振豪"。

我发去"单丹"。

那一刻，我们才知道了彼此真实的名字，还留了电话。

有时，相同的信仰，往往比共同的爱好更能缩短心与心的距离。

我把3年前为"普陀山佛教文化节"写的歌词《海天佛国》发给他。

电脑前很快飘来一段话："这真不像是没去过，竟然比去过的人感悟都深，领悟得都透彻。"

我回复道："一旦遇到身体无法完成的事儿，才知自由是多重要。"

一行字又传来："我个人认为，站着也并不就是健康的人，只有心灵健康才是一个真正健康的人。"

他的话，仿佛是世俗外的一道光，照在我眼前。

他又发来："我对身边的朋友从来没有任何防范之心，我从不会说恭维人的话，一向说话比较直率，有时还容易得罪人。"

穿一身黑，后脑勺儿扎根小辫儿，坚毅的目光里多了几分神秘，是那时电脑头像里的他。

从那天起，我们在网上聊天的次数比以前多了，像认识了好久的老朋友。

一天，我在网上问他："看过电视剧《马大帅》吗？"

他回："没看过，我一般喜欢看国外和港台的，国内的影视剧看得比较少。"

我又问："那里面有一首片尾主题歌《活出个样来给自己看》你听过没？"

他又回："真不好意思，我还真没听过。"

我告诉他："那首歌的歌词就是我写的。"

他回复个惊讶的表情，"还真不知道呢！有时间得好好看看这个电视剧，再好好听听你写的那首歌。"

第二天，在艺术团忙完演出的事，一打开电脑，看到他给我发

三、爱如山

来好几条留言。

"我一口气看了好多集《马大帅》,也听了好多遍你写的那首歌。"

"电视剧很好看,又很接地气,歌也好听,很励志!"

后来,听他说在艺校时学的是电吉他专业,正在自学吉他弹唱的我,便向他请教,他很耐心地纠正我弹吉他的指法,我也很认真地去练习。

他去四川闭关前,还特意给我留了作业,期待早日看到我自弹自唱。

十一前一天他赶到白塔寺,当晚寺院要举行一次盛会。当他听说同屋的老中医要和老伴一起唱《活出个样来给自己看》,他很兴奋地给我打电话说:"你知道吗?在这还有人唱你写的歌呢。"紧接着他又说:"还有件重要的事,老中医说了个疏通经络的好方法,就是每天跷脚。你一定要好好坚持,对你的腿有帮助。"

我回答道:"好的,我会坚持。"

他急切地说:"我手机马上就要上交了,你一定要坚持啊!"

电话中的这两件事,一件让我惊喜,一件让我感动!

谁知国庆节当天,二哥刘双平竟传来个惊人的消息:本山叔在上海拍戏时突然病倒,住院了。

记得一个多月前,我还去基地见了本山叔。我要走时,他推着我的轮椅,送我到大门口,秦浩哥把我接过去,他才松开轮椅把手,还嘱咐我:"好好的。"

秦浩哥推我刚走出几步,只听他大声对我说:"一定要努力,好好干!"

我一次次回头看,他还站在那里,眼神里满是牵挂。

听到本山叔病倒的消息，我恨不得马上去上海看他。

我流着满脸的泪，拨通马阿姨电话，电话那头的她声音很低弱："别惦记，我们都在这儿，你行动不方便，别折腾了，你叔正准备要手术，等出院回沈阳再去看他吧！"

在本山叔手术前，我给他发了条短信，明知他看不了，但还是按了发送键："叔，您一直是在用生命为每个人创造快乐，快乐一定会帮您战胜病痛，祝您早日康复，我在家乡的黑土地上等您快乐归来！"

等我再打电话时，马阿姨对我说："手术很成功，你发的短信我也给你叔都念了，他让我告诉你，放心！"

放下电话，我早已泪眼蒙眬。

10月3日刚好是中秋节，这一年的生日和节日，我却感觉不到一点快乐，也根本高兴不起来。

沈阳市残疾人艺术团的小达来看我，还带来一件我怎么也没猜到的生日礼物——一双黑色带红杠的舞蹈鞋。我捧起这双鞋，还没来得及幻想，小达就把鞋从我手里夺走，穿在我脚上。看着脚上这双舞蹈鞋，我想起在艺术团经常朗诵的那首诗中的"红舞鞋"，还有心中藏着的那个舞蹈梦。

那一夜，望着中秋的圆月，它离我很近，又很远。

七天里，每天按时练吉他、跷脚，是我必做的功课。但却完全不像是为自己而做。

那几天，我每天都去博客里写上一段文字。

有一天，突然发现我的世界空荡荡的，才察觉是心空了。我的心去了哪儿？最后竟在一张照片上定格。

穿着红色紧身T恤，扎着小辫儿，坐在阳台沙发上，望着窗外。

阳光下他的目光那样深邃，眉头像锁住了一份宁静。

照片上的这个人正是吴振豪，我突然有些恐慌，关上电脑，不敢再去看，更不敢想。

感觉这个七天的假期，很长很长。

就在第七天，他闭关结束，拿到手机，第一个电话就打给我。

他开口就问："你坚持了吗？腿有没有变化？"

回答后，我又反问他："你觉得这次闭关最大的感受是什么？"

"感受太多了，最让我欢喜的是我皈依了，终于找到了心灵的家。"

讲起在寺院里闭关七天的修行生活，他的声音平静中带着愉悦。

"这次闭关身心像卸去了很多东西，特别是在一次拜忏的早课上，我想到的第一件事就是对不起父母，痛哭流涕地忏悔。"

他又讲道："能有机会在远离喧嚣的尘世外，找到一块净土，这本身就是一种从未有过的清静，心静了，才能看清自己和前方的路。"

我一直静静地听他讲，感觉自己的心也进入到他说的那种宁静。

回到北京后，他做了件让我很意外的事儿。

他竟然把我为普陀山写的歌词《海天佛国》，谱了曲。

"海上普陀山一座，山上莲花坐一朵，妙在山灵听海阔，人间第一清静阁……海天佛国缘禅者，世世年年来普陀……善因终究结善果，真心圆满悟极乐。"

哼唱那首歌时，我感觉自己正坐在普陀山的山顶上打坐。

这首词放置几年，终于有了归宿。而给它归宿的人，必定是有缘之人。

一天，他突然给我打来电话，向我发出一个邀请。

确切地说，是他转达那位老中医的邀请。

"老中医回北京后，他思来想去，还是想让你来趟北京，如果能治你的病，哪怕有一点儿起色，也是好的。"

我很感谢这份好意，但还是委婉地拒绝了。

第二天，他又打来电话，再次转达了老中医的热心和坚持。

我心底却仿佛结了冰，坚如石，戳不透。

直到他给我讲了闭关时的一个情景。

"在闭关的七天里，我每天都莫名其妙地走到寺院中央那尊白玉大佛前，跪拜祈求，愿你的腿有一天真能站起来，出现奇迹。就算下雨，我也一样去祈求。"

听他说着，我仿佛看到在大佛前，一个素未谋面，为我虔诚祈求的那个他。

我问他："为什么要这样做？"

他说："我也不知道，总感觉这是我必须要做的事。"

三、爱如山

他递给我的是一颗心

为了梦想,记不清多少次一个人飞北京,这一次,却不同。

下飞机,换上自己的轮椅,便一个人往出走。

在接机的人群里,我一眼就认出那个扎小辫儿的,正是网上的"阿豪"。他踮着脚,离老远就向我挥手,我手中转动的两个轮子不经意间提了速。

他向我跑过来,比照片里还要清瘦,我们目光对视,彼此浅笑。他见到我就把他的手机递给了我,又绕到我身后,抓住轮椅的两个把手,很娴熟地推着我往外走。

这一切,我感觉既熟悉又陌生。

我们很快走出机场,拦了一辆出租车,他打开后车门,刚要去扶我,我却很麻利地从轮椅坐到后座上,他一下愣住了,直到听我说:"帮我把轮椅折叠起来放后备箱。"他才反应过来,把轮椅放进后备箱,他又坐到副驾驶,直奔他公司。

一路上,我们也没说几句话。透过车窗,我静静地望着北京10月的天空。

来到他公司,屋子里除了办公桌椅,还有一排沙发,各种演出海报贴满整面墙。他一边给我倒水,一边说公司开了两年多,还有个小助理,出差了。

吃过午饭,就往老中医家赶。

到老中医家楼下，吴振豪说他家在6楼，我一听，"啊"了一声，这时，吴振豪已背对着我，蹲下来，做好背我的姿势。

我担心地对他说："能行吗？"

他很自信地说："你放心上来吧！没问题。"

别看他瘦，背起我还真挺有劲儿，迈出的每一步，都不打怵，一口气把我背到6楼。

敲开中间的那扇门，一个患者帮忙开的门，进门看客厅地毯上坐满了人，沙发上也都是人。

他直接把我放到沙发上，赶紧下楼取轮椅，上楼时他有些发喘了。

坐在沙发上的我，眼睛好奇地扫描着房子的每个角落，墙面挂满患者送来的锦旗，还有满屋子坐着等待的患者，就知道吴振豪说的这位老中医一定是名不虚传。

吴振豪放好轮椅，来到我身边，指着对面的那扇门，悄悄对我说："董医生正在里面看病，我提前都和他说完了，我们稍等一会儿。"

我点点头，"嗯"了一声。

不一会儿，那扇门开了，一个年轻人走出来，一位老者也跟出来，我顿时像被点了穴，这一定是让我从沈阳飞来，想要让我站起来的那位神医吧！

老人看上去有70多岁，个儿不高，很瘦，头发花白，面色红润，笑起来露出雪白的牙。

他冲吴振豪和我笑着点了点头，又指了指我，和大家说："这位小患者从远道来，比你们都远，病情也最重，我先给她看一眼，请大家理解！"

三、爱如山

说完，他示意吴振豪把我抱进屋，放在治疗床上，吴振豪也随着站在旁边，董医生走到我跟前，用他独特的手法为我治疗。

20分钟后，吴振豪又把我抱回到客厅沙发上，这时，一位阿姨从另一间屋子里走出来。

吴振豪让我叫她曹阿姨，看起来她要比董医生年轻些，她走过来就握住我的手，绵声轻语："你就是小吴在白塔寺说的那个单丹吧！你写的《活出个样来给自己看》太好了，太有力量了，我和老头都想能帮到你，希望你能早一天站起来。"

过一会儿，董医生又特意出来，问我的腿有什么感觉和变化。我除了感觉身心轻松以外，腿还像别人的腿长在我身上，没有任何感觉。董医生又摸了摸我的腿，无奈地摇了摇头说："如果再早些年来，可能就好治了，时间太长了。"

这场景我很熟悉，从前每一次看病都是这样的结局。

那天，最难受的应该是吴振豪，大老远把我折腾来，仅存的那一点希望都破碎了。他对我能站起来的祈愿和期盼，像一枚硬币从空中抛下，稳稳地落了地，哪一面朝上，都不是好的。

回去的路上，吴振豪推着我，刚好经过一家婚纱店，望着透明橱窗里那个穿着落地婚纱的模特，我的眼睛像是掉进那块玻璃窗里。尽管他推着我的脚步慢下来，走出很远，我的头还没转回来。

曾在很多次的梦里，梦到自己穿上婚纱站了起来，但每一次都没看到新郎的脸，醒来才知，那就是个美到不能再美的梦。

那天晚上，我就飞回沈阳。

在赶往机场的路上，他和我讲了他北漂的10年，在网上从没聊过。

10年前，他只背了把吉他就闯进了北京。

比我大一岁的他，出生在安徽亳州的一个小村庄。母亲不识字，父亲种地，他和小5岁的弟弟在一个没有音乐细胞的家庭里，偏偏从小都很喜欢音乐。当时，学习成绩一向很好的他，就在高考的前一年，像着了魔似的，非要去艺校。父母只好凑钱，圆他学音乐的梦，却断了父母认定他必定能考上大学，为村里争光的念想。而弟弟后来学了中医。

他说，到了艺校，每天凌晨4点就起来练琴，怕对不起父母。

我想起那一年，千里之外的我，正在歌厅唱歌，拼命努力，也是怕辜负父母。

毕业后，他和一个同学一起到歌舞团工作，每天跟团演出。一年后，他对自己的未来突然看不到希望，茫然中背起吉他，辞去工作，一个人踏上了开往北京的火车。

我好奇地问："你到北京第一站先去了哪儿？"

他苦笑了下说："我哪儿都没去，和流浪汉一样在车站待了三天。"

我睁大眼睛，疑惑地望着他。

他说："是不知道去哪，要做什么，怎么做。"

后来他看到街边电线杆上贴的招工广告，就去一家饭店做零工，闲时在角落里掏出乐理书学习。几个月下来，饭店的人都觉得他话不多，挺老实，又能干。一天，厨师长硬把他从角落里拽到前台，和员工们一起吃饭。被刚进屋的老板娘看到，当时就嚷了起来："他天天倒垃圾，那么脏，怎么能到前台来吃饭？"

吴振豪听了，放下碗筷，脱掉工装，拎起包，一句话没说，扭头就走了。

我说："你还真挺有个性啊？"

他说:"小时候我妈就经常告诉我,人无论到什么时候都要不蒸馒头争口气,做人做事要对得起良心,要有尊严。"

离开饭店,已快春节,他回了老家。

2000年春天,他又背着吉他,第二次闯北京,虽然也迷茫,但更坚定。

一个在家具市场做保安的同学给他介绍了卖家具的工作。

他说,刚开始嘴笨,不会说,后来卖出了家具,还要给客户送到家。他一个人扛家具送到6楼、7楼是常事儿。

怪不得他背我去老中医家的6楼,脚步那么从容,原来他真练过。

但不管做什么,他都没丢了音乐梦想。他说他是用每个月省吃俭用的工资学声乐,每周一次,一次200元。

他每月的工资根本不够他上课,有时钱不够,就保证不了每周都上课。要是好几周都没去上课,那一定是没钱了。为了把省下的钱交学费,他每天只吃一顿饭。

那时的他,每天就靠着梦想和这一顿饭,快乐地活着。

听到这,我的心却揪了起来,真不知他是怎么熬过来,走到今天。

他说,后来还卖过报纸,当过洗车工、饮料厂工人、玻璃厂学徒工,做过很多工作。偶尔失业时,还睡过马路,被警察赶。

他还说起,最有趣的是在北京地下通道唱歌的事儿。

那年夏天,他带着同学的弟弟,到王府井附近一个人并不多的地下通道,抱着吉他刚唱两首歌,两个背吉他的小伙走过来对他说:"哥们儿,这是我们的地儿,我们天天在这唱。"

吴振豪收拾收拾,背起吉他就走了,一数,才挣了8块钱,他又掏出2块钱，请刚来北京的那个小弟，一人吃一碗面，回去了。

　　他在北京吃的所有苦都是为了学唱歌，没想到一次录音却让他放弃了歌唱的梦。

　　有一次，他为一个搞音乐制作的老师录伴唱，那是他第一次进棚录音。录完音后，那位老师只对他说了一句话："你的声音不过麦，不适合唱歌，更不适合出唱片。"

　　吴振豪听到录出来闷乎乎的声音，根本不像是自己发出的。他多年苦追的歌唱梦，一下就碎了，整个人又失去了方向。

　　后来，这位老师觉得吴振豪人很好，就把他留在身边，做助理和演艺经纪人。

　　他一米七的个子，又矮又瘦，出去谈业务，气势压不住，老师就让他留起长发，多一些艺术范儿。

　　刚开始，他不会谈业务，经常挨老师骂。一次次打击和磨炼，内敛的他变得棱角分明，谈起业务也有板有眼。

　　后来，他和老师一起打造了中国第一支新世纪音乐女子组合"中国红"。

　　吴振豪做了几年经纪人，在艺术和演艺上，有了自己的新理念，便注册了北京豪海星瑞文化发展中心。

　　谁开公司都是开门红，可他的公司成立后接到的第一单生意，却"开门空"。

　　2008年春节后，吴振豪与一位做演出经纪的朋友接了一单大活儿，邀请港台两位知名歌手演出。他在网上认识一位港台经纪人，这个人说和两位歌手的经纪公司关系好，于是吴振豪就和他签订合同，把20多万元的演出订金打了过去，可一周后这个人却没有了任何消息。吴振豪给他打电话，他说在澳门开会。过了两天，再打电话，对方电话欠费，吴振豪立刻给他充了100元话费。电话打通后，他说还在澳门，让等他消息。再过几天，电话就彻底关机了。

后来，吴振豪才确定那个港台经纪人是假的，他被骗了，一下赔了20多万元。

他说那一个月，整个人处于不知所措的混沌状态，牙还掉了两颗。

他妈妈知道后，给他打电话说："钱没了我们可以再慢慢挣，慢慢还。但身体只有一个，一定要把身体照顾好。"

也有朋友劝他去报警，吴振豪说："算了吧！也许是我前世欠他的，今生就以这样的方式还给他，这就是因果。"

直到2008年年底，他带着演员陈好来沈阳演出，公司才起死回生。

2009年开年，公司不断接到大大小小的活动，慢慢开始走向正轨。

听他讲这段当经纪人的心路历程，我只说了句："你不适合做经纪人。"

那晚赶到机场就突然变天，气温骤降，没等我反应过来，吴振豪已把他的外套给我披上。

他还特意给我买个保温杯，嘱咐我："多喝热水，别总担心上厕所。"

后来才听说，那是他第一次送女孩礼物。

穿着他的外套，抱着他买的保温杯，回到了我的生活里。

脑海中还总会闪现，他递给我手机时的那个画面，我觉得他递给我的不是手机，是一颗心。

他一切为我而来

人家都说,"说出去的话,泼出去的水"。可我说出去的话,却不是水,像一把利剑。

离开北京那天我对吴振豪说:"你不适合当经纪人。"没想到他公司的业务真少了起来,工作往来电话竟莫名其妙陷入半休眠状态。

吴振豪在电话里跟我说:"你的话太有杀伤力了。"

我开玩笑地说:"那我就是你当经纪人这条路上的终结者。"

那个初冬,一到周末,我就从残疾人艺术团赶回家,在自己的空间里,写写博客,练练吉他。

周一早晨是回团的时间。

吃完早饭,父母都走了,我收拾完,从家里的轮椅换坐外出的轮椅,准备出门。

我怀里捧着吉他,还抱着个背包,从有点凸起的门槛倒退着往外走,不知怎么,我和轮椅突然向后倾斜,像谁推了我一把,吉他摔掉了,包也甩出去了,轮椅倒了,我躺在轮椅上,头和肩膀都贴着地。

那一瞬间,我脑子一片空白,只听到吉他摔到地上发出刺耳的响声,震得我心直哆嗦。

我努力从倒下的轮椅里挣扎坐起,又把轮椅扶起来,试了几次,也没能再坐到轮椅上去。我想了个办法,我一边拉着轮椅,一边往

三、爱如山

屋里茶几方向蹭,当我攀爬到茶几上,缓了口气,又从茶几坐回到轮椅上,心里突然涌出一种从未有过的悲催。

这一次,我小心翼翼转出了门,再把吉他和包捡起,才发现刚刚是怀里抱的东西太重,导致轮椅失衡。

到了楼下,望着一辆辆出租车匆匆而过,不是车里有人,就是空车也不停。我不断挥手,快半小时了也没打到一辆车。

一阵冷风,终于把我的眼泪吹了出来,滚落在冰凉的脸上,有些发烫。

又走了一段路,出租车一辆接一辆从我眼前过去,就在我掉头要再往前走时,一辆红色出租车突然在我身边停下。

是一位女司机,下车就问我:"小妹,你去哪?我送你。"

这一句话,就把我冰冷的心给焐热了。

上车第一件事就给父亲打电话,告诉他,我回团了。

电话一挂断,望着车窗外晃眼的太阳,我真想大哭一场。

女司机上车就跟我聊,扯走了我的思绪。

40岁左右的她,声音透出沧桑,身体发胖,脸也有些浮肿,眼睛肿得更明显,挽起的头发是烫过的。看到烟缸里装满的烟头,再听她被烟油浸得嘶哑的嗓音,这一定是个有故事的女人。

她一开口就向我敞开了心扉。她有一对双胞胎儿子,原本很幸福的家,被丈夫几年前的出轨彻底打碎。整夜睡不着觉的她得了抑郁症,几次自杀没成,是两个儿子给了她最后的希望和力量。

每说到痛处,她都会流泪,我递给她一张面巾纸,她一边擦眼泪,一边往下讲。

后来,她紧握方向盘,盯着前方的路,坚定地说:"女人啊!就应该单身,宁可出家,也不能结婚。"

我什么都没说，只是用同样坚定的目光看着她。

那天走的那段路比每一次都长，长到能听完一个人的半生。

她的故事讲完，我也到了。

吴振豪听说我摔了，在电话里叹了一口气，半天无语。

过一会儿，他用平静又低沉的声音对我说："请相信我，接下来的路，让我陪你慢慢走好吗？"

我眼前顿时模糊一片，声音也开始发颤："谢谢你的勇敢！未来的路我会一个人走。"说完，我就挂断了电话。

从那天以后，吴振豪便"失踪"了，也消失在我的生活里。

2009年11月26日是感恩节，沈阳市残疾人艺术团举办了"爱的阳光"大型公益感恩晚会，晚会策划和撰稿是辽宁电视台孟繁琳老师。只要是晚会上有的，他都能写，没有的，他也能写。听说他从小就上台唱京剧，后来又写电视剧和戏曲剧本。

当孟老师谈起晚会策划的每一个细节，说着说着眼圈就红了。让本山叔写一个"恩"字，是孟老师策划感恩节晚会的重磅主题。

在感恩节晚会的舞台上，当残疾人艺术团的演员们手捧本山叔书写装裱成框的"恩"字，台下的掌声一直在响，响了很久。

中国残疾人艺术团聋人舞蹈《千手观音》也来助阵。

还请来了我的老朋友——盲人歌手杨光。他在晚会中演唱了新专辑里的主打歌《我是阳光》，在那张专辑里，我们还合作了一首歌《没有月亮的晚上》，无论是歌曲还是歌曲带给人的意境，我都特别喜欢。

这次，我写的晚会主题歌《爱的阳光》也是杨光作曲。

那天，我穿着红色晚礼服，满脸阳光在舞台上演唱："爱的阳光洒在我身上，温暖我的生命，燃烧我的梦想，爱的阳光留在我心上，让我的微笑在你的脸上绽放。"

那天的晚会电视台录播,亮点很多,轰动不小。

就在26日晚会彩排那天上午,电话响了,我怎么也没想到是吴振豪打来的,犹豫半天,还是接了。

传入我耳朵里的第一句话就是:"我正在去沈阳的火车上。"

听完,我吓得好半天没说出话。

"你怎么来了?"我声音压得很低。

"我来看看你,也想和你父母见个面,聊一聊。"

我转到舞台一角,用手遮住嘴轻声说:"你别冲动……"

一句话还没说完,他就打断我:"我是认真的,已深思熟虑,你不要再逃避。"

那一刻,我像被一张网锁住,无处躲。

情急之下,我只能电话遥控,联系闺蜜小宇,让她去帮我接待吴振豪。

小宇比我大两岁,是一家公司的高管。一头波浪卷发,第一次见她就记住了她的笑。

中午过后,小宇在车站接到了吴振豪,就直奔饭店。

听小宇说,在饭店吃完饭,吴振豪接了几个电话,又掏出笔记本,写合同,忙业务。

小宇像情报员一样跟我描述:"他梳着小辫儿,挺有范儿,谈业务给人感觉有点装,从说话中,能看出他是一个很有尺度的人,而且把自己包裹得很紧。"

最后她说:"总体感觉还是拭目以待,继续考察。"

晚会一结束,我换下演出服,来不及卸妆,打车就往饭店赶。

在路上,大大小小的问号一起从我心底涌出来。

望着车窗外被灯火渲染的夜色，我心里像是要迎接一场暴风雨。

到了饭店，没等我开口说话，吴振豪就给我讲，他消失的这些天发生的事。

原来那天我挂断电话，他就买火车票，回了老家。

当他对父母说出他的选择，他母亲很平静地说："你这孩子从小就牛脾气，认死理儿，撞南墙都不拐弯，路是自己选的，最后不管幸福还是痛苦，你都要为你的选择承担责任。"

他曾说过，这辈子最佩服的人就是母亲，母亲虽然一个字都不识，但她却有着不一样的智慧。

吴振豪坚定地对母亲说："您放心，儿子不会让您失望。"

他父亲又说："既然你想好了，已经决定了，我们老人也不阻拦你，我们也不能跟着你一辈子，自己的路还得靠自己走。"

小宇似乎被吴振豪和他的父母感动了，她看看吴振豪，又看了看我，拍拍我的肩膀笑着说："一定要幸福！"

我知道她是在给我力量，让我勇敢去接受这份爱，但无论我怎样勇敢，都比不上他要选择我的那份勇敢。

小宇为吴振豪安排了宾馆，又把我送回家。

在路上，小宇跟我聊了很多，最后对我说："人家能为你而来，一定是认真的，要好好珍惜。"

回到家我就和父母说了，他们觉得太突然，好像并没有做好迎接他的心理准备，但人都来了，还是答应先见一见。

那一次父亲与吴振豪的谈话，我一生也忘不了。

父亲坐在客厅的沙发上，吴振豪站在父亲对面。

父亲几次让他坐下，他都坚持要站着。

那时，我早就躲回自己的房间，从留出的门缝"偷"听他们的

三、爱如山

谈话。

父亲从我2岁生病讲起,一直讲到现在。

后来,父亲直奔主题,抛出他最担忧的问题:"你一个身体健全的人,为什么要选择一个残疾女孩?"

吴振豪说:"现在的女孩都很现实,很世俗。身体健全的人,心灵不一定健康,而单丹虽然身体残疾,但心灵却是美好的。我喜欢的是她阳光、乐观、开朗的心,我觉得和她在一起很快乐就足够了。"

吴振豪后来才对我说,父亲开始与他讲话一直很严肃,直到听了这句话,才点了点头,嘴角微微上扬。

他们长达两个多小时的谈话,吴振豪一直站在那里。

从那天开始,吴振豪头上就多了个无形的验证码,是父母给贴上去的,所有的验证都交给了时间。

听到吴振豪对父亲说的那段话,我也好奇地问:"你是从什么时候开始喜欢上我的?"

他说:"没有具体的时间界限,认识你之后,你的阳光和快乐就一直在感染我,我越来越觉得保护你、照顾你、和你在一起,就是我今生的一个使命。"

缘分真的很奇妙,两条平行线在不经意间就被死死地绑在了一起。

那天,我穿上了婚纱

越来越相信,冥冥之中像是有一种力量在牵引,让我们今生注定要走到一起。

当吴振豪突然空降到我的生活里,我变成了我们。

2010年春节,我带着吴振豪一起去给本山叔拜年,那是他从上海出院回来后,我们第一次见面。

基地大堂里人来人往,别样热闹。

看到本山叔和从前一样站在我面前,我眼里含着泪,激动得不知说什么好。

当我把吴振豪领到本山叔身边,刚介绍说是"男朋友",他就惊呆了,两只手一下就把吴振豪的手给握住,还一颤一颤的,看得出用了很大劲儿。

他脸上笑得像开了花,两只眼睛一动不动地盯着吴振豪看,像两个钩子,一直伸进吴振豪的心底。

开始吴振豪还很淡定,后来被本山叔盯久了,竟有些不知所措。

本山叔一直握着吴振豪的手,像钳子一样紧紧把他钳住,脸上的笑已凝固。

这一幕被一个扛摄像机的人给抓拍到,他变换不同角度拍摄,还真像是在拍电视剧。

我在一旁默默地看着,本山叔始终没说话,就在松开手的前一秒,他咧开嘴角,送出了三个字:"谢谢你。"

听到这三个字,我心里一阵酸楚,那是从一颗父亲的心里说出来的,只有一个父亲才懂!

那一年那一天的那一幕,在我心里,永远擦不掉,抹不去!

没想到当本山叔第二次见吴振豪,却变了。

天气还没变暖,本山叔戴着《林海雪原》里样式的帽子,在基地院里遛弯,脸被吹得通红,刚走到大堂门口,见我和吴振豪在等他,本来笑得一脸灿烂,可一听说我们要结婚,他的笑容顿时不见了,抬起头就问吴振豪:"你能挺住不?"

吴振豪马上回答:"能。"

"我可告诉你,你可得挺住,挺不住可就完了啊!"本山叔说这句话时语气很重。

"您放心,我一定会的。"吴振豪很坚定地说。

本山叔看看他,又看看我,锁紧眉头,还是没有一丝笑容。

他告诉我,婚礼那天他要去海南开会,参加不了我们的婚礼,但会写一幅字,作为结婚礼物,送给我们。

离开本山叔那里,我心里莫名的沉重。

结婚那一天,离我越来越近。身边的朋友都在紧锣密鼓地帮我筹备。

婚礼总导演和策划是我家的老朋友阿希叔,这些年,我家每一件大事,他都是参与者和见证者。

这次,他一手帮我操办婚礼,上上下下,里里外外,忙得不亦乐乎。

部队孙学军叔帮着安排宾馆和车辆。

沈阳军区前进面包车艺术团的李团长负责音响设备。

闺蜜小宇帮我选婚纱，订婚礼地点。

吴振豪又回北京处理公司的事。

一天早上，突来灵感，写了首歌词《幸福了我和你》，发给吴振豪，我俩心有灵犀，决定把这首歌作为婚礼主题歌，在婚礼开场时演唱。当晚他就谱了曲。

吴振豪一回到沈阳，我们就去找陈一鸣哥编曲。告诉他，我们想把这首歌制作成光盘，送给来参加婚礼的每一个人。

那晚，秦浩哥听说也背着琴赶过来。在排练中，吴振豪和秦浩哥产生了分歧，我第一次感受到吴振豪坚硬的棱角。

几天后，一鸣哥做好了音乐伴奏，我和吴振豪进棚录音，还没到婚礼现场，那满满的幸福已从心底唱出。

在婚礼的几天前，吴振豪的父母、弟弟和弟妹，舅舅和舅妈已从安徽老家赶到沈阳。

来东北的第一顿饭，请他们吃大铁锅炖鱼。父母早在冒着热气的大锅边等待迎接。千里迢迢，大锅里翻腾着浓汤热浪，两家人吃了这顿饭，便是一家人。

吃过饭，又请他们去铁西工人会堂"刘老根大舞台"，看了场东北二人转，他们笑了一晚上。吴振豪说，从没见他们这样开心过。

第二天，吴振豪带他们去了沈阳标志性的历史建筑——大帅府、故宫、北陵公园，想让他们更深地了解东北，感受沈阳。

我一个人在家，按婚礼流程做最后统筹和联络，电话打得直烫手，让我想起在沈阳市残疾人艺术团每次演出前忙碌的节奏。

这一次，对我来说，也是一场"演出"，是人生中最特别、最重要、最神圣的"演出"。

婚礼前一天，沈阳下了一场多年不遇的鹅毛大雪，那是我见过

三、爱如山

最大的一场雪,就算小时候在黑龙江,也没见过。

那天的大雪从早下到晚,一直都没停。

从11楼向外望,大片大片的雪花从天而降,像一个个精灵在我眼前飞舞,我真想去拥抱它,触摸它。那一刻,天地间唯有它最自在、最美丽,美得不像是在人间。

晚上,企业培训讲师吾同哥特地从大连赶来,他带着满身雪花进门就说:"你的爱情真的是感天动地,这漫天的鹅毛大雪,就是老天送给你的嫁妆,是为你披上洁白的婚纱。"

我一听,才恍然大悟,心里美得直想哭。

老家的锦生哥也从富锦坐了一宿的火车赶来,下车就陷进大雪里,鞋都湿透了。

父亲一生烟酒不沾,却在我婚礼的前一晚,端起了酒杯。

他举杯的手有些抖,看看我,又看看吴振豪说:"这回有你,我这心也就放下了。"

说完,父亲一口就把酒干了,杯子是放到桌上,可酒却像从他眼里流出来,脸上湿了一大片。

我也被传染,眼里像进了水珠在打转。

吴振豪低着头,鼻尖红了,不敢往上看。

2010年3月21日,就在这一天,我们结婚了,我终于穿上了梦中的婚纱,把今生交给他。

天还没亮,沈阳电视台的化妆师王坤阿姨就赶到我家,给我化妆。从前一去电视台都是她给我化妆,后来才知道她也是黑龙江人。

当她听说我要结婚,就对我说:"这一生最美的一天,我一定要把你装扮得更美。"

换上婚纱,要不是王坤阿姨把我推到大镜子前,我还以为自己是在做梦。

洁白的婚纱垂在脚下，飘逸的头纱遮住长发，即使坐在轮椅上，我也觉得很美很美，美得连我自己都快认不出，我像看别人一样在看自己。

我对着镜子里的自己在心里问："这真的是我吗？我真的要出嫁了吗？我真的就要握住属于我的幸福了吗？"

天慢慢亮了，那个无数次模糊而又遥远的梦境，就要在眼前变成现实。

吴振豪一大早就从宾馆赶到我家接亲，他把我抱上白色加长的婚车，我看着他，他看着我，我们十指相扣，向着幸福出发。

头一天还漫天大雪，这一天却艳阳高照。

阳光下，那雪和我的婚纱一样白，白得透亮，闪得耀眼。

婚礼地点是小宇特意为我选的，连我自己都没想到，我会在沈阳最高的彩电塔上举行一场空中婚礼。早年还是小女孩的我，来沈阳第一次登上彩电塔，似乎并不是巧合。

那年去北京比赛回来路过沈阳，表姐夫马祥波接待我们，他和表姐大学毕业刚参加工作，还没结婚。来沈阳玩的那几天，他像"大款"一样带我们游沈阳，吃"老四季"，逛动物园，还花50元一张门票去彩电塔看沈阳全景。那是我16岁的人生中最奢侈的体验。

后来回黑龙江才听说，其实表姐夫一天只能吃上自己煮的一顿粥，是借的1000元钱，陪我们逛的大沈阳。

从我们搬到沈阳，大事小事表姐夫都跑前跑后，那些年我读过的书，几乎都是他给我买的。这次婚礼，他也跟着策划，帮忙张罗。

那天一大早，最先到彩电塔的是阿希叔和小宇。等我们到了，一切都准备就绪。

三、爱如山

婚礼开始前几分钟，我在红毯的一侧等候，王坤阿姨拎着包追过来，急忙掏出化妆盒，用手指蘸了蘸亮晶晶，在我眼角轻轻点了又点，左看看，右看看，好像不知怎样才能把我打扮得更美。

《幸福了我和你》前奏一响，在我旁边的秦浩哥就开始为我数节拍，他的手指随着音乐一根一根伸出来，那倒真像是一场演出，看得出他比我还紧张。

除了婚礼的主摄像，一鸣哥也端着摄像机，弯着腰，出现在不同的角度，为我拍花絮。

9点58分整，身后突然喷射出五颜六色的彩带，像下起了彩色的雨，"雨点"就落在我雪白的婚纱上。

"你去了哪里？今生才找到你，轮回了轮回，我们又能在一起。"我唱着婚礼主题歌《幸福了我和你》，转上红毯。

"我一直在这里，在这里等你，穿越了时空，你还在我心里。"

扎着小辫儿的吴振豪穿着一身中式西装，从舞台后穿过来，一路唱到我身边，牵着我的手，我们在离地面300多米的空中一起唱："不变的天和地，幸福了我和你，牵手一生不容易，我们好好珍惜。感动了天和地，幸福了我和你，相伴相守相依，再也不分离，相爱的人幸福的人我和你。"

那天，我终于看清，在梦里从没见到的新郎的脸，这一次，真的不再是梦。

吴振豪推着轮椅上的我走过红毯，走向舞台，在所有人祝福的目光里，我自己都能感觉到，我笑得比花还灿烂。

舞台的背景是桃花林下相视而笑的我们，上面还有父亲书写的"幸福了我和你"。

吴振豪推着我就站在那几个字的下面。

为我们主持婚礼的是王团的爱人——沈阳电视台主持人鲍大川。

平时我叫他川哥，他用厚重的声音风趣地对吴振豪说："丹丹和她的轮椅都交给你了，这回有你，我们都不用再推她了。"

没想到他说出的第二句话，却让吴振豪泪如雨下。

"我和你有同样的情感选择和心路历程，我想知道，你面对你的选择，会付出什么？"

"既然选择了，就永远不会放弃。"吴振豪的声音坚定有力，像是山谷里的回响。

我知道，他说出的不是一句话，而是扛起一生的勇气。

他话音一落，我的心就揪在了一起，眼泪也憋在眼眶里。身后传来吴振豪的抽泣声，就算没回头看，也知道他的泪水淌了满脸。

我的笑依然在脸上绽放，泪却守在眼圈里徘徊，不敢跳出来。

望着台下所有熟悉的目光，我告诉自己，在这一天，一定不能哭，哪怕是掉一滴泪。

后来，我问他，为什么哭？

他说，他想起婚礼那天早上，婆婆在帮他系新衣服的扣子时，对他说："结婚了，就一定要对人家好，永远不要做对不起良心的事，否则我们都不会认你这个儿子。"

公公婆婆就坐在台下，舅舅作为他们全家的代表上台讲话。话不多，朴实得暖心。

看到公公婆婆红着眼圈，听到舅舅为我们祝福，吴振豪抽泣得更厉害。

父亲上台讲了很久，声音洪亮，语调起起伏伏，但听出他的心是落了地。

一直忙着食杂店，从不讲究穿戴的母亲，那天也穿了新衣服，

三、爱如山

戴上项链和耳环，盘起头发，满脸喜气地接迎来参加婚礼的人。

为我们证婚的是二哥刘双平，向来西装革履的他，那天格外精神。在台上他捧着我们的结婚证书，用标准的"鄂普"念完结婚证后，激动地说："单丹是我的好妹妹，今天妹妹出嫁了，我作为家人，感到特别幸福。"

听到二哥的祝福，我心里有说不出的感动。

作为本山传媒的艺术总监，他还带来了本山叔在海南对我们的祝福和礼物。

这份特殊的礼物是本山叔的一幅墨宝，当装裱成框的"宝剑锋从磨砺出，梅花香自苦寒来"出现在舞台上的那一刻，我泪湿眼眶，这两句话既是祝福又是激励，看到这幅字，就看到了本山叔对我们的良苦用心和深深的期望。

那天，沈阳市残联理事长梁万富也上台为我们祝福，他笑容可掬，气质儒雅，是一位能与残疾人感同身受的领导，他说的每一句话都那么有温度和情怀。"我是残联理事长，我就是为残疾人服务的，我为有单丹这样一个优秀的残疾人而感到骄傲。她写出了一首《活出个样来给自己看》，她不仅仅是个优秀的坚强的超越自我的残疾人，她的行为也是对所有人的一个励志教育。我觉得不能用残疾和健全来分别，在这个世上活着就是一个价值。这对新人应该是所有人的榜样，吴振豪的选择不是战胜了别人的另一种看法娶了个残疾人媳妇，而是慧眼识珍珠。人生是花，而爱就是花的蜜，你们俩经过自己的努力，采到了甜美的蜜，希望你们珍惜。"

孙学军叔一上台，就用铿锵有力的声音讲述着"军中百灵鸟"的故事，还代表部队全体官兵向我们送上祝福。"单丹是上天派给我们人间的使者，她用她的爱，她的情，谱写影响很多人的歌。她又是一部我们人生的励志书,当我们翻开它的时候,我们就有精神,有能力把人生的路走好。祝福单丹婚姻幸福,让爱和温暖永远包围着他们。"

李团长还特意穿了件红衣服,用他的歌声为我们祝福。

沈阳广播电视台杜桥老师朗诵的《面朝大海,春暖花开》,为我们带来了春天的美好。

整个婚礼,阿希叔忙得分身乏术,一会儿掌管全局,一会儿帮忙招待,一会儿又装扮成老太太,上台跳起了芭蕾舞。

赵家班的一个姐姐和嫂子也来了。

一个是在电视剧《乡村爱情》中扮演"赵四"媳妇的筱素清,在生活中是王永会哥的媳妇,我叫嫂子。一个是在《马大帅》里扮演"桂英"的高明娥,我叫姐。

谁知"桂英"姐还有备而来,演唱了我写的《马大帅》片尾主题歌《活出个样来给自己看》,为婚礼又掀起个高潮。

马驰叔一早就赶来,铁西区残联的高秀清阿姨也来了,吴强和杨新宇领着女朋友来了,王团带着团里的演员们都来了。

我们把《幸福了我和你》的光盘,送给来参加婚礼的每一位亲人和朋友,把我们的幸福也分享给每一个人。

所有人都见证了我生命中最幸福的时刻,我甚至希望时光永远在那一刻定格。

那一天,就在那一天,我完完全全沉浸在自己的幸福中。

殊不知,我幸福的背后,却是多少人心不落底的担忧。

三、爱如山

我居然能做母亲

小时候最喜欢娃娃,成天抱着娃娃过家家。可这辈子怎么都没想到,有一天我会抱上真娃娃。

一天,闺蜜小宇特意赶来,见证一个奇迹——我怀孕了。

我和她抱在一起哭。

她的泪,是为我开心。

我的泪,是从来不敢相信会有这一天,可它却真的来了。

吴振豪在北京办事,一听说,抱着惊喜,就从北京跑回来。

这件事,在我们家既像中了500万彩票,又像买了随时都有可能跌的股票。

我和吴振豪沉浸在"中彩票"的狂喜中,父母却陷在"股票"跌停的不安中,他们担心我的身体是否能承受住这个惊喜。

曾有很多人问过我同样一个问题:"你能结婚生孩子吗?"而我根本就不知道该怎样回答。

我小心翼翼地抚摸着肚子,难道这真是老天送给我的奇迹?

心中满满的幸福和感动,但一想到自己身体的特殊,却顾虑重重,担心会不会影响到孩子。面对过很多次选择,每一次都很坚决和坚定,只有这一次,把我给难住了。

在难以想象的矛盾和挣扎中,终于做出决定:我要用生命守护这个小生命,我要用生命最大的力量把他带到人间,我要听到他叫我妈妈……

值得庆幸的是：每次去医院做检查，一切都超乎想象地正常。

一天，从仪器中传出扑通扑通的响声，我才知道，那竟然是他的心跳，我第一次感受到身体里藏着另一个生命的神奇。

我怀孕后，吴振豪就彻底放弃在北京10年的打拼，一心照顾我。

他从不会做饭，到后来学会做东北菜，特别是他炖的"一锅出"，每次我都吃撑。

秦浩哥得知我怀孕，还特意来给我做了顿饭，他那几样拿手菜，都是我最爱吃的，一盘子土豆泥，全被我吃光。

后来，秦浩哥又陪二哥刘双平一起来看我，在我家附近吃的饺子。

吃饭时，二哥说："你结婚，都给我们很大惊喜，没想到这么快你又怀了毛毛（湖北方言），真是喜上加喜，太为你高兴了。"

临走时，二哥又对我说："保重身体，我们都等着你的好消息。"转过身他又拍拍吴振豪肩膀说："振豪，你就多辛苦，一个人要照顾好两个人啊！"

那年父亲节，我没去基地，买好鲜花篮，让秦浩哥给本山叔送去。本山叔听说我怀孕了，老半天没说出话，根本不敢相信是真的。

他一直在听秦浩哥讲，最后问了句最关键的："去医院检查一切都正常不？"

秦浩哥说："正常。"

他才长出一口气说："那就行！"

吴振豪每天的工作就是陪着我，但他去哪，我就跟着去哪。

坐在轮椅上，开始还没觉出身材走样，只是自己知道原先的衣服和裤子都穿不得了。但一过三四个月，肚子眼看着鼓起来，怀里像揣个无价之宝。

一天晚上,从公园回来,在小区长椅上坐了会儿,无意中发现他掌心有块硬东西,我让他伸开手掌,那正是每天推我轮椅磨出的茧。

我摸着他手上的茧,哽咽地说:"以后的路还长,你手上的茧会越来越厚。"

他握住轮椅的把手,笑了笑说:"没事儿,我会一直把着,不撒手。"

我低着头,流下泪,把他长了茧的手,紧紧地握住。

从前一天天过去就过去了,那时候时间在我身上,真是一天一个样儿。体重也从原来的86斤涨到120斤,整个人像气吹的,一下大了好几号,胖得我坐着腰都弯不下去,最后连鞋子自己也穿不上了。腿和脚原来坐久了就会肿,那时肿得更厉害,虽没有任何知觉,但吴振豪每天都给我做按摩。

老天真的很善待我,怀孕过程中,并没有想象的那样可怕,更没有别人说的那样难以承受。

为方便打理,我把留了多年的及腰长发剪得比男人还短,寸头女生就是那时的我。

从知道怀孕那天起,直觉就告诉我,一定是个儿子。有一天去医院做四维彩超,打印出来的照片,一眼就看出是个男孩。

吴振豪说:"男孩像妈妈,希望他长得像你,会很帅气。"

我说:"希望他性格像爸爸,有责任、有担当,有一颗善良的心。"

他就住在我身体里,呼吸着我的呼吸,我抚摸着自己的肚子,每天都要和他说说话。

直到有一天，他终于有力气抬手抬脚，使劲踢我肚皮，做出强烈回应。我兴奋得大叫！那一刻，他是在用肢体语言第一次与我交流。后来，每天叫醒我的都是他凌晨5点的拳脚相加，想再睡一会儿都难。

我还给他听音乐，为他唱歌，读《三字经》，朗诵诗歌。听音乐和唱歌时，他最活跃。

父母每天早出晚归，父亲忙打印社，母亲忙隔壁食杂店。知道我爱吃鱼，不管多忙，母亲每周都会给我做两次红烧鲤鱼。

那时，除了呼吸急促，行动更不便，还有就是特别能吃。

有一天，去打印社吃鱼，在我吃完第二碗，还要再盛时，父亲把碗抢过去，吓到了我，后来我才反应过来，其实是我的饭量把他吓到了。

那会儿对我来说，还有件更难的事儿，就是打车。

虽说原来打车就很难，但大肚子，还坐轮椅，更打不到车。

有一次去医院做完产检，怎么也打不到车。吴振豪推我走了四五站地，也没有一辆车停下来。

无奈，他想出个办法——打110。

警察几分钟就到了，在车流中拦下一辆车，还嘱咐司机把我安全送达，司机堆了满脸的笑，点头应答。

可车一启动，司机便沉下脸，冷笑道："怎么能没办法打车，你就坐着轮椅，手里举着100块钱，看有没有人拉你？"

我和吴振豪对视，谁也没说话。

车一直在走，司机也发了一路牢骚。

下车时，为了凑整，多给了他5块钱，司机终于挤出一丝牵强的笑。

三、爱如山

一天，在打印社吃完饭，碰到一个来刻字的年轻人，见面就管我叫姐，长得很像弟弟单聪，我们聊得很投缘，留了电话，才知他叫刘峰。

没几天，他开车拉我去他家附近的丁香湖放生，见到了他爱人兰敏，还有3岁的女儿。

听说我打110打车的事，刘峰主动说："姐，我们认识了，就有很深的缘分，再去医院做检查，就给我打电话，我送你们去。"

从那以后，每次去医院做产检，都是刘峰开车带我去。他还悄悄把孩子出生后用的东西都给买好了。

处女座的我，一直有个洁癖，所有衣服都要自己洗才放心。

从搬到新家，家里洗衣服的事我全包了。有时一洗就洗到半夜，父母总唠叨让我用洗衣机，可我把自己当成了洗衣机，除非是床单被罩和厚衣服。

怀孕期间，我也和往常一样洗衣服，只是肚子越来越大，十个手指肿得像一根根小木棍，洗起衣服也越来越笨拙。

刚怀孕时，吴振豪就不让我洗，因为这事儿，我俩没少吵。

后来，每周都要去医院做产检，检查后医生告诉我，有宫缩早产的迹象，让我回去多注意休息，不能太劳累。

从那天起，他洗衣服，我不再去抢了。

等再去做检查，医生让我住院，说早产迹象更严重了，随时都有危险。

我只能听医生的话，住院保胎。

从开始做产检，我就在沈阳202医院，部队孙学军叔早已帮我联系好。住院那天，他又帮忙安排。

吴振豪紧张又担心，订了机票，让婆婆第二天从老家飞来。

保胎室里只允许我一个人进，几个护士围着我，忙前忙后，让我知道自己已成重点保护对象。

滴着点滴，心跳一分钟140下，连喘口气都变得那么难。

孩子还有七天就足月，眼前50多岁的女医生板着脸，劝我马上做剖腹产，免得保胎遭罪，还有危险，可我一直也没点头。

虽然我很期待和这个小家伙见面，但我更想让他和我心贴心多待上几天。所以在心里暗暗决定，不管遭多大罪，也一定要挺过这七天。

当女医生戴上手套，为我做产前检查时，突然变了张脸，阴阳怪气地说："哎呀妈呀，我从医都30多年了，还从来没见过这样的人还能生孩子。"

那一刻，我断定，她确实伤到一个已超越身体极限、正在痛苦中挣扎、用生命最大的能量去保护一个小生命的母亲的心。

不管医生说得多恐怖，我就是不点头。最后她的身体像弹簧，愤怒地从椅子上弹跳起来，让护士把吴振豪叫进来。

在那一刻，我和吴振豪的默契，是不需要任何言语。他尊重并支持我的选择，签了字。

这意味着我们一家三口，要一起闯过七天这一关。

进病房那晚，我像个被俘虏的战士，全身被各种电线五花大绑，每一根电线的另一端都连接着监测器。

睡觉成了奢侈，何况难以入眠。但一想到孩子能在我身体里多住一天，长大一点，也就心安，再多的苦都不觉得苦。

那七天，每一天都刻骨铭心。既有就要释怀的不舍，更是分分秒秒的期待。

终于熬过第七天，一大早，就通知我手术。

三、爱如山

比起一周前突然住院的恐慌，这是恐慌后的不知所措。

病房里，只有我和吴振豪还有婆婆，我们仨相互看着，都没说话。

走廊里传来一阵轱辘转动的声响，很刺耳，再一抬眼，那张"会走的床"已来到我身旁，吴振豪把我抱上去，跟护士一起推着我，往手术室走。婆婆一路小跑，紧跟在后面。

那铁轱辘碾轧着地面，更像是从我心上碾过去。我的手被吴振豪攥得越来越紧，有种要上战场的悲壮。

这一路，多希望能再长一点儿，却也希望再短一点儿。

不知多久，到了手术室门口，护士把我推进去，吴振豪被拦在外面。他那张看似平静的脸，在手术室的门慢慢关上的瞬间，一点点在我眼前消失不见。

我愣在那，说不出一句话。

那一刻，我们像隔在了两个世界。手术室的两扇门既能关得住生，也能关得住死。

进手术室的情景，曾在心里无数次彩排，可真上演时，却恐慌到麻木，麻木到无助，一点儿也不像是彩排过。

后来，听吴振豪说，在手术室的两扇门关上时，他的泪水不知不觉喷涌出来，婆婆也哭了。

以前在电视剧里看过生孩子的情节，也不知多少次嘱咐吴振豪："如果有那么一天，医生出来问保大人还是保孩子，你一定要说保孩子，否则我也活不成。"

吴振豪激动地说："你都没了，让我和孩子还怎么活？"

手术是上午10点做的，202医院妇产科中心主任李巨亲自主刀，由于我身体的特殊状况，手术需要全麻，当麻药往静脉里一推，眼皮像舞台上的大幕,瞬间就合上了。

听说,两个小时后我才被推出手术室。在电梯里,并没完全清醒的我,用僵硬的舌头,拼尽全力说出含糊不清的四个字:"孩子""健康"。只听医生回答我五个字:"健康,放心吧!"

当我睁开眼,已快傍晚,很庆幸,我还活着。

屋子里很静,婆婆、父亲、母亲、弟弟、刘峰、兰敏,在对面床坐一排,正等着我醒来。

吴振豪站在我的床边,摸摸我的头,小声在我耳边说:"辛苦了,是个男孩,你立了大功。"

这些都不是我要关注的,我的目光开始在整个病房里搜索,扫描几圈,也没看到孩子。

我心里慌了!像被什么东西砸了一下,发出的震荡。

"孩子呢?"三个字急促又无力地从我唇边飘出。

"孩子在楼上呢,一会儿抱下来。"吴振豪淡定地说。

刘峰和兰敏也接过来说:"姐,孩子一会儿就下来。"

这样的回答不但没让我相信,反而更让我起了疑心。

我攒足了一口气又问:"是孩子有什么问题吗?"

"没有。"

这两个字很简单,简单到他们一起回答都那样整齐。一个母亲本能的反应,似乎捕捉到了一个并不简单的信号。

父母和弟弟赶紧凑到我身边,对我讲孩子的模样。他们的语气小心翼翼,生怕触碰到我。

真相是什么?什么才是真相?我不敢再想,也不再问,把脸扭过去,一行泪从眼角滑下来。

我一夜未眠,刀口痛,心更痛。

三、爱如山

第二天，李巨主任来病房看我，讲起为我做手术时的情景。

"手术完全是随你身体特殊的姿势和角度来做的，最后刀口缝合时，我也一直是歪着身子做完。"

听他说着手术的画面，我心里只有感动和感激。

就在那一瞬间，我突然抓住了一线希望，急切地问起孩子，我知道，只有从他嘴里才能得知真相！

"孩子出生时，短暂窒息，去新生儿急救，已平稳，没事。"

虽得知孩子平安，但一天盼一天，不光是我，全家人都慌了。

第五天，只好联系孙叔，他正在外地，说马上打电话联系，尽快把孩子给要回来。

第二天中午刚过，吴振豪就把孩子抱回来了。

婆婆接过来看一眼，连忙抱到我床边。

我不敢相信，眼前这个小生命就是我儿子？我真做了母亲？

他身高52厘米，体重6斤9两，是我出生时的3倍还多。

他还没睁开眼，就看出睫毛挺长，嘴像小花骨朵，胖乎乎的身体像个小肉球，摸着他的小手，软软的，心都化了。我的泪滴落在他的小手上，那是我这辈子流出的最幸福的泪。

吴振豪拉着我的手，又摸了摸孩子的小手，一滴泪笑着掉下来。

我知道，他是我生命里的奇迹，他的到来，开启了我人生新的角色，他就是让我今生成为母亲的那个人。

我给所有亲人朋友发了一条短信："母子平安。"

有一件事谁也没想到，更弄不明白，谁来到这世界不都是空空而来？可这小家伙一来，却给我们带来一个不小的惊喜。

说来话长，也蹊跷，吴振豪自从认识我，演出业务明显减少，像我事先去通知和安排好的。结婚后他正式定居沈阳，业务和业务电话全部断了。

　　就在一个多月前,一个外地经纪人在网上联系到吴振豪,谈了几次,演出合同也没确定下来,就在孩子要抱回来当天,合同才签下来。也就在见到孩子那一刻,钱也打过来,钱数竟然是我和孩子的住院费,一分不多,一分不少。

　　自从见到儿子第一眼,我的眼睛一刻也离不开他,我知道这一生我的心都会牵挂在他身上。

　　我和吴振豪给儿子取名叫"吴昊恩",是感恩老天赐给我们这个生命的奇迹,更希望他能成为一个懂得感恩的人。

三、爱如山

"幸福的我们俩"

没想到在身体正孕育生命时,还能同时体会到精神孕育生命的神奇。

一次,吴振豪正推着我在外面买东西,我突然接到个电话,是《乡村爱情》中扮演"刘能"的王小利哥。他说,今年是他和嫂子结婚十周年,想让我给他俩写首歌。

说实话,一听到让我写歌,我心里有点打怵,因为好久没写歌,再说怀孕期间也不在写歌的状态里,又不知能不能写出歌,但我还是答应了。

他家和我家住在一个楼里,平时上下楼也总能碰到。

那一年,他刚上了央视春晚,是本山叔带他和小沈阳演小品《捐助》。

几天后,王小利哥和李琳嫂(《乡村爱情》中扮演"谢兰")来我家吃饭,一边吃,一边给我讲他们一路走来的故事。说到激动时,他们俩眼圈都红了。小利哥说让我给他们写首词,然后他再找个作曲家谱曲,到时他们俩一起唱。

吃过饭,当他们听到我们的婚礼主题歌《幸福了我和你》,感动得落泪了。

小利哥问:"这曲子是谁写的?"

我说:"是吴振豪写的。"

他露出恍然大悟的笑，还有如获珍宝的喜。他和嫂子几乎同时开口说："我们要写的这首歌也一定要让吴振豪作曲。"

　　他们走后，我就开始寻找远离我很久的那个创作状态，苦思冥想，歌没写出来，却体会到另一种奇妙的感觉，那简直就像发现个大"秘密"，让我极其亢奋。当我身体正在孕育生命的同时，而我的精神也如同在孕育新的生命，这是个多么惊人的巧合？又是多么难得的碰撞？真是太神奇了，我希望这种碰撞会带给我非同寻常的灵感。

　　我相信这一切的安排，我也相信我一定能写出来。

　　酝酿好几天，我真动笔了，在纸上飞速写出《幸福的我们俩》，还是以幸福为主题，爱在每一天的生活里，幸福也从心底流淌到笔尖。到后来，那首歌词竟然是在肚子里的儿子拳打脚踢下完成的。这种身体和精神的碰撞还真是第一次体验，看着眼前这首歌词的诞生，像迎来新生命一样地欢喜，那感觉与哪一次都不一样。

　　看着我写出的词，吴振豪嘴角露出满满的笑意，好像马上就要进入状态谱曲。那几天，他不光是扫地、做饭嘴里哼哼着，连睡觉脑子里都在寻找创作灵感。

　　有天凌晨，他去卫生间，迷迷糊糊的突然来了灵感，瞬间整个人一下子就精神了。他立马回到房间，打开灯，把熟睡中的我给惊醒了，我问他："怎么了？"

　　他兴奋地说："我好像来灵感了。"

　　我一听，对他说："那赶快记下来啊！"

　　他连忙拿起笔和纸，趴在床边的书桌上，边小声哼着旋律，边记谱。一阵折腾后，我们都没有了睡意。直到天亮了，他打开电子琴，弹唱给我听。我觉得这个旋律简直就是为他们俩量身订制的，

三、爱如山

很温情,很适合他们的人物形象和演唱风格。

整整10天,为小利哥和李琳嫂写的《幸福的我们俩》终于出炉了。

一听到这消息,他们俩就赶来了。

我和吴振豪唱给他俩听,吴振豪先开口唱:"你就是我今生要找的她,自从有了你才算真正有个家,是你抚平我心底那块疤,我用一生把你珍惜啊!"

我看着吴振豪唱:"你这个好男人我没白嫁,既然选择了你就爱这个家,外面风雨大累了就回家,我用一生泡你最爱喝的茶。"

我俩唱着唱着,他俩却哭了,他俩说我俩太懂他们了,这就是他们心中想要的,听到这首歌,想到了他们一路走来的点点滴滴。

其实,写这首歌时,我也想到了我自己的幸福,在那条我一个人走过的没有脚印的路上,从来没想到幸福会突然降临把我守护。是他给了我一个家,而且我马上就要做妈妈了,我真的很幸福。

我问自己:什么是幸福?

我又告诉自己:活着就是幸福,有人爱和能去爱别人就是一种幸福。

做伴奏的事,我们找到了在外地搞音乐的好朋友——全能音乐制作人李梓菡,跟他讲了这次是友情助力的合作,他很爽快地答应了,又很快把编曲做好传给我。编曲中还特意按小利哥说的,加入了他喜欢的二胡,听起来很有韵味儿。

小利哥和嫂子听到伴奏很开心,没几天就联络去北京录音,还让吴振豪陪他们一起去。

刚好录音那天,小利哥和嫂子晚上在北京"刘老根大舞台"演出。录完音后,小利哥还带吴振豪去看了他的演出,那也是吴振豪第一次去北京"刘老根大舞台"看演出。

孩子出生后，我坐月子时，李琳嫂还来家看了我和孩子。

有一天，我抱着孩子正要哄他睡觉，突然接到小利哥的电话，电话里他急促地说："妹妹，你和妹夫收拾一下，赶紧来辽宁电视台。"

我心里一抖，正纳闷，小利哥又说："我和你嫂子正在参加辽宁卫视的《明星转起来》，彩排时导演听到我俩唱《幸福的我们俩》，特别感动，说这歌太好了，问是谁写的。我和导演说起你们小两口，他更感动了。说让我马上联系你们，把你们也请到节目录制现场。"

听小利哥讲完，我慌成一团，甚至不知所措。没有任何准备的我，不知该怎样去准备。从结婚后我就没在舞台上出现过，刚生完孩子的我，留起的头发刚过耳朵，只能戴顶并不太适合我的帽子，臃肿的身体被已有些瘦的衣服遮掩着。又找了人看孩子，就这样吴振豪推着我匆匆忙忙赶往电视台。

到了电视台，小利哥接到我们就说："导演一直在等着你们呢！"说着他把我们带到演播室旁边的咖啡厅，一进去他就指着一位50多岁戴着导演帽的男士给我介绍："这就是我们的导演。"

导演看到我就站起来说："你就是给赵老师写《马大帅》片尾歌《活出个样来给自己看》的单丹啊，小利一直跟我说你特别有才，这次你们给他们写的这首《幸福的我们俩》特别好，词很朴实，曲很上口，我听了很感动，也特别适合他俩，完全写出了经历风雨后两个人真正的幸福。"

听到导演的话，我们都很欣慰地笑了。

导演又接着说："听到他们俩唱这首歌，又听说你俩的故事，确实感染了我，我觉得应该把词曲作者也请到现场，和他俩一起出现在舞台上，更能把这种幸福体现出来。"

三、爱如山

当时,我彻底被感动了,是被这位导演说的话和他的想法感动了。

在《明星转起来》录制现场,小利哥和李琳嫂在台上牵着手演唱《幸福的我们俩》:"爱的路上我们慢慢走吧,和你有一辈子也说不完的话,牵着你的手不管走到哪,这辈子都把你放不下。"

小利哥看着李琳嫂深情地唱:"就算岁月染白了发,我心里还开着你这朵花。"

李琳嫂看着小利哥温情地唱:"就算有一天掉光了牙,我还会为你泡上一壶热茶。"

他们演唱一结束,主持人大鹏就把我和吴振豪请到舞台上,小利哥把他手中的鲜花送给了我,嫂子把她的花送给了吴振豪。

大鹏走到我跟前,蹲下来,手扶着轮椅问我:"刚才我听到这首歌里面的情景,你是怎么写出来的?"

我说:"哥嫂这么多年,风风雨雨一路走来,真的很不容易,相依相伴,彼此珍惜,本身就让我们很感动,我就把这首歌的主题定为'幸福',其实这首歌也浓缩了我们四个人的情感和幸福。我们想把这份幸福用歌声传递给所有人,愿天下所有相爱的人永远幸福。"

那天,我们和小利哥、李琳嫂还一起演唱了《活出个样来给自己看》,台下的观众也跟着我们一起唱了起来。

在那期节目后,小利哥又找到北京的朋友,把《幸福的我们俩》拍成了MV,在各大音乐网站上线。

有一天,我们和朋友一起去KTV唱歌,发现点歌系统里也有《幸福的我们俩》MV,朋友为我俩点唱了这首歌,我们的手紧紧地握在一起,幸福地唱着:"爱的路上我们慢慢走吧,和你有一辈子也说不完的话,牵着你的手不管走到哪,这辈子都把你放不下……这就是我们俩,幸福的我们俩,幸福的我们俩……"

痛苦的抉择

可能连他自己都没反应过来，生活已把一连串的角色一股脑儿地都推给了他，让他练就一身"功夫"，像杂技演员上台表演，不能有些许差错和闪失。

结婚后，吴振豪从演艺经纪人转成家庭妇男，又转到全职奶爸。

坐月子的那些天，是比怀胎十月更难过的关。

吴振豪不但要照顾我，还要照顾儿子。

刚出院时，他怕我抻到刀口，总要抱我去卫生间，可我还是坚持自己去。

他每天给我炖汤喝，儿子也又白又胖。

有了孩子，我们都不再是自己。

儿子每晚的哭声，是我们准时醒来的闹铃，不管多困，都要爬起来。他先从小床里把儿子抱出来，换好纸尿裤，再抱给我，喂奶。

弟弟长期在外地做生意，刚上小学的侄儿住父母这儿。吴振豪每天除了带孩子、买菜、做饭、操持家务，还要接送侄儿上学放学，再辅导作业。

他脑子里那根弦一直紧绷着，每天的家务就是他的工作，他在时间的圈里打转，忙得脚打后脑勺。

他选择了我，也选择了这种生活。

吴振豪自从学佛皈依后，连苍蝇、蚊子、虫子都不打。就算菜上落了只苍蝇，他也不会把它轰走。

有一次，一只蚊子落在他的腿上，他就眼睁睁看那只蚊子吸他的血，再满足地飞走。

他说："既然来了，都是有缘的，或许是我欠它的。"

如果在屋里发现虫子，他会拿张纸，让它爬上来，再放到外面去。

若走路遇上蚂蚁，他也会踮着脚走，避开它们。

我越来越觉得我没选错人，而有时我却心有余而力不足。

记得儿子刚6个月时，咳嗽发喘，去医大二院都是刘峰和兰敏抱着儿子，吴振豪在后面推着我。

那时，我多希望能像身边那些抱着孩子的妈妈一样，在孩子最需要我时，勇往直前。可是，我却不能，这辈子都不能。

儿子扎针时，吴振豪把我推到一边。我远远地望着他按住儿子的胳膊和腿，头却扭了过去。

听到儿子的哭声，我的心都揪了起来。那一刻，我终于体会到"母子连心"这几个字，有多重，又有多疼！

不久，当一对陌生母子出现在我面前，我的心又一次被戳疼了。

有天傍晚，一对中年夫妇拎着水果，领着一个小男孩，走进打印社。

突然想起邻居曾跟我说过，她姨家孩子是脑瘫，从小喜欢音乐，想让我帮着看看，孩子到底有没有音乐天赋，将来能不能唱歌。

这位母亲很瘦，梳短发，进门就说："几年前就在电视上看到赵本山老师让你写《马大帅》主题歌的故事，我们全家都特别感动！一直想见见你，没想到离你这么近，这回可终于找到了。"

她身边的小男孩长得白白净净，就是走起路来有些摇晃。

他母亲说,他是早产儿,出生时才2斤。从6岁开始,做了三次大手术,最后一次手术才终于站起来。

我问小男孩:"你叫什么名字?多大了?"

他有些羞涩地看着我说:"我叫刘金松,12岁。"

还没等我再问,他就大胆地对我说:"姐姐,我想给你唱首歌。"

"每一天哟每一年,急匆匆地往前赶,哭了倦了累了你可千万别畏难……活出个样来给自己看……"

他一开口唱,我的心就被揪住了。

听孩子唱完,我说:"孩子的声音很纯净,音乐感觉非常好,是唱歌这块料。"

金松的母亲听到这句话,睁大眼睛,迫不及待地说:"是吗?我们也不懂,看看哪儿有老师能教他,帮咱推荐下。"

看到金松,我想到了自己,像金松这么大时,父母就带着我在求医的路上奔波,再大一点儿,又带着我跨越千里来追梦,那份艰难和辛苦,无法言说。当我也做了母亲,更能体会到一个母亲能为孩子付出的,除了身心,还有生命。

我从没教过学生,更没加任何思索,就作了个决定:"如果孩子想学,我来教他吧!"

"那我家孩子可太幸运了,能有你这样的好老师太难得了,我们交学费。"金松母亲一直笑着说。

"要是交钱,我就不教孩子了。"

没等她说下一句话,我又说:"我们都是有同样经历的人,看到你们对孩子的良苦用心,我就会想起我父母为我承受和付出的一切。"

听完,她眼里笑出了泪花。

三、爱如山

这时,吴振豪抱着儿子从母亲的食杂店走过来。

他不但赞同我的做法,还要教金松弹吉他,真是给了我一个惊喜,也给了金松全家一个惊喜中的惊喜。

从那以后,我们每周都为金松上两堂课。给金松上课时,他母亲帮我们带孩子。后来,我们都叫她小姨。

金松悟性好,一边学唱歌,一边练吉他。开始他声音很小,气息也弱,不到一个月,声音变得响亮,吐字发音清晰多了,也可以用吉他弹唱了。

几个月后,在沈阳市残联文艺汇演中,金松站在舞台上,用高亢有力的声音演唱《活出个样来给自己看》,所有人都为这小家伙喝彩。

那天,金松戴着奖牌,捧着证书,来给我们报喜。

小姨开心地说,从没想到自己儿子有一天能登台演出,还能那么阳光自信。孩子有病这些年,家里人一直愁眉苦脸,总看不到光明。现在,家里除了笑声就是歌声。听到这些,我们心里有种说不出的欣慰。

我们一直和父母住在一起,父母很喜欢吴振豪,待他像儿子,每天不管到家多晚、多累,和他说话时,脸上总挂着笑。

但有一件事却很奇怪,我们结婚后,也不知到底发生了什么,亲戚都好像和我们渐渐疏远了。

吴振豪从定居沈阳后,再没一丁点儿业务和收入,日常开销全靠结婚礼金支撑。日子一天一天地过,老底儿一点点变薄,我们心里也越来越沉重。

吴振豪着急出去上班,父母一直劝他说:"有我们在,你们就好好把孩子带好就行。"

可吴振豪经常跟我说:"咱们年纪轻轻,不能就坐着啃老。"

我也理解吴振豪的心情，但现实却牢牢地捆住我们，让我们无助又无奈。

一天，一个电话打碎了我心中的美好，打破了我们往日的平静。

"你能不能放过你爸你妈？人家送快递每月都能挣1万块钱，让两个老人出去工作，养一大家子人，哪有这么干的？"一个亲戚在电话里怒吼着。

这是怎么了？我当时一下就蒙了。

电话里传出的声音很大，正在拖地的吴振豪一直也没放下手里的拖把，那时不是冬天，但我觉得比冬天来了还冷。

吴振豪安慰我说："不需要解释，也不用怀疑，很多事都不是我们想象的那么美好，也不是那么糟糕，做好我们自己就行。"

后来，身边发生的一件件事，验证了他说的话。因为他就是从那些不美好中一步步走来的。而我，正在这不美好中学会蹒跚前行。

或许这就是生活的真相，是我不敢相信，又必须要去面对的现实。

吴振豪常说一句话："时间可以证明一切。"

不管现实怎样，他每天还是做着他该做的事。

父母每天回来得很晚，吴振豪会在他们回来前，把饭菜热好，再去睡觉。

他每天除了闷头干活儿，还是干活儿。活儿干得越来越多，话说得越来越少，我感觉到，他心里积压的苦闷太多，又无法言说。

为了我，他孤身来到沈阳，没有一个亲戚朋友。他像是一只困在笼子里的狮子，只能在无奈中徘徊，却不能吼叫。

后来，我发现他一个人时，总是在发呆，跟我都不爱说话了，看我的眼神也是游离的，好像他心底藏着个秘密，怕我去触碰。我尝试过和他沟通，可他的心像一扇紧锁的门，我没有找到打开的钥匙。

在那个仅属于我们住的10多平方米的房间里，连空气都变得越来越压抑。

谁也没想到，吴振豪的默默承受和坚持，像一根根紧绷的吉他弦，有一天，突然断了。

他终于要挣脱现实，"吼"出来。那"吼"声，像是从阴郁太久的空中滚落的闷雷，把整个家给炸响了。

2012年春节前，沉默好多天的吴振豪突然作出个决定："我们不能在这住了，不能再背着啃老的骂名，我要带你和儿子闯北京。"

望着他坚定的眼神，我心里有一种突如其来的迷茫和恐惧，脑子里蹦出一大堆问号，去北京做什么？又怎么生活……

我怀里抱着1岁的儿子，轻声说："等孩子大一点再去吧！"

他没回答，眼神更加坚定，我不再说话。

我知道，这个决定一旦决定了，便义无反顾。

这让我想起当年父亲只为圆我学唱歌的梦，作出一家人闯沈阳的那个决定，是需要多大的勇气！快20年了，这一幕，似乎又在重演。

现在，不管这个决定有多突然、多痛苦，我都要和他一起去扛。

我告诉自己：绝不能自私。既然他能放弃一切选择我，这一次我也该放下一切支持他！

这个重大决定，就在我们的小屋里，一锤定音。

父母知道我们的决定，脸色都变了，坚决反对是他们的第一反应，也是唯一的态度。

那天半夜，吴振豪和孩子都睡了。父母在餐厅轮流找我谈话，声音很轻，但语气却很重。

父亲紧锁眉头，很激动地对我说："你们去北京那是行不通的事！带个孩子多难啊！他上班了，你怎么办？你们又靠什么生活？你也大了，我也管不了你了！你自己想好，要是去就别再回来了。"

父亲说出的话，句句都像刀扎在我心上。

坐在旁边的母亲小声对我说："你太傻了，怎么能说去北京就去呢？你想没想到会有什么后果？到时你哭都找不到门。"

我知道父母是太为我担心，一切都是为我们好。

其实，我心里也没有底。我想，吴振豪作这个决定时心里一定更没有底。但面对现实，他又不得不去做出这样的选择。

父母继续说着，我听着，从这只耳朵进去，又从那只耳朵冒出来。我越不说话，他们越气愤，最后他俩都气得一甩手，回屋睡觉了。

我一个人回到房间，望着窗口那一轮明月，一种从未有过的孤独和无助涌上心头。

从没想到会有这一天，甚至这一劫，也从没有过那样的无力，我所有的力气都用在支持他作出这个痛苦的决定。

我忽然觉得这世上还有一种路，叫无路可走，我们正要走的就是这条路，或许那又并不是一条路。

难道真的要这样走吗？

对！哪怕是条不归路，我也要陪他一起闯，我已做好了最坏的心理准备。既然走了，就不会再回来，哪怕有一天疯了，或者死了。

那一晚，我静静地坐在轮椅上，一分一秒数着黑夜的长度，虽然听不到黎明的脚步，但我想守望日出。

回头看了看儿子熟睡的小脸蛋儿，又听了听吴振豪疲惫的呼噜

三、爱如山

声,我终于一头倒在床上,枕着那月光,泪千行……

从那天以后,父母每晚回来,都看不到他们往日的笑容。

后来,母亲常常大半夜把我叫到客厅,偷偷劝我,不管她费多少口舌想说服我,我的心都坚如磐石。每次母亲一劝我,我就想起当年父亲要把家搬到沈阳时,姥爷也是这样劝母亲的。而母亲也跟现在的我一样,一声不吱。

那个春节,全家人过得都很压抑,除了窗外的鞭炮声,家里几乎听不到笑声。只有儿子拿着拨浪鼓,咿呀学语。

20年前的那个春节,父亲要带我们全家闯沈阳,空气里弥漫的也是这个味道,而现在我们要走的似乎也是那一条路。

春节后,吴振豪就开始在网上找北京房源。

关于我们北漂的决定,除了父母,没告诉任何人。

有一天,秦浩哥给我打电话,问我们的近况,我才告诉他我们一家三口要北漂,他听后很震惊,一再劝阻:"我当年一个人北漂时都那么难,何况你们一家三口,孩子又这么小,到那怎么办啊?那不是受罪吗?先打消这个念头吧!"

孙学军叔听说了,也急着劝我们,但看到我们的坚决,也很无奈,最后只好请我们全家吃了顿饭,为我们饯行。

那时,任何劝阻,都挡不住我们要踏上北漂的路。

在走之前,我又安排了一件事,把学生刘金松托付给另一个残疾人歌手,教他唱歌。

17年前,我离开黑龙江老家,是父母为了我举家迁沈阳。

17年后,我又将离开沈阳,是为了他,带着儿子一起北漂。

这一次的离开,是生离死别的痛,还有要去面对未知生活的惶恐。

我们一家三口闯北京,进入了倒计时……

本山叔把我们留下来

"活……样……看，苦……咸……下……"

儿子用两只小手捧着大麦克风，随我唱的那版《活出个样来给自己看》，一个字一个字往出蹦着唱，节奏很稳，字音和气口都卡得很准，唱到每句结尾，他小脸通红，全身都跟着使劲儿。

这次听儿子唱，与以往不一样。他唱出的每一个字，发出的每一个音，都像电钻往我心里钻。

那天，是我要离开沈阳前，为学生刘金松上的最后一堂课。

音乐刚停下来，就听到手机连续的振动声，我从轮椅后背口袋里掏出手机一看，原来是秦浩哥。

他第一句话就问："你们还在沈阳吗？"声音急促又慌乱。

"在啊！"我很平静地说。

"刚才我一直在给你打电话，都没人接，我还以为你们已经去了北京。"

"我在给学生上最后一堂课，过两天就要走了。"

"你先别说了，收拾收拾，三口人赶紧往基地来，你叔找你们有事。"

一听到"叔找我们"，我心里"咯噔"一下。

"我叔找我们有事？"我重复了他的话，反问一句。

"别说了，赶快来。"听他语气，像是十万火急。

三、爱如山

就在他说完这句话时,我听到本山叔在一旁说话的声音:"让他们三口人赶紧来。"

放下电话,我的心"怦怦"乱跳,像有个锤子狠狠在敲。

我来不及反应太多,赶紧给孩子穿衣服。

临走时,我和吴振豪对视一下,谁也没说话。

我们心里都很清楚,本山叔找我们,一定是与北漂的事有关。

我一直不想给本山叔添任何麻烦,所以在大年初五去给他拜年时,一点也没透露我们要北漂。

坐到车上,我的思绪跟着窗外飘忽的一切闪动,心"扑通扑通"地快跳出来了。

我不知道这是怎么了,好像从来也没有过这种感觉。

一个小时后,车到了本山传媒基地,秦浩哥早在大门口等我们。

到办公楼楼下,我盯着秦浩哥试探地问:"本山叔找我们到底是啥事?"

"你叔一直在办公室等你们呢!"他有意避开话题,直接带我们坐电梯上三楼。

一下电梯,本山叔办公室的两扇木门敞开着,见我们来了,本山叔马上迎了出来。

我抱着孩子,喊了一声:"叔。"

这时,吴振豪和秦浩哥正要抬我的轮椅过门槛,本山叔也伸手帮着一起抬。

轮椅轻轻落了地,本山叔把孩子抱过去,笑呵呵地在他的小脸蛋上亲了亲。

儿子睁大眼睛看着本山叔笑。

当本山叔转过头来看我时,我眼前一片模糊,眼泪正噼里啪啦往下掉。

其实,在我喊完那声"叔",心里就像山洪暴发,泪水顺着两个眼窝拼命往出淌,挡都挡不住。

这么多年,那是第二次在本山叔面前流泪。

本山叔见我哭得像个泪人,他也红着眼圈说:"哭啥呀?"

这时,又一串泪涌出来,我笑着哽咽地说:"见到您激动的。"

他坐下来马上转换话题,"你爸妈怎么样?"

我眼里淌着泪,点头说:"挺好的。"

紧接着他直奔主题,那语气又像若无其事在闲聊:"你们怎么打算的?"说完看看我,又看看吴振豪。

我说:"我们三口人要去北漂了。"

他又问吴振豪:"真这么定了,要去啊?"

吴振豪很有力地点头说:"对!决定走了。"

本山叔一听,终于憋不住,激动地说:"你们的情况我都听秦浩说了,去北京绝对是一条不可行的路。那是逃避了现实,真正的问题还没解决。"

我流着泪淡定地说:"既然他能放弃一切选择我,我也要放下一切支持他。"

这时,像是父亲心中积压的火苗,一下蹿到了本山叔的心里。

本山叔突然站了起来,语调升到高八度:"你们去了,怎么活啊?我都没敢去北漂呢!你们要去北漂?那风大,都容易漂不回来。"

说完,他在地上来回地走,情绪很激动,脚步更沉重。

"如果真去北京了,那你的婚姻和你的幸福人生全都完了。"说着他点了根烟,抽一口,又接着说:"人家要是上班去了,你天天在

三、爱如山

家带孩子，动不了，最后你都得疯。"他说这句话的力度，一个字比一个字重。

"既然决定去了，我就做好了最坏的准备，如果没死，也没疯，再没路走，我就出家。"

"那你出家都去不了，谁要你啊？还得侍候你。"

说完本山叔自己"扑哧"一下乐了。

"你这样走，这么多年得到的爱，还有你的阳光和快乐就都没有了，都完了，太可惜了。"他皱紧眉头，连连感叹地说。

本山叔往前走了两步，又回头看着我俩说："你俩就来基地上班吧！在对面租个房子，你自己摇着轮椅都能来上班，还走什么？"

这句话，他说得很自然和平常，可我听到的却像是滚雷一样的声响。我直勾勾地看着本山叔，他也看着我，我的泪正往下滴落。

吴振豪抱着孩子，低着头。

本山叔看了看吴振豪，又抬头自言自语："哎呀！这才是个伟大的男人啊！"

他突然把目光转向我说："说实在的，当初你第一次带他来见我时，我有些不敢相信。后来还说要结婚，我以为你们注定不会太长久，当时我一再嘱咐他要扛住，确实挺担心。没想到他这一扛就是两三年，不容易啊，考验合格了！"本山叔说完就笑了。

听本山叔这样说，倒解开了我心中藏了几年的那个疑惑。怪不得当初去跟本山叔说我们要结婚了，本来有说有笑的他神情一下变得凝重，像突然变了个人，原来他是太为我们担心了。

本山叔一再叮嘱我："一定要多理解他，他的选择和付出不是谁都能做到的。"

我使劲儿点了点头，一滴泪也摇晃下来。

他有些无奈地对我说:"你别总任性,老问人家爱不爱你。"

我慌了神儿,直盯着本山叔,像个孩子似的问:"你咋知道呢?"我心里却在想:太神了,像是他亲眼看到,亲耳听见了一样。

本山叔看看我,眼睛瞥到别处又瞥回来,叹口气说:"哼!那都搁我心里呢!你肯定能这么问。"

我擦了擦脸上的泪,笑着点头承认。

"我每次问,他都不正面回答。总说'爱'不是说出来的。"

本山叔说:"我一寻思你就得这样,逼着人家问。我告诉你,什么爱情最后都得变成亲情。"

"那爱呢?"我不甘心地问。

"你这孩子就老较真儿。"他一脸无奈地笑着说。

本山叔又点了根烟,对我和吴振豪说:"把孩子安排好,尽快来上班。"

这时,出去的秦浩哥刚上来,本山叔扭头对他说:"你对这片熟悉,尽快帮他们找找房子,等房子找好了,就让他们来上班吧!"

秦浩哥笑着应答。从他的笑容里,我看到了他为我们北漂担忧的释怀。

此情此景,如幻如梦,不知不觉,情节一扭,反转了结局。心里像突然落了个秤砣似的稳当。

那一天,我记得清清楚楚,是2012年2月的最后一天。

本山叔也作出一个决定:阻拦了我们一家三口闯荡北京的脚步。

本山叔把我,不,是我们一家,从深陷在冰冷泥泞的旋涡里拽出来。

从17岁一路走来,在不知多少个人生与梦想的交错路口,本山叔总会给我一个新的起点和方向,让我找到新的希望和力量,一次

三、爱如山

次突破自己，再超越自己，去实现自己的梦想。这一次，当我们走投无路，拖家带口要北漂时，本山叔又出现了。那条路，也清清楚楚地出现在我们眼前。

临走时，我告诉儿子："亲亲姥爷。"

儿子的小嘴翘起来，贴在本山叔的脸上就亲，本山叔开心大笑，送我们上了电梯。

走出办公楼，秦浩哥才讲了这件事的来龙去脉。

那天中午，秦浩哥去食堂已过了饭点，食堂里的人几乎都走了，只有本山叔一个人在吃饭，秦浩哥吃口饭，就去跟本山叔汇报工作，汇报完要走时，本山叔突然问他一句："单丹最近怎么样了？"

秦浩哥说："单丹现在可不好，一家三口要去北漂。"

本山叔一听到我们要"北漂"，眼睛就立了起来，盯着秦浩哥，让他赶紧给我打电话，问问走没走。

有些事，真说不清，更道不明。本山叔怎么就会突然想起问我的消息呢？

似乎一切都是最好的安排，我又一次感觉到自己是多么的幸运。

就在我们要上车时，一只喜鹊忽然从头上飞过，我一直看着它飞远。

路上，我赶紧给父母打电话，告诉他们这个喜讯。这回，他们翻腾许久的心，总算能放下了。

我又拨通了孙学军叔的电话，电话一接通，我就迫不及待地开口说："孙叔，这回我们不去北京了，不走了。"

孙叔吃惊地笑着说："这么说我那顿饭白请了。好啊！不走就对了。"

我又说："是本山叔把我们留下来的，让我们去本山传媒上班。"

孙叔哈哈大笑说:"哎呀!那可太好了!感谢本山老师啊!你们在那好好干,改天请你们吃饭。"

回去后,小姨主动提出帮我们带孩子,第二天就把孩子接走了。

走到门口,儿子泪眼汪汪地朝我们摆手。

门一关,我和吴振豪谁也没忍住,咬着嘴唇落泪。

四、写自己

柳暗花明

不管怎么讲,北漂都像一场噩梦,如果不是本山叔把我们留下,明天会怎样?真不敢想,不敢想……

更不敢想的是,我们竟然进入本山传媒工作。

去上班的头一晚,怎么也睡不着。想想不久前还在旋涡里痛苦挣扎,转眼就要迎来新的曙光。

第二天,2012年3月13日,我和吴振豪穿着结婚的那套新衣服,早早就去本山传媒报到。

这一次来,和每一次都不一样。

当我俩在入职单上填写完自己的名字,他看我,我看他,谁也没说话,眼圈都红了。

从那一刻起,我们便踏上了人生的新轨迹,那一天就是新起点。

本山叔把我们俩安排在二哥刘双平管的两个部门。

吴振豪在艺委会,我在新闻办。

在单位我们叫他刘总,他既是本山传媒艺术总监,又是艺委会主任。

办完入职,刘总把我们领到他办公室,二楼出电梯左手边第一间。

一进办公室,最显眼的是那张大办公桌,我还伸手摸了摸,花梨木雕花的桌身,灰白大理石桌面,精致又气派。听说是本山叔送给他的。

刘总很正式地跟我俩交代完工作，又说："今天的日子很特别，一定要拍个照片纪念一下。"他便让人给我们仨拍了张合影。

合影后，刘总起身对我俩说："我带你们去见见马总。"

"哪个马总？"

刘总说："马瑞东总裁啊，你们应该见过面的。"

我想起17年前，第一次在伊斯兰歌舞餐厅见到本山叔时，也见到了马总，一个潮男的形象从记忆里跳出。

马总的办公室是在电梯口的右边，他正在开一个小会，见到我们三人进来后，马总热情地站了起来，冲着我们点头微笑。

刘总指着我们俩对马总说："马总，给您介绍两个新员工，单丹和吴振豪。"

马总看了我俩一眼，笑着对刘总说："单丹啊，我多少年前就认识。好像比您认识她还早呢！"

我对马总说："马总，您还是那么帅，还是当年在伊斯兰歌舞餐厅见到您时的那样，这么多年一点都没变啊！"

马总又盯着吴振豪说："听过你和单丹的故事，能把单丹照顾得这么好，不容易啊！咱们以后就是同事了，有事儿就说。"

吴振豪腼腆地点了点头，随后刘总就带着我们离开了。

我的工作是负责官网的更新管理和网络舆情监管。

吴振豪白天做艺委会的事务，在一楼办公。晚上去铁西工人会堂"刘老根大舞台"做舞台监督。

刘总把我安排在他办公室办公，还为我配了一台新电脑和打印机。在那张大办公桌前，我和他面对面坐。突然从"二哥"变成"刘总"，我还真有些不适应，但他还是那股亲切劲儿，只是在工作上要求很严格。

办公桌紧挨着窗子,一早窗外的阳光比我先到,每天都把办公室烘得温热,推门进去,身心都感觉暖洋洋的。

这里的天很蓝,空气更新鲜,路两旁的柳树刚刚露出小芽尖,而它身旁的杏花已含苞待放。无论近看,还是远望,我都感受到了春天的气息,和在春天里正萌动的一切。

春天就这样来了,真的来了。不敢相信,我们已在这个春天里重生。

刚进公司上班,就赶上开大会。听说每次开会都在中街"刘老根大舞台"。

那晚,"刘老根大舞台"9点半下戏后,观众都散去,开会的人才一拨拨往里进。

吴振豪一路小跑推着我过横道,老远就看到剧场大门外围满了人,他们个个都探着身子,眼珠一个劲儿往里探,好像在探寻一座宝藏,目光还流露出更大的期许。

大舞台保安在门口维持秩序,其中有两个长得一模一样的小伙儿,在最前面疏导车辆和人群,一看就是双胞胎兄弟,却看不出他们只是热心观众,每晚都会来大舞台帮忙,风雨不误,听说已坚持好几年。

那两个小伙儿一看到我,三步两步迎上前,各扶一侧轮椅,带我穿过人群。那些人也像看明星一样看我。

只要是晚上在大舞台开会,本山叔几乎都是在7点开演前就到大舞台,那一晚所有演员都会在台上铆足了劲儿去演。还是老规矩,最后一码戏演完,本山叔经常会给观众一个惊喜,突然走上台,给大家演出,凡是那天去大舞台看戏的观众,都"赚"了。

四、写自己

公司的人陆续到达,在沈阳各剧场演出的演员们也都赶来,去辽阳剧场演出的演员因为道远要稍晚些到。

观众席分散坐了一大半,这时,辽宁民间艺术团副团长张小伟从座位上走出来朝大家摆手,示意集中往前坐。

领导班子都坐在最前排雅座,雅座那一趟靠右侧最边上有个空位,紧挨过道,刚好能放下我的轮椅,我就坐在了那儿,吴振豪在我身后。

雅座离舞台很近,舞台下面立着麦克架,麦克架后面放一个雅座沙发,旁边有张小桌子,桌子上摆着切好的水果拼盘。

人都到齐,剧场里越来越静,看舞台侧面大钟,10点半多,看样子大会是快开始了。

刘总从雅座起身,走到麦克架前,用手轻捂着麦克,还是用他专属的"鄂普"作几句简短的开场白,请出本山叔。

本山叔从侧幕一走出,掌声就响起,他从正对着我的台阶下来,与我只一步之遥,他抬头看到我,笑了笑。

掌声在他走到麦克架前才停下来,他对着麦克,用并不太大的声音送出一句"大家好"。掌声又响了起来。

这不但是来上班后,就是从小到大,也是我第一次参加这样的工作大会,不知是看似氛围紧张,还是我心里紧张,反正那天特别紧张。

没想到那提到嗓子眼儿的紧张,像快要吹爆的气球,被本山叔的一个包袱给戳破。他开大会像和家里人唠嗑,一唠就能唠出一串串欢笑,剧场里掌声和笑声不断,不知道的以为还在演出。

本山叔说到办公室的工作时,停顿一下,目光慢悠悠向左移,像摄像机镜头在搜寻目标,突然在我身上定格。

这时，我胸口像安了块秒表，脸也像被火烤。

"我们公司最近来了两个新成员。"本山叔用手指着我的方向说。

"大家有的可能都知道她，她就是前些年为《马大帅》写片尾主题歌《活出个样来给自己看》的单丹，我认识她的时候她还很小，在舞台上唱歌，很阳光，很有才华，是一个很有故事的人，现在正式来我们公司上班了。"

本山叔话音刚落，台下就响起一阵掌声。

"她现在在新闻办工作，管理官网的新闻，我也想在官网上为她开个专栏，让她写写诗，写写文章，写写歌词，让她在自己的文学天地里，快乐自由地写。"

听到这儿，我高兴得眼泪都要流出来。真不敢相信，但又怎能不信？本山叔给我的那片文学天地好像已出现在我眼前。

本山叔的语调突然升高："一个坐在轮椅上的女孩都能这么阳光快乐，我们还有什么理由不快乐呢？"

他又看到我身后的吴振豪，仰起头对大家说："看她身后那个梳小辫儿的，是她老公，叫吴振豪，天天推着她，照顾她，这才是个伟大的男人，我们都该向他学习。"

掌声又一次响起。

我轻轻转头，见吴振豪眼神依然很淡定。

会都开老半天，我才发现，本山叔身后的雅座沙发始终空着，他一直是站着给大家开会。

本山叔跟大家介绍完我们俩，就对大舞台当天演出的每一码戏进行点评，越唠越有激情，讲到兴奋处，他一边做示范，身体也跟着舞动起来。

一阵欢笑声过后，本山叔又跟大家说："在目前有些行业不景气的情况下，我们'刘老根大舞台'还能够场场爆满，这是非常难得的，希望你们每天都能拿出最好的状态去演出，回报观众对我们的厚爱。对于一个演员来说，只要能天天在舞台上演出，那就是最幸福的事儿。"

听到本山叔对徒弟们说的话，我觉得我们能成为这个快乐大家庭中的一员，又是多么的幸运和幸福！

来基地上班前，秦浩哥就帮我们在附近租了房。后来，他又成了我们的"专职司机"，每天上下班都接送我们。

不久，我们便有了一辆自己的新车。是因为打印社房租猛涨，父亲无奈把店兑了出去，在隔条街又租了个小门店。他用兑店的钱给我们买了台车，幸亏吴振豪在做"家庭妇男"时，忙里偷闲，把驾照考了下来。能有一台属于自己的车，是我多年的心愿，更是我特殊的现实需要，彻底去除了我打车的"心病"。

车刚买回来时，秦浩哥每天早早就到我们楼下，按几声喇叭，吴振豪拿着车钥匙就跑下楼。

那段时间，秦浩哥总陪吴振豪练车，熟悉周围路线。每次车启动时，秦浩哥都会冲吴振豪喊一句："安全第一。"

有一天，真发生了一件想起都后怕的事。

那天下班，吴振豪开车出大门就往左转，一辆大卡车突然冲过来，与我们的车擦肩而过，若再迟一点，后果将不堪设想。这一幕，刚好被跟在后面的秦浩哥看见，他开车追过来，摇下车窗，表情木讷，声音发颤地说："谢天谢地，菩萨保佑！"

他那惊恐的神态又让我想起五年前，他来传媒上班报到，刚考过驾照的他在大雨中从北京开车到沈阳，险些出车祸。那天当他看到我们刚刚经历的那一幕，一定是又被吓到。

秦浩哥还经常为我们介绍身边的同事，大家对我俩都很友好，我们也不觉得陌生。

秦浩哥是演出部部长，副部长叫程娜，她是辽宁大学本山艺术学院毕业的，在公司工作已好几年，和秦浩哥一样，都是工作狂。

都说我和程娜长得像失散多年的姐妹，趁午休，她总来给我梳四股辫，梳完还用手机拍下来给我看。有时，一来办公室，见桌上放一堆好吃的，不用问，那一定是程娜干的。

一天中午，吴振豪推着我从办公楼出来，要去食堂吃饭，刚走到宾馆门口，想起件事，又回到办公室。我就在宾馆门前那棵松树下等他。

正巧本山叔从宾馆大堂走出来，见到我就笑着问："在这上班感觉咋样啊？"

"特别开心。"说完我自己都感觉脸上笑得像朵花。

"这回心里踏实了吧？"

"可踏实了，连睡觉都踏实了。"

"那就好，每天把工作做完，专栏开了之后，愿意写啥就写点啥，你要用你的阳光去感染每个人。"

我一直笑着点头。

他又看看表说："到饭点了，该去食堂吃饭了。"

见我还坐在轮椅上不动，他猫着腰往轮椅轱辘上看一眼，发现我的轮椅不带手动钢圈，只能让人推，不能自己走。

他转到我轮椅后面，推着我就往前走。

这时，吴振豪正好从办公楼跑过来，从本山叔手中把我和轮椅接过去。

本山叔冲吴振豪笑了笑，对我说："以后换一个自己用手能转动的轮椅，到哪去都方便，在这儿就像在家一样，自己走，上下电梯，去办公室，自己能做到的，尽量都要自己去做。"

第二天，我就买回一辆新轮椅上班。

我双手转动轮椅，去办公楼，进办公室，到卫生间洗手，真和在家一样。

抬头看窗外，一只鸟从嫩绿的枝头飞到另一个枝头，我感觉自己也像那只鸟一样自由。

没想到就在那天，一眨眼的工夫，我还真变成了一只会飞的"鸟"。

去食堂吃饭要走办公楼后门，出门有三个台阶，吴振豪把轮椅上的我先仰起45度，只两个大轮着地，一阶一阶平行推下去，最后两个小轮再平稳落地。

和我在一起后，这功夫他算是练出来了，每一次他都小心翼翼，一点儿也不会让悬在半空中的我感到恐惧。

下了台阶，往前走几步，又有几个台阶，再走几步，还是台阶，幸好左右两侧各有一段坡道，我选择走右侧坡道，而且还想一个人独自完成。

开始，吴振豪用一只手拽着轮椅扶手，想拉着我下坡道。趁他不注意，我只拨动下轮子，竟飞着冲下坡道。好刺激！好欢畅！

那一刻，我简直就像鸟儿一样自在，真喜欢这种飞的感觉，只差一双翅膀。

坡道陡，惯性大，飞下去，还跑出老远。

等吴振豪在后面追来，我已成功完成了人生的第一次快乐飞行。他吓得抓住我轮椅的把手，推着我就走。

吃过饭往办公楼走，坡道还是我的必经之路。

下坡道飞的感觉很自在,上坡道却像是爬山。他要推我,我想自己上。于是他松了手,在后面紧跟。我总回头看,怕他偷偷推我,就把他"撵"到一旁的台阶上走。

我两只手死死地抓住轮椅的钢圈,心里数着,一下一下往上转。

这时,一个人的喊声,让走了一半的我突然停下,我扭头一看,是位保洁大姐,她正仰着头冲吴振豪喊:"你倒是帮她推一下啊?咋一点儿也不管呢?这要是从半道滑下来,多危险啊?"

我笑着对她说:"大姐,谢谢你,是我有意要自己锻炼锻炼。"

大姐听完,没吱声,走了。

我看了一眼吴振豪,他正抿嘴笑。

四、写自己

我的"地盘"

那一天,我也终于有了一块属于自己的"地盘",是本山叔在官网上给我开的"单丹专栏"。

对我来说,那又不仅是个专栏,也是我的一片文学天地,只等着我用笔去耕耘,用心去翱翔。

记不起多久没写东西了,日子都被孩子的哭声和笑声填满。我知道只有在那片天地里,或许才能找回我自己。

当我打开电脑,要写第一篇文章时,手却动弹不得,更无从下笔。好像自己从没写过,也不会写了。想起曾经自己有感悟就去写散文和随笔,可如今竟一个字也写不出,这是我怎么也没想到的。都说"一孕傻三年",我可是还没跳出这三年。本来脑子反应就比别人慢一拍,现在好像更不知怎么转。一种前所未有的顾虑和压力像一片乌云笼罩在眼前。

刘总见到就鼓励我,反复强调把握好四感:画面感、节奏感、分寸感、逻辑感。

我细细体会,慢慢琢磨,终于用一周的时间写出一篇文章,讲自己的经历,那简直是我给自己的一个惊喜。还配上一些老照片,图文并茂。

写作的每一分每一秒,我都觉得是在和自己的心灵对话,写出的每一个字,都能慰藉在文学天地里孤寂太久的心。

当文章一发出，朋友们都阅读点赞，还有很多陌生人关注。这真是意料之外的惊喜，也给了我太多信心。就像自己种下的秧苗，用心血来培育，当结出果实，让人品尝时，那是怎样的心情！

单位的人也悄悄去官网上浏览，办公室主任邓红梅笑着告诉我，她是哭着看完的。

她第一次见我就叫我"丹姐"，又送我一个透明水杯，让我多喝水。

还有个朋友看了我的文章，又得知我们一家人的近况，竟为我作出个连我自己想都不敢想，更不敢去作的决定。

说起来那是几年前的一次演出，主办单位安排个女孩陪我，她很瘦，梳着短发，帮我换完演出服，那双水汪汪的大眼睛一直在我身上打转，似乎还在寻找什么可以帮到我。聊了几句后才知她竟然与我同岁，叫于斌，刚从外地调到沈阳工作。演出后，我们互留了电话，没想到临走时她对我说："和你在一起很开心，你是我来到沈阳的第一个朋友。"

只这一句话，就让我们成了仅有"一面之缘"的好友。

她看到专栏后，突然给我打电话，说她单位要团购买房，很优惠，就离我单位不远，她想把她的名额给我，让我尽早安个家。

这确实是个让人惊喜到害怕的好消息，可我们当时的现状还买不起房，想等等再看。

父亲说房子越等越贵，趁团购优惠，买就买了，总比租房划算。

只三天期限，父亲帮着张罗钱，吴振豪又从老家借了些，终于把首付凑齐。

听说要等两年才交房，虽然要背着债过日子，但一想到两年后会有个自己的窝，心里还是挺美的。

四、写自己

每天忙完工作，就在专栏里写文章，写上便停不下来，有时写到演员下戏回来，我才从单位回家。

"单丹专栏"里的文章一篇篇在更新。有一天，我竟然还创作出一首歌词，那完全是出于一种感动，一种意外的感动。

在更新官网的新闻中突然看到了一个宣传片，那是半年前，公司与何氏眼科共同发起的"本山何氏光明行"。

"看清没？"

"看不清。"

在人群中，本山叔的徒弟们搀扶着一个又一个老人，指着视力表一遍一遍地问。

后来，本山叔和他的声音同时出现在老人们面前，他伸出手指，像对自己的亲人一样耐心地问："能看清了不？"

老人说："啥也看不见。"

这时本山叔的一句画外音从画面里跳出来："人眼睛失明了是一种什么感觉？"

紧接着一个面容苍老，头发稀少，还缺了几颗牙的男人哭喊着对本山叔说："我才45岁啊！我家里有老有小哇。"

看到这画面，听到这个男人的哭声，我的心都揪了起来。他的哭声来自他内心深处积压太久的苦楚和渴望。

本山叔看着他，又轻轻拍了拍他的肩膀说："没事没事，我看看，你这个能治。"

男人哭得更厉害了，高声说："太感谢你了，大好人啊！"

这一次，他的哭声里完全是惊喜、幸福和感激。

几辆印着"本山何氏光明行"的"大客车"迎着夕阳飞驰在路上。

那是本山传媒投资上千万元建立的由筛查车、手术车、诊疗车组成的"流动眼科医院",专门免费为贫困、边远地区的人们进行眼疾筛查和诊治。演员们每个月都会组成"本山何氏光明行"志愿者小组,出现在等待诊疗的人山人海中。

当我听到他们齐声说:"分享光明,点亮希望。"我的心都在震颤。

在"流动眼科医院"的启动仪式上,本山叔站在外面,穿着大棉袄,拿着话筒说:"我对盲人有过体验,我也知道农村有多少人需要光明。"

把光明送到了眼疾患者的家门口,拯救了那些因没钱治病而看不到希望和已失去光明的人们,也拯救了一个个家庭。

"尽量别闲着,走到农村去,做到底下去。把各村的老头老太太都搀来。""能给别人带来光明,带来快乐,才实现了自我的价值。"坐下来的本山叔像在聊天似的说。

或许只有本山叔能更深地体会到,那份光明和希望,对于他们来说,有多重要。

我想,这一切应该源于他记忆中那一段难忘的经历。因为他有一个照顾他长大的盲二叔,正因没钱治眼病,最后看不见了。也正因为他常揣摩盲人的心理,早年又扮演盲人,才让观众知道他。所以他更能体会到失去光明的人内心的痛苦。以至于那天在"本山何氏光明行"的新闻发布会上,本山叔是用"蒙住双眼"的特殊出场方式与大家见面。

这让我又想起,我曾写过关于残疾人的一首歌《我们六千万》,开头就是以盲人为切入点,可我怎么也找不到感觉,憋了好几天。有一天早晨,坐在阳台,迎着光,当我用双手把眼睛给蒙上,才终于体会到,眼睛看不见,世界也暗下来,完全用心去感知一切,当然也感受到了一种从未有过的迷茫。

"能让这些睁开眼睛,得到光明的人看到我们长什么样,老在电视里听,再加上我这些学生给他们送去快乐,这是我内心的想法。我希望我活在这个世界上,只要我有能力,我就会往下做。"

听到本山叔这样说,我似乎能想象到当眼疾患者在睁开双眼的瞬间,看到眼前正望着他们的那一张张笑脸,他们脸上的笑会多灿烂,心里又会是怎样的幸福和满足。

没想到我真看到了他们的笑容,是在一张照片里,正是他们重见光明的笑触动了我,一首歌的种子也在我心底瞬间萌发。

"是什么模糊了你的眼睛,让你的世界看不清,我知道你心里有一个梦,想看清雨后那一道彩虹。是什么黯淡了你的眼睛,让你的世界一片朦胧,我知道你看不清身边的风景,可你心里却有一片蓝色天空。爱在光明行,爱在流动,照亮了你的眼睛,灿烂了你的笑容。爱在光明行,情在传送,伴着你快乐前行,美丽了你的幸福人生。"

《爱在光明行》就这样诞生了。

记得上一次写歌还是在怀孕时,为王小利哥和李琳嫂写的《幸福的我们俩》,后来再也没写过歌。

歌词写好后,吴振豪作了主歌的曲,乐队吹唢呐的孙洋写了副歌,只一个通宵,我们就完成了《爱在光明行》的小样。副歌很高,也很激昂,录音时,我挑战和超越了以往演唱的极限。

第二天中午,在食堂吃完饭刚往出走,就碰到了本山叔,他去食堂吃饭,我在大堂等他。

吴振豪回办公室取来《爱在光明行》歌谱后,本山叔也回到大堂,他掏出根烟,坐到沙发上。

没等本山叔说话,我就跟他汇报:"叔,我在专栏里已经发了好几篇文章,写的都是我自己的成长经历,浏览量还不少,好久没动笔,这一写,大家爱看,我还挺有动力。"

"对,写自己就要敞开心扉真实地去写。"

我又告诉本山叔,刚写好一首歌《爱在光明行》,也把创作感受讲给他听,如果可以我也想放到我的专栏里。

说着,我打开了存在手机里的歌曲小样,又把歌谱递给本山叔。

本山叔接过歌谱,把抽了快一半的烟放进烟缸,还像往常一样轻声跟着哼唱。

唱完,本山叔抬起头笑着说:"这歌挺有情感,但风格不太适合你唱,后面太高了,你唱得有点费劲。再说你一个人唱,也爱不起来,让大家一起唱,爱的力量就能体现了。"

我也笑了笑说:"这歌确实太高,到我的极限了,我也是用了最大的劲儿唱。"

"写主歌时我也在想,应该差不多8个人唱,一人唱一句。"吴振豪在一旁说。

"对!多点儿人唱,这气氛就能起来。"本山叔想想又说,"可以让小沈阳、王龙他们唱得好的一起去唱。"

对于这首歌,没想到本山叔还有这么多新创意,又这样支持我。而我也能为"光明行"尽一份力,我很欣慰地笑了。

聊完歌,本山叔又问我俩:"最近在这心情咋样?"

我笑着说:"每天上班一进这院就开心,忙完工作,就写东西,吃完午饭,我俩在这院里溜达溜达,感觉可好了。"

"你就自己整轮椅,别一天老让人推推推的,锻炼锻炼,也得减减肥,要不人家扛你得多费劲啊!"本山叔开始说时挺严肃,说着说着嘴角也藏不住笑。

我看着本山叔,笑出了声。我又看了一眼吴振豪,他也憋不住乐。

本山叔又说:"因为你从小到大得到了满满的都是爱,所以你心中一直是幸福的,快乐的。"

说完他又看看吴振豪说:"我看你现在也有笑模样了,心也打开了,多好!"

我抢着说:"是啊!他天天晚上去剧场,在那幽默的环境里,性格也有很大转变。"

吴振豪腼腆地笑着点头。

本山叔紧接着问吴振豪:"你幸福不?"

吴振豪边点头边笑着说:"幸福。"

本山叔深叹一口气说:"哎呀,你俩现在心情都好了,不用想去北京和接下来有什么难事儿了,我心里也就踏实了。"

我俩都笑着看本山叔,我们三个人的目光碰到了一起。

一日五餐

来基地上班前，就知道这里的食堂和别处的不一样，吃饭是免费的。可来上班后，才知道每天吃五顿饭，也不花一分钱。

从办公楼后门出去，直奔宾馆，穿过大堂，就是食堂。

去食堂，要在前台左侧下六个台阶，再走上一段路。

吴振豪还是把轮椅翘起来，稳稳地一阶一阶往下推。

下了台阶，我就自己转动轮椅，像鱼一样游来游去。

还没到食堂，就闻到了饭菜的香。

过一扇敞开的门，左边两扇大玻璃窗，窗台很低，窗户几乎落地，窗外站成排的树，我坐着仰起头也看不到树梢，只见树腰的枝丫上刚长出鲜绿的嫩叶。

食堂每天中午12点开饭，但过11点半就有人三两结对，陆续从办公楼往食堂走，早到的已在窗口排队，等着打饭。

打饭窗口旁贴了张海报，一碗米中有6个字："不剩饭，不剩菜"。

饭菜用长方形钢盆装，热气腾腾，整整齐齐摆一排。厨师们一勺一勺往端着的流动餐盘里打。

没来上班前，与本山叔在食堂吃过几回饭。过年来拜年，也赶上好几次基地全体员工会餐。这次真成为这个大家庭的一员，觉得食堂的氛围挺像家里的大饭厅，每个人到点就回家吃饭。

四、写自己

一排排深褐色的木制餐桌，被阳光照得发亮。那餐桌有2米长，近1米宽，配两个长条椅，一张桌子两边至少能坐6个人。

整个食堂，餐桌竖着数有7排，横着数每排有8张桌子，两排为一组，每组中间都有过道，其中左右两排过道，分别被3个长方形柱子隔开。

吃饭时的座位虽可以自由选择，却也基本是固定的，流动性不大。一般都是一个部门聚堆吃，但偶尔也会有临时到哪一桌拼桌的。

进门左边第一排是回民用餐区域，但吃回民餐的人并不太多。

在领导班子中，只有总裁马瑞东是回民。

一天中午，在办公楼等电梯去食堂，遇见刚从办公室走出来的马总。认识他快20年，岁月几乎没在他脸上留下什么痕迹，每个棱角都彰显出他的俊朗，笔挺的腰板，字正腔圆的谈吐，永远朝气蓬勃的发型，我们一起坐电梯去食堂，一路谈笑风生。

第二排第二桌是汉族领导用餐座位，后面几排都是办公室的工作人员。

不管哪位领导吃饭，都是托着餐盘，自己打饭。

食堂正中间那两排是演员和乐队坐的地方。可第一桌，始终没人去坐，那是本山叔吃饭坐的座位。

记得基地刚建成时，我第一次和本山叔在食堂吃饭，他就坐那个位置。

最里面靠窗户那两排，坐满了后勤工作人员。

中午，阳光从三面通透的大窗户照进来，直晃眼。

每天吴振豪一个人去排队打饭，为方便，我就近坐到中间第二排第一桌，对面桌就是本山叔的位置。后来听说我坐那桌是接待客人的，每次再去，我便从前面绕一大圈，跑到后面倒数第二桌坐。

食堂每天的五顿饭除了早、中、晚三餐，多出两顿是按演员演出的时间安排。一顿是下午4点，在演员4点半去剧场前，还有一顿是晚上10点半，演员下戏回来后。

饭菜是按每周菜谱做，六菜一汤，四素两荤，有炖菜、炒菜，鸡、鱼、肉换着法儿做，除了周二中午吃面条，每天不重样，都是东北家常菜，只有在家才能吃着的味儿，却比家里做的好吃多了。

在这里，每天大约有300人吃饭，都不用掏钱。

我终于理解当年本山叔的父亲在世时的担忧——只要去食堂见到那几百人吃饭，他就心疼，怕有一天公司让这么多人给吃黄了。

还没来上班时，本山叔就对我和吴振豪说："你们上班一天三顿都在基地吃，家里就不用再开伙了，也省事儿了。"

上班后，我们只在食堂吃中午一顿，每顿也只打一盘饭菜。

谁见了都问："怎么只打一盘？够吃吗？"

吴振豪说："打两盘怕吃不完，浪费。"

他不管在哪儿吃饭，最怕浪费，宁可吃撑，也不能浪费。用他的话说："浪费的不仅是粮食，而是自己的福报。"

结婚后，他的体重从不到120斤一直飙升到160斤，原来的身材和模样连影子都找不回了，只有后脑勺那条乌黑的小辫儿还在。

生了孩子后，我至少胖10多斤，怎么也瘦不回去，从孩子断奶后就开始嚷嚷减肥，可每次在基地食堂吃饭，我都很难控制住自己，土豆炖豆角、大锅炖酸菜、茄子拌土豆……都是我最爱吃的，吃在嘴里，暖到胃里，不光是味蕾满足，心里也更踏实。

就这样天天吃食堂的饭菜，不但没瘦，反倒又胖了。

每天吃饭，秦浩哥从前面打饭，端着餐盘大老远跑后面这桌，和我们一起吃。

四、写自己

我和秦浩哥都在二楼办公,每天见他更多的时候都在接打电话,不是签合同就是谈合作,常忙得饭都忘记吃,有时打完饭还没见到他,就打电话,叫他来食堂吃饭。

虽说我们天天在一张桌吃饭,可我们每个人的口味都不一样。

秦浩哥是重庆人,不爱吃面,每顿都离不开米饭,即便每周二吃面条,他都要把几样荤素卤一起拌在面里,还要加些辣,才吃得入味。不过,食堂不管做什么汤,每次他喝完,都要再去添一碗。

吴振豪是安徽人,爱面不爱米,和我很有默契。我是黑龙江人,虽说家乡是粮都产米,但从小就偏爱面食,只要是面做出来的,啥都爱吃,甚至多久不吃米也不想。

食堂自己做的花卷、馒头、豆沙包、韭菜合子都特别好吃,像小时候母亲做出的味道,怎么吃都吃不够,就更不想吃米饭了。

吴振豪吃菜口味轻,偏清淡素味,东北炖菜他一直吃不惯,尤其是土豆拌茄子,他一口不碰,死活不吃,连看都不看一眼。但东北的炖酸菜他可挺爱吃,肉吃得少,鱼虾更不吃,他说小时候鱼刺卡嗓子,不敢再吃。可我觉得或许是和信仰有关。

每到中午吃饭,我们这桌总会传出笑声,除了我,就是秦浩哥,若不是亲眼所见,或换作几年前,肯定不会相信,他能变成今天这样。

秦浩哥来基地上班后,那时天天去剧场,被熏陶得也越来越幽默。自从在大舞台练翻跟斗摔骨折后,腼腆的他彻底解放了天性。生活中随时都能调换成表演模式,在表演中随处又都在生活里。吃着饭,他说着,我笑着,数我们这桌热闹。

有时刘总在领导区吃完饭,也会来我们这桌抖包袱,"凑热闹",注重养生的他还给我们讲些养生小常识,每次我们都听得津津有味。

我们吃饭那桌正好对着食堂的后门，有的人吃过饭，直接从后门就走了。

不管是后门还是前门，门口总有几只猫在晒太阳，它们都是流浪猫，在基地安了家。吃过饭，有人把吃剩的鱼骨头用餐巾纸包起来，带出去给它们。我也给过好几次，它们吃完，舌头在嘴角来回舔上几圈，抖了抖发福的身子，朝路中间走去。

我们常走前门，除非吃完想出去遛弯。

走前门，还是要经过那六个台阶，吴振豪从向下推改成向上拽，拽要比推更吃力，他先退着上一步，再把我和轮椅拽上去，就这样，反复做六次，时间一长，速度也越来越快了。

上班后，有很多人总会问我："在基地能见到赵本山老师吗？"

别说，在基地能常见到本山叔的地方，还真就是食堂。不过，碰巧他哪一天醒得早，赶上饭点，能与我们一起在食堂吃顿午饭，也实属不易。

他每次去食堂吃饭，刚坐到那儿，就有人来，有时是领导班子的领导，端着餐盘，直接挪到他那桌，边吃边聊，向他汇报工作。

也有部门领导去请示工作，说几句就走了。

还有些是从外地剧场刚回来的演员，打完饭，陪本山叔一起吃。

看得出，谁都在争取和把握本山叔在食堂吃这顿饭的分分秒秒，对大家来说，真如久旱的禾苗喜逢甘霖。

每次我从他面前经过时，几乎都有人围在他身边。哪怕他正与人说着话，看到我，也会冲我笑笑，点点头。如果那会儿赶上只有他自己吃饭，或是人不多，也无要事谈，我便转到他身边，和他说说话。

本山叔桌上摆的饭菜和我们一样，唯独多了两样，辣白菜和小葱。

这么多年,小葱蘸大酱依然是他的最爱,顿顿都离不开。

看他吃小葱蘸大酱,比吃山珍海味都香,能把你食欲给勾起来,就算吃饱了,都还想再吃点儿。

他坐的位置是食堂的正中心,去打饭和打饭回来的人,来来回回都在他的视线里,当每个人和他打招呼时,他都会点头、微笑,笑得特别亲切。

那时,本山叔并不像是董事长,更像是一个大家长。基地的食堂,也不像是食堂,更像是一大家子人,回家有说有笑吃顿饭。

来基地上班才知道,食堂每个月还真有一次"团圆饭"。

记得清清楚楚,2012年6月29日,那晚基地食堂比哪天都热闹,像家里办喜事儿。

那是一个集体生日大派对,工会为6月过生日的34名演职人员举办生日晚会。我们也等到演员们都从剧场下戏回来后,才去食堂。

我刚到,见本山叔也来了,从开始到最后,一直与大家在一起。

辽宁民间艺术团副团长张小伟主持晚会,有欢乐聚餐、K歌活动、娱乐游戏、生日抽奖,我还抽到一个优秀奖呢!

34个生日主人公,有演员、机关工作人员、保洁员、后勤工人等,他们围着好几层高的生日大蛋糕一起许愿,蛋糕上每一根烛光都映着他们的脸,那一刻好温暖。

本山叔站在中间,和他们一起吹蜡烛,笑得很幸福。

这幅画面,一瞬间把我的思绪牵到2009年基地举办的春晚,最后一个节目是为当月过生日的庆生,好像我穿越过去又穿越回来。

本山叔在切蛋糕之前对大家说:"我们每个月都有一天必须要聚在一起,这本身就是件很开心的事儿。而且每个月的这一天都有一个共同的主题，给不同的你们过生日，不管你们在哪个部门，在啥岗位上，都让你们感觉到这个大家庭的温暖，因为我们是一家人。"

食堂里一阵阵掌声，连回声都特别响亮。

听说，工会成立3年多以来，每个月都为员工们过集体生日。

那一晚，我很感动，也很难忘！在这个大家庭里，每个人都一样，都可以是幸福的、快乐的。虽说我不是当晚的生日主人公，但我也同样感受到了那份幸福和快乐。

有一天加班到挺晚，饿了，看看点，去食堂还能赶上10点半的饭。没想到本山叔也在食堂，我吃完就去他身边，一会儿工夫，文松、成红、小超越几个徒弟也都围过来，在本山叔对面，坐一排。

我们像听故事一样，听本山叔讲艺术，讲人生，讲生活。

后来，我们都开始插话，聊着各自的人生经历和感受。

聊着聊着，本山叔突然转过头看着我，对徒弟们说："看看她，你们应该学会知足，更应该珍惜眼前的幸福。"

四、写自己

简单的是最难的

天气渐渐热起来,那段时间,刘总常与演员们在办公室研究节目,小品和包袱是他们讨论最多的话题。在一旁工作的我,也听进去几分。

有一天,刘总对我说:"单丹,你也可以尝试下写小品脚本,多研究研究包袱,小品创作也是件很好玩的事。"

"我本来就不幽默,也不会幽默,咋能写出小品呢?"

"啥事都要去琢磨,要突破嘛!没事去剧场看看戏,看演员在台上是怎么把一个个包袱抖响的。连振豪进剧场后都有很大改变呢!"刘总对我说。

那晚刚好秦浩哥去铁西办事,我坐他的车去了铁西工人会堂,别人去是看戏,我完全是奔着一个个包袱去的。

那天是2012年7月20日,只因无意中发现了一件事,才把那个日子记得那么清楚。

6点半,铁西工人会堂"刘老根大舞台"乐队正在门前演奏《迎宾曲》,比往常还热闹。

下车一看,原来牵住大家目光的不是乐队,是一个面向乐队身穿黑色长褂、手拿指挥棒、头戴猪八戒橡胶头套的大脑袋人。

他站在铺着红毯的台阶上,扮相搞笑又神秘,身体随着音乐不停地摆动,手臂也在激情挥舞。

在窗口买完票的观众陆续凑上前,连马路上的行人也都跑过来看。他不但与乐队互动,还用肢体语言与观众交流,一会儿就围了好多人,有些人为他拍照,还有的人故意站在他身边,与他自拍合影。我也觉得很有趣,把那一幕随手拍了下来。

几个串烧曲子结束,那人到一旁摘下猪八戒头套,一看后脑勺那根小辫儿,原来是他!

我慢慢走近他,他侧着身,头发像水洗的一样,脸上的汗直往下淌,衣服也湿得贴在身上。

当我悄悄转到他跟前,他一回头,看见是我,满脸惊愕,嘴角还露出一丝羞涩的笑,他问:"你怎么来了?"

我问:"你做迎宾指挥咋没告诉我呢?"

"我想练好点再告诉你。"

我心想,这可能就是刘总说吴振豪进剧场当舞台监督后的改变。

看到吴振豪今天的突破,与生活中不善言谈又古板拘泥的他,完全不是同一个人。

记得吴振豪刚去剧场做舞台监督时,难见到他笑,跨界的艺术让他跨越得很有压力。他说,当时每天在剧场侧幕旁,一边看戏,一边拿本记说口。

演员上场前,他会提醒演员哪些说口是说过的,一旦重复说就叫"过河"了。开始他还照本子说,后来都记在脑子里,张口就来。

剧场演员流动性很大,每晚6点,他准时给演员和乐队开会,安排演出衔接等一系列的事。

开始那些天,他大半夜不睡,想第二天的开会思路,在心里打草稿。白天也心神不定,把晚上的开会内容写在纸上,还念给我听。

在剧场,除了演员在侧幕候场,就是他在侧幕盯着舞台,随时帮演员递道具，拿衣服。

  吴振豪挽起指挥穿的长袍，把我从剧场外那么多台阶一下一下给拽了上去，进剧场换好衣服，他才对我说，这次是在刘总的鼓励下，才大胆尝试做迎宾乐队指挥。

  那天，我没去后台，就在观众席中间过道上看演出。

  舞台上演员们抖的包袱，逗得前排的人捂着肚子，乐得直擦眼泪。再回头看后面，那些人笑得前仰后合，直拍椅子扶手。

  一瞬间，我感受到，那是从他们心底迸发出的快乐。生活中，好像没有什么能让人放下一切，痛痛快快这样乐。

  我眼前陌生的他们，不知都从哪儿来，不管是骑自行车，还是开车，也不管穿啥名牌，做啥买卖，只要看上二人转，吃上这道菜，就都是一个乐法，乐出的都是一股劲儿，品出的都是一个味儿。

  听着他们的笑声，可我心里却一直在琢磨，演员在台上是怎么把包袱抖得让观众笑得那样开怀？

  一天吴振豪下戏回家就给我讲，一个常来看二人转的老观众与他聊："二人转这玩意儿太解馋了，像下馆子似的，不吃真馋，我每周都会带亲戚朋友来看，看完是真开心啊！啥烦恼都忘了。"

  听他讲完，我也终于体会到那句话："宁舍一顿饭，不舍二人转。"

  没多久，就连与我说话，吴振豪都学会抖包袱了。我看着真着急，可我怎么也学不会。不过，看到他去剧场一天天的变化和突破，说实话，我暗自欢喜。

  后来再去剧场，有时我也到后台，和演员交流，看他们是怎样把包袱抖得更响，更漂亮。

  为了让吴振豪更快融入舞台，刘总还带头上台为演员配戏。

他还备了一个配戏用的草绿书包，里面装着几样小道具，书包上还有"为人民服务"那几个字。

正巧那天，刘总上台为演员红孩配戏，被我撞见。

他穿着土气，梳中分头，绷着脸，一身蔫范儿，手拿麦克风，随红孩萨克斯不停变换的角度，一会儿趴下，一会儿又站起，转过来又转过去。

音乐一结束，红孩与观众挥手，台下掌声响起。没想到刘总"咔"一抬手，掌声立马炸了。再抬手，又炸了。下场时，刘总突然一转身，把手又抬起来，效果还是一样炸。

他原生态的表演，加上认真到极致的状态，没有人能想到，在舞台上配戏的这个小人物，在生活中却是本山传媒的艺术总监。

下了舞台，他一脸兴奋地给我讲："看到了吧！就这么配戏，人物状态要真实，真实了、自然了就有杀伤力。"

我和他开玩笑说："你都快成'著名配戏表演艺术家'了。"

他却很认真地说："配戏虽然是个不起眼的小角色，但想要配好，确实需要下大功夫。"

有一次去会堂，刚走到大门口，就碰到本山叔的徒弟路遥（《乡村名流》中饰演"秦木匠"）和张小飞（《刘老根》中饰演"二柱子"），见吴振豪一个人正用力把我和轮椅一阶一阶往上拉，他们跑过来，一个在左，一个在右，一起把我抬了上去。

我想起当年在伊斯兰歌舞餐厅唱歌，路遥大哥常与本山叔去吃饭。一去他就上台唱歌，那时他还是年轻小伙，一身摇滚范儿，头顶椅子，倒立唱劲爆摇滚。

那天，正赶上吴振豪为路遥大哥演唱的《我是一个兵》配戏，我也是第一次看他上台配戏。

四、写自己

他换上配戏的服装，和乐队几位老师一起上台，当敌我双方激烈开战，他一会儿站起来开枪，一会儿趴下扔手榴弹，路遥大哥向吴振豪扔去一只鞋，"炮弹"一飞过去，他立刻倒下去，那动作演得真实又搞笑。想不到他配戏也能这样入戏。

那阵子，刘总和吴振豪交流的话题不光是配戏，还迷上打板，两人明显有PK之意。

他俩练打板竟然能练到后半夜，我也很好奇，想看看究竟。于是拿起小鼓棒，把他俩练一晚上的《杜十娘》，完整打了一遍。那是我有生以来第一次打板，但确实比他俩打得好。他俩急得一起捂脸苦笑："哎呀，我们没脸活了。"

周末儿子回来，见到那个板就乱敲，后来我一边哼唱《杜十娘》，一边打给他看。不一会儿，儿子就能哼唱大半段，两只小手握紧鼓棒，有板有眼地敲，节奏很稳，连半拍都不差。

吴振豪无奈地笑着说："看来儿子的乐感还是像你啊！"

我骄傲地冲他笑了笑。

一天下午，我和吴振豪在办公室，听见门外有脚步声，一回头，本山叔进来了，看到我就说："瘦点儿了啊！"

一听到这句话，我可开心了。

他看了一眼电脑，背景图是我写的"活出个样来给自己看"，他笑着说："写得挺好啊！"

本山叔看着吴振豪问："现在在剧场咋样？"

吴振豪笑着说："现在我天天和刘总一起上台配戏。最近还在练打板《杜十娘》，但还不太熟，没敢上台打。"

我打开手机相册，把吴振豪和刘总一起配戏的照片给本山叔看。本山叔乐得咧开嘴问："双平也天天去配戏啊？"

我说:"刘总天天背个配戏的草绿书包去会堂,还带着吴振豪配戏。"

本山叔又问:"刘总上台配戏效果咋样?"

吴振豪慢悠悠地讲:"刘总现在在会堂配戏老火了,他能绷得住笑,那蔫范儿一上来,观众就炸了。只那一会儿,就连炸好几番,他让我也上台去配戏,我总绷不住笑。"

本山叔大笑说:"真那么火啊?看来最近双平配戏配得都有点魔怔了,那是真进去了,这一配戏他就完全放下了,把自己当成了小人物,和演员都融到一起了,他心态也就变了,这是最值得表扬的事,也是让我最高兴、最骄傲的事。"

我又给本山叔讲:"那天我看到牛牛也去了会堂,他真是长大了,和刘总一起研究配戏的细节,还帮吴振豪拿道具。"

本山叔笑得更开心。

我感慨:"进剧场才几个月,吴振豪是从心里往外都变了,看得出他是真快乐,还学会了抖包袱。"

吴振豪说:"刘总给我们讲,配戏悟出的4个字是'其乐无穷'。"

本山叔接过来说:"不管是生活中还是舞台上,只要体会到平凡小人物的存在感,就会真的快乐,千万不能把自己弄大弄高了,一定要接地气。你们俩跟着刘总好好干吧!"

2013年春天,我和吴振豪到长春办事,正在长春"刘老根大舞台"搞节目升级的刘总知道后,便让我们去长春大舞台看看。

电话里他对我说:"你不是在琢磨小品脚本吗?刚好我们在排个新小品,主人公也是扮演坐在轮椅上的一个残疾女孩,正好你来,看看他们的表演,说说真实感受。"

到长春剧场,已下戏。地下室的食堂里,一大桌子人围一起,正等着我们。

　　进屋第一眼我就看到了马总和刘总，他俩与一桌子的演员坐在一起，有说有笑，听说马总也刚从沈阳赶来。

　　马总站起来招手让我们过去，演员刘小光、成红他们都热情地跟我们打招呼。

　　刘总端起杯对大家说："我们跟单丹和振豪碰一杯，欢迎他们来长春剧场交流。"

　　放下杯，刘总又说："我们长春剧场这五副架演员起早贪黑排练，一点点打磨，哪怕一个包袱，也琢磨好久。为了能出好作品，大家都把劲儿往一处使，剧场形成了良好的创作氛围。"

　　马总接着说："长春剧场这个创作氛围太好了，值得我们所有剧场学习。"

　　刘总讲起演员们正创作的一个新小品，正好是一个男演员向坐在轮椅上的女演员求爱，就在当晚，这个小品已在舞台上首演，但刘总说，还有很大的提升空间。

　　"单丹，振豪，我觉得这个小品，你们俩最有发言权，因为你们有真实的经历，有生活，以你们的角度，一定会有好的建议。"刘总用语速超快的"鄂普"对我们说。

　　刘总又让两个演员在现场给大家演了一遍。

　　我和吴振豪谈了一下我们的观点，我主要从自身的角度讲坐在轮椅上女演员应该有的内心感受，没想到大家送给我俩一阵掌声。

　　有个演员管我叫"丹姐"，马总也跟着叫我一声"丹姐"，随后那一桌子人都叫我"丹姐"，我笑得遮起半张脸。

　　那天我才知道，原来本山叔倡导的"生产快乐，快乐生产"，并不是一句口号。"刘老根大舞台"就是一个真正的快乐工厂。

刘总在长春的那段时间,与宋小宝和刘小光一起编排新节目《五花马》《白蛇传》,一上演,便大获成功。在《五花马》中,刘总反串演"丫鬟",笑翻全场。我看到照片后,也憋不住乐。这对他来说,可真是颠覆性的变化,让我震惊!

本山叔还特意去了长春剧场,看到台上的新节目,他乐得比观众还开心。

回到沈阳后,为了深入小品创作,我一遍遍看本山叔历年来演的小品。从他的小品中去分析小品的结构、人物的特点,包袱和台词的设计。慢慢我感觉自己对小品似乎入点门了。

长春剧场节目创新的同时,沈阳和各地剧场也都行动起来。按公司规定,每个剧场和每个演员,都要积极排出好段子、好小品,年底评奖。

有天上午,一位中年男子走进刘总办公室。刘总给我介绍:"这是中街'刘老根大舞台'的总经理唐铁军。"

我笑着点头打招呼。

唐总说:"虽一直未正式见过面,但几年前就听刘总和秦浩说起,他们去参加你的婚礼我都知道。"他说话声音不大,语气也很轻。

我也早听刘总说起过唐总,他是公司唯一一个从粉丝升到副总裁的传奇人物。因对本山叔的敬慕和对东北二人转的喜爱,只凭一封信,让本山叔像挖宝一样,把他从南方挖到北方。唐总是湖南人,刘总是湖北人。唐总当年来沈阳时,是刘总接待安排的。

我们叫他"唐总",刘总叫他"唐铁",本以为唐总比刘总小几岁,谁知他竟与我们同龄。

对剧场节目把关,除了刘总,就是唐总。刘总是艺委会主任,唐总是副主任。那段时间搞节目创新,刘总和唐总常在一起讨论

四、写自己

节目。

那时,刘小光作为新节目的骨干,从长春调回沈阳,在中街"刘老根大舞台"压轴演出。

我一直管刘小光叫"光哥",自打从长春回来,再见面他就管我叫"丹姐"。

一天中午吃过饭,光哥用一根手指转着光盘,来办公室找刘总,刘总不在,他便与我聊起来新排的小品《包公断后》,二人转传统戏我不是很了解,听光哥讲《包公断后》的故事背景,还有创编的新想法,我觉得又学到很多。

或许是《乡村爱情》中"赵四"的形象烙印太深,以至于不管是在舞台还是生活中,哪怕他一句话不说,看见他就想笑。他一严肃认真起来,倒不习惯了。

把光盘插入电脑,看光哥在大舞台新上演的《包公断后》,那"陈世美"可真让他演活了,每个眼神和动作都是笑料和亮点。

看后,光哥非让我谈感受,我就抱着学习的态度针对一个细节谈了点感受,他长叹一口气说:"真是细节决定成败啊!"

光哥不光是在舞台上是在戏里,生活中也在戏里。只要有戏,他就像个"戏痴",钻进去,出不来。

难怪有几次开大会,本山叔说光哥虽然有很多缺点,也让他操不少心,但他身上却有个最大的优点,就是不管发生多大的事,什么人都惊扰不了舞台上的他。他人在舞台上,心更是在戏里。

有天晚上,我去了中街大舞台,亲眼看到了他演的那压轴小品《包公断后》。光哥扮演的"陈世美"在台上一亮相,观众就笑炸了,传统精彩再现,笑点连连爆出。老段子新创意,演得非常成功!

我感受到,只要给观众带来快乐,就是他们"生产快乐,快乐生产"最大的意义和动力。

铁西工人会堂"刘老根大舞台"的节目创新也在进行中，每天下午1点，吴振豪和演员们就到了会堂，整整排练半个月，小品《误入歧途》终于上演。

首演当晚，吴振豪特意带我去剧场，还拿上小摄像机，让我帮忙录像。

霍云龙扮演的那个青年，因给母亲治病，偷了东西，被送进监狱，受尽王小宝扮演的狱友们的欺辱和折磨，令人啼笑皆非。当大家看到母亲临终前给他写的那封信，才深深被感动。海燕姐在幕后用母亲心疼哭诉的声音一字一句读着信，"儿子"霍云龙得知母亲已离开人世，手捧着信，"扑通"一声跪在舞台上，那一声"妈"，哭喊得撕心裂肺，这时海燕姐唱的《白发亲娘》的歌声响起，所有狱友都跪了下来，这揪心的一幕把演出推向了高潮。

我一直在观众席录像，镜头里的画面突然开始摇晃，才发现是我拿摄像机的手在抖，泪水也在往下流。

演员们流着泪在台上谢幕，观众们抹着泪都站起来鼓掌，掌声响了很久很久。

听吴振豪说，每次看他们排练，他都哭得受不了。

他说海燕姐在侧幕一边流泪，一边读信，信读完，泪也淌了满脸。

我想起本山叔开会时曾说过，演员的节目不光是要让大家快乐，快乐过后还要有收获。

我回去琢磨又琢磨，小品还是要从最熟悉的生活写起，想起本山叔说过的"小人物"的锦囊，就以母亲在小店里卖给农民工一双鞋的故事为原型展开。

四、写自己

第一次写小品,要从对白和情节中找包袱,确实不容易。

憋了好几天,终于写出来。不管怎么样,以为总算有了突破。

刘总看了说:"还是缺少包袱,想要让包袱响,一定是在情理之中,意料之外的,要是硬抖就会不痛不痒又不响,像鞭炮受潮,点不着。"

我在想,本山叔这些年是怎么走过来的?听说他每年的春晚小品脚本,都提前半年多准备,还常为一个包袱整宿睡不着觉。他20多年修改打磨的小品脚本,不知有多少!

小品真的很难,研究小品才知道,看似简单的,其实是最难的。

记得本山叔每一年小品里的包袱,都会变成那一年的流行语,让人无法超越。唯独能超越的,就是他自己。那他又是怎么做到的呢?

小品看起来很随意,但其实一招一式,背后都是有深厚的生活做基石。本山叔的小品就是扎根生活,双脚不扎在泥土里根本演不活,更创作不出来。荧屏中那一个个真实又接地气的小人物就是这样塑造的。

难怪本山叔从农村走出来,还是那么深爱农村,一回到农村他心里就踏实,像眼前那一大片庄稼根本离不开它的土地。

记得曾看过一篇文章,一位知名学者对本山叔的艺术评论:"赵本山作为当代杰出的喜剧表演艺术家,是受到全中国数亿观众评判的,而且考验时间长达十几年。世界上有多少艺术家曾经接受过这么大的时空范围的评判和考验呢?在这充满欢笑的年代,你可以无视赵本山,却不能无视几亿人民对于欢笑的选择。"

其实,让人笑比让人哭更难。本山叔的小品艺术创作源自深厚的农村生活,也扎根在他脚下的那块黑土地。

简单的是最难的,只有尝试了,才知道小品有多难。

重返舞台

有一天,儿子突然问我:"妈妈能走路不?"

他长这么大,我似乎一直在等这句话。

我抖了抖嘴唇,还没发出声,儿子马上说:"妈妈腿坏了。"

我笑着点了点头,看着两岁的儿子,想起两岁时生病的我。

从他来到这个世界,在他的记忆里,从没见过我站起来走路。

说完,他"噔噔噔"跑到轮椅后头去推我,边走边说:"妈妈能走。"还没轮椅高的他踮起脚尖,两只小手紧紧握住轮椅把手,头顶那根"喷泉小辫"晃来晃去,太阳底下,汗珠顺着他的额头往下淌,他一路推,我一路把握方向,心里却暖暖的,又酸酸的。

我的路上,又多了一双小脚印。

一次,儿子看到我从前的演出视频,小手指着电脑屏幕说:"妈妈唱得真好听,为什么不去那里唱歌?"

我什么也没说,嘴唇像被粘住,怕一张嘴,眼里会有东西掉下来。

2013年开年,秦浩哥不经意也问了我同样的问题:"你还想不想上舞台?"

对于这个话题,我有些畏惧,不知该咋回答。

我想起最后那次上舞台,是几年前沈阳市残疾人艺术团"爱的阳光"感恩节晚会,那是我很难忘的一场演出,却没想到是最后一次登台。记得秦浩哥在电视上看到那场晚会,特意打来电话对我说:"这是你最完美的一次演出,你是属于舞台的。"

谁又能想到,现在和原来的我简直是两个人,脸胖得像浮肿,上身也变得发圆,只有两条萎缩的腿没变。

对于这样一个我来说,如果要重返舞台,不知该需要多大的勇气。舞台像一面镜子,我不敢走近,更不敢看镜子里的自己。但有一点我坚信,我还是深爱那个舞台。

回想从16岁登上首都舞台,又来到沈阳圆梦的舞台。自从遇见本山叔,不管是"扶贫助学义演",还是"刘老根大舞台",他总是想给我一个舞台,让我快乐地歌唱。那时舞台对我来说,是生命里的一个支撑,又是生命和生命绽放的全部意义。直到后来本山叔又让我拿起笔写歌,似乎在那个意义之上,又长出新的枝叶,开出别样的花朵,好像生命的意义也更加深远和厚重。

秦浩哥站起身,向前迈了一步,盯着我的眼睛问:"如果真有机会,要不要去尝试一下?"

我只摇了摇头。

第二天,秦浩哥又来找我,还是聊这个话题,但神情更严肃。

他点了支烟,刚抽上一口就说:"江西卫视新开了个栏目《妈妈来了》,是每个妈妈歌唱的舞台,我觉得特别适合你,你应该去参加。"

"我现在哪方面都没准备好,等有机会的吧!"我百般躲避地说。

"机会不等你的,你不能再逃避了,原来的自信都哪去了?"从他渐渐升高的语调中,明显感觉到他心里要冒火。

我默不作声。

"就算是为了你儿子,你也该去。"

听到这句话,我低下了头。

"去吧!放下一切压力,就当是玩了。"

还没等我反应过来,他又说:"这事就这么办了,我给你报名。"说完,他拔腿就跑。急得我吊起嗓子喊,他连头也不回。

我的心开始焦灼,那感觉像要被逼着去战场。

过了两天,等秦浩哥再来找我时,竟然是拿着节目组的邀请函,他举着邀请函对我说:"看到没?邀请函都到了,我也跟董事长汇报了,他很支持你去,说这个舞台很适合你。"

我心想,连本山叔都知道了,我无话可说,更没得选择。

秦浩哥对伴奏音乐很重视,特意找到深圳的音乐人朋友陈明顺,刚好他出差在沈阳,我们见了面,听口音就知道他是黑龙江人,再一问,是黑龙江佳木斯的,我是佳木斯富锦的,这世界真的很小,没想到会在这里相识。回去后,他把《活出个样来给自己看》重新改编,做出了新版伴奏,听起来更贴近流行风。

我打量着胖出太多的自己,正犯愁演出服的事儿,沈阳电视台化妆师王坤阿姨知道后,陪我逛了一天,千挑万选,终于选到一件红色小礼服,但有些瘦,她又跑去帮我修改,还给我买了配套的项链和耳环。像我结婚那天给我化妆一样,不知要怎么打扮我才更美。

要去江西的前两天,秦浩哥说让儿子也陪我去,这样会给我更大的动力。

儿子第一次坐飞机,又感冒,烧到39摄氏度也没哭一声,在我怀里眯着眼,嘴里还念叨:"陪妈妈演出。"

到江西第二天,秦浩哥突然赶来,是从北京坐了一夜火车,还带来了亲友团。走在前面的是给我编曲的音乐人陈明顺夫妇,秦浩哥身后还有一位美女。我惊讶地发现,那不是单位舞蹈编导闫晓鹏老师吗？我终于明白，原来藏在秦浩哥背后的那个女神就是她。她毕业于北京舞蹈学院，但气质里透出的却是欧美范儿，脸上的棱角如同她性格，把邋遢的秦浩哥打扮成了时尚帅小伙。在揭开谜底的那一刻，闫老师变成了嫂子。

第一次去江西，就见到南方的雪，穿着羽绒服都冻得慌，好像比东北还冷。宾馆离电视台就几百米，吴振豪推着我走一段，秦浩哥又推着我跑，嫂子在后面举着 iPad 追着拍。

电视台里满眼都是《妈妈来了》的海报，上面还有评委倪萍、吴宗宪、包小松的照片。

走台时，没有评委，但心跳却异常加快，上场前含了几粒救心丸。秦浩哥担心我撑不下来，抢过话筒，对大家说我身体突发不适。结果我用最弱的气息，唱出了最高的那个音。

一天后的晚上，带妆彩排，音乐人陈明顺夫妇有事先走了，只有秦浩哥和嫂子留下陪我。我穿上红色礼服，化好妆，头发挽起一半，散下一半。耳边两侧又留出一绺长发，垂在胸前。在镜子里，仿佛看到了从前在舞台上的那个自己。

舞台正前方坐着的是电视台的评委们，我一上台，他们不约而同都做出一个动作，掏出手机，拍照。

刚唱两句，嗓子突然失音，像在沙漠上喝不到一滴水，发不出半个音。评委们让我下去先休息，我想坚持再试试，评委说为了第二天下午的正式录制，保存能量，保全力量。

吴振豪和秦浩哥都劝我说，这两天折腾得太累，别有太大心理负担，好好休息一晚就会好。

尽管听到他们暖心劝慰，但我却满心懊恼。想着秦浩哥带着亲友团专程为我而来，想起儿子发烧还在陪我，又想想大家对我的期望，我找不到任何理由来安慰和原谅自己。

上舞台20年，从没这样丢过人。我也在不停地问自己："怎么会是这样？你的自信到底去了哪儿？"

第二天，秦浩哥因单位有演出任务，和嫂子一大早就赶回沈阳。

刚回国的刘峰弟弟听说我在江西，特意从沈阳飞来为我助阵。

在《妈妈来了》的舞台上，我看到来自全国各地的"妈妈"，她们带着自己的故事和歌声，在舞台上绽放。

儿子一直在轮椅后面推着我，还在我耳边悄悄说："妈妈，加油！好好唱，你是最棒的！"他一边说，一边还向我伸出了大拇指。

那天，吴振豪也穿了身新衣服。推我候场时，我做了几个深呼吸，他的手在我肩上按了按，我喉咙抖了抖，像吞下一颗定心丸。

轮到我上场，吴振豪把我推到舞台上，最晃眼的不是灯光，是眼前三位真正的评委。

坐在中间穿黑色西装的是倪萍老师，那个微笑是她最先送来的。也是她第一个向我提问："你是一个坐在轮椅上的妈妈，我看得出你的阳光和乐观。一上来你的笑容就打动了我。你是为什么来到《妈妈来了》这个舞台上歌唱？"

"感恩！感恩老天让我今生也能做一个妈妈，又有一个幸福的家，我觉得自己是一个很幸运的人。18年前，我认识了本山叔，他是我艺术生命的父亲，这么多年我一直在他的大爱里成长，每次遇到迷茫和困境，本山叔都会给我方向和力量，鼓励我继续往前走。"

倪萍老师红着眼圈惊讶地说："太感动了！一定代我问候本山大哥好！"

吴振豪一直站在我身边，吴宗宪老师向他抛出一个犀利的问题："你当初为什么要选择她？选择这份婚姻？"

"是她的阳光和快乐，让我选择了这份爱，今生我就想做她的腿，更有责任去守护好这个家。"吴振豪沉稳地说。

倪萍老师迫不及待又问："女人生孩子是人生的一大关，我就在想，你坐着轮椅是怎么挺过来的？是不是当时肚子上像扣个大锅一样？"她边说边用手很形象地比画着。

我满脸幸福地说："是比想象中要难熬，但能承受住。我还挺怀念那段时光，挺幸福的。"

这时，大屏幕上出现了第二现场的画面，儿子正对着镜头看着我们，还伸出小手为我们鼓掌。

倪萍老师说："真正有爱是掩饰不了的，单丹那种幸福，我真的看到了。你是坐在轮椅上，生活中可能避免不了给别人带来麻烦，然后你身边这个男人说，今生他就是你的腿，你是最幸福的女人，更是最幸福的妈妈。"

吴宗宪老师送来了祝福："单丹是一个最幸福的女人，最重要是你乐观向上，有一颗阳光的心，真的让我很感动。"话音还没落稳，他马上又说："你老公真的让我很佩服。"

包小松老师最后说："我们都幸福着你们一家三口的幸福，所有人也都为你们祝福。"

当《活出个样来给自己看》的音乐响起，台下观众方阵里，刘峰和观众们拉起大条幅："单丹'活出个样来给自己看'，为你加油！为你喝彩！"看到这条幅，我心头一震。唱到副歌，大家都站起来和我一起唱。那个瞬间，我身心充满久违的激情和力量。

后来才知，在开演前，刘峰早已坐在了观众席，做了一件我压根就不曾想，也想不到的事。他用手机编好了一条信息："一会儿请大家为唱《活出个样来给自己看》的单丹我姐加油！我们一起为她鼓劲，谢谢大家！"后来，他真让现场的每位观众都看到了这条信息，我追问他到底是怎么做到的。原来他是让手机在每个人手中传递，才传送出这句话。我听后，感动得含泪无语。

唱完最后一个高音，倪萍老师激动地对我说："这首歌我听过很多次，但今天我是第一次听你这位词作者演唱，你用全新的音乐和真实的情感让大家听到这首歌，我应该代表所有观众朋友感谢你，加油！我一直会支持你！"

下了舞台，见儿子在台口等我，眼睛一眨一眨地看着我，又为我竖起大拇指，用稚嫩的声音对我说："妈妈，你真棒！"

但那天的演唱，并不是我想象中那样完美，离我对自己的演唱要求还差得很远。但有一点，连我自己都不敢相信，终于有这样一天，我还能在舞台上歌唱，而且是以妈妈的角色。

我把儿子抱在怀里，不知怎样亲才好。当初是有了他，才离开舞台。现在又是因为他，我重返舞台。

演出结束后，就飞回沈阳，在飞机正降落时，吴振豪告诉我个很意外的消息："姥爷去世了。"

当这几个字从他嘴里小心翼翼地说出，我的泪珠一串串落下。那眼泪不光是我自己的悲伤，还有母亲失去她的父亲的悲伤。

97岁的姥爷走了，我那过于凸起的鼻梁就是他遗传给我的，连母亲都没有。

听吴振豪说，姥爷去世时，刚好我彩排失音，他接到消息，没敢告诉我。看来，冥冥之中，注定是会有莫名的感应。

我们回来就到基地见本山叔，把倪萍老师在江西对他的问候，带给他。

四、写自己

"快乐行"

自从儿子上了幼儿园,我们就把孩子接回来住。在幼儿园附近又新租了房,距离单位开车半个小时。

吴振豪每天接回儿子,还要乘班车去剧场。有时实在来不及,只能把儿子送到小区门口,让他自己上楼回家。

从家到班车站点要走10多分钟的路,每次吴振豪都是一边跑着赶班车,一边给我打电话,问儿子到家没。他还经常因为迟到被班车司机落下,只好坐公交,换地铁,连跑带颠往剧场赶。

在那个租来的房子里,每晚与儿子待在一起,是生活的常态,也是我们彼此拥有最难得的幸福时光。

从前和儿子每周才见一次。

刚见到时,他像个小兔子,又像个小爬虫,在你来不及反应的瞬间,已蹦到我轮椅上,爬到我怀里,两只小手捧起我的脸就亲,然后露出如愿以偿的笑容。那时,我的心都甜成了蜜。

等要走时,他又像来时一样爬到我身上,可这一次却变成个小可怜,嘴一撇,泪珠就从眼睛里掉下来,用乞求的目光看着我说:"妈妈,我不想走,你让我留下来好吗?我不打扰你工作,我听话。"看着儿子可怜巴巴的小眼神,听着他绵软的声音,我的心都碎了。往出涌的泪水把我的喉咙给堵住,我把他抱得更紧,使劲点头答应他,可他却挣脱了我的怀抱,一下蹦到地上对我说:"妈妈,我还是走了，等下周再来看你，你好好工作，照顾好自己。"说完，他挥舞着小手，脸上的泪还没干就笑着和我拜拜。

门一关，儿子离开了我的视线，我哭得连一点声音都没有，只有身体在颤抖。

当然，这样的情况，不是每次都会发生，但见一次，就会心酸一次。每周最期盼的是那一天，最害怕的也是那一天。

从儿子接回和我们一起住，无论是他，还是我们，都是幸福的。

有一天吃过晚饭，见儿子又趴在窗台，隔着玻璃望向窗外。那阶段他时常这样。

我想，夏天对孩子来说，本身就是一种"诱惑"。

我看出他的心思，便提出要带他到楼下玩，他本能的反应，拍着手，开心地应答。

在我们准备出发时，他却迟迟不走，开始犹豫，低着头，慢悠悠地对我说："妈妈，要不我们不去了吧！"

"为什么？"我很吃惊地问。

"妈妈，我不出去了，万一有坏人，我怕你保护不了我。"

听到儿子的这句话，我的心震了一下。记得在他很小的时候那次生病，我曾为不能像其他妈妈一样，第一时间抱着他冲向医院而感到自责。我知道，我不能为他做的还有很多。这次，我一定让他有安全感，更要给他足够的安全感。

"相信妈妈，你一定要乖，听话，别离妈妈太远。"我扶着他的肩膀，很坚定地告诉他，他一直在点头。

我用一种接近他语气的声音对他说："那我们就来一次说走就走的旅行吧！"

"妈妈，什么叫说走就走的旅行？"儿子问。

"就是我们想走就走,没有任何准备,也没有那么多担心,自由自在地去玩。"

"好啊!那我们去旅行喽!"儿子一边大声喊,一边跑出去按电梯。

我使劲关上门,门的响声震得我一哆嗦。这是第一次我一个人带儿子下楼,说实话,我心里还真有种说不出的紧张感。

出了单元门,儿子推着我飞一样冲下坡道,我感觉到了我们都像是放飞的小鸟。

我告诉他:"回来上坡道时就没这样省力了,要很用力才能上来。"

他听后,马上调转方向,做上坡道姿势,我愣住,告诉他方向错了。

他说:"妈妈,我现在就想先试试,看能不能推上去。"

在一旁推婴儿车的几位妈妈看到,都做好要上前帮忙的准备。

有一个妈妈向前走了两步,看着儿子小脸累得通红,一点一点把我从坡道推了上去,就冲他边鼓掌边说:"宝宝你真厉害,真是好样的!"

当儿子推着我又一次从坡道飞下来时,脸上的笑都带着成就感。

他一路推着我在树荫下走着,总有大人带着孩子的身影从我们身边晃过,他突然说了一句话,我的心又沉了一下:"要是爸爸在,能陪我们一起玩就好了。"

我告诉他,等到周末放假,让爸爸再陪我们一起好好玩。儿子期待的小眼神一直盯着我看。

我们在小区里走了很长一段路,才来到儿童娱乐广场。那些孩子有的拿塑料锹玩沙子,有的在滑滑梯。

我问他想选择哪一个，想怎么玩。

他的小手指着滑梯，就要跑过去。我一把拽住他，再三嘱咐，要注意安全。他的脑袋像小鸡啄米，不停地点。之后，连蹦带跳地奔向那被孩子们包围的五颜六色的滑梯。

广场里不光是孩子们，还有大人们都守在身边。

他和小朋友们一会儿爬上去，一会儿又滑下来，就算反反复复，都在做同一个动作，可却有无法想象的乐趣挂在脸上。

看他玩得那样开心，才知他想要的其实就这样简单。而我却从未给过他。

我一直盯着滑梯的方向，他在滑梯上不管怎么玩，总是要回头看我几眼，还冲我笑笑。

过了会儿，他急匆匆跑来管我要水喝，我看他还淌着汗的小脸黑黢黢的，喝完水，他跟我说："妈妈，你给我照几张相呗！"说完，便又跑去玩。

那时的他后脑勺剪成了"OK"，头顶梳"喷泉小辫"，穿着胸前印有"熊大熊二"的橘黄色背心短裤，看到我举起手机，他站在滑梯上就开始摆造型，我的镜头跟着他走，他各种角度滑，一个劲摆pose。

天色渐渐暗下来，儿子主动和那些小朋友告别，跑过来对我说："妈妈，天黑了，我们回家吧！"

回去的路上，他哼着歌，一路小跑，能感觉到他推着我跑时，小脚步都快乐起来了。

到家后，儿子对我说："妈妈，我们今天这次说走就走的旅行可真快乐啊！"

我说："是啊！我们做到了我们以为做不到的事，这回我们自己

四、写自己

也能出去玩了。多好，多快乐啊！"儿子贴在我怀里，眯着眼幸福地笑着。

这是我和儿子第一次的"快乐行"，我心里想，其实这勇气是儿子给我的。

说到"快乐行"，想起近期每天在公司官网更新报道巡演的"快乐行"，是由农业部和本山传媒共同主办的中国"美丽乡村快乐行"——大篷车"送戏下乡"。

那是2月，本山叔当选全国政协委员，在"两会"期间，他提出加快建设"美丽乡村"的提案。本山传媒要身体力行，组成"美丽乡村"快乐行大篷车文艺演出队，深入各地为广大农民免费演出。

公司为中国"美丽乡村快乐行"特制的大篷车，车身一打开就是舞台。演员们可以走到哪，演到哪，直接把快乐送到老百姓的心坎上。

这次"美丽乡村快乐行"以东北三省为起点，向送快乐的路上出发。

他们在前方演出，我就在后方做报道，他们走到哪儿，我的心紧随他们就去到哪儿。

听说6月23日，"快乐行"第一站走进黑龙江省鸡西密山市白鱼湾湖沿村。

演出前一天，本山叔就到了鸡西，从机场到兴凯湖的路上，在一大片绿油油的田地上空，突然出现一道大彩虹，大家都停下来看，感叹是吉兆，预示"快乐行"一路顺利，一路成功！

那天刘总还把跟本山叔在彩虹下的合影发给我看。真是好大一座彩虹桥，从天的这一边到那一边，他们就站在大彩虹中间，笑容里满是惊喜和灿烂。

当晚本山叔就给演职人员开会,将"快乐行"的主题定为"寻根、报恩"。

"我们不是来这里做一下宣传,是真正来给老百姓送快乐来了,每一位演员都要珍惜每一场为农民朋友们演出的机会,以感恩的心态演好每一场,只有在田间地头里才能找到自己的根。每个人都要严格要求自己,尊重农业部领导和地方各级领导,吃住不讲条件,不能喝酒,坚持吃自助餐,地方安排啥酒店就住啥酒店,特别是有知名度的演员更要严格要求自己,在演出和生活中都不能讲任何条件。"

第二天,大篷车在一个小学操场演出,学校的教室就是"化妆间"。

来看演出的男女老少挤满整个操场,人山人海,还有抱着孩子来的。

还听说一个小插曲,演出就要开始,在教室的"化妆间"里,本山叔突然肚子不舒服,可卫生间却在操场对面,要去就得穿过那人山人海。本山叔刚走出"化妆间",现场就沸腾了。

"美丽乡村快乐行"的两位主持人一位是《乡村爱情》中演"谢大脚"的于月仙,另一位是《马大帅》中演"吴总"的邓小林。他们都是观众喜爱又熟悉的演员。

仙姐还穿着"大脚"的衣服,热情豪爽,"吴总"穿着银灰色西装,激情幽默,这样的组合,真是"快乐行"一个独特的亮点。

演出现场没有豪华的灯光和舞台,只有在大篷车上接地气的表演。演员的激情和观众的热情比那炎炎烈日还火爆。

本山叔一回到农村演出,那高兴劲儿都在歌声里:"脚踏黑土地,头顶一片天……"

四、写自己

他走到老百姓中间,在大太阳底下,穿着黄色T恤,一口气演了4个节目,笑得比任何时候都灿烂。他仿佛又回到了田间地头,和农民朋友们手拉手唠知心嗑。更像一位久别的亲人,回来看望他们。

本山叔说:"我就是从这里走出来的,就喜欢农村,我连做梦梦到的都是农村,昨天一下车,闻到这里的草味儿、土味儿、庄稼味儿就高兴,这里才是二人转的根,我们回到农村也是想找回原来的感觉。"

又演了好几个节目过后,本山叔问大家幸福吗。从他们的笑容里,已经看到了答案。

一位老大娘面对采访镜头激动地说:"我的天啊!这演出太好了,今天终于亲眼看见活的了,从来不敢想,到现在还像在做梦。"

《人民日报》、《农民日报》、新华社、央视《新闻联播》都对"美丽乡村快乐行"做了报道。

在后方做报道的我,看到传来的每一张照片,都想钻进照片里,和舞台上的演员一样激情,与照片里的观众一样激动。我想在场的观众见到熟悉的演员,一定会喊出他们在电视剧中扮演的角色名字。

首演后,本山叔赶回沈阳拍戏。

"美丽乡村快乐行"就由刘总带队,听说他不光带队,还带头上台配戏,和演员们奋战在送快乐的第一线。

他们每演完一场就坐上大巴,赶长途,去往下一站。在大巴上吃面包、火腿肠,喝矿泉水,他们都觉得很快乐。

送快乐不光要有激情,更要有力气,有的演员在舞台上翻跟头,从台上翻到台下,都翻中暑了还在翻,最后扶着麦克架坚持将节目演完。

王小宝演出时,热得拿起矿泉水就往头上浇,身体降了温,表演的热度一点儿也没退却。

听说在结束黑龙江演出的座谈会上,省委领导说:"没想到本山传媒演员演出会如此卖力,没想到演出效果会如此之好,没想到本山传媒对农民有如此深厚的感情,没想到本山老师做公益如此认真。"

他们在黑龙江演了4场,又回辽宁演了3场。

辽宁首场演出在开原,本山叔的家乡。演员们也都当回自己家乡演出一样热情。

听说孙立荣唱正戏《包公赔情》,嗓子都唱哑了,还在唱。

当东北7场演出圆满结束,农业部科教司魏处长对"美丽乡村快乐行"做了点评:"一路前行,深入两个省的美丽乡村,三个主办单位精诚合作,走过4000多里,在省市县乡村五级的紧密配合下,为6万多农民兄弟奉献了7台火爆公益演出,并将中央八项规定精神,贯穿于9天的所有行程,基本做到了十全十美。"

那晚和儿子"快乐行"回来,抱着他洗漱完,把他放到床上,可能他玩得太累,没两分钟就睡着了。

看他睡得好香,抚摸着他的头发,我觉得我是一个多么幸福的妈妈。

可沉浸在幸福中的我,时常会感觉到有种莫名的困惑在心中悄悄蔓延。

自从结婚后做了妈妈,家庭生活很幸福,但又觉得或许我不能只活在这种幸福里。

秦浩哥常对我说:"不要只陷入生活里,更不能停下你的笔。"

在台灯下,我翻开书,学习剧本知识,给自己充电。

晚上10点半多,吴振豪下班回来,进屋看了看儿子,我给他讲

四、写自己

了和儿子一起的"快乐行",他什么也没说,紧闭的嘴唇只抖了下。

"美丽乡村快乐行"第一季巡演回来,就在中街"刘老根大舞台"召开了表彰大会,观众席里,"快乐行"归来的演员们胸前都戴了朵红花。

本山叔对大家说:"你们这次演出状态让我很感动,都很有团队精神,每一个人,每做一件好事,对社会有一点贡献,对他人有一点帮助,无论穷或富,这就是价值。付出更是一种幸福。希望更多的演员都参与进来。"

他还表扬了一个人——刘总。

"刘总是个值得尊重的人,因为从最初的总裁到书记,再到艺术总监,从不了解二人转到了解,又到认真去体验,登上舞台,一个平时西装革履的人也戴上铁帽子,戴上假长发去配戏,很难得,这是忘我的对艺术的尊敬。"

还有件事,本山叔一直在感慨:"去鸡西落地就遇见大彩虹,我活了56岁,第一次看到彩虹是圆的,没被一点云彩遮住,通地通天一个大圆圈,我站在中间照一下相,活这么大就没看到过那种彩虹,不容易,现画都不赶趟,所以我就觉得这象征一个吉祥。"

演员们都迫不及待想上去谈感想,王小宝作为演员代表最先发言:"感谢师父能给我这次'快乐行'演出的机会,真是太久违了,真像师父说的,那氛围真能找回我们原来的自己,能找回来时的路,一到演出现场,我浑身就起毛毛狗,一看见老百姓,就想使劲演,因为他们太需要那种快乐了。老百姓看到我们坐大巴车一走,那种感觉,我很难用语言去形容,我真希望每个师兄弟都能有机会参与进来。"

孙立荣姐是从观众席跑过来,握住话筒,用嘶哑的声音说:"我嗓子哑了，但我还想说，这次跟师父'快乐行'演出，一进村子，看有开三轮来的，有骑自行车来的，赶车来看的也有，我就想哭，因为我想起我是咋过来的。现在老百姓见到我就喊'刘能媳妇'，我嗓子是唱大戏唱哑的，因为观众都哭了，看着老百姓有抱孩子看的，有站房顶上看的，看我的眼神是渴望，当时不让我唱都不行！"

又有几个演员讲完，海燕姐上前接过麦克说："我来传媒10年了，这是我第一次不是在演出状态下拿起麦克和大家讲话。这次出去最大的感受，就是师父给咱唱的'脚踏黑土地'，真真正正地感受到脚踏黑土地，头顶蓝天，把快乐落到实处，送给老百姓。他们是真喜爱我们黑土地艺术，我们演出结束，老百姓看着拆大篷车还舍不得走呢！师父说的寻根，这一次我是懂了。"

坐在第一排的仙姐上去讲："我自己能成为这里的一员，很骄傲！很自豪！走了7站，每一站都赢得观众对我们的尊敬，他们传递给我们的那种目光，他们是满足的，无论大家在旅途上多疲劳，还是演出晒得中暑难耐，都很值得。这个队伍干劲十足，都是正能量，谁也不愿意被丢下，都愿意一直走下去。当我们老了的那一天，坐下来静静地想，我们曾经做过这么一件有意义的事。"

大家的掌声还没停，"吴总"慢悠悠走过来，最后一个发言："我就是黑土地出生的人，也出生在西丰，所以我和赵老师非常有缘，也很珍惜这份缘。1992年我和搭档参加央视春晚，与赵老师相识。这次参加'快乐行'，我是最早主动要求参加的，因为1996年我就参加了文化部主办的'重走长征路'，20万陕北的农民，早晨5点多在那等着看演出。这一次我们走进的也是农村，体会到了农民的根。下一次的'快乐行'我还会参加。"

那一年，对"吴总"来说，感触颇多。不但参加"快乐行"巡演,还参演了电视剧《老兵》,剧中与本山叔扮演的爱国商人"金六爷"形影不离的管家"田老七"就是"吴总"扮演的。比起"吴总"的老实内敛,"田老七"更加睿智果敢。相隔10年,从这两个不同角色的身上,还是看到了他的本真。在年底的表彰大会上,"吴总"获得了公司的最高奖项"特殊贡献奖"。

那天等演员都说完,刘总才站到前面说:"董事长总是表扬我配戏,我觉得很惭愧,一直想研究幽默,又让我当上这艺术总监,如果不把这些吃透,我心里总不踏实。如果我没有机会表演,我肯定研究不透。上舞台后,我才知道对演员来说掌声是最重要的,观众的掌声、笑声比我们得多少钱还珍贵。'快乐行'对我们演员队伍是一个极大的锻炼,真感受到二人转的根基和源头,任何时候都不能忘记土地是我们的根,人民是我们文艺工作者的母亲。离开了土地和老百姓,我们就会成为无源之水和无本之木,过去所做的公益和慈善活动很多,这次意义更特殊和重要。"

本山叔又感慨道:"当与自然衔接的时候,当看到农民那些庄稼的时候,你会嗅到那些五谷杂粮的香味。当我要上场给他们演出时,我心里也有些紧张,那是见到他们的亲切感和心底对他们的尊重。在那片土地上,带着徒弟们来给他们送快乐,你说那是一种什么样的心情?"

听着本山叔说的话,分享到他们带回来的快乐,我却感动得想哭。本山叔是多热爱那块土地长出的庄稼,和那块土地上种庄稼的那些人。他的心情无法形容,只能领着徒弟们用黑土地带给他的艺术灵感创造出的快乐去表达、去报恩。

相隔几个月,在2013年年底,"美丽乡村快乐行"第二季又向南方闽赣湘出发了。

正在央视春晚剧组的本山叔特别重视，半个月前就开始在幕后指挥策划。针对南方观众，节目阵容和形式做了很大调整。

11月23日，"美丽乡村快乐行"大篷车第一站开到福建省漳州市长泰县山重村。在一片绿水青山的田野上，演员们接地气的表演，让村民们笑得前仰后合。

当走进福建漳州三坪村时，一场瓢泼大雨从天而降，那雨就像为这场演出下的，演员唐鉴军和王小宝，走下舞台，在大雨中与观众一起高歌、欢呼、呐喊。

那场景，从照片里看都那么感动和震撼，何况在现场。

几天后，他们又走进江西省赣州市赣县梅林镇客家文化城广场，一群大妈满脸欢笑，敲锣打鼓，用客家人独有的热情迎接远方的客人。

"吴总"和仙姐一上场就用当地的方言和乡亲们问好！

听说"吴总"每到一个地方，都会学几句当地方言和观众互动，每一场演出，都会有一段别样的开场白。

听说他们到达国家级生态村——江西省新余市欧里镇昌坊村，下车已凌晨2点半，当地人特意熬了姜汤和小米粥，演员们把热气腾腾的姜汤捧在手里，心都暖透了。

第二天演出，山上山下都是人，连山坡上都坐满了观众，一双双眼睛望着从千里外开来的大篷车，乡亲们的掌声和欢呼声，早让演员们忘记连夜奔波的辛苦，演员抖的每个包袱，都能让观众们开怀大笑。他们笑得越开心，演员们演得就越有激情。

看到乡亲们的笑容，演员们深深感慨："没想到我们的表演能给千里之外的乡亲们带来这么大的快乐，这真是我们最大的欣慰！把快乐的正能量传递到祖国的每一个角落，让乡亲们感受快乐，感受幸福,是我们'快乐行'每一位演员的快乐使命。"

11月30日,"美丽乡村快乐行"公益演出大篷车来到伟大领袖毛主席的家乡——韶山市韶山乡韶山村。

在演出中,还加入了"大脚提问"环节,提问内容是关于农业和当地的文化常识,没想到男女老少都举手抢答,互动中还送大家小礼品。有一位农村大姐冲上舞台喊:"大脚,大脚。"她那挡不住的热情让现场人都惊呆了!

韶山市副市长赞道:"本山传媒韶山行,乐舞欢歌情意真。篷车简陋阵容壮,大牌名角演艺精。小品诙谐多趣味,曲词通俗存雅风。美丽乡村人快乐,伟人故里留誉名。"

那天演出后,全体演职人员来到毛主席故里——韶山冲,一起向毛主席塑像敬献花篮。

"美丽乡村快乐行"大篷车第二季走过8个美丽乡村,那辆大篷车也成了文化品牌。

半年后,2014年6月7日,"美丽乡村快乐行"第三季从北京大兴区榆垡村出发,沿"京津冀鲁"又演了十几场。

本山叔参加了大兴区榆垡村的首场演出,在那个村子里,他唱起了《咱们屯里的人》,他就站在农民朋友身边,他们都跟着他一起唱。那是亲人欢聚从内心深处唱出的快乐歌声。

6月12日,在到天津静海县西双塘村时,一位17岁的志愿者加入到"快乐行"队伍,他刚到就投入战斗,搬道具、打杂,和大伙一起忙活。

演出结束时,刘总突然决定:让他上台和大家讲两句话。

"大家好,我叫大牛,今天我爸没有来到现场,所以我代表我爸赵本山向大家问好,我爸说我是农民的孩子,让我多回到农村锻炼。"

一听说是本山叔的儿子,台下观众一边使劲鼓掌,一边高声喊:"好样的!"

当"快乐行"到达临沂时,有上万人观看,也有很多警察在现场,演员们在台上演出,警察们在太阳底下一动不动地站着。

不知什么时候,大巴车的玻璃上贴着一张张纸条,上面写着:"警察叔叔,你们辛苦了!"在字的左边,还画上了笑脸。执勤的警察们看到后,都会意地笑了。大家都知道,那是大牛悄悄画的。

6月19日,是"美丽乡村快乐行"在山东省泰安市岱岳区大陡山村广场的最后一场演出,大牛上台挥舞小红旗,跟台下上万观众一起演唱《五星红旗》,为"美丽乡村快乐行"在大江南北的26场演出,画上一个圆满的句号。

后来,食堂那面墙成了"美丽乡村快乐行"的照片墙,一吃饭,就能看到。

四、写自己

和本山叔一起慢慢走

基地里的春夏秋冬，到处都是风景。

与本山叔相识是在秋天，谁又能想到，18年后的这个秋天，又能和本山叔在基地一起慢慢走……

一天中午，在食堂吃过饭，吴振豪正推着我往办公楼走，刚好碰到本山叔在遛弯。

这是他多年的习惯，绕着基地大院，一圈一圈地走。

夏天顶着大太阳，滚着汗珠子走；冬天穿着大棉袄，戴着"林海雪原"式大棉帽子走；有时徒弟们来陪他说着笑着一起走；偶尔还有总裁、副总裁边汇报工作边陪他走；更多时候他还是一个人走。

那天在办公楼门前碰到他时，他就是一个人在走。

穿红运动鞋，戴红运动帽，一身黑运动装。脚步铿锵有力，望着他的背影和白发，我瞬间感觉到了他的孤独。

我和吴振豪紧追上去，他回头一看，是我们，笑了。第一句话就问："你俩咋样？孩子好吧？"

没等吴振豪张口，我就说："我们一家三口都挺好的，挺幸福。"

"嗯！看这样，幸福感挺足！"本山叔的笑容里露出难得的欣慰。

"没有叔就没有我们今天的幸福。"我扭过头跟他说。

"我也没做啥，就是尽我的能力帮你们一把。"本山叔低头，看着我的轮椅说。

"现在想起来都后怕，如果真去北京，我们整个家最后可能都完了。"我深吸口气又说，"有时我真不敢想，那么多人，我能一直在您身边。"

"是啊！认识这么多年了，看着你从小长到大，这就是一种缘分。"

接下来他话锋一转，盯着吴振豪，突然问："你俩平时吵架不？"

我抢着说："我们已经过了磨合期，有时我容易发点小脾气，他都让着我。他说他的棱角都被磨平了。"

本山叔叹了口气，感慨着："哎呀，天天就这么推着你，照顾你，不容易啊！"

转过头他就开始说我："你别天天老让人推着，自己也得多运动运动，要不太胖了，人家都抱不动你。"

听本山叔这样一说，我两只手马上捂住轮椅钢圈，转动起来，自己走。

本山叔掏出一根烟放在嘴边，点上后就问吴振豪："你后悔过没？"

"我自己的选择，认定了的事，从来不后悔。"吴振豪摇摇头，笑着答。

"真行啊！这就是伟大，不是谁都能做到的。"本山叔说这句话时，先看着他，又看看我。

"我觉得哪一世一定是欠她的，今生就来还她。"吴振豪很坚定地说。

本山叔似乎没思考，接过来就说："那我也是欠她的。"说完哈哈大笑。

我俩也笑了起来。

我们一路走,一路笑,路边抖动的树影好像也在和我们一起笑。

办公室门前那条路通向院子里的小山,从台阶上去,弯弯曲曲的小路,镶嵌着各种颜色的鹅卵石。吴振豪推我上去过,轮椅不太好走,他把两只小轮翘起来,只用大轮走。那里像个森林公园,更像世外桃源,只有风从那里经过。山上还有各种果树,樱桃、李子、杏儿、沙果。待果子熟透时,保洁大姐们去山上统一摘下来,用大盆装,放在食堂。中午在食堂打完饭,还能抓一把果子,尝到原生态的果鲜味儿。

顺着那条路向右转,路过三间茅草房,民俗气息很浓,显然和院子里的景致大不相同,本山叔管这里叫"小炕"。

他每天起床就从宾馆来"小炕",那里完全还原了农村的生活,走进去像时光穿越,墙上糊的是上世纪六七十年代的旧报纸,小火炕上放张炕桌,农村的大花被整齐叠放在炕柜上,屋子里摆放的都是老物件。外屋进门就是厨房,来客人时,他还会系上围裙,在大锅灶台前做几个拿手好菜。

"小炕"前面的院内拴了两条黑狗,摇着尾巴朝我们"汪汪"地叫了起来,本山叔挥挥手,狗就不叫了。

我们三个人继续往前走,经过食堂再往左转,就到了湖边,湖边两排柳树像焗了金黄的长发,在风中飘舞。

湖上是一座单孔小桥,有时上班来得早,我和吴振豪就来这座小桥上看风景,听不知从哪个地方传来的鸟儿叫声。

在桥上望去,那一排排黑天鹅队形整齐,张着红红的嘴巴,又发出几声鸣叫,慢悠悠地向湖心游去。

我惊奇地说:"这黑天鹅真漂亮,湖水也太清了。"

本山叔朝湖面望去说:"这湖里的淤泥都清走了,水清了,环境也好了!"

单孔桥有上下坡,坡度还不小,上坡时,吴振豪看我挺吃力,就准备上前推我,本山叔急忙说:"别推她,别推她,她自己能行,别把她宠坏了。"

我会心一笑,加了把劲儿,就从坡上过来了。

这时,一阵风,把我头发吹乱,挡住了视线,我把头发往后捋了一下,心里一阵喜悦。

桥的这边连着一片菜地,最早是足球场,我猛地一抬头,眼前掠过一道影子,是只喜鹊飞入树丛中。树上又蹦下一只小松鼠,摇头晃尾,好可爱!它停下来看我们一眼,便"嗖"地又蹿到树上去了,再往树上一看,原来它正捧着松塔,"咔咔"地啃着。

我像个孩子指着那棵树,兴奋地叫起来,还想留在树下看会儿。

本山叔说:"你越是盯着它,它就越往高处蹿,不让你看。这里环境好了,小动物们也都回来了,成动物乐园了,前面那杨树上的鸟巢,前几天还孵出一窝小鸟。"

本山叔又问我俩:"孩子上幼儿园了?听话不?"

"挺听话的,现在都知道推我,照顾我了。就是喜欢表演,跟着到剧场看完演出,回来就模仿演员抖包袱,唱歌,老有激情了。"

本山叔笑着说:"这孩子也是搞艺术的料,好好培养,长大错不了!"

我还给本山叔讲了儿子不知从啥时起,竟冒出个偶像的事。

谁也没想到他的偶像是宋小宝,怪不得他总学宋小宝的腔调说:"海燕啊!你可长点心吧!"边说边带手势,还叨咕要和宋小宝照相。

有一天,秦浩哥去中街"刘老根大舞台",正好把他也带去。

巧的是进化妆间就看到了宋小宝,儿子伸出小手,指着宋小宝激动地喊："小宝，小宝。"

眼前的宋小宝睁大眼，张开嘴，惊呆了！

当宋小宝刚要抱起他照相，他却吓哭了，扭头就爬上我的轮椅，往我怀里钻，把宋小宝给逗乐了。

在一旁的海燕姐把儿子抱过去就问："你认识我不？我是谁？"

儿子脸上淌着泪珠说："海燕啊！"把一屋人都逗乐了。

本山叔听我讲完，也乐够呛！自言自语地说："这孩子。"

我忽然想起去年在"美丽乡村快乐行"之前，带儿子来见本山叔，临走时，本山叔把他搂在怀里，问他："你告诉姥爷，你最爱吃啥？"

儿子笑眯眯地说："我最爱吃鱼。"

本山叔转头就告诉前台服务员："把人家刚送来那箱韩国刀鱼给拿出来。"

服务员搬出一箱鱼，本山叔有些神秘地笑着对儿子说："你要是能把这箱鱼弄出去，我就让你拿走。"

儿子盯着地上的那箱鱼，看看本山叔，又回头看看我们，拽起箱子上面那根绳，使出全身的劲儿拖着走，累得他脸通红，喉咙里还发出"吭吭"的声。我们紧跟在后面，他还自己开宾馆大门，真把那个箱子弄到了外面。

本山叔跟在他身后笑出声，对他说："你真挺有劲儿，看来还是这箱鱼有动力啊！"

儿子红彤彤的小脸蛋上露出了得意的笑。

我们沿着红砖铺的小路走到篮球场，本山叔走热了，脱下外套，搭在我轮椅后背，走两步，又把帽子摘了，挂在轮椅把手上。

我想起兜里还揣了两个橘子，掏出一个给本山叔，另一个给吴振豪。吃第一瓣时,橘子水就滴在他的白衬衣上,本山叔低头看了一眼,一边吃,一边走。

望着篮球场,我想起人生中第一次现场观看篮球,就是在这里。而且我还是公司拉拉队中的一员。

裁判一声哨响,球员们列队,踩着节奏上场,跑在最前面的身穿红运动短袖,白色打底,发际线戴黑色发带,就算穿上篮球服,一眼也能认出是本山叔。

他和大家挥手微笑,若不是他这一身装扮,怎么也不敢相信,那时的他是一名球员。

当本山叔一转身,看到他背心上的数字是"15",数字上方还印了一行白色小字"快乐小男孩",看到那几个字,我乐出了声。

在比赛中,当篮球在本山叔的手中发射的那一刻,这个球场就是他的舞台。

在球场上,球是焦点。但在我们的眼里,本山叔才是焦点。

他动作敏捷,脚步轻快,眼神机灵,和"八〇后""九〇后"的小伙子们一起追球,跑几个回合都不费劲儿。

他总是能夺到球,然后抱住不放,那神态让人看着就憋不住笑。他夺球时,还有个妙招,用手去扒拉人,还能把别人扒拉笑,他自己也会笑场,在场观看的人更会爆笑。

我们从篮球场原路返回,走过单孔桥是下坡,我加了速,轮椅飞奔起来,他们的脚步跟不上我,那一瞬间,我有种遥遥领先的得意。

他们赶上来,我问本山叔:"叔,最近睡眠咋样?"

"正在尝试不吃药睡觉。"他的语调开始有些低沉。

睡觉本该是件很自然的事,可这么多年,对于本山叔来说,睡觉确实是让他很头疼的事,能睡个好觉,更是难上加难。

他的睡眠与我们有很大时差,我们早上起床,他才睡觉。身边的人都知道,睡不着觉是他多年的老毛病。

上春晚20多年了,每年都提前半年多准备春晚小品,听他曾说过,常为一个包袱整宿睡不着觉,那是太正常的事。

还听说有好几回,在春晚的后台,他一边打着点滴,一边排练。

这些年,他收的徒弟加一起上百个,晚上睡不着时,想想这个徒弟该上哪部戏,想想那个徒弟应该演哪个角色,想想还有哪个徒弟又闹家庭矛盾了。这是一个大家庭,他就是一个大家长,哪一件事不让他操心?哪一个都得帮,哪一个都得管,没有闲着的时候。

与本山叔一边走,一边聊他接到2014年央视春晚副总导演兼语言类节目总监的邀请,我说:"这比电视剧更不好整,更有压力吧!"

他笑了笑,放慢脚步,长叹口气说:"是挺有压力的。"

自从本山叔登上春晚舞台,看他的小品像吃三十晚上的饺子,当所有人在电视上认识了他,生活中的他便彻底失去了"自由"。

他从没去过商场、超市等公共场所。直到有一天他才知道现在的超市都是推车自选。

他很少去外地,就算去了也很快就返回,他说回来才能睡踏实。原来他拍戏时,把头发还染成了黑色,现在不染了,头发彻底都白了。

聊着聊着,我们又走到了办公楼,是对着宾馆的那个后门。

我自己一点一点往坡道上走,本山叔的目光紧盯着我手中的轮子。我憋足一口气,用最大劲儿,终于从坡道上来了。

本山叔大声说:"真行啊!就得这么锻炼。"

"我天天自己走这个坡道,上来是费点劲,但下坡道像飞起来,我觉得特别刺激。"我一边喘，一边说。

吴振豪赶紧跑上来，要拉我上台阶，进办公楼。在我俩都没反应过来时，本山叔抢先一步，已握住轮椅的两个把手，还没等提醒他怎么操作，就感觉到我和轮椅已经往后倾斜，他一用劲，就把我拽上一个台阶，随着惯性，就上到了第二、第三个台阶。

站在台阶上，本山叔说："还行，没费多大劲儿就上来了。"

我和吴振豪一时没缓过神，更没跟上他的节奏。但我心里想，本山叔真是太厉害了，竟没用半点技巧，硬是把我给拽了上去。

我让吴振豪给我和本山叔拍张照，照片上，本山叔嘴角还挂着胜利的笑。

四、写自己

见　证

"2014年过去了,我还能站在这里和大家说话,对于58岁的我来说,这是收获最大、最有意义的一年,感恩这一年的经历和面对,我们要用一种新的方式、新的心情、新的理解来迎接2015年的到来。我没做什么准备,我准备这个讲话炸到20番。"

本山叔话音刚落,台下就笑炸了。

在2015年大年初五公司表彰总结大会上,本山叔的讲话意味深长,又颇有获奖感言的幽默味道。瘦了30斤的他,看不出经历了什么,但从他的目光里,却能感受到他承受和面对了什么。

有两三年没收徒,又攒了不少徒弟追着要拜师。就算有人劝他,少操点心,少受点累,别再收了。本山叔说,其实他完全可以选择另一种方式,更精彩地活,可他还是放不下这份责任。

在这批新徒弟中,有一位与本山叔年龄相仿的徒弟,他就是在电视剧《老兵》里扮演男女双重角色的地下党"牛妈",也是当年和我一起在伊斯兰歌舞餐厅唱歌的阿希叔(张希永),那时他每晚都推我上舞台,后来我们成了无话不谈的忘年交。

那几年,他经常与沈阳电视台《大话流行》合作,在沈阳也小有名气。

有一天,半夜睡不着觉的本山叔,打开电视,看到他在《大话流行》里扮演的"卡姐"角色,一眼就把他相中。

他一进本山传媒，本山叔就让他参演了《老兵》，又在《乡村爱情变奏曲》(《乡村爱情6》)中扮演旅店老板娘"花姐"，还与本山叔演对手戏。从那以后，"卡姐"变身为"花姐"。

本山叔很欣赏阿希叔的表演才华，"'卡姐'角色感很强，演的感觉准确，到位。"这是本山叔对他的艺术评价。

平时，"花姐"每晚都去中街"刘老根大舞台"，做开演前的热场主持。

有一晚，我去中街大舞台，正巧碰到入场的观众们把"花姐"围住，他们眼里装满意外和惊喜，掏出手机就和他拍照。

在收徒仪式上，阿希叔幸运地成为年龄最大的一个新弟子。这是连他自己都不敢相信的事实。

他穿了套公司统一做的灰色立领中山装，还特意穿上了我给他买的那双灰皮鞋。

敬过茶，本山叔把亲手写的"国法家规"送到他手里，与本山叔合影时，阿希叔紧握着"国法家规"，不知咋笑才好。

当一个个徒弟手捧着"国法家规"走下舞台，本山叔拿起话筒对新老徒弟们说："你们既然叫我一声师父，我就要对你们负责任。我拉着你们一车人，我是属于方向盘，把握方向的。我们都端上一个桌的饭，在一起吃了这么长时间，相互依靠和依赖，我不希望你们感谢我，你们只有把演出演好，我把你们教育好，你们幸福了，也是我最大的责任。"

每次听到本山叔对徒弟们讲心里话，我心里都受不了。我一直觉得他像个父亲一样，让他的孩子们幸福地生活，不但创造快乐，还要把这快乐带给更多的人。

后来，所有新徒弟上台发言，轮到阿希叔时，他在台下还特意整理下衣服，又用手捋了捋头发，深吸口气，缓缓走上舞台，从主持人刘总手里接过麦克风，刚说两句，便哽咽地说不出话来。我的喉咙也一阵堵得慌，这场景似乎在我意料中。

"这么多年一直在外漂泊，今天我终于有师父了，终于成为这个快乐大家庭的一员，这是我一直以来追寻的梦想，今天终于实现了……"

他的泪水像是把大半辈子对梦想的执着和渴望，一下子都倒了出来。那一刻，连哭都觉得是骄傲、幸福的。

听他讲着，我脑子里闪出20年前的他，那时我们刚刚认识，每晚他都骑着小摩托车来伊斯兰歌舞餐厅上班。后来还作为新中国第一批下岗工人的代表，上央视《焦点访谈》接受采访。这么多年，不管生活给他怎样的考验，他一直都没放弃自己的艺术梦想，一个人一步步摸爬滚打走到今天，曾经所有的苦和痛，都因这一天的这一刻，值了！

这些年，阿希叔见证了我家的每一件大事。这一次，我也终于见证了他人生中最珍贵，也最难得的一幕。

缘分有时奇妙得让你无法想象。20年前，我和阿希叔都在伊斯兰歌舞餐厅唱歌，就是在那里与本山叔相识。20年后，我俩都幸运地走进了这个快乐的大家庭，我和阿希叔还是同事，而本山叔和阿希叔却成了师徒。这一切不知是谁在安排，或许这就是扯不开的缘。

那天，对于我和阿希叔来说，都是最难忘的。这是在收徒仪式之后的表彰大会上知道的，我竟然被评为"先进工作者"。

当本山叔在台上拿着名单，念到我名字时，我突然蒙了，不敢相信，只一瞬间，脑子就断了片儿，好像身边的一切都在我的意识里静止。

伴着颁奖音乐声,我被刘总推上舞台,才渐渐缓过神来。

本山叔为机关各部门"先进工作者"一一颁奖,走到我身边时,他先把证书放到我手里,又递给我个大红包,冲我笑了笑。那一刻,我竟一个字都不会说了,只对着本山叔笑。

在我的意识里,"先进工作者"这个词一直离我很遥远,甚至与我毫无关联,更别说获得"先进工作者"这件事,怎么会突然发生在我身上?

舞台上的我,穿着一身红,和所有"先进工作者"一样,手捧着红证书和大红包。拍合影时,本山叔特意把我和轮椅拽到中间,他握住轮椅把手就站在我身后。照完相,大家都离开舞台,我也转动轮椅往侧幕走,总感觉背后有人在推我,回头一看,是本山叔,原来他一直都没松手,后来同事们把我接了过去,本山叔才回到台上领导席坐下。

回去后,打开"先进工作者"的证书,看到自己的名字,除了感到那沉甸甸的荣誉,心里反倒升起更多愧疚。

我问自己:工作这三年,除了完成每天的日常工作,我都做出了啥成绩?想了半天,连我自己都找不到答案。

一个个问题从心底冒出,连同那若隐若现的迷茫和困惑一起钻出来。

其实这几年进本山传媒后,或许别人都认为我在这样一个平台里,应该会做出更突出的成绩,可我却恰恰没能做到他们想象中的那样。我最怕朋友或关注我的人问起:"你在那都做什么呀?又写出什么新作品了啊?"

每当听到这样的话,我都有种无地自容的感觉,不知该怎么张口回答。这种矛盾和纠结,只能深埋在心底,不敢和任何人去交流。

四、写自己

在很多人的眼中，我看到了很多的期待，在这种期待中，似乎心底滋生出对自己更大的期待。

这么多年来，我一直在爱的关注下成长，就像被阳光暖暖地照着，没有任何理由不破土而出。

三年前，本山叔阻止了我们全家去北漂，让我们来公司工作，曾有人问过我："你觉得赵本山老师对你是一种什么样的情感？"

我说："多年前有一棵小树，他一直为它浇水、培土、修剪，让枝叶汲取更多的养分，他对这棵树倾注了很多心血和爱，看着小树一天天、一年年幸福成长，他很欣慰！突然有一天，一场暴风雨就要把那棵树击倒，他出现了，遮住风，挡住雨，那棵树才躲过一劫。"

回头想，怪不得本山叔知道我们要北漂时，那样激动和不安，他是怕这么多年我得到的幸福和爱，连同我这个人一起消失。

表彰大会后，和往年一样，晚上在食堂会餐，吴振豪推着我去给本山叔敬酒，我端着酒杯，脸上挂着笑，心里却装满沉重。本山叔一直笑呵呵地看着我们，喝了一口酒，他突然想起了什么似的对我说："哎呀，今年的先进工作者，忘让你上台讲话了，下回的。"

那一晚，我又失眠了！

为抗战老兵义演

九年后,我又唱起《绿军装》和《我的世界名牌是军装》,但这一次可不是在部队。

2015年7月27日晚,沈阳铁西工人会堂"刘老根大舞台"剧场外欢歌起舞,大厅里民乐队激情演奏,里里外外好一阵热闹。

那天确实有别于往常,不但观众特殊,演员阵容也相当值得期待。

剧场外LED大屏幕上,一整天都在循环滚动着当天的演出戏码,最后一码戏的名字是小沈阳。

剧场四面从上到下悬挂大条幅,舞台上面的横幅写着:"庆八一爱心献功臣慰问演出"。

那是一场特别的演出,更是本山叔为沈阳市光荣院的抗战老功臣准备的一份节日礼物。

走进剧场的都是用大客车接来的身穿绿军装、胸前戴奖章、白发苍苍的老功臣,那场景,怎能不让人激动?

"赵本山会不会来?"这应该是所有人心里都会惦记的一件事。

其实,在开演前,本山叔已"秘密"赶到剧场,那时我正在后台化妆。

在最初筹备晚会时,本山叔就让我参加,演唱我的那两首原创军歌。

四、写自己

　　几天前，秦浩哥还特意把两首军歌的MV重新赶制出来。让我又想起那年刚写出《绿军装》，秦浩哥第一次去拍外景，制作成MV，我们把它作为礼物送给退伍老兵的情景。

　　每次去铁西工人会堂"刘老根大舞台"都是当观众，只有这一次不是。

　　先前是走进军营，为战士们演唱，这回是在"刘老根大舞台"为抗战老功臣们唱军歌，我的心情很特别。在那久违的激动中，深感荣光。

　　一个穿军装的年轻人在《绿军装》音乐响起时，推我上了舞台，我真不敢往台下看，心已开始震颤，他们就在我的视线里闪动。透过他们的目光，仿佛看到他们手握钢枪无畏生死冲向战场。望着他们的白发，那是他们保卫祖国经历的风霜。在那一刻，为他们歌唱，我心底升起一种强烈的使命感。看到台下的他们用颤抖的双手为我鼓掌，连我自己都能感受到，我唱出的每一个字都充满力量。相信他们听着《绿军装》，定会想起曾身穿绿军装保卫祖国和人民的青春岁月。

　　后来我才听说，当我演唱第二首军歌《我的世界名牌是军装》时，在身后大屏幕的MV中，军人们迈出的脚步与我演唱军歌时的节奏，就算是现场演练，都没有那样契合。

　　这一次的演唱，我用了一种新歌唱方法。一年前，在十一假期，跟吴振豪去北京拜访他原来的声乐老师，学习了一种特殊新唱法，没想到这次演出还真用上了。

　　下了舞台，看到站在侧幕的本山叔，我的心像突然荡起的秋千，一阵后怕。

　　本山叔冲我笑着点头说："挺好！"

那天,演员们在舞台上的表演,像装满子弹的钢枪,激情饱满,声音响亮。

主持晚会的是《马大帅》里的"吴总",别看他个头不高,却用高亢嘹亮的嗓音,吹响了声声"集结号"。

秦浩哥在后台和音响室来回穿梭,手里握着对讲机,随时放嘴边叨咕着。

吴振豪一趟趟跑,时不时冲对讲机说话,一会儿盯着舞台,一会儿跑得看不到人影。

那时的舞台就像是"战场",后方所有力量,都为了前方打胜仗。

我一直在侧幕看,闫光明哥和海燕姐唱完传统二人转,海燕姐自己又唱了首《英雄赞歌》,激动震撼,感人豪迈,她是团里唱民歌唱得最好的。

海燕姐下了舞台,就在侧幕跟我聊了会儿。

原来在铁西父母那住时,她就住在我家楼上。

有段时间没见她,我们的话题从女人聊到了育儿。

正说着,儿子从我身边经过,是和一个穿白衣服的男人手拉着手走过去的。那一瞬间,若不是他头顶那根显眼的"喷泉小辫"晃来晃去,真有种看别人家孩子的错觉。再细看,拉着他手的那人不是小沈阳吗?我和海燕姐对视一笑,就这会儿工夫,一不留神,他俩是怎么混熟的?

我想起吴振豪原来带我和儿子来会堂,演员在台上演出,儿子站在过道一动不动地看。当演员与观众互动时,他也跟着拍手呐喊,很多演员的表演,他都能模仿几分,有时盯住哪个笑点,说起来就不住口。

他经常一个人从台下蹿到后台,演员们都对吴振豪说:"你儿子比你好使。"

有一次,他竟用兜里揣的两张啪叽(扇元宝),跟闫光明哥在后台玩嗨了。

儿子头顶的"喷泉小辫"是本山叔给起的,看上去像喷泉喷水的样子。每次见他,本山叔都会用手去捋一捋他头上的小辫。记得有一次,带儿子去看电影《智取威虎山》,回来后去见本山叔时,不知怎么他还与本山叔对上戏了,说的正是电影里他特别喜爱的那段经典台词。

儿子很有气势地说:"天王盖地虎。"

本山叔也用很正式的腔调接下一句:"宝塔镇河妖。"

他们俩话不落地,你一句我一句。说到最后一句,本山叔假装忘词,儿子不动声色,悄悄给提词,本山叔乐得合不拢嘴,直接笑场了。

那天的晚会看上去是小沈阳压轴,可小沈阳一演完,有个人突然走上了舞台,从小沈阳手里接过麦克风,那熟悉的身影和步伐正是大家期待出现的那个人——本山叔。

本山叔一上场,老功臣们就开始鼓掌。连他从麦克风里传出向大家问好的声音,都被掌声给淹没了。

"今天是个特殊的日子,'八一建军节'马上就要来了,感谢人民子弟兵,感谢抗战老功臣,是你们的勇敢无畏换来我们今天美好的生活,我发自内心地敬仰你们……"

那天,本山叔还特别宣布了一件事:"在沈阳'刘老根大舞台',以后老功臣、伤残军人都可以免费来看二人转,不要钱啊!"

说完,台下的掌声响了又响。

那晚，本山叔把大家熟悉的《月牙儿》《咱们屯里的人》《求索》，一首接一首唱给他们听，平时都是在电视里才能看到他，听到他的歌声。这次就在眼前为他们演唱，台下老功臣们拍着手笑，尽管他们多了皱纹，少了牙，心里却乐开了花。

本山叔开心地唱，额头上的汗直往下淌，在他停下来说话时，台下有一双手递来一瓶矿泉水。那是一个胸前戴了好几排奖章的老功臣，不知啥时蹒跚走到舞台边，想让本山叔喝口水再唱。

本山叔连忙走过去，弯下腰，接过那瓶水，扬起头，喝了几大口，又为送水的老功臣深深地鞠了一躬。

这一次，台下的掌声响得更久。

本山叔又拿出他心爱的二胡，与乐队一起演奏了《赛马》，老功臣们看得激动入神，听得津津有味。

本山叔在台上好像忘了时间，把他会的全都拿出来演，像请大家来家里吃饭，总怕人家吃不饱，要走时，还想着给多带点什么。

我和演员们都在侧幕边集合，准备上台谢幕。

儿子和小沈阳手拉手从演员休息室出来，小沈阳直奔我走来说："姐，我推你上台谢幕。"我笑着点了点头。

音乐一响，小沈阳就把我推到舞台第一排，他站在了我身后。

本山叔把老功臣代表请上舞台，和他们一一握手，让他们和全体演员合影留念。

我正回头找儿子，一抬眼，他正站在本山叔身边，眯着眼，随着音乐鼓掌，最后还和演员们一起挥手。

从前儿子一去会堂，就在侧幕看演员谢幕，这回他可真是如愿以偿了。

那一年的好几个节日，本山叔都带领徒弟们在各地"刘老根大舞台"做公益演出——为大家送去快乐的礼物。

十一前,本山叔开大会对徒弟们说:"上半年我们做了好几场公益演出,接下来马上还要去做公益,大家一定要记住,做公益都是为你们自己积累品德,这个积累使我们一步步走到今天,社会对我们不薄,老百姓对我们不薄,国家对我们也不薄。现在挣了钱,我们是怎么把这钱花好,花到哪儿去。我认为要把自己这点钱拿去帮助别人,应该就是最满足和最幸福的状态。"

10月25日、26日,本山叔率领徒弟和"铁岭本山民族乐团"赴四川举办了两场公益演出,26日最后一场是"慰问抗战老兵、革命功臣专场"演出。

收到现场传来的信息,我在官网上又开始做跟踪报道。

晚会主持人还是《乡村爱情》里的"谢大脚"和《马大帅》里的"吴总",这对曾生长在重庆的"吴总"来说,意义非凡。这也是"美丽乡村快乐行"后,他们又一次在一起合作主持。

听说本山叔对演出做了精心调整,增添了很多老兵们熟悉的革命歌曲。《我是一个兵》《红星照我去战斗》《英雄赞歌》,老兵们听到,每一首都忍不住跟着哼唱。

"铁岭本山民族乐团"的一曲曲合奏,二人转演员的精彩表演,让抗战老兵们喜笑颜开。

压轴出场的本山叔一上台就对四川的抗战老兵说:"今天能为老兵演出我三生有幸,我来迟了,早就该来看你们了。如果不是你们当年的英勇无畏,我们今天也不会有如此幸福的生活。"他还告诉老兵,他的表演和徒弟们不一样,是电视上没见到过的。

本山叔唱了歌,又拿起京胡和二胡,一首接一首为老兵们演奏,还低头问台下老兵:"你们没看累吧?不累我再多演几个。"

在演出中，四川革命伤残休养院的老兵上台为本山叔送了一面大锦旗："献功臣千里拥军彰显光荣本色，接地气精湛演出挚爱老兵情怀。"

那一幕仿佛就在我眼前发生，几位脸上有烧伤印记的老兵，他们拿着锦旗，与本山叔站在一起，那笑容不但感染着现场的观众，也感染着千里之外的我。

在现场，一位88岁的远征军老兵，作为四川老兵的代表，要将一幅亲手画的2米国画《牡丹》长卷赠给本山叔。

我难以想象下一秒的发生，却又能想象到本山叔当时的心情。本山叔在舞台上听到老兵要送他一幅画，连声说着感谢，竟然跳下了高过腰的舞台，从刚起身的老兵手中，接过了那幅画。一展开，8朵牡丹就在眼前盛开，不但让本山叔惊喜，也让现场观众惊叹不已。连我在遥远的沈阳看到那幅画和那个场景，都有身临其境的感动。

接过那幅画时，老兵向本山叔敬个军礼，本山叔也向老兵回敬一个军礼。

老兵对本山叔说："赠画是希望你能够吉祥健康，好将更多的欢乐带给观众。"

本山叔很激动地说："今天不知道说啥好了，我们做的远远不够，在我心中，你们永远是人民的英雄。"

一阵阵掌声响了起来。

"说实话，这趟没白来，是我人生中的一件大事。"本山叔说到这，声音已经哽咽了。

老兵们集体起立敬礼致意。

"你们坐，我接着给你们演，啥时候你们说看够了，啥时候结束。"本山叔说完又飞身上台，连唱4首歌，当他问观众"累不累"

时,台下整整齐齐地答:"不累。"

本山叔干脆地大声说:"那就接着演。"

演出结束后,一位99岁的抗战老兵竖着大拇指说:"以前都在电视上看,现在就在我几米外演出,演得确实巴适!"

在那次演出中,有一张照片,看到会让人心发颤。

本山叔紧握一位老兵的手,他们微笑相映的目光里,有一种很深的情感在流动。

再细看,老兵举起的那只手是残缺的。

"大爱无声"

上班4年,租4次房,搬4回家。

终于在那个秋天,我们一家三口,像鸟儿飞回属于自己的"巢"。

一个70多平方米的小家,房子里所有细节都是为我量身设计和定制的。

几年前买房填写归属人时,我和吴振豪还起了争执。我说写我俩的名字,吴振豪又摇头又摆手地拒绝,像我要把一颗定时炸弹扔给他。

"我对这些身外之物没有任何感觉,写我的名我倒有负担,写你自己名就行了。"他很坦然地说。

房名的事,不但被他拒绝,还被房产办公人员拒绝。

"你们是拿着结婚证的已婚人,房子怎么可能写一个人的名字?这是规定,必须要写上两个人的名字。"

听人家说完,我转过头,冲吴振豪得意一笑,他无奈苦笑,低下头,在我的名字后面,才写上他自己的名字。

在买房前,他去买车,写的也是我的名字。过了好久,我才知道。

新房我选的20楼,儿子第一次去就管它叫"大高楼"。

搬进去住的那晚,月亮就守在窗口,我们一家人睡得很香、很甜、很美。

曾经并不在意,但在某一天,当你需要时,原来它就在眼前。让你来不及感动和感慨,这就是生活给你最好的安排。

几年前买房时,孩子还很小,根本没去想孩子上学那么遥远的事儿。等房子装修好,才发现原来斜对面就是浑南区白塔小学,在窗口就能看到学校的操场,步行10多分钟,过一条马路就到学校。

9月1日一大早,我和吴振豪一起送儿子去上学。儿子剪掉"喷泉小辫",成了一年级的"小豆包"。

恍惚想起,我上学的那一天,母亲给我穿了身新衣服,只是我趴在母亲的背上去上学。

一路上对儿子讲了很多,不知他能理解记住多少。那感觉好像不是送他去学校,倒像是送他去远方。

我给了他一个大大的拥抱,当他小小的脚步迈进校门的那一刻,也迈向了他人生的新起点。我心里不知是欣喜还是沉重。本以为这一天还很遥远,可怎么就到了眼前?突然有个念头又一闪,他长大后要离开我们的那一天,是不是也不算太遥远了?

只有走进生活,才能看到生活本来的样子。只有做了母亲,才能感受到一个母亲那颗滚烫、挣扎而又波澜壮阔的心。

那几年,总搬家,阴差阳错,儿子没读学前班,直接上了一年级,学习有些吃力。

搬到新家,离去剧场的班车路线太远,每晚吴振豪接儿子放学后,就自己开车赶往剧场。

只有我一个人在家辅导儿子写作业,刚开始还耐心十足,当讲了一遍又一遍,他的眼神依然还很茫然,我说话的调值突然升高,声音一下飘了上去,只感觉胸口有团火,一直烧到头顶。一瞬间,儿子的小眼神从茫然变为无辜，我那颗燃烧的心，瞬间跌落，碎了一地，只剩下懊悔和自责。

静下来时，我也在想，成长的路上，我们陪他迈出的每一步，都是他送给我们最好的礼物。

孩子没上学时，我和吴振豪就有同样的观点，在学习上，不想给孩子太大压力，只要他身心健康，快乐成长，比什么都重要。还常嘱咐他，将来无论做什么，品德是一个人永远的根，但文化知识又是能带他飞向天空的翅膀。

记得开学前带孩子走进白塔小学报到时，地上那个大大的"玩"字吸引住我，还有随处可见的"好玩的学校，会玩的孩子""玩出快乐，玩出智慧"。这正是我们心中所期。

每晚孩子睡着，我都会在心形小贴纸上写一段话，贴在他床头，早晨睁开眼他就能看到。

有一次他放学回来，见我发烧躺在床上，他回到自己的房间，悄悄写了张小贴纸，贴在我屋里的柜子上。看着那张带错别字的贴纸，我的病都好了一大半。

没多久，家里到处能看到我和儿子传递的小贴纸。

记得儿子从会说话后，常蹦出一句半句像诗一样的语言。上了幼儿园，他就开始写些小短诗，还让我配上图片，打印出来，放在他的诗集文件夹里。后来他上学了，我又给他买了本《中外诗歌100首》：在翻开的第一页空白处，我写了首诗《不一样的诗送给不一样的你》，"走进这本诗集就走进了一个神奇的世界，那里面还藏了一个明天的你，等待你用今天的目光去追寻。"

自从儿子上学，我们的生活重心都放在他身上。我和吴振豪各有分工，他每天早上5点半起床做饭，我6点起床叫醒孩子，7点我们准时出门,送孩子去学校。

吴振豪看我天天折腾,劝我别去了。但我还是很坚决地要和他一起去接送。

几年都没瘦下来,这次终于瘦了,同事还以为我打了瘦脸针。

晚上放学,家长们都站在学校门口接孩子,只有我是坐在轮椅上。

我在心里也问自己,我为什么要出现?或许就是想让儿子面对一件事:他的妈妈是坐在轮椅上,坐在轮椅上的就是他的妈妈。这是他绝不能逃避的事实。

儿子上学前,我就给他打过"预防针"。

"如果同学说你妈妈怎么坐轮椅,和别人不一样,你咋回答?"

"那我就打他,告诉他不要嘲笑我妈妈。"儿子皱起小眉头,愤怒地举起小拳头说。

"这样不好,更不对,人家或许不是恶意,只是好奇,你完全可以换一种方式和他交流。"我很郑重地对他讲。

那天放学,刚接到儿子,他就兴奋地对我说:"妈妈,你太厉害了,我同学真问了你问我的那个问题。"

"那你是怎么说的?"

"我说我妈妈从小腿就坏了,一直坐在轮椅上,但是她唱歌唱得特别好。"儿子声情并茂地给我讲。

后来,我接到儿子班主任的邀请,去学校为同学们上一堂"家长走进课堂"的课。

当我坐着轮椅走进教室,全班同学拍着小手欢迎我。看到几十双纯真的眼睛看着我,我感觉自己也回到了童年。

我给同学们讲我上学的路,是怎么从妈妈的背上一步一步走过来的。他们睁大眼睛，一动不动，安安静静地听。

与他们互动时，同学们都举起小手，像一群小鸟挥舞着翅膀，抢着要回答，只有儿子反倒不好意思举手。

我还为他们演唱了《活出个样来给自己看》，虽然写这首歌时，他们还没出生，但个个都听得很入神。

下课了，同学们像小兔子一样蹦蹦跳跳来到我身边，把手里攥着的小字条，很神秘又有些害羞地塞给我，我迫不及待一张张打开看，"阿姨，你真美，我喜欢你！""阿姨祝你永远快乐！""阿姨祝你早日康复，腿快点好起来。"

一个在班里长得最高，看起来像初中生的男孩，来到我身边，用温暖而又坚定的眼神看着我说："阿姨，我希望你的腿好起来，你要坚持锻炼，一定会好的。"

连老师都惊讶，没想到平时不爱说话的学生，还会有这样的表达。

走出门，那个孩子又跟到走廊，满眼牵挂地对我说："阿姨，你要相信自己，有一天你一定会站起来。"

我和他笑着挥手，哪怕再多停留一秒，眼泪就会往下掉。

那晚回家，儿子对我说："妈妈你今天表现得太棒了，我们同学都特别喜欢你，你真是我的骄傲。"

这句话，让我一直包裹又悬着的那颗心，终于有了着落。

自从有了儿子，每年父亲节，我都带他一起去看本山叔。每次见到儿子，本山叔的目光里都闪着一种希望。

那年父亲节，在基地"小炕"对面的小院里，儿子手捧花篮送给本山叔，当本山叔问起他学习时，他朗诵了一首他写的诗《在我眼里》：

"在我眼里／太阳就是一个温暖的家庭／时时刻刻照耀我们心灵／在我眼里／月亮就是一盏智慧的明灯／照亮我们成长的路程／在我眼里／我是一颗种子／我要快乐地生长／"

本山叔盯着他看，等他朗诵完，一把将他搂进怀里说："你挺有思想啊！这小诗写得还挺押韵，你得好好学习，长大上姥爷这儿工作，写剧本吧！"

听到本山叔这么说，儿子笑得眼睛都眯成一条缝。

聊起信仰，儿子说我们一家人都皈依了，说着就双手合十诵起《心经》和《大悲咒》。本山叔也情不自禁合掌，微闭双眼，静静地听。

直到儿子诵完，本山叔摸了摸他的耳朵笑着说："你这耳朵长得也太大了，这张脸上只剩下这大耳朵了。"

说到这，想起儿子四岁半时无心插柳作曲、演唱的那首《九品莲花开》。川哥（王团爱人）第一次写歌词，本来是找吴振豪作曲，可他酝酿半个月也没找到灵感。我对他说，让儿子哼一哼，看能不能帮他找找感觉。我把正在里屋看电视的儿子喊来，给他念了一句词，他张口一唱，正是想要的那种感觉。紧接着，我念一句，他唱一句，吴振豪记谱。川哥在电话里听到后，说必须让儿子首唱。

后来在陈一鸣哥的"鸣九乐部"录了音，一鸣哥又给他拍了MV。李团长看到MV就对我说："告诉你儿子，他是我偶像。"从那以后，每次见到儿子，李团长都管他叫"偶像"。

那天，本山叔听了两遍《九品莲花开》，又摸着儿子的耳朵说："这孩子音乐感觉真好，一定要好好培养。"

趁儿子去卫生间时，本山叔小声对我说："面对你特殊的身体情况，让孩子不能有自卑感，应该让他觉得是骄傲。"

我简短地给本山叔讲孩子上学后，我们的想法和做法。

他笑着一直点头说："对！这样做才是对的。"

没过多久，本山叔也开始玩上了微信。

有一天，儿子把他做的一个梦用铅笔写在纸上，说故事很好玩，像剧本，非要拍照给本山叔发去。本山叔看后，还给他发来个红包，让他自己去买好吃的。

有天中午在食堂吃饭，碰到本山叔，他告诉我吃完饭去他助理那取字。我才反应过来，原来本山叔知道我们搬新家，特意为我们写了幅字。

拿到字，一展开，还没看清是什么，本山叔助理就对我们说："赵老师特意为你们写的，写时还说你们的经历太感人，说振豪哥很伟大，这是大爱，所以就写了'大爱无声'。"

接过那幅字，我又一次感受到其实本山叔对我们才是大爱，而那份爱不仅仅在那张宣纸上。

21年了，我就是在本山叔的大爱里成长，我生命的乐观，人生的幸福，都因他的大爱而圆满。

回去后，我们把那幅字装裱成框，挂在了客厅，一进门，就能看到。

四、写自己

新任务

我没想到吴振豪就这样离开了会堂,像他把留了10年的小辫儿毅然决然地给剪了一样。

一天下午,去接孩子放学,刚一拐弯,电话响了,是本山叔的司机王加峰。

"丹姐,在哪儿呢?"加峰的声音很轻。

"我去接孩子放学,在路上。"我说话时还夹杂着马路上车来车往的声音。

"你等一下,赵老师要跟你说话。"

一听是本山叔要找我,我的心猛地一抖。

"吴振豪不去铁西会堂了,我给他安排到采购中心,行不行?"本山叔问我。

听到这消息,我喜出望外,干脆利落地说:"行啊!听叔的安排。他这两天还正有点着急上火呢!"

本山叔说:"我一想,这个部门最适合他。他在那干,我也放心。"

我突然想起每天下午要去接孩子放学,有些顾虑地说:"但我们每天3点多就要去学校接孩子,这个时间会不会影响工作?"

"没事儿,这不是问题,那个时间要有工作,就先让别人忙一下。"

铁西工人会堂因门前修建地铁，"刘老根大舞台"在2016年十一过后便停止演出，吴振豪也告别了从事四年多的舞台监督工作。

让我揪心的是，他竟然把梳了10年的小辫儿给剪了，说也不搞艺术了。当他把剪掉的小辫儿和扎头发的皮套扔过来，让我留作纪念时，我心底那道闸门彻底被撞开，一直憋着的泪水像洪水一样不顾一切地往外冲。在我心里，剪掉的不只是他的小辫儿，还有小辫儿里藏着的我们从相识、相知到相爱的点点滴滴。

公司采购部重新组建为采购中心，不但人员重新配置调换，先前采购货源都要全部调整。这个新任务对吴振豪来说，又是个很大的挑战。他上岗就开始考察市场，周末还开车带着我和儿子去中街、太原街、龙之梦寻新货源。

找到新货源后，他又按领导指示，更换了所有老供应商。

一天，吴振豪接到个电话，电话里传来一位中年女人的声音："老弟，你不认识我，我知道你是新调上来的。我是你们公司老供应商。"她浓重的沈阳口音，语气过于热情，用东北话叫"自来熟"。

吴振豪开始表情有些木讷，一听到"老供应商"，便知她的来意。

"老弟啊！你啥时有空上姐这来一趟，咱俩好好唠唠，我都和咱们公司合作好多年了，这咋说换就换了呢？"

"大姐，这是公司的规定，所有的供应商都重新调换了，换的不光是你一家。也请你理解！"吴振豪很客气地对她说。

"老弟，那咱俩今天就把话敞开唠，你看看你有什么需求和条件，就跟姐直说，姐肯定能让你满意。"

"谢谢姐对我工作的支持，你可能对我不了解，我和别人不一样，我给你讲个事儿，你就能明白了。"

"没事儿，老弟，你说吧！"

"没有董事长就没有我们现在这个家，我们一家三口当时走投无路，在最难的时候，是董事长把我们留在公司，给了我们这份稳定的工作，所以别人怎么做，我管不了，但是我绝对不能这么做。希望你能理解！"

"哎呀！老弟，原来是这样啊！太感人了，你们董事长大爱啊！我做买卖这么多年，还第一次碰到像你这样的人，真对不起，老弟，我侮辱你人格了。我不知道，太对不起了。"那位大姐很不好意思，像突然变了个人在说话。

一天去食堂，刚好本山叔来吃饭。我吃过饭，走到本山叔那桌，他问我："吴振豪工作怎么样？"

我给他讲了那位老供应商大姐给吴振豪打电话的事。

当本山叔听到那个大姐对吴振豪说"对不起，我侮辱你人格了"，他嘴里嚼着饭，正要去夹菜，筷子就悬在半空，突然扭头看着我，一动不动，老半天，才说话。

"看来振豪是让她心里震撼了，是真感动受教育了，才能说出这样的话。"

吴振豪一打电话谈业务时，我就会想起他当经纪人时的棱角。有时他也会笑呵呵跟人砍价，每次他都会跟对方讲我们进公司的故事，人家总会被他的真诚打动。

他经常自己开车去给单位采买。去买东西的地方，都知道吴振豪做人和工作的原则，有一家大姐说："小弟，你真跟别人不一样。"

他总是笑笑说："我是有信仰的。"

他从来没有用钱包和背包的习惯，为了工作，他专门买了一个背包和一个多夹层的钱包，一层装整钱，一层装零钱，一层装硬币，还有一层装的是票据，每一层都分得清清楚楚。

年前公司会餐，我和吴振豪去给本山叔敬酒，本山叔乐呵呵地看着吴振豪说："来年你要有好事儿啊！要升官啊！"

我和吴振豪相互对视，很惊讶，没说话。

春节后一上班，领导就找吴振豪谈话，让他当采购中心主任。想起本山叔年前就说过，虽然有心理准备，但他压力还是挺大，怕自己胜任不了。后来领导说，这是董事长的安排。

我告诉他，本山叔对你的信任，千万不能辜负！

那晚回家，儿子听说他爸当了主任，乐坏了，吴振豪却一脸平静。

正是从那时起，我们给儿子找了托管班，下班后再去接他，这样吴振豪就能分出身忙工作。

后来，我们也锻炼儿子自己去学校，他很懂事，越来越自立。

无论是在电梯里还是小区里，他见人就热情打招呼，像是很熟悉。好多次我坐电梯，有人见到我就问："你儿子呢？"还夸他有礼貌。

他经常在托管班上完课，总想要把同学们喝过的矿泉水空瓶子都收过来。有时，就算他渴了，也舍不得买瓶矿泉水喝。平时一到周末就把攒的纸壳拿去卖，每次还用小本记上卖的钱数和日期。有好几次，秦浩哥和嫂子把不要的纸箱子都攒起来给吴昊恩，每次他都可开心了。有一回父亲来家，正赶上是父亲的生日，儿子就用他卖纸壳攒出来的200多块钱请姥爷吃了顿火锅。

我们办公室隔壁就是副总裁唐铁军的办公室，那年他刚从中街"刘老根大舞台"调回基地，分管影视中心。

有天上午，唐总来办公室与刘总聊工作。

四、写自己

那天本山叔起得早,也早早就来到刘总办公室。

开始他们聊剧场、聊演员、聊节目,聊着聊着就聊到吴振豪,本山叔激动地站起来,看着他们,手却指着我说:"吴振豪这人,你要是多给他10块钱,他晚上都得睡不着觉。"说这句话时,本山叔的语调一直往上飙升。

刘总和唐总在一旁点头微笑。

我冲本山叔边笑边说:"叔,你说得太对了,他就是这样的人。"

话音刚落,隐约看到有人走过来,到门口一看,原来是吴振豪,见本山叔在,他站在门口,有些惊讶。

本山叔伸手指了指吴振豪,又接着他上一句话的语调说:"就这个人,谁要是说他贪污,我永远都不信,要说他买东西没讲明白价钱,那我信。"他说这句话时的语气和神态,似乎比上一句更坚定。

没想到说下一句话时,他的语调却突然低了下来:"因为他心中有信仰,他信的是因果。"

仅这一句话,本山叔就把吴振豪的人和心,剖析得彻彻底底。

吴振豪平时总念叨:"自己的业自己了,自己的果自己受。"

从认识他开始,他的话就不多,后来说得更少。直到有一天,他终于说出原因来,是怕哪句话说错,造业。

那天,吴振豪一直笑着看本山叔,听本山叔讲完,他才从门口往前迈两步,走进来。

他曾对我讲过,其实他每次见本山叔时,虽然露出的是笑容,但心底却含着泪。

我问他:"为什么?"

他说:"有一种情感,是把他当成自己的老人,亲切又心疼。"

意外中的意外

时间过得真快,转眼来公司都五年了。这五年里有幸福、快乐、惊喜,还有很多意外。

往年公司都是小年放假,正月初五开总结表彰大会,初六上班。从2017年开始,不但开会提前,假期也延长了。1月7日(腊月初十)召开表彰大会后就放假,正月初二剧场开业,员工上班。

在总结表彰大会上,最后颁发的是最高奖项——"特殊贡献奖",全公司仅两人,其中一人竟然会是我。

当主持会议的刘总用"鄂普"念到"单丹"这两个字时,我的胸口顿时就像敲鼓一样"咚咚"震响。

一上台,看到本山叔已从台上的座位走过来,他满脸温暖地看着我笑,先把印有"特殊贡献奖"的红色授带给我戴身上,又把证书放在我手里,还递给我个大红包,最后推着我到舞台正中央合影。这一连串的情景,我感觉像在做梦。

过去两年,我连续两次获得公司的年度"先进工作者",已让我感到很意外。这次又获"特殊贡献奖",我确实觉得是意外中的意外,还有更意外的是,本山叔在获奖名单上选发言人时,也念到了我的名字。

那是来公司五年,我第一次上台发言。

从侧幕上去,还没走到舞台中间,一时着急没找到麦克风,捂着领导桌上的台式麦克风就开口说。

我讲起和本山叔相识的22年，是怎样在他的大爱中一步一步走到今天。当我抬头看到了本山叔的白发，我的声音不知不觉开始颤抖，眼泪已在眼圈里打转，我用尽全身力气去控制，好像整个会场也沉静下来。

这时，台下第一排有个人正晃动手臂在擦眼泪，当他把手放下，我才看出是宋晓峰。

在我后面发言的是宋小宝。

他刚走到台口，就向台上的本山叔和总裁班子领导90度深鞠躬。

上了台他就讲："在成名后，遇到过很多诱惑，才看清外面的世界，我没有一点儿动摇，坚信一直跟随师父，与师兄弟们在一起，一起支撑这个家……"

说这段话时，他从哽咽到泣不成声。

第一次见舞台上频频释放笑点的人，在那一刻，却怎么也笑不出来。

下了舞台，我心里就一阵翻腾。这一年，不，是这五年我到底做了什么？就连突出的成绩都没有，更别说什么贡献。

我静下心来想一想，本山叔为什么要把"特殊贡献奖"发给我呢？凭工作成绩，我肯定是不够的。

我憋不住，悄悄给秦浩哥打了个电话，秦浩哥对我说："或许董事长认可你身上这种积极向上的精神，这种精神是一个好企业所需要的。"

这个奖给我，除了让我感到意外，还让我的心在这意外中不停徘徊。我知道，这是本山叔给我特别的鼓励。当感恩和自责交织在一起，只有无声的叹息，还有前行的动力。

新的一年是鸡年，也是本山叔的本命年。春节前我就把为他织好的红围脖送去，让他过年戴。

大年初一，去给本山叔拜年，见他穿一身红，我也穿了件中国风的红花棉袄，我俩不约而同地想到一块儿，拍张照。那么多年与本山叔的合影中，属这张最欢喜，也最喜欢。

上班后，刘总就召集相关部门开会，商讨中街"刘老根大舞台"节目创新，安排我去做会议记录。我知道他是想让我更多地参与和融入。还嘱咐我工作之余，多提升自己的艺术修养和互联网思维。

3月初的一个下午，办公室里满满的阳光，谁也想不到又一个意外会在下一刻发生。

刘总和几个二人转演员一边听传统戏，一边讨论新节目。

我在电脑前整理会议纪要，突然觉得又热又闷，便悄悄溜出去。

从办公室出来，往左转，斜对面是演出部。其他人都外出了，只有秦浩哥和一个同事在里面忙。

我进去就抱住一把椅子，头靠在上面，身体也贴了过去。

秦浩哥从我背后绕过来，见我目光没有一丝游离，简直沉浸在无我的状态里，他一边逗我，一边用手机把那一刻的我拍下来，又去忙。

等秦浩哥再来看我时，我的眼睛已无力睁开，连呼吸都变弱了。

我的耳朵只听秦浩哥问："包里有药吗？"我已无法做出任何回应。

他马上给吴振豪打电话，又跑到对面唐总办公室，问有没有救心丸，唐总以为是秦浩哥用，后来一听说是我，拿着硝酸甘油就来了。

秦浩哥又去告诉刘总，刘总赶紧跑过来，连说话的声音都在发颤。

吴振豪赶来就把我抱回办公室的沙发上。

我再一睁眼,救护车来了。

刘总过来对吴振豪说:"赶紧带她去医院检查吧,别把时间耽误了。"

我抬头看了刘总一眼,他的脸色惨白,可能是第一次看到我出现这种情况,吓坏了。

后来才听说,刘总在知道我发病的第一时间,就让同事肖宇航拨打了120。

唐总和张总也神色紧张地走进来看望我,连在最里面办公的田书记也闻声赶来,同事们都很关心地聚集在办公室门口。

我心里很歉疚,惊扰了大家。

吴振豪要抱我上轮椅,我非要自己上,又用不太听使唤的手把棉袄扣子一个个系上。

到医院检查,结果是没查出问题。这完全在我意料中,每次都是以这样的结果告终。

第二天上班,刘总一见到我,连嘴角撇出的笑都小心翼翼的,说的每个字都像裹在喉咙里发出的音:"是不是最近我给你的工作量太多,压力太大了?"

"没有,可能最近睡眠不好,和季节天气都有关。"

刘总说:"昨天秦浩跑来跟我说,你心脏病犯了,我腿都吓软了,都不知怎么跑去看你的。"

从刘总的反应看得出,他是怕我丢了命!

中午,刚从办公楼出来往食堂走,见本山叔背着单反相机从宾馆大堂出来,老远看到我,特意停下来,好像有话要对我说。

还没等我走到他跟前，他就急着问："怎么心脏不好了？"

"没事儿，叔，别担心，老毛病。"我转动轮椅说。

"你得千万重视，药都不随身带着，那还了得？"

没等我说话，他马上又想起来说："另外，没事儿你得常锻炼锻炼身体，不能总坐着，那谁也受不了啊！"

"叔，您放心吧！"我笑着点头。

"快吃饭去吧！"本山叔说完就往"小炕"那边走，走几步又回头看看我。

听秦浩哥说，我这次发病对刘总震动很大，他说他内心很矛盾，一方面希望我进步快，所以要求高；另一方面，没想到我的身体这么弱，弄不好会出人命。

秦浩哥似乎向现实妥协了："她毕竟不是一个普通人的体质，既有工作的压力，又有家庭的压力，她自己又很好强，但我们还是要面对现实，不能对她有过高的要求。"

其实不光是秦浩哥和刘总妥协了，连我自己都曾想妥协。

当我对自己设定的目标一次次努力，却无法去真正突破和实现时，就算没人要求我，也没人给我任何压力，每一次我都会跟自己过不去，矛盾、焦虑和挣扎都冒出来纠缠我。有时我又会在想，只要能踏踏实实工作，开开心心生活就好，可最后我还是没放过我自己。或许有人以为我真的沉浸在幸福里，不努力，停下了，可谁又知道我那颗渴求的心从来都没停下过一秒。

时间一晃就到了年底，这一次的意外是秦浩哥给我的。

刚刚上映的电影《芳华》很火，勾起太多人回忆自己曾经美好的青春。

在公司跨年晚会上，中街"刘老根大舞台"经理邓红梅写了一首原创诗歌《芳华》，导演秦浩哥安排我与她一起朗诵。

那天，是我第一次参加公司的联欢晚会。

演出前，闫晓鹏老师给大伙排完舞蹈，就来后台帮我化妆，还在我头发上插了朵小花，我穿的红T恤和黑裙子，都是她送我的，为我量身搭配的。

当《芳华》的插曲《绒花》缓缓响起，邓总把我推到舞台中间的小圆桌前，她在我对面的椅子坐下，圆桌上的花瓶里插满鲜花。暖暖的灯光下，我俩一起演绎这快乐大家庭里每个人共同的"芳华"。

我不跑不行

当一个沉睡的梦被唤醒,眼前的路也渐渐清晰了。

陪儿子去看了场大鹏的电影《缝纫机乐队》,竟让我与自己久违的梦想邂逅,影片中捍卫梦想的那些人也撼动了我的心。

席卷而来的不是风暴,是海啸,仿佛瞬间把我给撕裂。那是两个不同的我,一个在现实里,一个在梦想中。梦想和现实又像两面镜子,从不同的角度照着我,也揭开了一个潜藏已久的真相。

原来那无数个心里空荡荡的深夜,在他们父子俩都睡着时,我还在灯下的手盆里不紧不慢地洗衣服,听水声哗啦哗啦从指缝游走,对我来说,竟是一种奢侈的享受。要知道这是一整天中,唯一能让我一个人静下来,与心灵独处的那一点空间,任思绪纷飞,无论想什么,即便再困,也不想睡去,因为我隐隐感觉到,灵魂的深处,在慢慢枯萎,渐渐荒芜。

直到那场电影的出现,才知晓,原来我不但丢了梦想,也把自己给丢了。

连儿子看过我原来的照片都问:"妈妈你现在的笑为什么没有从前灿烂了?"

我追溯着一切的发生,时间分分秒秒在推着我走,是角色最终的转换,还是我在"刻舟求剑"?

从结婚到怀孕,从孩子出生到上学,除了工作,似乎更多的时间和精力都扑到生活中,在人间烟火和锅碗瓢盆里守着那份平淡。也就是这个港湾,让我依存,更是让我停下来的唯一"借口"。很想什么都不想,但总有种放不下的力量,一想就撕裂般地疼,疼了便会更清醒。尽管在现实里总提醒自己,不可以停下来,也没有任何理由能让自己停下来。但越想就越挣扎,越挣扎就越恐慌。

还记得当年曾为梦想而奔跑的自己,那就是一匹马,身心都藏着一股义无反顾的力量。

因为我是在太多期待的目光中一路走来,每一步都背负着爱的压力和动力,就算累得喘不过气,也决不会停下,一停下来,便觉得是一种罪过,更对不起每一个人的期待,当然还有我自己。所以无论何时,都要往前跑,不跑不行。

上班路上,见秋风吹过,看黄叶一片片飘落,铺满那条小路,心中突然涌起一阵莫名的感伤。

还没到公司,一首词《过往》便写出:"风已凉,叶已黄,深秋藏过往。心发烫,零落伤,能守住几片过往?昨天是今天的过往,每一秒都走得太匆忙,谁又能握得住时光,散落一地忧伤。追寻曾经的过往,睁开眼却是梦一场,把悲喜存放在过往,不再让现实灼伤。"

秦浩哥收到我的歌词,只回了两个字:"好词。"

晚上他便来我家,进门手就粘在钢琴上,一串串伤感的旋律像潮水奔涌而来,在他含泪的目光和惆怅的歌声里,我仿佛看到生命里那一片片过往,像放电影一样,无论听还是看,心底的泪都挡不住往外淌。

第二天刚到办公室,隔壁影视中心唐总就来问起我写的《过往》,我愣住,他说昨天秦浩哥已经给他看过,很有意境,很有感觉。

唐总有空就来坐坐，他刚从大舞台调回分管影视中心时，曾鼓励我好几次，让我尝试写写剧本，公司需要好剧本，也需要写好剧本的人。

其实来公司后，我也尝试过写剧本，在网上查资料，吴振豪也给我买了写剧本的书。我天天看，看完还给他讲，讲得头头是道，但真正要写时，却无从下笔。试了几次，始终没能突破。

后来，看到公司里年轻的乐手们都学习当了编剧，我特别羡慕，心里更是着急，可我觉得自己还是没长那脑子，太一根筋，努力了，挑战了，却一次次失败。

唐总还经常会发个剧本大纲给我看看，让我谈谈想法。

秦浩哥也早就让我写剧本，说哪怕先从小故事写起，到啥时都不能停下手中的笔。

我知道，他们都在鼓励我，让我突破。

写剧本，成了我最想要攀登，却又无法去跨越的高山。

那天，我终于跟唐总说出了我心里的想法，想要拿起笔，再挑战一次。

几天后，唐总拿给我个电影剧本《兴风作浪》，让我看完总结下感受。

这是李春啸导演，宋晓峰和关婷娜主演的爱情喜剧电影，还有半个月就开机，第二天是开机前最后一次剧本讨论会，我心里突然冒出个想法，但话到嘴边，又咽了回去。

唐总好像看出我的心思，对我说："如果你有兴趣，也可以去参加明天的讨论会，多感受学习下。"

后来，刘总来了，我跟他说起这件事，他很支持我去。

四、写自己

剧本白天没看完,晚上回家又看到半夜,最后用一张新A4纸,总结归纳了几点感受,像做功课一样工整地写好。

第二天下午去开会,我是最后一个到的,长条桌前已坐满了人,唐总一一为我介绍。

其实有几位我都认识,李春啸导演先前来基地见过面。在他旁边的是我们公司影视中心副主任孙博,他是《乡村爱情浪漫曲》的导演,也担任过《欢乐喜剧人》"本山团队"的编剧和导演。挨着我坐的水格,是个作家,出过书,在北京开文化公司,还是出品人。有一次他去基地找唐总,刚好唐总在我们办公室,大家便在一起聊电影,侃影评。

唐总又给大家介绍我:"这是我们公司的才女单丹,电视剧《马大帅》片尾主题歌的词作者,最近她也开始在创作剧本,她很有思想,看了我们剧本也有一些感受。"

在会上,每个人都针对剧本谈感受。轮到我,我拿出写好的那张纸,说出我的感受,唐总边听边点头,水格一直在记录。

那天是我有生以来,第一次参加电影剧本讨论会,确切地说,更坚定了我还未真正踏上这条路就已有了勇往直前的信心。

回来后,忙完工作,就在电脑前查资料学习,吴振豪又从网上给我买了两本大厚书——《剧本》和《故事》,我每天都捧在手里看。

有天下午,唐总走进来,见我正在看书,书的重点文字下面,还用铅笔画上了一道道横线。

唐总笑了笑对我说:"这回你是真投入到创作状态了啊!"

我一开口,像关不住的水龙头,滔滔不绝,他坐在沙发上听。

当我终于停下来,唐总才说:"你刚开始创作,这种激情很可贵，有空可以找孙博多聊聊，探讨一下，在专业这方面，他能帮到你，免得你自己走弯路。"

唐总这一句话，仿佛让我在迷雾中看到了一扇门。

我和孙博办公室门对门，但平时接触和交流并不多，在单位见到他的时间更少，多数时间他都在剧组。他曾是辽宁大学本山艺术学院导演系的尖子生，刚来公司就听说他是影视理论和实践的"高手"。

他比我小好几岁，是个戴眼镜的胖男孩。但这次见他，他却瘦了不少，他说正在减肥。

当我说出想与他学习影视专业知识，他很爽快就答应了。

那段时间，每天忙完手头上的工作，其他时间就与孙博学习剧本创作。

他耐心地讲，我努力地消化，一场场头脑风暴，每一天脑子里，本子上，都装得满满的沉甸甸的才回家。我仿佛又回到了学生时代，心里除了充盈，还有淘到宝贝一样的欢喜。

他捕捉和剖析问题，犀利、透彻、深刻、独到。能把深奥的理论，用通俗易懂的方式讲出来，我说他像大学教授，他说我领悟力强。从最初我不懂就问，到后来他说出一个点，我能联想到一个面。

在他的辅导和帮助下，我终于要去攀登那座高山。

最后那天，孙博给我讲起《月亮与六便士》，他用很平静而又深沉的声音说："当满地都是六便士，有人却抬头看到了月光。"

听完，我便往头顶上看了看。

四、写自己

书写自己

一天中午,我在食堂正吃饭,一抬头,见本山叔来了,瞬间心跳加快,好像背后突然冒出个人在追我,餐盘里的饭菜都不知怎么咽下去的。

当时我戴着副眼镜,真希望这副眼镜有隐身的功能,把我藏起来。

记不起从什么时候开始,我竟莫名的不敢见本山叔,见到他,我的心就发慌。从未想到这种感觉也会发生在我身上,但这却是事实,很可怕的事实。

想起从前,给本山叔打个电话,捧着新写的歌词,说来就来了。上班后,偶尔才能见到本山叔,心里却有种说不出的忐忑。

等我吃完,食堂里的人已走了一大半。

本山叔还坐在他自己的位置吃饭,那会儿,只有他一个人。

放下筷子,我两只手紧攥着轮椅的钢圈,一点点往前蹭,刚到拐弯处,只听本山叔隔了张桌子喊我:"你最近都忙啥呢?"

我心想:难道本山叔是知道我最近在做什么?

我没回答,只冲他笑了笑,双手用力转动,很快就来到本山叔的身边。

我推了推眼镜,神秘又腼腆地说:"叔,我最近一直在研究写剧本呢!"

听我说完，本山叔手拍饭桌，长叹一声："这就对了。"

本山叔说出这四个字，似乎把挡在我心里，不敢见他的那堵墙，一下给推倒了，看到的是他对我的期望。

"一开始我想研究电影剧本，因为喜欢电影，也觉得它短，可能好操作。"我把自己的想法讲给本山叔听。

本山叔嘴里那口饭还没咽下去，就瞪大眼睛，急切地说："电影？别看它短，越短越不好整，我都不敢轻易去碰。"

"我现在研究电视剧呢！一边学，一边写，先练习写我自己的故事，等把大纲和人物小传写完，再拿给您看。"

"行，你的故事很感人。"

吴振豪到后厨送完餐盘，也来到本山叔身边。

本山叔抬头看见吴振豪，就冲他笑，那笑的时长像个长音符一直在延长。几乎每次见到吴振豪，本山叔都会这样笑。

他正夹菜时对我说："看你多幸福，身边那么多健全人都没有你幸福！你们是所有人幸福的榜样。"

我回头看了看吴振豪，我俩相视而笑。

本山叔喝了口汤，又笑着说："但有时太幸福，也会让人写不出东西了。"

我又往上推了推眼镜，低头笑了。

原来本山叔也是这样认为的，不知他说出的这句话，是不是我一直在寻找的问题所在，但它却是我所有困惑和迷茫的源头，甚至在梦里都在找这个答案。

结婚后，好多人见到我都会问同样的问题："你幸福吗？"

我笑着答："不用问，看我的状态就知道了。"

本山叔看着吴振豪感慨："哎呀！一晃你俩在一起这么多年了，

孩子都那么大，也都上学了。"

"有时他也会觉得累，天天带我和儿子，说像带两个孩子。"说完我转过头，看了一眼身后的吴振豪。

"俩孩子？你比孩子还累人呢！天天推你，抬你，抱你的。"我听出本山叔是用小品中的腔调在说。

"他说我总也长不大，像个孩子似的。"我边笑边捂着嘴说。

"你不用长大，直接就养老了。"本山叔的冷包袱让我笑个不停，开始他还绷着脸，后来憋不住，也"笑场"了。

一阵笑声过后，本山叔突然问我："你今年多大了？"

"我也不知道我多大，从来都记不住，我只知道我比他小一岁，他多大，减掉一岁就是我。"我一边说一边用手指着吴振豪。

本山叔无奈地笑了，看了一眼吴振豪问："你是哪年的？"

吴振豪说完，本山叔用疑惑的眼神盯着我，那一刻，时间好像被他的目光切割得静止了，好半天他才张口说话："哎呀，你都这么大了？"他的神情里有种不敢相信的惊奇，语气里有种难以接受的叹息！

快到春节，我写的剧本大纲和人物小传也接近尾声。

有一天上午，孙博来到办公室，关上门，还使劲按了几下。坐在正对着门的沙发上，一脸沉重和神秘。

他刚要开口，又往玻璃门外看了看，没有人，才轻声说："丹姐，现在这屋里也没有别人，我一直有个问题想问你，我想听到你心里真实的声音。"

他还没问，我心头就猛地一颤。

他用力抿了下嘴唇，终于说出来："丹姐，你是真的阳光，真的快乐吗？你的腿都这样了，这么多年，难道你就真的无所谓吗？"他皱紧眉头,还摸了摸自己的腿。

他提出的这一连串问题,确实出乎我的意料,也让我一时不知该从哪回答。

我停顿下,深吸口气说:"我从两岁开始就不能走路,当我有记忆时就一直是坐着,就像你们有记忆时就会走一样。我已经习惯了这种生活,尽管身体会有不便,但在我心里真没那么当回事儿。"

我说完的那一刻,他的眼神告诉我,似乎解开了他心中一半的疑虑。

他又问:"那你就从来没有过痛苦吗?"

我说:"我当然有痛苦,没有痛苦的人生是不真实的,我的痛苦是真实的,我的快乐也是真实的。"

没等他再问,我又说:"不过,我真的很庆幸,今生能做一回人,就算身体残疾,那也是命运对我的厚待,坐在轮椅上是束缚了我的身体,或许就是为了让我修好这颗心,其实是一种难得的美好。"

听到这番话,他点了点头,眉头也舒展开。

那天我才意识到,孙博憋了很久,小心翼翼提出的问题,或许是很多关注我的人,至今想问却没能开口问的。不过,身边的一些好朋友,他们也像我一样,压根没把我当成残疾人,甚至忘了我是一个残疾人。

春节放假前,中午在食堂吃饭,又碰见本山叔,我把写好的剧本大纲和人物小传,给本山叔念了老半天。

本山叔一直听,没吱声,等我讲完,他才说:"这种创作尝试很有突破,但我觉得你还是先把你自己这个人物写好,写透。别为了电视剧的形式,在情节上的虚构,把本真的东西给丢了,扭曲了作品本来的意义。"

我盯着本山叔看,思考着他对我说的每一个观点、每一句话,甚至每一个字。

"你还是先写个自传,一步一步来,多写感受,可千万别编,你记住,真实永远是最有感染力、最能打动人的。"本山叔一再强调。

眼前这个场景是那么熟悉,我仿佛又回到了14年前,去开原《马大帅》剧组写片尾歌,10多天写了10多稿,直到本山叔告诉我不去写剧中人物,就写我自己,写出我对生活真实的、特有的感悟。最后我才写出了《活出个样来给自己看》,一稿通过。

从电影到电视剧,又从电视剧到自传,我的心像坐过山车来回翻转和起伏。虽说有了新方向和新目标,却又觉得一下回到了原点。

刘总对我说:"写书是件好事,这样从头开始,一步一步踏踏实实地往前走。如果真把这本书写下来,那对你来说可真是一个太大的锻炼和飞跃。"

唐总也说:"你自己早晚都要走出这一步,慢慢走吧!每一步都不能少走,每一步也都不白走。"

我知道一段新的征程就要开始,我最终要面对和挑战的还是我自己。

酝酿好久,我迟迟不敢落笔,在我面前的是一座更高的山,而我好像一切都还没准备好,更不知从哪里下手。

那期间,正赶上水格来基地,唐总让我与他多交流,请教关于写书的事儿。一番交谈,随和又耐心的水格对我提出的"一万个为什么"一一解答讲解,让我在千思万缕的茫然和无措中理出了头绪,像在暗夜里突然看见一道曙光。

水格回到北京后,又给我寄来他公司作家写的李清照和三毛的人物传记。

孙博也给我买了本《小说创作基本技巧》送过来，翻开就看到他写的两行字："假装没听见，开心每一天。"

他们都以不同的方式在给我前进的动力，我也相信有一天我会突破自己，跨越那座高山。

就在2018年的春天，我终于开始动笔。

秦浩哥一从办公室路过，就在玻璃门上敲两下，我一回头，他就紧握拳头使劲顿两下，又滑稽地做了个笑脸，像个调皮的孩子撒腿就跑。

每天忙完分内工作，剩下的时间都是在写自传，写之前我总会先看会儿书，再写，心里就踏实得多。

在电脑前写自己，如同在白纸上画自己，好在桌上有面镜子。

从开始动笔那天起，我整个人都沉浸在创作状态里，就算手离开电脑键盘，脑子还会钻进某个情节和事件，又或在某个词句里来回打转。连在梦中都无法逃离。还有很多意想不到的灵感，几乎都是在晚上洗衣服时，从水龙头流出的水触碰到指尖的瞬间一涌而出。

每写到痛处，泪水便再也无法忍受孤独，拼命从眼里冒出，才发现是自己把自己的心给撕裂，只能亲手缝合，然后继续撕裂，再一点一点去缝合。

有时还没到下班，我已经给自己写到虚脱，一点力气都不剩，像身体被掏空了一样。我在心里反复问自己："难道写自己，就是要把自己掏空吗？"

从春天写到夏天，在最热的那几天里，天上像下了火，正如我心中那团火热的创作激情。

有一天中午吃过饭，从食堂刚走到大堂，见沙发上坐着两个人，虽多年未见，但一眼就能认出。

坐在前面的正是何庆魁老师，还是2003年年底在开原《马大帅》剧组写片尾歌时见的面。10多年了，他没太见老，倒是比原来胖了不少。

在何大爷旁边坐着的是赵柏山叔，20多年前在伊斯兰歌舞餐厅唱歌时，他总和本山叔一起去吃饭，后来他自己去时也给我献花捧场。

还没走到他们跟前，我就叫了声："何大爷""柏山叔"，何大爷淡定的脸上，露出了久违的笑，柏山叔也满脸都是笑。

何大爷见到我第一句话就问："你爸挺好吧？"

"我爸挺好，没事就出去参加活动，写写书法。"

"你爸真是个伟大的父亲，那年带你去剧组，走哪推到哪儿，抱到哪儿，我总也忘不了。"

何大爷和从前一样，说话时眼睛不怎么看对方，看上去又像是在自言自语。

柏山叔见了我也在感慨："没想到当年的小女孩现在真是长大了。"

这时，何大爷突然问我："你怎么会在这儿？"

我指了指身后的吴振豪，给他介绍，又告诉他："我们这几年一直在这儿上班呢！"

何大爷看着我们俩，只说了一句话："本山大好人啊！活菩萨！"

柏山叔在旁边一个劲儿点头。

何大爷不再说话，低着头，右手在沙发扶手上写着什么，他忽然抬起头，慢悠悠地说："你应该写一本自传，你的经历很感人。"

"我现在天天正在写呢！"

"多写些你自己的人生感悟,这是能留下来的好东西。"何大爷嘱咐我说。

正说着,本山叔从电梯走出来,一看就是刚睡醒。见我们在聊天,他走了过来。听到我们在聊写自传的事儿,本山叔鼓励我说:"好好写,你的苦难和阳光会感染很多人。"

听本山叔说,何大爷这次来,是要写《乡村爱情12》的剧本。

本山叔起身要走,又告诉何大爷和柏山叔,让他们直接来"小炕"吃饭,他去做水豆腐。

四、写自己

"在我眼中"

在公司 2019 到 2020 的跨年晚会上,我为本山叔写了一首千字诗,那也是我第一次为本山叔写诗。以不同人眼中的本山叔,汇聚成我心中的本山叔。

在我眼中
你是一个从来都没时间陪我玩的爸爸
你并不知道我是怎样长大
我问时间
你的时间都去哪儿了
时间后来告诉我
你的时间都给了管你叫师父的那一群人

在我眼中
你是一个顾不上家
心里却只装满大家的人
二十多年了
这个家就是你的驿站
每年三十晚上你都在电视里给十几亿人带来欢笑
我和孩子们只能守着电视

吃着饺子
　　陪你一起过年

　　写这两段诗时,我想起了一件事。
　　2013年"美丽乡村快乐行"第一季巡演归来,7月1日晚,在中街"刘老根大舞台"开大会。正是暑假,马丽娟阿姨带牛牛和妞妞也一起赶来。
　　在所有演员上台分享"快乐行"感受后,本山叔做总结时,突然对坐在第一排的马阿姨轻声说:"你不总问我在基地天天都忙啥呢?"说着,他伸手向观众席坐着的徒弟们比画,无奈地说:"这不都搁这儿呢吗?今天你都看到了,我天天都在忙啥,就忙活他们呢!"
　　马阿姨看了看本山叔,笑了笑。
　　他又看着徒弟们说:"今天你们师娘在这呢!看看我一天都在这干啥呢!我也知道我亏欠家里很多,那俩孩子我都没时间陪,都把时间精力放在你们身上了,有时候你们还不听话,让我成宿成宿睡不着觉。每天我都在寻思你们,谁心里发生什么,哪个家庭又咋的了,哪个人怎么的了,我不断地像回忆电影一样。很少想一想我家人怎么样了,我应该感谢孩子们的母亲,一点没找过我麻烦。"
　　紧接着本山叔又对两个孩子说:"我平时没有时间去跟你们交流,我希望你俩有时间,如果在家,都上这看看爸爸每一天都在做啥。爸爸在管一批常人没人管的人,管不了的人,这么一帮人呢,他们身上可能有无数个缺点,但他们有一个跟爸爸相似之处,就是他们和爸爸是同命运的人。哪怕以后再有农村演出,我希望你们俩放假的时候,都跟着去体验,好好感受农村。"

四、写自己

　　本山叔讲完，谁也没想到16岁的妞妞走到了麦克架前，个子高挑又秀气的她，用很轻盈的声音说："我今天才知道爸爸做了这么多活动，这么辛苦。我和哥哥一直在外面学习，其实我从小也有个梦想，就是帮爸爸去做一些事，所以学校有活动，我就捐款。爸爸告诉我，其实人生中钱并不是最重要的，去看看他们的生活，帮助他们，自己出一份力才最有意义。从小妈妈带着我和哥哥特别不容易，爸爸每次回来，都会告诉我们怎样尊重别人，怎么做一个有道德的孩子。这些年慢慢长大，背负的压力也挺大，同学有时会说什么，外面有时也会说什么，可我爸爸妈妈总告诉我，人生总会经历挫折，只要你去面对……"

　　说着说着，她手捂住鼻子，哽咽得说不下去了。

　　这时，又高又壮的牛牛走了过去，对着话筒，虽然没有妹妹表达得流畅，但他的话语中透出孩子般的可爱和纯真。

　　"其实我一点都不紧张，今天看了'美丽乡村快乐行'的视频，我觉得我爸挺不容易的，这回我知道我爸为啥没时间陪我们，原来一直都在管你们。我就希望你们能够都好好的，少让我爸生点气。感谢大家，对活动出的一份力，尽的一份心，希望下次有活动也叫上我，我也想去农村体验。"

　　听过牛牛和妞妞的讲话，本山叔嘴角露出笑意，但笑意褪去后，感觉到他心里很不好受。

　　本山叔又对着话筒说了句话，让人心里更难受："说实在的，我真不了解我的两个孩子，我了解你们都比他们要多得多。孩子们今天说的这番话让我很感动。这证明妈妈付出了很多辛苦，有多不容易。"

　　那一刻的我心底在震颤，本山叔和两个孩子的"对话"，也句句戳痛我的心。

　　想起10年前,他们才6岁,一人扶着我一只胳膊,要让我站起来。

　　后来在2014年"美丽乡村快乐行"第三季的巡演中,牛牛作为志愿者终于实现了去农村体验的愿望。

　　这么多年从来都没有过的,在2015年那个三十晚上,本山叔没在电视里,是陪家人一起过的年,也是最难得的团圆年。

　　又过了一年,本山叔主演的电影《过年好》在大年初一上映,我带着全家人一起去电影院看了那场电影。

　　这一次,本山叔扮演的是空巢老人"老李",我看到的却不是"老李",明明是他自己。一个孤独的,心中装满爱的老人。

　　影片中也是三十晚上,下着大雪,走丢的"老李"在车站终于盼来藏在身边,却多年不见的儿子,父子团圆抱头痛哭的那场戏,我们全家都看哭了。

　　即便"老李"在现实中糊涂了,但在自己的世界里是清醒的,当他找到了亲人,也找到了自己,更找到了回家的路,那个年才真正地团圆了!

　　一年365天,"老李"盼的就是一个团圆,无论在影片里还是现实里,"老李"这个人除了给我们带来大把大把的欢笑,还有更多的是心酸,让人回味起来,想笑,更想哭。

　　再说到现实,从小吃百家饭长大的本山叔,有哪一天不盼望着与家人团圆?而当他的100多个徒弟都围绕在他身边时,又何尝不是他心中期待的那个团圆?

　　在我眼中

四、写自己

您不但是改变我们一生命运的恩师
又是一个伟大的魔术师
把我们从民间艺人变成闪耀的明星
在您的照耀下我们绽放着光芒
为了我们
您把自己的黑发变成了白发
不管我们犯了什么错
您都用一颗父亲的心
不舍不弃

记得刚来公司上班的那个初夏,有一天,我从办公室往窗外看,两个园艺工人正在宾馆对面修剪灌木树丛。本山叔从宾馆出来,先是站在旁边看了一会儿,后来又从工人手中拿过电剪刀,自己修剪起来。

看到这一幕,我脑子里蹦出一段视频和画外音,是在中街大舞台和铁西会堂7点开演前舞台上的大屏幕播放:"这是一个大家庭的全家福,一个老汉带着他百十位孩子,侍弄着他们的庄稼,这种庄稼叫作'绿色二人转'。多年前浇山泉水施农家肥,带着黑土地泥土香的'绿色二人转'被移出乡引进城,并在京津沈哈长等多个城市生根开花,还被端上了央视春晚这个中国人年夜饭的餐桌……"

既然是"绿色二人转",本山叔就是为东北二人转近300年历史掀开新的一页的那个人。

无论在舞台上,还是生活中,最让他欣慰的是徒弟,最让他操心的还是徒弟。

几乎每次在大舞台开会,本山叔都要在下戏后先开个二胡专场音乐会，等人都到齐，才开会。

有一次开会，我赶到大舞台，却没有听到本山叔的二胡声。

后来才知道，有几个徒弟又犯错误了。

灯光下，本山叔满头白发，脸色憔悴，声音嘶哑，语气却很平和。

那时，本山叔并不是董事长，也不是师父，而是一位父亲，在告诉他的孩子们该怎样做人，怎样做事。

"不管你拍了几部戏，都不能不喜欢这个舞台，永远不要忘了自己是从拿着小破兜，挡着小破帘，一抖搂幕条子都是灰的日子走过来的。这是一个有梦的时代，舞台永远是你们的根。二人转永远都是二人转，永远都要用作品来说话。不能一笑了之，在笑的过程中，要把对国家、对社会、对民族有意义的东西放在里面，传达正能量，肩负历史任务，因为你是演员。"

他的话语中，字字是牵挂，句句是包容，从眼神里也能看到他心中满满的爱。

每一次开会不管是什么主题，本山叔都要把当天大舞台的戏，一码一码总结、归纳、讲解。

就在犯错的徒弟检讨后，本山叔又对他们说："其实我大可不必在这个程度上再管，再去折腾，你说我图个啥？我为什么要坚持呢？我觉得坚持应该有理由，唯一的理由就是你们的存在让我坚持。在坚持的过程当中，我希望大家都能努力。"

后来，在那些上台对师父说出心里话的徒弟中，让我感触最深的是董三毛，他在《乡村爱情》中扮演"徐会计"。平时笑起来，眼睛弯得像月牙。那天，他却哭着讲起当年拜师的情节："我不想说别的，仅拜师这一件事，就够我感动和享用一辈子的了。"

听到这句话，我的泪水怎么也挡不住了。

一回头，见吴振豪用手遮起的脸上，满是泪痕。

我望着本山叔的眼睛不停在眨，连拿起话筒说出的话都有些发颤："从1982年到2014年，在舞台上32年，300年的二人转，在每个人肩上是一种共同的责任，也正是因为有你们，我心中才有一份更大的责任，才走到今天。"

听到本山叔在说话，我的喉咙一次次堵塞……

他不是从前我认识的本山叔了，皱纹多了，也更深了，白发里几乎寻不到几根黑发，他比实际年龄要苍老许多。

这哪里仅是岁月带给他的？

那晚的大会，从夜里11点开到凌晨1点。

一出门，漫天大雪。

一路上，我和吴振豪谁也没说话。

我知道，我和他的心里也下着雪。那场雪，比眼前这场雪还要大。

到了家，看着外面的大雪还在下，想着本山叔那满头白发，心里隐隐作痛。

后来，只剩下那半个夜晚，我却做了一个梦。

梦中的基地，本山叔戴着老花镜，用驼色粗毛线很娴熟地在织一件毛衣。

我很好奇地问："叔，你还会织毛衣啊？"

本山叔一边织一边说："会呀！要不太忙了，这有时间就织一会儿，天冷了啊！"

我仔细一看，他织的是一件三四岁孩子穿的毛衣，正织上身，两个袖子已织完。

我又问本山叔："你都能让13亿人快乐，你自己为什么不快乐呢？"

本山叔笑而未答。

来基地上班后，本山叔曾对我说过："艺术，就是编织美好生活的梦想。"

梦中本山叔"织毛衣"的意象，正是他一针一针为每个人编织美好生活的梦想，也编织着幸福。

几年后的一个春节，去给本山叔拜年，下午我们刚到一会儿，从门外就走进来两个人，我回头一看，他们满头白发，正像是从那场大雪里走来。

走在前面的男孩我认识，原来在剧场唱过戏，我们都是当年在《刘老根》剧组时一起团购买的楼，他的父亲是已过世多年在《乡村爱情》中扮演"冯乡长"的李正春，也是本山叔的大徒弟。

男孩头发很早就白了，他身后那个女人头发比他还要白，尽管脸上有了皱纹，却也能看出年轻时的俊美。我想，这一定是他的母亲。

当母子俩拎着东西出现的那一刻，坐在炕沿上正与大伙说笑的本山叔顿时愣住，没有了笑容。锁紧眉头第一句话就朝母亲问："你头发咋都白了呢？"

那位母亲腼腆地笑了笑，低下了头。

打这一眼起，我的头就转了回来，再也没转过去。

白发男孩往前迈了几步，正跪在本山叔跟前磕头："师爷，过年好。"

可本山叔似乎没看见，也没听见，他一直看着眼前的这位母亲，眼角变得湿润起来。

"有劳保没啊?"本山叔问。

"有。"母亲回答的声音很小。

这时,男孩站了起来,本山叔问问这,又问问那,与他做了简短的交谈。

母亲一直站在刚进来时的门口,本山叔说了好几次让她去炕上坐,我没看到她去坐,也没听到她回答,或许她只是笑了笑。

屋子里没有任何声音,在我视线里的所有人几乎都红着眼圈,目光聚焦在这娘儿俩身上,只有我背对着他们。

当本山叔再一次让他们去坐着时,母亲开口说话了,是对儿子小声说的:"我们走吧!"

本山叔挽留说:"刚来就走啊!坐一会儿吧!"

母亲说:"不了,还得倒好几趟公交车,一会儿晚了该没有车了。"

母亲的话音刚落,本山叔转头就去炕里拿他的背包,在他打开拉链的那一瞬间,我似乎已意识到下一秒将出现的画面。

果真本山叔从包里拿出了三摞钱,赶忙走过去,交给了那位母亲。

可能母亲在推托,只听本山叔说:"拿着,快拿着。"

"谢谢师父。"母亲刚说完,男孩在一旁也在说:"谢谢师爷。"

我确定,当本山叔拿出钱,我一直躲在眼里的泪瞬间滚落下来,那时我才知道,为什么从进门后我只看了她一眼,便再也不敢回头,心里揪着地痛。

本山叔送完那娘儿俩回来,看到满脸淌泪的我,吃惊地问:"咋的了?"

我边哭边说:"感动的。"

本山叔看了看我，有些心酸地笑了。

> 在我眼中
> 您是刻在我们心里的那个好人
> 是您帮我们建起了新学校
> 我们才能在温暖的教室里读书写字
> 一颗爱的种子在我们心里生根发芽
> 我们要像您一样
> 去帮助更多需要帮助的人

就是孩子们心中的那个好人，从2013年到2015年，两年时间，为四川雅安芦山地震重灾区建了所学校——"芦山本山小学"。

学校的题名另有其人。在开学的前几个月，本山叔去拜访著名画家、作家、诗人黄永玉，不但一见如故，还给了他一个惊喜。当黄永玉得知本山叔为芦山地震灾区捐建小学，拿起大笔，便在纸上题写校名"芦山本山小学"。

听说建好后的学校可抗8级地震，当地老百姓都说感谢赵本山老师的爱心，盼望他能来参加开学典礼。

就在2015年10月25日，本山叔率领徒弟们在四川举办了"芦山本山小学开学暨向西藏地震灾区捐款专场"晚会。

那一晚，本山叔将为太极集团"霍香正气口服液"代言的700万元广告费捐给了西藏地震灾区，用于在日喀则市定日县绒辖乡修建一所学校。在捐款现场，本山叔脖子上围满哈达，像要把他整个人都包裹起来，那一条条洁白的哈达是西藏灾区人民对他的感激。开始，他还和大家挥手微笑，后来他双手合十，指尖遮挡住鼻子和嘴，眼里却闪着泪光。

新开学的"芦山本山小学"的孩子们一起跑向舞台高声喊:"赵爷爷",最前面那个7岁小女孩给本山叔戴上了鲜花环,那是孩子们在学校附近采的野花编成的。小女孩又亲了亲本山叔,本山叔把小女孩一下给抱了起来,他们都笑得像那花儿一样灿烂。

收到孩子们的礼物,本山叔也给孩子们赠送了礼物,每人一个新书包,一台新电脑。

校长代表全校师生为本山叔送上一面锦旗:"捐资助学,福泽灾区。"

"我们都很感激赵爷爷,在开学第一课上,老师就给我们讲了学校的由来,大家也知道赵爷爷是著名表演艺术家。"一个一年级的小学生对本山叔说。

"我们一直都想见见赵爷爷。头天晚上紧张得都睡不着,今天见到了,就不紧张了。"为本山叔戴花环的小女孩说。

孩子们笑着亲吻他的脸颊,他也露出孩子般的笑容。

我看到本山叔的笑容里装满快乐的期待,孩子们的笑容里藏着幸福的未来。

从2018年到2020年,又是两年时间,本山叔为四川凉山彝族自治州昭觉县三岗乡修建了"本山小学校",学校建成后,听说本山叔有两个建议:开学后实行"汉语、彝语"双语教育,为彝族培养优秀人才。建立一支彝族男女娃娃足球队,希望10年后,这些彝族娃娃能走出大凉山,到全国踢足球,为国家培养优秀足球人才。

就在开学后,"本山小学校"给本山叔发来一段视频,是168个孩子对本山叔的祝福和感激,还说出了他们的愿望:"希望赵爷爷有时间能够来见见我们,我们很想见您。"有一个孩子还为本山叔唱了一首歌，来感谢他。

听到大山里孩子们的笑声和歌声，我的心又一次震颤了。

这是本山叔捐建的第四所学校，孩子们脸上的笑明明是心中种下那颗爱的种子生长出的希望。

> 在我眼中
> 您是我们家乡人的骄傲
> 不管走多远都没忘了回乡的路
> 是您让全国人民都知道东北有个大城市叫铁岭
> 一看到您就让人想起铁岭
> 您和铁岭永远是分不开的

说起来那是2008年9月，电视剧《乡村爱情3》在铁岭开原举行开机仪式。

车一进开原，前方LED大屏上就滚动着一行红色的字："欢迎本山回家乡"。

路两旁站满了人，除了年轻人，还有老人和孩子，他们一直向着同一个方向张望，眼里的愉悦和脸上的幸福，在本山叔的车出现的那一刻，彻底绽放。

人群中，一个40多岁的男人仰起头，踮着脚，双手高举一块方形小黑板，黑板上用粉笔写了两行字："本山，家乡人永远爱你。"

看到这一幕，在车里的我还没感觉鼻子酸，眼泪就掉了下来。

我想起本山叔曾说过："不管自己现在什么样了，都不能忘了自己是从哪儿出来的。"

还听说，不管过不过年，本山叔只要一回家乡，就给乡亲们发钱，有好多人都排队去领钱。

走出去这么多年，本山叔为家乡修路、建学校……路边举着黑板的那个人说出了所有家乡人要对他说的话。

我记得很清楚，刚来上班的第二个月，2012年4月15日那天，正是本山叔为家乡修建的开原莲花中学更名为"本山中学"，本山叔带着徒弟们都回去了，那一天比过年还热闹。

本山叔对大伙说："一早就从沈阳赶来，一宿没睡，一路上想起家乡的一草一木，真想流泪，看到家乡的现状与自己的发展落差很大，一直在想为家乡做点什么。"

听完本山叔说的下一句话，才知生命中的一切并不都是巧合。

"我在这所学校读七年级时，就进了文艺队伍，但读书时的许多事都还能记起，这所学校是我生命的一部分。"原来本山叔也曾在莲花中学读过书，这里就是他的母校。

说到文艺队伍，后来本山叔成立的"铁岭本山民族乐团"里，100多人都是本山叔原来在铁岭一起同甘共苦的老同事。有一半已年过花甲，年龄最大的有70多岁。

我不止一次见过他们来沈阳演出，穿着统一服装，个个都精神抖擞，特别有民族演奏家的艺术气质和风范。

在2015年10月，"铁岭本山民族乐团"随本山叔去四川参加的那两场公益演出，是他们走得最远的一次。

他们还下乡为老百姓做慈善公益演出，每个月的工资也都是本山叔给发，演出时还有补贴，听说光乐器就花了上百万元，那时，每周二本山叔都会去铁岭和他们一起排练。

听本山叔总说起这个民乐团，一提起来他就高兴。"我看到他们高兴，就算花点钱，我也高兴。看他们聚在一起，一个人端个饭盒，吃完饭叮咣一拉,一唱,不光是为社会作点贡献,他们的家庭负担也全没有了,所以快乐。这也是分享我的快乐,我也在分享他们的快乐。"

每次看到本山叔让别人快乐,他自己那个开心劲儿,我也特别开心,开心过后,才知那是一种可以被传递的力量。

后来,我又听到本山叔在铁岭拍《乡村爱情浪漫曲》时的一些幕后"花絮"。

一个身患重病的陌生人来找本山叔,他就给人拿钱去看病。

智力缺陷的人去剧组看他,他见人家是穿着露脚趾的鞋来的,便从车里拿出自己的一双鞋,送给人家。

他有车不坐,非得走在农村的马路上,说闻着泥土的味道,心里才踏实。

晚上拍完戏,他就去村长家热炕头上盘腿一坐,吃着农家饭菜,说出的话里全是包袱,逗得他们那个开心。村长一家人都说这老头人好,但挺可怜。

提到可怜,一下能追溯到几十年前,本山叔出生后不久就失去了母亲,也失去了有母亲才有的温暖生活。但他失去的这一切,偏偏有个人却给了他。

这么多年,本山叔一直把这个人放在心里,走到哪儿都挂在嘴边:"没有干妈,就不会有我的今天,她是我一生最感谢的一个人。"

本山叔的干妈,其实是他同学的母亲。每天上学同学都带饭,只有他嚼着兜里揣的苞米粒在边上看着。后来同学每天都带了满满一盒饭,留下半盒给他吃。再后来,同学的母亲就把6个儿子以外的他,当成了自己的儿子。

打那以后,本山叔不但能吃上饱饭,还得到了从他出生后都没有体会到的母爱，终于感受到了有妈的感觉。

本山叔走出老家那几十年，每年都回去看干妈。干妈说本山叔是个大孝子，总也没忘了她。

就在2018年春节过后，本山叔把快90岁的干妈接到了基地。没想到，那是他与干妈在一起待的最后一段时光。

那些日子，本山叔天天陪在干妈身边，亲自照顾，干妈想吃啥，他就让人去给买啥。

本山叔一边给干妈剪脚指甲，一边说："你就把这小病给治好了，咱还得好好活。"

干妈像个孩子似的念叨着："也就你能把我给养活活了。"

听到这句话，我想起常听到的那句话："你养我小，我养你老。"

一个多月后，干妈吵着要回老家，本山叔见她最后一面是带着女儿一起去看她。

听到本山叔的声音，躺在炕上的干妈说眼睛看不见了，本山叔坐在她身边，用手给她擦了擦眼睛，捧着她的脸问："这回看见我没？"

干妈大声答："我看见你在那疙瘩呢！"说完又小声叨咕了一句啥。

本山叔底气十足地说："对，我就是。妈。"

这一声妈叫的，干妈突然激动地哭着说："哎呀妈呀！都叫妈了啊！"

听到这儿，我的心都揪了起来，撕扯着痛，泪水也一起往外涌。

虽说干妈已离开，但在本山叔心里，她的爱一直在。

在篮球场上

你就是一个快乐老男孩
健步如飞
笑着把篮球追

在深秋的院子里
你就是一个孤独的老人
慢慢走静静想
你的背影在秋风里飘荡

在单位院子里遛弯时，一走到篮球场，我就会想到背心上印着"快乐小男孩"，与一群小伙子健步如飞一起追球的本山叔，当他把球投进篮筐的一刹那，他满脸喜悦，乐得像个孩子。

每天盯着电脑屏幕写自传，累了我总会往窗外看一眼，有时一回头，就能看到本山叔，那个时间正是中午过后，他刚起来，从大堂出去右转就是宾馆窗外那条路，再向左拐个弯，直走就是"小炕"。他每天醒来后就去那儿吃饭，白天的一切活动也都在那儿。因为那里接地气，他喜欢，更离不开。

隔着窗户看本山叔，哪怕是背影，都能从他脚步里看出他的心情。有时他双手背在身后，低着头，脚步很沉，走得也很慢。有时他扬起脸，听着风，大步往前走。有时他怀里抱着一只叫豆丁的小白狗，一边走，一边和它说话。还有时他在前面走，豆丁跟着他的脚步摇晃着跑，他们的眼神不时在交流。

每次我的目光会一直跟随本山叔的脚步，眼看着他走进"小炕"的门，我才把头转回来。

在我眼中，在我心里，本山叔就像是一棵大树，在春夏秋冬里，在暴风雨来袭时，依然挺立在这块黑土地上，坚守着这个快乐的大家庭，也守护着这一群人的幸福。

那天，马丽娟阿姨带着牛牛和妞妞也来了，坐在本山叔身边，陪着他一起跨年。

我远远看见，当本山叔在台下听到主持人朗诵我写的那首诗时，他的手抹了几次眼角。

突如其来

2020年春节来得早,公司像往年一样早放假,大年初二再上班。

刚放假,大家都在传一件事,疑似出现了一种叫"新型冠状病毒肺炎",传播和蔓延性很强。当时听着挺可怕,但觉得离我们还很遥远。

1月23日(腊月二十九),当"武汉封城"的消息在全网炸开,才意识到"灾难"或许真的来了,危机似乎无处不在。

听说"武汉封城"了,这消息让所有人震惊!我第一时间想到了远在武汉的刘总。记得1月21日,他从北京飞回武汉时,上飞机前还发给我一张戴口罩的自拍照,告诉我要回武汉陪老娘和家人过年。

很牵挂刘总,给他打电话问候,明显感觉身处武汉的刘总有点紧张,他对疫情很担忧,他说因为"封城"了,也见不到老娘和其他亲友,每天就是两口子在一起,爱人还要去第一线上班,他就在家做饭,搞后勤。但他坚信疫情很快会过去,战"疫"必胜。

这个春节,确实是非同寻常,那本该浓重的年味儿似乎真被疫情给冲淡了。

三十晚上吃饺子前,我先在微信里给本山叔拜了年。

初一中午,我们一家三口赶往基地去给本山叔拜年,走到半路,就被本山叔给"撵"了回来,电话里他的声音很焦急和担忧:"这都

四、写自己

啥时候了,还带孩子往外跑,赶紧回家,好好在家待着,哪也别去,今年拜年都免了,我都不让他们来了,一会儿我也走,去个小地方待着。"

没想到那天一回去,竟然一个多月没出门,一直被关在父母家里。

一夜间,还没来得及反应,疫情就在全国瞬间暴发,沈阳也按下了暂停键,敲响了防御的警钟。正在享受年味儿的人们,被这突如其来的疫情,搞得不知所措。心里除了恐慌、警惕,还有提心吊胆的焦灼。

每天一睁开眼,手机满屏都是关于疫情的新闻和各地新增阳性病例的数字,还有疫情背后的温情故事。

从窗户往下望,街道上几乎没人,连车也看不到几辆。各大商场、影院、市场等公共场所都关门停业。小区门口有专人看管,一家只允许出一人去买菜。

药店的口罩和酒精都被抢空,冰箱里的菜却囤满了。

虽然没上班,但基地还有些留守人员,吴振豪接到通知,就去买口罩、酒精、体温计。开车跑了一下午,跨好几个区,也没买全。

我们自己也没有备用口罩,幸好广州的闺蜜冯嘉佳给我寄来,还有很多是 N95,在当时可真是救命的口罩,花多少钱都买不到。

那时,无论在哪,看到最多、听到最多的只有两个字:"加油!"

看新闻,沈阳派去了医疗队支援武汉。

听刘总说,本山叔每天都跟他通电话,不仅牵挂他和家人,也很牵挂武汉和湖北的疫情。第一时间就说要给武汉捐款,让刘总抓紧联系。很快刘总就把本山叔向武汉红十字会捐款1000万元的事办妥,及时给疫情旋涡中的武汉人民送去了一份温暖。

谈起武汉疫情，刘总说作为一个武汉人，他内心总是充满感激，感谢全国人民对武汉和湖北的支援，感谢众多亲朋好友对他的关心，他被困武汉的那100多天，是接到问候电话和收到慰问礼物最多的时间。包括马总寄的500斤东北大米，秦浩寄的东北特产等。

疫情宅家的那些日子，就在大伙快要坚持不住时，幸好还有一件事值得期待。

2月10日，《刘老根3》腾讯视频首播，我们全家守着电视一起看。

18年了，"刘老根"像久别的亲人，又回来了。谁也抑制不住心底的那份激动，上线第一天，播放量就破了亿。

"刘老根"还是从前的"刘老根"，只是苍老了。荧屏里那一张张熟悉又久违的面孔，太亲切了。

父亲一动不动地看着电视，忽然情不自禁地拍起大腿感叹："好啊！真好！多朴实，多接地气。"

看到精彩处，儿子笑出声，还一遍遍模仿电视里的精彩片断和经典台词。

那一晚，我们一家人笑个不停。

看到儿子这么喜欢看《刘老根3》，开心之余突然想到一个问题：18年后，那些"〇〇后"或"一〇后"的孩子的成长记忆里并没有"刘老根""药匣子""大辣椒"，但从他们能看到《刘老根》的这一刻，其实一点都不晚。

在剧中，我还发现一条隐藏的故事线，那就是"绿色二人转"，不管是戏里还是戏外，小剧团不能散，二人转的传承不能断。

在电视中看到的一些情景，在去拍摄现场时也见到过。2019年6月16日的父亲节，本山叔正在铁岭拍摄《刘老根3》，那天一大早我们就赶去探班。

正赶上拍"二奎"带着俄罗斯女孩回来的那场戏,本山叔盯着监视器。不一会儿,拍摄现场传来消息,俄罗斯女孩和演员交流有点对不上戏,只能等翻译来了再拍。说着,我们都和本山叔趴在监视器上看,那外国女孩一进村就和村里的女人们偶遇,语言不通,阴差阳错,好玩又有趣。

下午,拍出走多年后的"二奎"与"刘老根"见面的戏,也被我们赶上了。

吃过午饭,本山叔换了一件肥大的深色短袖,又把扮演"二奎"的演员孙小飞叫到屋去,给他说戏。看得出这场戏很重要。

好几个人把灯光道具都搬进屋,没过多久,只听本山叔在屋里突然发起火,那喊声从开着的窗户传出来,把我吓了一跳。再一听,应该是开拍了,同样的台词,"二奎"连续说了好几遍。儿子就站在我身边,听着屋里的声音,不敢动,他还以为本山叔真发脾气了,我告诉他是在拍戏。他小心翼翼循声贴着墙边走过去,还没走到门口,本山叔又喊了一嗓子,吓得他跑了回来。

"刘老根"和"二奎"重逢那场戏,拍了好久,听本山叔一次次发火,一遍遍地吼着,我们在外面心都跟着提到嗓子眼儿。

好半天,屋里没动静了,一声门响,"二奎"急匆匆走出来,一抬头,看他眼睛都哭肿了。本山叔随后也走出来,但好像还没完全从戏里走出来,脸通红,眉头紧锁着。他坐到椅子上,"二奎"眨着哭红的眼睛蹲在他身旁,本山叔开口又给他讲戏,说刚刚他跪在地上哭的时候,有点演大了,再收着点。"二奎"歪着头,边听边琢磨。

不光电视剧好看,还有主题歌《走好人生这盘棋》,特别好听,是本山叔唱的，有哲理，都是大实话。"人生这盘棋，下好可不容易，你得知道啥时候跳马，啥时候出车，过日子忙事业哪能都如意，大丈夫你得能伸也得能屈……"

其实这首歌在电视没播放前我就听过，那是《刘老根3》杀青后，我去看本山叔，他拿起手机说给我放首歌听，一听我就喜欢上了，歌词太朴实，太接地气，用最简单的话语，唱出了深刻的人生哲理。完全是本山叔的风格。听本山叔讲，才知是《刘老根3》的主题歌，他刚去北京录完。

一天播2集，根本不够看，更不过瘾。吴振豪办了腾讯会员，一口气能看5集。

看完我就给本山叔发微信，告诉他我们全家一口气看了5集，他回微信说："我一口气看了8集，挺好看。"

就在我们去铁岭《刘老根3》探班后不到一个月，开原就遭遇了龙卷风，本山叔当时就为家乡捐出500万元。随后，《刘老根3》和正在铁岭拍摄《乡村爱情12》的演员和工作人员都捐了款。

我听到后，脑海中又闪现出一幅画面。11年前与本山叔在去铁岭开原《乡村爱情3》开机仪式的路上，看到人群中有一双手高举黑板，黑板上有两行用粉笔写的字："本山，家乡人永远爱你。"

全国上下齐心协力抗击"新冠病毒"，我心里总觉得要做点什么，却不知从何做起。

一天，在网上看到一篇《庚子"战疫"记》，我突来灵感，让父亲用毛笔书写，我朗诵。在《三寸天堂》的音乐背景下，我用声音来诠释父亲书写的每一个字，吴振豪用手机编辑制作成了视频。

后来，接到黑龙江省富锦市委宣传部的电话，让我和父亲给老家录个"抗疫"视频。我和父亲对着镜头，一起为老家"抗击疫情

四、写自己

助力,为家乡富锦加油"!还把我朗诵,父亲书写的《庚子"战疫"记》抗疫视频发了过去。

在人心惶惶的疫情下,我们一家三口跟父亲学写书法,是疫情期间的日常。

每天家里像开培训班,我们仨同时写,父亲轮流教,他一个人来来回回,忙得满头是汗。父亲说我们都写不过儿子,他写得最好,模仿得也最像。因为他从小一直在临摹颜真卿的《勤礼碑》,父亲严格要求他一个字一个字地练,才打下了坚实的基础。

我们仨都喜欢临摹父亲独具个性的书法,看到我们每天都有进步,父亲的嘴角总是掩不住笑。

毕业于东北师范大学书法专业的父亲,从小就跟爷爷学习书法,爷爷还给他取了与他本名"锐敏"词义相反的别名"乃痴",是希望父亲做人正直、憨厚,又能痴迷于书法,不懈地追求,有所成就。后来,父亲的书法受到中国当代艺术大师欧阳中石的高度好评,欧阳中石说父亲的书法作品"既有传统古典神韵,又有现代创新之美,完全形成自己独特的个人艺术风格"。

想起这么多年走过来,父亲不是带我看病,就是带我追梦。不是抱着我,就是扛着家,一直在为生活奔忙。自从我结婚后,父亲把我交给吴振豪,他才腾出更多的时间和精力,捡起半生都没拿起,一生都放不下的书法。

记得当年从黑龙江老家来到沈阳,父亲特意把他写书法用的笔墨纸砚包裹得严严实实,装在一个上了锁的箱子里,托运到沈阳。后来在沈阳每一次搬家,这个箱子都没离开过父亲的手。

自从父亲拿起笔写书法后,给自己取个斋号"龙江耕者",寓意在书法天地里一直耕耘着。父亲又办个"龙江耕者书法工作室",还学习了书画装裱。他性格开朗，见谁都笑呵呵，认识了许多书画界的朋友，还常和他们一起外出参加笔会。在沈阳书坛很多大型活动中，也都能看到父亲和他的书法。他的朋友们都说见字如见人，父亲落笔稳健，行笔如刀，从他的笔锋里，就能看出他经历过的风雨。

其实很多年前就想向父亲学书法，只因这次疫情，才能有足够的时间和精力去学，实属难得。

一个多月后，儿子要上网课，我们才回到自己家。

最初，是因为这个世界突然变安静，而心越来越不平静。到后来，当心彻底静了下来，仿佛也放下了一切。

每天重复做着自己该去做的事，还拥有了9小时的超足睡眠，20年都没做到的，仅在疫情期间就做到了。

我忽然想起曾在一本书上看到有个人问禅师："什么是禅？"

禅师道："吃饭时吃饭，睡觉时睡觉。"

我恍然大悟，其实最简单的事，我们却很难做到。往往最难得的也是最简单的，是无需过分追求和努力的，看来人生是要放下一些东西，才能回归自然，回归本真。

8月底，公司发通知，可以上班了，这一年又过去了一大半。

四、写自己

意想不到

又是一年的父亲节，2021年6月20日，我们一家三口像往年一样去看本山叔，他却给了我们一个意想不到的惊喜。

这次见本山叔不是在"小炕"，是在"小炕"重新翻建的"青年点"。三间红砖大瓦房，天蓝色铁栏杆大门，一边门上贴着个大福字。红砖铺地的大院子，进门就是一口压把井，旁边是木制大茶台，走两步就是凉亭，里面摆着木头大案台，本山叔会在那里挥毫泼墨。一墙之隔的大菜园子，里面种的啥菜都有。

屋里的墙面和棚顶都是用花纸糊上去的，东西两铺大炕，光炕沿上都能坐十多个人。各样摆设也都是东北风情的老物件，很旧、很土，特别有年代感，看上一眼，就以为回到了过去。

那天在"青年点"里，本山叔与几位来看他的老朋友刚吃过饭，饭桌还没收拾完。我们一去本山叔就给我介绍，只有一位不用介绍我也认识，是认识本山叔那天也同时认识了的赵柏山叔。这一晃都20多年了，好像每年父亲节他都会来，有好几次，我们都在这一天遇见。

儿子先跑过去，把鲜花篮送给本山叔："祝姥爷父亲节快乐。"

本山叔笑着点头说："快乐啊，快乐。"他接过花篮刚要放到桌子上，儿子伸手就把花篮上我手写的心形祝福笺摘下，让我读给本山叔听，我让他读，他让我读，把本山叔和在场的人都逗乐了。后来还是我读了。

儿子一直站在本山叔身边,从一进门,本山叔就用喜爱的眼神看着他。问他:"又有什么新成绩?"

儿子说:"最近在学校播种节上,我朗诵了一首为袁隆平爷爷写的诗《一粒米》,来纪念他。"

说完,儿子声情并茂地朗诵:"看到一粒米/仿佛看到了袁隆平爷爷/他把一生的脚步留在了稻田里/我眼中的一粒米像地球一样大/他用一粒米养活了全世界/守护一粒米是我们的职责/稻田里的夕阳永远会记住他的身影。"

本山叔的目光一直停留在小家伙的脸上,嘴角偶尔还微微颤几下,好像内心也跟着他朗诵时的情感一同起伏。直到儿子朗诵完,本山叔拽住他的小手,拍了几下,笑着说:"你可真行啊!"

客人们都为儿子鼓掌。

柏山叔在一旁说:"这是像妈妈啊!"

说着,本山叔起身,把我们领到对面那个屋,客人们也都跟了过去。屋子里还来了不少徒弟。

坐到炕沿上的本山叔问我:"吴振豪老家,你跟回去过啊?"

"我都回去好几次了,去年十一假期还回去了呢!"

当我讲起公公、婆婆还有他们全家人对我的好,本山叔慢慢绽开了笑容,眼神里流露出一种很深的感动。

后来,他们聊起房子的话题,本山叔突然转过头问我:"单位附近的房子你们去看没?"

我摇摇头,一脸茫然。

"哎呀!赶紧去看啊!现在挺便宜的。"本山叔的语气有些着急,指着身边几个新来的徒弟对我说,"你看看,他们都刚买完。咱这里

四、写自己

边还有不少人都买了。"

我只笑笑，没说啥。

"找潘大勇，都是他给联系的，问问还有没有，赶紧买一个。"

我还是笑，不吱声。

"没钱我先借你，去买吧！离单位可近了，都不用开车。"说完，本山叔就看着我，可我还是没说话。

柏山叔马上说："那离单位这么近，还不快点买，你叔都这么支持你，这机会可得把握住啊！"

第二天上午，本山叔的徒弟潘大勇就给我打电话，说房子都帮我们联系好了。本山叔又让我去他助理那取钱，我要给本山叔打欠条，他说啥也不让。取钱时，我还是写了张欠条，交给了他的助理。去办完房子的手续，脑子好像还没转过来。一切来得太突然，像是在梦中。

这就是那个让人惊喜的意想不到，接下来发生的却是一个令人担忧的意想不到。

暑假，儿子刚去托管班补课。有天晚上，吴振豪接到老家弟弟打来的电话，说公公突发心脏病要去合肥住院。吴振豪连夜订机票，起早去机场，飞往合肥。

临走那晚，我在帮他收拾东西，就听他告诉儿子："爷爷生病了，我要回老家去照顾爷爷，我不在，你就是这个家的男子汉，要好好照顾妈妈，这个家就交给你了。"

儿子大声对他说："爸爸，你就放心吧！你好好照顾爷爷，我一定能把妈妈照顾好。"

第二天一大早，儿子还没醒，吴振豪背上包，走到门口，又转回头看看我说："你们娘儿俩在家好好的，照顾好自己吧！我顾不上你们了。"

我冲他点点头说："放心，你忙好那边吧！"听我说完，他就开门走了。

门一响，我心里一沉，说不出的滋味儿。真是意想不到，平时公公身体那么好，怎么就突然病了呢？世事难料，这突发的一切，都是我们要共同去面对的。

每天吃完早饭，儿子骑着小自行车去补课班，中午还总会给我打个电话，问问我吃饭没，身体有没有不舒服。晚上补课回来，路过市场，再买点菜，回来我们一起做着吃。

吴振豪天天都与我们视频，得知儿子在家的表现，表扬他做得很棒，又告诉他每天去补课班骑车要注意安全。儿子对着手机里的爸爸说："爸爸，我现在就是家里唯一的男子汉，我一定会保护好自己，才能照顾好妈妈。"听到儿子的话，我真觉得他长大了。

那个周末，儿子起床就对我说："妈妈，你都一周没下楼了，今天我推你出去透透气。"

吃过饭，我们出了门。8月初的太阳像团火，烤得皮都要裂开，儿子让我打着遮阳伞，他在后面推我。等红灯时，我一回头，从伞沿下看到他背心胸前都湿透了，我把伞举高，见他头上的汗顺着脸都淌到了脖子上和背心里。

我想起那一年，他才3岁，我第一次一个人带着他说走就走的"快乐行"，是他给我的勇气让我给了他安全感。几年过去，一眨眼，他都能带我出来了，依然是他的勇气在给我幸福感。

过马路时，在路中央等红灯的一辆车里，一家四口都伸出脑袋看我们，坐在副驾驶的妈妈向儿子伸出了大拇指。那时，儿子正推着我快跑到了马路对面。

走了两站路,到了万达商场,再一看儿子,他小脸通红,全身湿漉漉的。我说给他买支冰淇淋,他使劲摆手说不要。逛过书店已到中午,我要请他去吃比萨,刚走到门口,他一把给我推走,最终他还是拗不过我,那里人很多,我进去占了个位置,还没点餐,儿子轻声问我:"妈妈,你手机里的钱还够吗?"我一下明白了他的心思。

吃上比萨,儿子对我说:"妈妈,其实我是不想让你花那么多钱,我怕你钱不够花,爸爸又不在家,爷爷还生病,更需要钱。"

我摸摸他的头,笑着说:"别想那么多,快吃吧!"可笑着笑着,我眼睛却湿了,刚好儿子正低头吃比萨。是儿子太懂事,让我太心酸。

儿子每天从补课班放学就回家,一个人从来不在外面多待。直到半个多月后,他爸爸回来。那天放学他在电话里对我说,要在楼下玩一会儿,我才知道,原来先前他是担心我一个人在家。

我记得很清楚,8月9日,也就是吴振豪要从合肥回来的那天,中午吃过饭刷碗,不知怎么手一滑,盘子磕到水槽,磕成两半,我伸手去接,盘子尖刚好扎进胳膊的血管里,瞬间鲜血直流。我大喊一声,正在写作业的儿子跑过来,吓坏了,要送我去医院,我让他先把我推到客厅,处理伤口。

折腾老半天,儿子帮我刚把伤口包扎好,就接到《马大帅》里"吴总"的微信:"大脚走了。"我没敢信,打好几个"?"号发过去,他回复两个字"车祸"。

我的心"咯噔"一下,马上给刘总发微信,他只回了个双手合十的表情。估计那时他的电话都快被记者打爆了,这下我真的相信了,眼泪一下涌出来,儿子还以为我是伤口疼哭了。

记得我刚到公司上班，仙姐和姐夫来我们租的房子看我，还特地等吴振豪从剧场回来，看他一眼才走。

那天听仙姐讲，才知她有个弟弟叫于英杰，说和我的经历很相似。英杰从小生病，仙姐为他四处寻医，做了几次大手术，成了"钢钉战士"，才挺直身板，还找到了人生的另一半，是两个女儿的父亲。

听着仙姐含泪讲完弟弟的故事，我看到了一个"中国好姐姐"的大爱。

2013年年底，在"美丽乡村快乐行"大篷车去南方巡演结束后，去做志愿者的英杰也来公司上班了，巧的是英杰也在艺委会工作，我和他都成了刘总的兵。

2019年，仙姐和弟弟英杰出了本书《爱与热爱，让我们勇往直前》，还给我寄来一本。那天，我让儿子从书架上把这本书拿给我，一翻开，又看到了仙姐为我写的那句话："单丹小妹，在人生的道路上，非常敬佩你的勇敢，爱与热爱，让我们勇往直前。"我不敢再往下看，合上书，已泪流满面。

我一直在想，这么美丽、善良、热情、贴心的仙姐怎么就离开了我们呢？

人生真是无常！更要善待生命里的每一寸时光。唯有珍惜，珍惜眼前的所有，珍惜心中的所爱！

那些太多的意想不到，不是悲伤，就是惊喜。

9月的一个周末，送父亲去参加书法笔会，没想到会巧遇一个26年未见的"老朋友"。

记得在伊斯兰歌舞餐厅唱歌时，他一去吃饭就给我献花，瘦高的个子总穿一套白，一看就是文艺青年。那时的他比现在的我还要小很多。26年后的重逢,他还是戴着眼镜,气质里依然透出内敛和儒雅,见到我,他眼里泛着泪光,说想起他那时的青春时光。

他叫刘璟,我叫他刘叔,那天的笔会,父亲写书法,他画画。

中午吃饭时,他端着酒杯来到我身旁,很感慨地说:"没想到多年后我们还能遇见,我不知道能为你做点什么,如果你喜欢画一些小画,可以到我工作室来,我教你画。"

听到这句话,我心里不但感动,还有份难得的喜悦,从杯子里溢出来。

那时,刚好我在看汪曾祺先生的书,还有他画的画,体会他艺术创作中的"留白",便对画画产生了莫名的兴趣。

当刘叔一提起,真是如我所愿。

从那以后,我每周末都去刘叔的工作室学画画。

最先学画的是牵牛花,画之前,刘叔还给我讲了段关于牵牛花由来的感人故事。那支画笔在纸上轻轻一捻,一朵牵牛花便晕染而生,像纸上开了朵花。在墙面的宣纸上给我示范画叶子时,我以为他是蹲着,和坐在轮椅上的我差不多高,一低头,才发现他一条腿跪在了地上。当我再抬起头,不同形态的叶子已画满了那张纸,我眼里铺满绿色的叶子,心里却装满说不出的感动。

一周后,我终于画出第一幅紫色的牵牛花,取名"秋日绽放"。

刘叔看到就对我说:"你第一次画,已经画出了它的生命力和美,还有积极向上的思想,这些都画出来了。"

看着眼前这朵牵牛花,像是从我心底里开出来,它并不孤独,即便是小小的一朵,也会在天地间绽放出它的美。

后来,在我每一幅画的落款处,都能看到"墨丹"两个字,那是刘叔给我取的笔名。

我白天写文章，晚上画画。纸一铺，笔在游，心在走，自己完全进入了一种禅定的状态，好想把更多的时光画进画里，又想把更多的画放进时光里。

自打画画以后，我不知不觉又拥有了一个新的视角，来感受和感知这个世界，又像是一个全新的世界突然来到我面前。从前总是低头赶路，却忘了欣赏身边的风景，错过太多太多的美好。那时我眼中的树和花都已不同以往，我眼前的一切似乎都变了模样。

刘叔每天都把他画的画发到朋友圈，再配上几句小诗。一天，在朋友圈里，看到他画了幅画，又配了首诗："生活其实很平凡，坚持了，热爱了，便有味道。"

我点赞后又评论："这才是我想要的诗情画意的人生。"

看来人生的每一段路，都会爱上不同的事物，余生真想用一支画笔留住时光，留住美好。

活出个样来给自己看

整整两年，每个人脸上戴口罩，心里穿防护衣，走哪儿都测温、扫码，一直也没放松警惕。但疫情还真像一个人的暴脾气，说来就来，从最初的恐慌和胆战心惊，到后来的坦然接纳。两年间反反复复的经历，病毒也在一次次变异，唯一不变的是相信疫情终将过去的心。

2022年3月，刚开学一周，疫情再次来袭，学校紧急停课，单位也通知居家办公。

父亲从吉林返回沈阳，只因坐上那辆从宾馆到车站的出租车，竟稀里糊涂地成了"二密"接触者，回沈阳就被疾控中心通知，去酒店隔离，家里也被贴上封条。父亲在酒店隔离的那一周里，每天醒来都会在餐巾纸上写首诗，拍照发给我。从他诗中的每个字里，都能感受到他内心的孤寂与波澜。

真是赶巧，在父亲被隔离的当天，我不小心把腿烫伤了，与父亲视频通话时，也不敢让他看出来。

每天除了必须下楼排队去做核酸，只能卧床养伤，连坐起来都是一种奢侈。这让我想起上小学五年级那年寒假，春节前母亲在老家用大锅蒸馒头、花卷、煮肉、烀熟食，炕自然烧得比平常热。那晚父母只出去了一会儿，我躺在炕头的小褥子上睡着了。他们回来才发现，我不知啥时从小褥子上滚到炕上，大腿上烫了个鸡蛋大的水泡，我还完全不知道，在家躺了三个月才去上学。

对着电脑上网课，是儿子每天的居家学习生活。下课后，他总是抱起吉他大声地唱："音乐会让我快乐。"

一天晚上，他把自己关在房间里，不知在唱什么，突然他抱着吉他跑来对我说："妈妈，我好像写出了一首歌。"

他完整弹唱一遍，确实是一首歌，而且我完全被这首歌震撼了！

"生活为何如此凄惨，陷入苦中何时才能醒来。蒙在鼓里不能喘息，还是坚持走继续看。人生为何痛苦不堪，虚伪的面具何时才能撕开，压抑的心无法叹息，必须勇敢地去跨过难关。不再畏惧黑暗，走向光明的起点，天空下那些微笑的脸，我看到生命的灿烂。"

他的眼神那么坚定，歌声也那么有张力，我怎么也没想到小小的他会对生活和生命有那么深的感悟。

最后他还给这首歌起了名字，叫《勇敢地活着》。

就在他弹唱时，我给录下来，发到了朋友圈。

想到他从会说话起，就喜欢把自己说的话，用旋律唱出来，这两年又爱上吉他弹唱，这一切似乎都不是巧合。

记不清有多久没写歌的我，也以为写不出歌的我，一下被儿子写出的歌深深地触动，雷电般地击中。

3月21日，是我们结婚纪念日，也就是那天，全网都在报道"东航飞机坠落"的新闻，100多个生命瞬间化为乌有。又有多少感人的故事和美好的回忆，也随着那些生命飘散在空中。

我躺在床上，心像被猛烈撞击，又像是来到一片没有一个人的旷野里，仰望天空，思考生命：每个人都有不一样的人生，不管失去什么，拥有什么，生命却是一样的。

想到这儿，我立刻爬起来，抓住笔就在纸上写出《生命一样》，

四、写自己

我感觉我的血液已在血管里沸腾，不写出来都不行，一句接一句往外涌："曾经以为来日方长，转眼间你没能见到初升的太阳，除了感到迷茫剩下还是迷茫，睁着双眼却看不到路在何方。人生本来就很无常，只是我不愿意丢弃希望，没有泪的脸庞依然在歌唱，就算失去了一切还能怎样……"

好久好久都没有的创作状态，像失去的生命又回来了。词一出，吴振豪感动得很快就谱了曲。当儿子弹着吉他，激情地唱响《生命一样》，我的心都在震荡："生命一样，平凡的光，爱在身旁，让我们好好活一场。生命一样，还有诗和远方，心若无恙，就是最美好的时光，不辜负这一世的来来往往。"

第二周《生命一样》的视频录好后，我又发到了朋友圈。

一家人难得有机会在一起搞创作，紧闭的屋子里，除了网课还有琴声和歌声。

那时，在沈阳这座城市里，除了让你看不见又到处乱窜的疫情，看到最多的就是志愿者"大白"的身影。

一天，沈阳话剧团的黑晓欧哥微信发来一张照片，原来他也成了"大白"。虽然包裹得很严，但一眼就能认出是他。20年了，他还是他。20年前在本山叔举办的"扶贫助学义演"晚会上相识。后来几年不见，他却从演员变身成导演。听说是去中国戏曲学院深造的，他导的话剧、京剧、儿童剧，我都去盛京大剧院看了，确实不一样，也确实和他的人一样。

到第三周，心中所有的感动又写出一首歌词《雨过天晴》，这次是儿子先有了灵感，哼出旋律，我俩一起唱。吴振豪也把他多年未用的电吉他拿出来，给我们伴奏，他原来买的手机支架在那时可派上了用场，手机卡在上面录像，不用管，真是很方便。

儿子弹着吉他唱:"这个世界突然很静,连呼吸都变得凝重,每一个眼神的交融,都是心与心深情相拥。"

我坐在儿子身边看着他唱:"这个春天突然很冷,连空气都失去平衡,每一次心跳的感动,都是爱与爱温暖传送。"

儿子突然一个高音飙到副歌:"谁是英雄,谁在逆行,用生命点燃生命,用一颗心守护一座城。"

我怕一时接不住,用力唱:"谁在哭泣,谁在疼痛,用生命架起爱的彩虹,相信春暖花开,雨过天晴。"

当我把第三首歌《雨过天晴》发到朋友圈,引来更多关注。

《沈阳晚报》主任记者吴强看到,为我们写了篇报道。他说,是被我们一家在疫情中乐观积极的生活态度感动了。

沈阳电视台《沈阳新闻》又视频连线采访我们,还播放了儿子自弹自唱的《勇敢地活着》。

儿子说,要让更多的人听到,让他们都能勇敢地活着。

窗外的树一天天变绿,花也一朵朵开了。

5月底,孩子们终于重返校园,我们也上班了。

6月19日的父亲节,白天没能赶去看本山叔,中午发微信告诉他我们在学中医,晚上再去看他。本山叔回语音说,让我们好好学。

就在上午,辽宁中医药大学的林大勇老师给我们讲中医理论基础时,还引用了本山叔小品里相关的一段经典台词,没想到除了《黄帝内经》,本山叔的小品台词他也能倒背如流。

说起学中医,因长期在电脑前写作,经常头痛,颈椎也不好。吴振豪说,要报个中医班去学些按摩手法。没想到陪他去上试听课时,我们竟成了同学。

在我决定和他一起学中医的那一刻,丢了快30年的中医梦也捡了回来。

晚上学习回来，接上儿子，就赶往基地，本山叔正坐在"青年点"的院子里喝茶，身边坐着两位从外地来的朋友，徒弟们都坐在凉亭里。

本山叔接过儿子手中的向日葵鲜花篮，笑呵呵地看着儿子，像往年一样问："又有啥进步没啊？"

儿子从档案袋里拿出一张书法作品说："姥爷，这是我刚在家练习写的。"

一打开，儿子押这头，本山叔拉那头，眼睛紧盯着纸上的字："登高怀远"。

看过后，本山叔很惊讶地说："你这字写得比刘小光好！"

话音刚落，坐在凉亭里的徒弟们都围过来看。

本山叔指着"高"字上面那个"点"，对儿子说："这一笔是画画用的运笔，不应该这样写。"说着他用手在纸上点了几下，给儿子做示范。

"你的梦想是啥啊？"本山叔突然问儿子。

儿子答："我的梦想是当一个导演，像姥爷一样拍喜剧片，将来让得癌症的人看了我拍的片，都能笑好。"

本山叔听了哈哈大笑。

他起身向凉亭走去，在大长案上铺上宣纸，从笔架上提起一支长笔，写下两个字："勤奋"，题款："送昊恩小友"。

本山叔盖完章，儿子连忙给本山叔敬礼说："谢谢姥爷！我一定会努力。"

本山叔指着儿子对身边人说："这孩子长大可了不得，一定能有出息，到时候现溜须都来不及啊！"逗得大伙一阵笑。

临走前，聊起我写的自传，本山叔嘱咐我说："风格不要太唯美，一定要实下来，那你就赢了。"

一晃，自传已写了快5年，虽然从动笔那天起，就没踏踏实实睡过一晚，也常常在肯定与否定自己之间徘徊，像在红绿灯中等待和穿行。但这5年，却成了我生活和生命里最大的支撑。

一向都不记得自己的年龄，有一天，母亲头上的白发不知不觉埋进我的黑发里。如果不是儿子发现，一根根给我拔掉，我还真没注意到，更没想到会来得这么早。

镜子里的自己，川字纹像刻在眉间，看上去老了好几岁，也难怪，早都配上老花镜，只是镶了个时尚的框。

从最初动笔到第七、第八、第九稿……的修改，我本以为几年前初稿完成后，我会大哭一场，但却一滴眼泪都没掉。因为我知道后面还有很长一段路，我要继续走下去。

这五年一路走来，每当我茫然困惑或是快要坚持不下去时，远在国外的孟繁琳老师都会出现，他恨不得要把一生的创作经验都告诉我，还用微信发给我经典文章，推荐我看名家书籍，让我自己去领悟。他告诉我："一定要多读书，写作没有秘诀，只有多读，多写！"

因时差，每次我都在深夜把写完的文章发给孟老师，凌晨三四点，像定了点儿的闹钟，我准时睁开眼，抓起手机，看孟老师的来信。如果孟老师的回复是肯定的，我就会美美地再睡个回笼觉。如果提出异议，我便再无睡意，脑子里刮起阵阵风暴，心里也翻江倒海。有时孟老师只回复四个字"继续赶路"。

我的文章改过多少稿，孟老师就看了多少遍。我眼中时常会浮现出一个场景：在异国他乡，一位70多岁的长者，戴着花镜，盯着手机，一字一字，一篇一篇，一天又一天地看着我生命里发出的回响。

晚上回家写作时，吴振豪和儿子从不打扰我，甚至他们爷儿俩之间说话都轻声轻气的，但只有在该休息时，吴振豪才开始跟我"嚷"："早点睡觉，别再熬。"可我总是嘴上答应，每次都是他睡了一觉，我还舍不得关电脑，后来他也不再做无效唠叨。直到学中医后，他总会提醒我11点前一定要睡觉，要顺应自然。这次我真听了，不是他的话突然变得有效，而是自己真熬不动了，其实我并不知道，但身体知道。

有人问我："为啥这么拼命来写这本书，最后能咋样呢？"

我说："不管咋样，只想用心去写，用生命去写，给自己和所有爱我的人一个交代。"

眨眼间，来公司上班10年了，回首这10年，前5年在忙碌却又迷茫中挣扎，后5年睁开眼就写自己。一个活生生的我就这样从坚硬的壳里脱落下来，像在一面镜子前把自己看得清清楚楚。

无论是挣扎，还是写自己，其实都是用不同的方式在寻找自己，然后看见自己，放过自己，再活成自己。

这几年吴振豪总会跟我念叨一件事："等孩子长大了，离开我们去选择他自己的生活时，我开车带你出去多走走，到时我们找个山清水秀的地方落脚，你愿意唱就唱，愿意写就写，愿意画就画，过你自己想要的生活，活成你自己想要的样子。"

每次听他讲完，我都像做了一场美梦，笑还挂在嘴角，就又回到现实中来。

2022年教师节与中秋节重叠，听说本世纪只有3次，不管是节日还是生日，都是乐上加乐。为了那一天，我们全家总动员，争分夺秒在做一件事。

7月初，儿子小学最后一次期末考试后，回到家，一开门就忍不住哭了。

"妈妈，我们马老师太好了，我舍不得离开他。"

他不说我也知道，他和班主任马骁老师的感情太深了。

"妈妈，我想给马老师写首歌。"

"为什么写歌？"

"表达他的好，他就是好，是中国好老师。"

"马老师好在哪儿？"我问。

"马老师的好，说不出来，但他的好是无可替代的。"

听到这句话，我彻底感动了。《好老师》的歌词从心底一涌而出。

"你的好说不出来，在春夏秋冬写满对我们的爱。你的头发已被粉笔染白，黑板前你的身影是高山是大海。你的好无可替代，在你的眼里装满对我们的期待，用你的爱把我们灌溉，温暖的照耀着让我们盛开……"

那天在单位食堂吃过饭，秦浩哥看到《好老师》歌词，急忙跑回屋，抱着吉他就来给我唱。唱着唱着他竟然哭了，说想起他的小学老师。

我被他深情的旋律和动情的歌声打动，越听越心酸，也想起了我的小学班主任邢小丽老师，当年她一手抱着我，一手还整理几十个同学站队形。她的好，我永远都忘不了。

7月14日，在浑南区白塔小学2022毕业典礼上，吴昊恩双手捧着马老师送给他的口琴吹响前奏，又弹起跨在肩上的吉他演唱《好老师》："时光太快太快，我不想和你分开，你用一分一秒把我们改变，永远不变是对你的爱。离别悄悄地来，我多想留住现在，你用一生的爱换我们的未来，我们永远是你的小孩。老师好老师，老师我们的好老师。"全校师生都在台下观看，只有马骁老师紧靠在舞台边，就在吴昊恩演唱结束，马骁老师含泪跑上舞台，拥抱了吴昊恩。

8月末，儿子突然说想把《好老师》录制成MV，在教师节送给马骁老师。

让我想起刚上小学一年级的我，在教师节为全校老师清唱了一首《唱给老师的歌》，把老师们都唱哭了。

又是中午在单位吃饭时，把儿子的心愿告诉了秦浩哥，他竟然用一天时间就把《好老师》的编曲赶制出来，当晚又带吴昊恩进棚录音，MV也是他亲自导演和拍摄，同事石芯岳加班加点帮忙剪辑制作。

MV制作完成的那天，秦浩哥说了一句让我惊喜又并不太意外的话："你儿子和你一样一样的，简直就是你的翻版。"

不管怎样，赶在教师节前，大家一起努力，总算帮儿子完成了一个心愿，也是他对马老师一份特殊的情感表达。

当马骁老师看到《好老师》的MV，很激动地说："这是在第38个教师节到来时，我收到的最特殊的礼物，比什么都珍贵，在我一生中都会留下很深的烙印。"

本来9月1日儿子是要踏入中学校门的，却又被疫情关在家上网课。

吴强听到《好老师》这首歌，感动得又写出一篇报道——《疫情中，一份别样的教师节礼物》，在9月7日的《沈阳晚报》上发了一整版。

教师节当天，吴昊恩要给马老师送份报纸，才知他正在看望自己的老师们。其实，马骁老师另一个身份是副校长，但他一直带班教课，之所以没脱离教师岗位，他说是不想忘记自己是一个老师。

我也终于明白，儿子为什么说马老师好，是中国好老师。他的好真的说不出来，又无可替代。

儿子用一首《好老师》告别了他的小学时光，我也深深体会到，一个好老师对一个孩子身心成长的影响是不可估量的。

那晚正吃饭，儿子突然问："妈妈，你说有机械腿吗？"

我说："当然有啊！"

"那得好几万吧？"

"多少钱的都有。"

他说："等我长大挣钱，给你买个机械腿，让你在晚年时，一定要体会到跑的感觉，然后一边跑一边唱'活出个样来给自己看'。"

我知道，从小他心底就藏个愿望，一直想看到我站起来走路和奔跑的样子。听到儿子这样说，我的心幸福得有些疼！

面对世界，我们是一个共同体，面对人生，每个人都可以活出自己的精彩。面对生活，除了柴米油盐，还有人间深情。面对风雨，只能学会坚定前行。面对自己，我们虽然不能做到像六祖慧能大师所说："本来无一物，何处惹尘埃"，但我们可以像神秀大师讲的："时时勤拂拭，莫使惹尘埃。"擦亮心灵的那面镜子，照见那个真实的自己，活出个样来给自己看！

一天，刚考上大学的侄儿单天一很兴奋地对我说："姑姑，我们班同学都爱听你写的那首《活出个样来给自己看》，在网易云里你唱的那一版下面还有条评论，特别经典。"

这可挺让我意外，这首歌都20年了，写这歌时，他们还没出生或刚刚出生，我真没想到他们竟然也爱听。

后来，我真找到了那条评论，是2018年4月13日发出的。

"我是一名电焊工，每次听到这首歌，感觉自己在焊航母。"

看到这，我猛然用手捂住了鼻子和嘴，可泪水还是从眼里流了出来。

我没料到，多年以后，这首歌依然在感动着别人，而他们的感动，又加倍地感动着我。

泪水渐渐地模糊了我的双眼，但却没有模糊我心中的视线。

因为在前方的路上，我似乎又看到了曾经写下的那九个大字——活出个样来——给自己看。是的，活出个样来——给、自、己、看……

MEIDU